Reliure serrée

LA LECTURE ILLUSTRÉE

# MADEMOISELLE LA RUINE

PAR ERNEST CAPENDU.

## PROLOGUE.

## UNE NUIT DE CARNAVAL

### I

Des inconvénients et des avantages qui peuvent résulter d'un cigare éteint par une nuit de bal masqué.

De toutes les époques de l'année parisienne, la plus gaie, la plus vive, la plus animée, la plus splendide, — comme aussi la plus maussade, la plus insipide, la plus froide, est incontestablement celle qui, commençant au 31 décembre, se termine au Mardi-Gras.

La pluie, la boue, la neige, le vent, les bals, les dîners, les soirées, les réunions et les fêtes de toutes espèces se disputent pied à pied, pendant ce court espace de temps, le terrain de la civilisation.

Les coiffeurs, les couturières, les modistes, les fleuristes, les cochers de fiacre et les portiers, resplendissent alors de tout l'éclat qu'ils doivent à leurs importantes fonctions.

Que de ruses, que de fines intrigues pour arriver à connaître d'avance, afin d'en effacer l'effet, la nuance de telle robe, les ornements de telle autre qui doivent briller au cercle d'une ambassadrice ou au bal d'un riche banquier de la Chaussée-d'Antin !

Que de caresses, que de compliments, que de minauderies coquettes prodigués en faveur des Léonards modernes et des Bertins du dix-neuvième siècle, pour se faire divulguer les mystères des toilettes commandées, et conserver le secret à propos de celles que l'on commande !

On se brouille sérieusement pour une coiffure de Félix, pour un corsage de madame Rebon, pour une garniture de Batton.

En thèse générale, nous pouvons formuler cette antique maxime qui a été, qui est et qui sera toujours une vérité incontestable, tant que les femmes seront femmes, c'est-à-dire tant que le monde sera monde, à savoir que sur le parquet d'une salle de bal les femmes n'ont plus d'amies, mais seulement des adversaires qu'il s'agit de vaincre et d'écraser sous l'artillerie incessante des diamants, des dentelles, des œillades, de ces mille coquetteries indescriptibles, obus, grenades et boulets de l'arsenal féminin.

Nous nous étonnons que l'on n'ait pas songé jusqu'ici à dresser une ingénieuse statistique du nombre de polkas dansées, de tendres billets échangés et de gants blancs salis pendant cette heureuse période de fluxions de poitrine, de grippes, de rhumes et autres compagnons inséparables du plaisir.

Bien entendu, — et ceci pour rassurer promptement nos charmantes lectrices, — qu'à l'égard des tendres billets nous ne demandons pas un calcul rigoureusement exact.

Que de fraudes non prévues par les ordonnances postales et audacieusement menées à bien sous la froideur apparente d'une chaîne anglaise, dans les enlacements lascifs de la valse, dans la fougue entraînante des polkas!

Que de vertus se brisent contre les écueils de l'amour et du plaisir pendant ces trois premiers mois de l'année, où le Paris élégant se couche à six heures du matin et se lève à sept heures du soir!

Que de cœurs, glacés jusqu'alors, s'enflamment tout à coup aux feux innombrables des bougies diaphanes!

Quelle fièvre du plaisir fait bondir le sang dans les artères des femmes, tout en dilatant outre mesure les os maxillaires des maris.

On sort du bal pour monter en voiture, on descend de voiture pour entrer dans son lit, on sort de son lit pour remonter en voiture et l'on redescend de voiture pour rentrer au bal.

C'est un cercle vicieux dont il est difficile de sortir, une fois que l'habitude y a fait mettre le pied.

Mais si, à cette époque, chaque nuit offre un curieux spectacle à l'œil de l'observateur parisien, que dirons-nous de celles qui terminent chaque semaine, de celles dont la souveraineté, — appartenant jadis à Musard, — vient récemment d'être décernée à Strauss, des samedis du bal de l'Opéra enfin?

Ces nuits-là, en effet, le boulevard, — de la rue de la Chaussée-d'Antin à la rue Drouot, — prend une physionomie toute particulière.

Pourvu que le bitume soit à peu près sec, le ciel assez pur, le macadam presque guéable, — ce boulevard s'encombre, vers minuit, d'une foule invariablement composée de cinq catégories bien tranchées.

D'abord, celle de fondation, les habitués quotidiens que chaque soir ramène, que la pluie parvient rarement à chasser, et qui, le cigare aux lèvres, les mains dans les poches, se promènent par groupes, échangeant les nouvelles de la journée et se narrant les intrigues de la Bourse.

Là on traite de tout : politique transcendante, réformes gouvernementales, hausse probable sur les chemins de fer, courses de chevaux, aventures scandaleuses, débuts de danseuses, fugues de pécheresses, morale en théorie et licence en pratique, tout se mêle, se choque, se croise dans le feu de la conversation.

Pour ces messieurs, la distance à parcourir commence à la rue du Helder et s'arrête à la rue Taitbout.

Du café Riche au péristyle de l'Opéra stationnent les gardes de Paris, les sergents de ville, les agents de police, qui vont, viennent, crient, disputent dans cet étroit espace, et parviennent, grâce à de nombreux efforts, à faire prendre la file aux voitures et à empêcher les piétons de se précipiter sous les sabots des chevaux.

Attention que les bons Parisiens reconnaissent d'ordinaire par des injures et des bourrades.

Puis, en troisième ligne, les curieux, les amateurs de mascarade, les petits commis, les quatrièmes clercs, tous les gens enfin dont la bourse est trop plate pour leur permettre l'entrée du sanctuaire, et qui se pressent pour jouir de la vue extérieure, semblables à ces pauvres diables qui vont manger leur pain sec à la fumée odoriférante des cuisines de Chevet.

Ceux-là encombrent le double passage et envahissent la façade du théâtre.

Alors arrivent pêle-mêle, criant, chantant, riant, répondant à des quolibets grossiers par des paroles cyniques, les pierrots, les débardeurs, les nobles espagnols, les sauvages, les dominos, les masques de toutes sortes, qui se rendent économiquement, à pied, au temple du plaisir.

Enfin, au milieu de tout ce monde, dans le passage, sur la chaussée, sur les trottoirs, les marchands de billets, les décrotteurs, les ouvreurs de portières, les ramasseurs de bouts de cigares, toute cette foule d'industriels à l'existence problématique, qui vend le jour des chaînes de sûreté, et passe une partie de ses nuits à la salle Saint-Martin.

Vers deux heures du matin, ce torrent, qui a diminué peu à peu de volume, finit par s'écouler entièrement, et bientôt le passage n'est plus traversé que par quelques retardataires, gens avides de poussière, de bruit et de cohue, attendant que la salle soit comble, du parquet aux frises, pour se précipiter au milieu du tourbillon.

De l'autre côté de la rue Drouot, en remontant vers le Gymnase, le boulevard conserve son aspect placide et calme de chaque nuit.

Le soir, ou pour mieux dire la nuit où commence ce récit, — le 17 février de l'année 1854, le ciel parsemait d'étoiles scintillantes, et un vent du nord-est, soufflant avec force, semblait vouloir faire descendre le thermomètre de l'ingénieur Chevalier à la température des îles Orcades.

La gelée avait séché la boue et nettoyé le bitume qui reflétait la lueur oscillante des becs de gaz pâlissant sous les rayons argentés de la lune que ne voilait aucun nuage.

Le froid, — pour nous servir de l'une de ces expressions populaires qui rendent si bien la pensée, — le froid, disons-nous, *piquait* avec violence.

Aussi les cochers des riches équipages qui bordaient le côté droit du boulevard, — de la rue Rougemont au faubourg Montmartre, — s'enveloppaient-ils sur leurs siéges en relevant les collets de leurs amples pardessus fourrés, tandis que leurs confrères dont les humbles voitures numérotées faisaient face aux leurs, piétinaient vivement sur l'asphalte pour empêcher la congélation entière de leur individu.

Les fenêtres splendidement éclairées d'un second étage d'une belle maison, située à l'angle de la rue, indiquaient suffisamment la cause de cette nombreuse réunion de véhicules en tous genres.

De temps en temps, un valet de pied se précipitait hors de la porte cochère ouverte et réveillait sur son siége un automédon endormi. — L'équipage franchissait le trottoir, pénétrait sous la voûte, un élégant soulier de satin se posait sur le tapis du marche-pied, et les chevaux emportaient au grand trot une valseuse soigneusement enveloppée, qui, de guerre lasse, abandonnait le champ de bataille.

Deux heures et demie venaient de sonner, et le nombre des voitures s'éclaircissait sensiblement, lorsqu'un homme jeune encore, descendant avec nonchalance l'escalier de la maison où se donnait la fête, s'arrêta au pied du vestibule, promenant un regard investigateur sur les nombreux valets de pied qui s'y tenaient rassemblés.

Avant qu'il eût eu le temps de prononcer une parole, un jeune groom, portant une livrée noire, de style anglais, s'élança et lui offrit une large pelisse doublée de fourrure que le maître revêtit par-dessus son frac noir.

— Monsieur le vicomte veut-il que je fasse avancer? — demanda le domestique lorsqu'il eut vu le jeune homme à l'abri du froid.

— C'est inutile, — répondit celui-ci, — le temps est magnifique, je reviendrai à pied. Va me chercher mon porte-cigare qui est dans la poche gauche du coupé. Ensuite tu diras à Jean de rentrer et tu partiras avec lui.

Quelques secondes après ce moment le jeune homme, savourant avec la joie d'un fumeur émérite un véritable regalia, descendait le boulevard dans la direction de la Madeleine.

— Parbleu! — se dit-il tout à coup en fermant plus hermétiquement son pardessus que la bise s'efforçait d'entr'ouvrir, — quelle chose plus excellente qu'un bon cigare et une petite promenade après être resté enfermé trois grandes heures dans une atmosphère de vers à soie? — Sotte invention que celle qui consiste, sous prétexte de soirée, à entasser cinq cents personnes dans des salons où l'on tiendrait à peine cent cinquante. — Chacun veut donner un bal, et l'on appelle cela le progrès du luxe! — C'est bien plutôt l'art d'emballer le plus grand nombre d'êtres humains dans le plus petit espace possible. — Ce n'est pas une fête à laquelle on vous convie, c'est une expérience à laquelle on vous soumet. — Décidément le monde n'est tolérable qu'autant que l'on est amoureux de quelqu'une de ses idoles, et, Dieu merci! je ne le suis d'aucune! — Sur l'honneur! je crois que mon cœur est éteint... et mon cigare aussi! — s'écria-t-il avec impatience en constatant ce fait d'autant plus douloureux qu'aucune boutique n'était ouverte à cette heure avancée de la nuit, et qu'en fouillant successivement dans toutes ses poches il n'y trouva pas l'ombre d'un briquet.

En ce moment, un fiacre gravissait au pas la montée du boulevard Montmartre.

Notre fumeur dans l'embarras songeait déjà à prier le cocher de lui ouvrir l'une de ses lanternes, lorsque des cris aigus, partis de l'intérieur de la voiture, attirèrent brusquement son attention.

A ces cris succédèrent de bruyants éclats de rire, et deux énormes manches de pierrot, encadrant la perruque poudrée et la physionomie éveillée d'un joli débardeur, s'agitèrent au dehors de la portière, semblant provoquer du geste le passant attardé.

— Ah! — fit le jeune homme en souriant, je suis sauvé! — C'est aujourd'hui samedi, nuit de bal à l'Opéra. — Je trouverai du feu plus que je n'en saurais user, dussé-je fumer, séance tenante, tous les cigares de la Havane!...

Pressant alors sa marche, il se dirigea rapidement vers l'Académie impériale de musique, traversa la rue Drouot, et, s'engageant sous cette galerie voûtée que l'on nomme, en style de l'endroit, — *le passage des Rats*, il atteignit bientôt la rue Lepelletier où stationnent chaque nuit de bal une vingtaine de ces gamins de Paris, types célèbres dans les annales de la grande ville, qui, en temps d'émeute, sont les premiers à élever une barricade, et qui, en temps de tranquillité, se sont donnés pour mission de frotter sur l'asphalte nombre d'allumettes qu'ils placent tout enflammées sous le nez de chaque passant en criant à tue-tête :

— Not' maître, v'là du feu!

Au moment où le vicomte, — nous disons vicomte attendu que le groom a donné devant nous à notre héros cette dénomination aristocratique, — au moment où le vicomte arrivait sous le péristyle du théâtre, sept ou huit pierrots ivres, crottés, salis, à moitié déshabillés, la figure enluminée de fresques de fantaisie, criaient, beuglaient, hurlaient, en essayant une ronde interrompue à chaque instant par la chute d'un danseur qui allait rouler dans le ruisseau, aux grands éclats de rire de ses camarades.

Ces messieurs, — jeunes hommes de bonnes familles peut-être, car au bal de l'Opéra les costumes les plus ignobles sont portés par les gens les plus distingués (il est juste d'ajouter qu'eux seuls sont de cet avis), — ces messieurs, disons-nous, venaient d'être mis à la porte pour cause de danse par trop excentrique et de manque de politesse à l'égard des agents de l'autorité.

Le vicomte avait assez souvent hanté, jadis, les foyers de bal masqué, pour ne pas s'étonner d'un fait aussi peu extraordinaire; aussi se contenta-t-il de hausser légèrement les épaules, et, jetant quelque menue monnaie à l'enfant qui lui offrait du feu, il alluma tranquillement son cigare.

La première bouffée de fumée s'échappait à peine de ses lèvres, lorsqu'un charmant petit coupé bas, attelé d'un joli cheval bai, vint s'arrêter devant la façade du théâtre, et deux dominos, hermétiquement masqués, l'un bleu et l'autre noir, s'élancèrent légèrement sur le trottoir.

Le domino noir dit quelques mots au cocher qui s'éloigna, puis, se retournant vers sa compagne, dont la contenance décelait un peu d'embarras, il la saisit par le bras, et tous deux allaient franchir le seuil du vestibule lorsqu'un pierrot, se détachant du groupe, leur barra le passage en s'écriant d'une voix avinée :

— Eh bien! mes petits séraphins, mes jolis amours pompadours, on ne dit donc pas bonsoir aux amis?

— Je ne vous connais pas, monsieur! — répondit d'un ton légèrement ému le domino noir, tout en s'efforçant de se dégager.

— Eh! dites donc! — continua le premier pierrot en s'adressant à ses compagnons, qui enveloppèrent les deux femmes par un mouvement simultané, — cette princesse qui ne nous connaît pas! nous sommes pourtant des gens aimables! — Allons, les princesses, faut nous embrasser! c'est le droit de passage!...

— Emmenons-les souper! — s'écria un autre pierrot.

— Démasquons-les!

— Qu'elles dansent d'abord avec nous!

— Bravo! on nous a mis à la porte, dansons-y!...

— Messieurs! messieurs! je vous en conjure!... laissez-nous!... Voyez, mon amie va se trouver mal! — murmurait la femme au domino noir en soutenant sa compagne, qui, effectivement, semblait être prête à s'évanouir.

— Se trouver mal! c'est qu'elle a soif! — Elle a la pépie, cette tourterelle!... nous la guérirons en l'abreuvant!...

— Allons souper!

— Allons souper! — hurla le chœur en essayant d'entraîner les deux femmes malgré leurs supplications.

Quoique les dominos qui peuplent la salle de l'Opéra ne soient pas d'ordinaire dignes de grands respects, le vicomte, spectateur muet de cette scène, sentit la colère lui monter à la tête par suite de ce sentiment naturel à tous les hommes de cœur et qui les pousse, malgré eux, au secours des êtres opprimés.

— Lâches! — murmura-t-il, en voyant les pierrots emprisonner leurs proies dans une ronde effrénée, et dont les anneaux avinés se resserraient de plus en plus.

Puis, sans réfléchir davantage, il s'élança au milieu

du groupe, écarta violemment l'un des danseurs, et, offrant son bras au domino noir :

— Venez, mesdames, — dit-il, — et ne craignez rien!

Ce coup de théâtre imprévu avait été exécuté d'une façon si soudaine, que les pierrots, stupéfaits, n'avaient pu tenter aucun effort pour s'y opposer.

L'un d'eux, cependant, se précipita la main levée sur le protecteur des deux femmes; — mais avant qu'il eût eu le temps de faire un pas, un coup de poing, — que Lecour n'aurait pas désavoué, — l'envoya rouler au milieu de la rue.

Gentleman complet, s'il en fut, le vicomte savait boxer.

— Montez, mesdames! — continua froidement le jeune homme, en désignant du doigt les marches du péristyle.

— Un instant, mon petit monsieur, — fit l'un des masques en l'arrêtant par le bras; — cela ne peut pas se passer ainsi, et vous méritez une leçon pour vous apprendre à vous mêler des affaires d'autrui.

— Avant de donner une leçon de politesse à qui que ce soit, vous devriez commencer par apprendre à vivre! — répondit dédaigneusement le vicomte. — En tout cas, je me nomme Olivier de Pont-Aven. — Voici mon adresse. — Je suis tous les matins chez moi, et je n'ai jamais refusé un coup d'épée à personne...

Puis, jetant sa carte au visage du pierrot, il se retourna, prit de nouveau le bras du domino noir et le conduisit, ainsi que sa compagne, jusque sous le vestibule vitré.

— Maintenant, mesdames, — continua-t-il en se dégageant doucement et en poussant le battant de la porte cramoisie qui donne accès dans la salle du contrôle, — vous n'avez plus rien à craindre. — Permettez-moi de vous souhaiter une nuit de plaisir et d'heureuses rencontres...

Les deux femmes, émues encore par la scène qui venait de se passer, restèrent un moment indécises.

Le trouble qui les agitait ne leur avait pas permis de comprendre nettement ce que venait de dire leur généreux défenseur.

Le geste qu'il fit en quittant la main du domino noir sembla les réveiller tout à coup.

Un léger frisson fit onduler les épaules encapuchonnées du domino bleu.

A coup sûr la jeune femme n'était pas complètement remise de sa frayeur; aussi, se penchant vivement vers son cavalier d'une minute :

— Oh! monsieur! de grâce, ne nous quittez pas encore! — s'écria-t-elle, tandis que sa compagne semblait vouloir retenir le bras du vicomte.

— Je serais heureux, — répondit celui-ci en souriant, — de pouvoir passer auprès de vous le reste de la nuit, mesdames. — Malheureusement, je ne vais pas, ou du moins je ne vais plus au bal de l'Opéra, ce qui ne m'empêche point, comme je viens d'avoir l'honneur de vous le dire, de souhaiter beaucoup de plaisir aux personnes qui, plus heureuses que moi, y trouvent encore quelque attrait. — Je vous le répète : entrez sans crainte dans le sanctuaire de la joie folle et bruyante; — vos pierrots ne vous poursuivront pas, et, le fissent-ils vous trouverez, j'en suis certain, charmantes comme vous l'êtes toutes deux, bon nombre de champions prêts à rompre une lance en l'honneur de votre beauté...

— Monsieur a raison! — dit vivement le domino noir; — puis, se penchant vers son amie pour lui parler à voix basse, elle murmura : — Remets-toi, Henriette. Ce qui nous est arrivé est chose assez commune en cet endroit. — Ton désir de connaître le bal de l'Opéra s'est-il donc évanoui?

— Le ciel me punit de ma curiosité. Oh! Marthe! Marthe! pourquoi sommes-nous ici?

— Mon Dieu! à t'entendre, on croirait que la colère céleste va se déchaîner sur nos têtes! — Pour avoir fait la rencontre de quelques pierrots ivres! — Tu en verras bien d'autres dans la salle!

— Mais, tu oublies ce jeune homme qui, pour nous, va peut-être se battre demain!

— Cela est vrai! je n'y songeais plus, — fit Marthe étourdiment. — Pauvre garçon! nous ne pouvons pas souffrir qu'il risque sa vie pour un acte de complaisance. — Attends, je vais lui parler.

Et, se retournant vers Olivier, qui, pendant cet aparté des deux femmes, les contemplait en cherchant à deviner les formes que lui cachaient ces horribles sacs appelés dominos :

— Monsieur, — continua-t-elle, — avant de nous séparer, nous avons tout à la fois des remerciements et des prières à vous adresser.

— Je suis à vos ordres, mesdames.

— Promettez-moi donc que cette désagréable aventure n'aura pas de suites fâcheuses.

— Je ne suis pas le maître de vous faire une telle promesse.

— Oh! monsieur, — s'écria le domino bleu d'une voix émue et suppliante, — songez que, s'il vous arrivait malheur, nous en serions la cause! — Mon Dieu! que je maudis la curiosité fatale qui nous a entraînées! Ce bal, je ne veux pas le voir!

— Je vous en prie, à mon tour, n'exagérez pas vos craintes. — Aucun péril ne me menace. — Il est probable qu'à leur réveil, les drôles qui vous insultaient sentiront tous leurs torts. — N'abandonnez donc pas un plaisir que, sans doute, vous avez médité depuis longtemps!

En disant ces mots, Olivier pressait dans les siennes une petite main admirablement gantée, que le domino bleu lui abandonnait sans trop s'en apercevoir.

— Oh! ce n'est point un plaisir! — répondit la jeune femme en s'éloignant un peu et en retirant sa main.

— Ce n'est que la curiosité! — continua sa compagne, — et vous avouerez, monsieur, que c'est là un péché bien pardonnable.

— D'autant plus, mesdames, qu'il emporte avec lui sa punition. — Je suis convaincu qu'à peine entrées dans ce prétendu temple du plaisir, vous regretterez d'en avoir franchi le seuil. — Les bals de l'Opéra vivent sur une vieille réputation d'intrigues spirituelles et d'aventures galantes, qui sont, hélas! bien loin de nous. — A chaque pas, vous vous trouverez pressées, coudoyées, interpellées par des gens que vous ne voudriez pas même recevoir dans votre antichambre. — Mais je m'arrête. — Je ne veux pas que vous puissiez m'accuser d'une peinture exagérée. — Il est trois heures passées, le bal est à l'apogée de sa splendeur; entrez, mesdames!... vous jugerez par vous-mêmes!

— Soit, monsieur, — fit tout à coup la jeune femme qui avait répondu au nom de Marthe, avec la soudaine assurance d'une résolution arrêtée. — Recevez nos adieux et nos remerciements! — Cependant, tout à l'heure, vous avez jeté votre carte à des pierrots ivres auxquels vous avez appris ainsi votre nom et votre adresse, permettez-moi, quoiqu'à un autre titre, — continua-t-elle en souriant, — de solliciter la même faveur...

— Que fais-tu donc? — murmura Henriette à l'oreille de sa compagne, tandis qu'Olivier, assez surpris de la demande inattendue du domino noir, s'empressait néanmoins de lui présenter une carte armoriée.

— Je te réponds de tout! Viens, — dit Marthe en prenant la main de son amie. — Monsieur, — fit-elle en saluant une dernière fois Olivier de Pont-Aven,

— merci encore! nous allons maintenant contenter notre curiosité...

Le vicomte s'inclina, et, Marthe entraînant le domino bleu, les deux femmes s'élancèrent gracieusement sur le tapis écarlate qui couvre les marches des escaliers du théâtre.

Arrivée en face de la grande glace posée sur le palier du premier étage, Marthe s'arrêta pour ramener les plis de son capuchon et rentrer une boucle insoumise de longs et soyeux cheveux bruns.

Henriette se retourna vivement.

D'un geste rapide elle envoya un dernier adieu au jeune homme resté immobile devant le bureau du contrôle.

Ce geste avait quelque chose de si gracieux, de si séduisant, qu'Olivier, sous l'empire d'une sorte d'influence magnétique, fit un pas en avant; mais, en ce moment, Marthe se retournait, et, continuant sa marche, disparaissait en tournant à gauche.

Henriette, par ce geste si naturel à toutes les femmes, saisit sa robe des deux mains et s'élança, légère comme un oiseau, à la poursuite de sa compagne.

Pas si promptement toutefois que le vicomte n'eût eu le temps d'apercevoir la naissance d'une délicieuse jambe, fine et ronde comme celle d'une gazelle, une cheville mignonne et aristocratique, dont la chair blanche et rosée teintait le tissu diaphane d'un bas de soie à jour, et un petit pied, étroit et cambré, se jouant dans un de ces coquets souliers de satin à talons Louis XV, dont Meïer a seul le secret.

Olivier, ébloui, porta vivement la main droite à la poche de son pardessus, ouvrit avec précipitation un élégant porte-monnaie et en tira un louis en s'approchant du bureau du contrôle, comme s'il allait demander une entrée, mais, par réflexion subite, il laissa retomber la pièce d'or dans son casier de cuir de Russie.

— Parbleu! — murmura-t-il, — j'allais, je crois, me laisser prendre à la coquetterie fugitive de ce petit masque! — Quelle naïveté!... — Si demain j'échange un coup d'épée ou une balle de pistolet avec l'un de ces pierrots débraillés, il est probable que ce sera en l'honneur de deux divinités du quartier Bréda. — Qui peut aller au bal de l'Opéra à pareille heure et sans cavalier, si ce ne sont deux chercheuses d'aventures ou deux femmes se rendant à un rendez-vous avec le numéro d'une loge dans leur gant? — Or, les grandes dames n'ont plus l'habitude des escapades du carnaval! — Cependant cette crainte, cette émotion, ce trouble qu'elles témoignaient au moment de pénétrer dans cette cohue, tout cela ne dénote pas une grande habitude du monde des plaisirs faciles, — mais me demander ma carte, ce procédé est assez leste et tout à fait dans les usages des Madeleines non encore repentantes! — Ces femmes sont jeunes toutes deux, j'en suis certain. — Le timbre de la voix est trop frais, la démarche trop vive et trop coquette pour en pouvoir douter. Sont-elles jolies? Ma foi!... j'en jurerais presque! — quoique je n'aie pu seulement deviner la couleur de leur prunelle, tant elles étaient soigneusement emmitouflées dans leurs capuchons, leurs loups et leurs dentelles! — Diable! en y réfléchissant, ceci est une circonstance atténuante, — continua-t-il en descendant les marches du péristyle et en s'arrêtant pendant quelques secondes à l'endroit désert alors où dansaient tout à l'heure les pierrots avinés. — Après tout, duchesses ou pécheresses, lis sans tache ou faciles camélias, ce sont des femmes, et j'ai agi comme je le devais faire. — Je ne les reverrai peut-être jamais, et, quant à ces masques insolents, s'ils viennent me rendre visite, morbleu! ils apprendront à leurs dépens que j'ai le poignet solide et le coup d'œil juste!... — Quel bizarre et invraisemblable enchaînement que celui des circonstances de la vie humaine! — Je vais peut-être tuer un homme ou être tué par lui, — je vais à coup sûr rêver à ce petit pied de Cendrillon que la coquette m'a fait voir dans sa fuite, parce que mon cigare s'est éteint et que ce drôle de Baptiste a oublié de mettre un briquet dans la poche de mon paletot. — Oh! oui, la vie est étrange! — Eh! mais, — ajouta-t-il en changeant de ton et en tirant de son gousset de gilet une montre dont la double boîte d'or portait un chiffre surmonté d'une couronne, — je ne sais ce qui se passe en moi, — cependant j'ai de fortes présomptions pour supposer que mon estomac crie famine. — Trois heures un quart! peste! cela n'a rien d'étonnant, et cette esquisse d'aventure ne m'a pas fait oublier les choses de la terre jusqu'au point de me nourrir uniquement d'espérances ou plutôt de rêveries amoureuses. — Heureusement qu'en m'interdisant le seuil des portes du bal masqué, je ne me suis pas fermé l'accès de celles de la Maison d'Or ou du Café Anglais!... — Donc, j'ai faim, et je vais souper!

Sur ce, le vicomte, tournant l'angle de la rue Laffitte, se dirigea vers l'entrée du premier des deux restaurants qu'il venait de nommer, et dont les fenêtres, brillamment éclairées, indiquaient que déjà la foule encombrait ses salons et ses cabinets.

## II

### Les vicomtes de Pont-Aven.

Olivier de Pont-Aven, que nous venons de mettre en scène au début de ce récit, était un jeune homme de vingt-huit ans.

Sa taille, moyenne, admirablement prise, décelait au premier coup d'œil une force physique peu commune, comme sa démarche libre et dégagée, son pas assuré et ferme, annonçaient l'élasticité des membres et d'heureuses dispositions aux exercices du corps.

Ses traits étaient fins et réguliers, son front haut, ombragé par une forêt de cheveux châtains bouclés naturellement. — Le nez était droit.

Le menton, fortement accusé, indiquait un caractère décidé, une résolution énergique.

D'épais sourcils bruns faisaient ressortir la vivacité et augmentaient encore la profondeur de deux yeux bleu clair, bien fendus et habitués à envisager hardiment tout ce qui attirait leurs regards.

La bravoure et l'audace rayonnaient dans l'étincelle électrique qui jaillissait de leurs paupières.

Son teint, légèrement basané, dénotait de longs séjours sous les climats brûlants de l'équateur.

Il ne portait pas de moustaches. — De soyeux favoris, dessinés de façon correcte, encadraient heureusement sa physionomie franche et ouverte.

Disons tout de suite qu'il était lieutenant de vaisseau dans la marine impériale et qu'il adorait la carrière qu'il avait embrassée.

Olivier était né dans un château que son père, ancien officier de marine, possédait dans les environs de Brest.

Sa mère était morte en lui donnant le jour.

M. de Pont-Aven, le père d'Olivier, s'était montré inconsolable de cette perte douloureuse.

Jusqu'alors les blessures qui couvraient son corps,

les fatigues qui l'avaient vieilli avant l'âge, n'avaient pu le contraindre à prendre sa retraite, mais, en présence du malheur qui le frappait si cruellement, il avait senti ses forces faillir et son courage l'abandonner.

C'est que sa vie entière n'avait été qu'un long et doux amour pour la femme qu'il venait de perdre.

Issu d'une ancienne et noble famille bretonne, ruinée par les guerres de Vendée et par la révolution de 93, orphelin dès son plus jeune âge, il avait recueilli pour tout héritage un mince patrimoine et un nom sans tache.

Le vicomte Arnold de Pont-Aven, — le grand-père d'Olivier, l'ami du bailli de Suffren, — était capitaine de vaisseau au service de Louis XVI.

D'un caractère énergique, d'un esprit vif et un peu bourru, d'un sens droit et profond, il avait fort mal accueilli l'élan démocratique qui faisait tourner tant de têtes, — en attendant qu'il les fit tomber!

Son *franc parler* à toute épreuve, jusque dans les salons de Versailles, lui avait fait une réputation de *vieux loup de mer* et d'ennemi des réformes, réputation qu'il justifiait à tous égards.

A la suite de cette fameuse nuit, pendant laquelle MM. de Montmorency et de Lafayette brûlèrent à grand bruit, mais à petit feu, leurs titres de noblesse, le vicomte avait eu cinq ou six duels qui l'avaient mis tout d'abord à l'index du parti progressiste.

Il cachait peu sa manière de voir, car un jour, au cercle de la reine, apercevant un des imitateurs de MM. de Lafayette et de Montmorency, il l'avait, à brûle-point, vertement apostrophé :

— Nous autres gentilshommes, — lui avait-il dit, — nous n'avons pas, nous ne pouvons pas avoir le droit d'agir ainsi que vous le faites. — Vous déplorez les prérogatives de la noblesse, vous les traitez de monstruosités, eh bien! abolissez ces priviléges, donnez vos revenus à qui bon vous semble, démolissez vos colombiers, j'y consens, — mais ne touchez pas à votre nom, ne touchez pas à votre titre!... Ces parchemins que vous jetez au feu ne vous appartiennent pas! — Vous en êtes les dépositaires, vous les devez à vos descendants! — Ces parchemins sont rougis encore du sang que vos aïeux ont versé pour les obtenir! c'est un signe héréditaire de bravoure et de fidélité! vous n'avez pas le droit d'y porter une main profane, une main sacrilége!... — Vous êtes coupables envers vos pères et envers vos fils, si vous anéantissez cet héritage de gloire!... — Quant à moi, vicomte de Pont-Aven je suis, par le sang que mes ancêtres ont répandu pour la France, et vicomte de Pont-Aven je mourrai, en dépit des novateurs et des utopistes!...

On comprend qu'avec de telles manières de voir, le vicomte ne songea nullement à émigrer, qu'il brisa sa canne sur le dos du premier qui osa lui annoncer l'abolition de la noblesse, et qu'il se lança à corps perdu dans l'organisation de la chouannerie.

Il avait perdu sa femme quelques années auparavant, et il se trouvait seul avec son fils Gérard de Pont-Aven lorsqu'il entreprit cette guerre sanglante où tant de nobles existences furent sacrifiées dans les deux partis.

Gérard avait huit ans à peine, mais les grands événements abrégent les années de l'enfance, et, en dépit de sa jeunesse, il voulut absolument ne pas se séparer de son père, qu'il suivit au milieu des dangers.

Le vicomte était lié avec Charette de la Contrie, qui, avant de devenir chef de partisans, avait été lieutenant de vaisseau sous les ordres de M. de Pont-Aven.

Il accueillit avec respect son ancien supérieur et s'empressa de lui donner une position digne de son rang.

Bientôt, — comme on le sait, — la discorde se mit entre les principaux chefs royalistes, et le vicomte, lié plus que jamais au chef vendéen, se trouva à peu près seul avec lui à la tête d'une bande mal armée, mais encore disciplinée.

Nous ne ferons pas l'odyssée des combats successifs que livrèrent ces deux hommes et ces paysans intrépides, — odyssée que nous nous réservons d'écrire un peu plus tard. — Nous dirons seulement qu'à la prise du camp républicain de Saint-Christophe, près de Challans, en 1794, le comte de Pont-Aven tomba mortellement blessé de trois coups de feu.

Gérard, affolé de douleur, s'efforçait d'arrêter le sang qui coulait par les trois blessures, mais son père lui fit signe que tout était inutile, et attirant à lui l'enfant qui sanglotait à ses côtés :

— Gérard, — lui dit-il, — je meurs en soldat, et c'est ce qui pouvait m'arriver de plus heureux. — Seulement, avant de fermer les yeux pour jamais, il faut que je te fasse part d'un remords qui me tient au cœur. — J'ai combattu pour mon roi, je meurs pour lui, mais j'ai fait passer l'amour d'un principe avant celui de la patrie! J'ai eu tort! — Les ennemis, les étrangers, ravagent la France! J'aurais dû d'abord prendre les armes pour la secourir. — Rappelle-toi mes paroles, tu es bien jeune encore, mais les derniers mots d'un père mourant se gravent dans la mémoire des enfants. — La patrie est notre mère à tous, sois bon fils! — Dès que tu te sentiras assez de forces pour la servir, prends une épée et combats pour elle; puis, les étrangers chassés, songe à ton roi! — Tu me comprends? — Meurent d'abord les ennemis de la France, puis haine aux ennemis du roi, et vive le roi!

Et, dans ce dernier cri, le vicomte Arnold de Pont-Aven exhala son dernier souffle.

Quatre ans après, et comme il entrait dans sa treizième année, Gérard s'engageait en qualité de novice à bord de la flotte commandée par l'amiral Linois et prenait part vaillamment à la glorieuse affaire d'Algésiras.

Brave, intelligent, suffisamment instruit pour l'époque, marin intrépide, aimé de ses chefs, le jeune vicomte franchit rapidement les premiers grades de la hiérarchie maritime.

En 1812, il était enseigne de vaisseau, — il avait alors vingt-six ans, — et tout lui présageait le plus brillant avenir, lorsque, pendant un séjour prolongé que le navire à bord duquel il servait fit à la Pointe-à-Pitre, il devint éperdûment amoureux de la fille d'un riche planteur.

Cette jeune fille se nommait Oliva de Brémond.

Grande, fine, élancée, gracieuse et indolente comme une véritable créole, elle recélait dans toute sa personne un charme extrême et irrésistible.

Ses grands yeux bleus, sa bouche mignonne, son teint mat, ses cheveux châtains, formaient un ensemble sinon parfait, du moins d'un attrait indéfinissable.

Bonne, aimable, souriante au malheur qu'elle accueillait et secourait avec empressement, elle était l'idole de sa famille et la bienfaitrice des pauvres de la Basse-Terre.

Nous avons dit que Gérard l'aimait éperdûment, et nous affirmons que cette expression est à peine suffisante pour exprimer les sentiments qui remplissaient son cœur.

Privé dès l'enfance de la tendresse d'une mère, de l'affection d'un père, — élevé au milieu des horreurs de la guerre civile, — grandi sur le pont d'un vaisseau à une époque où les officiers de toutes armes avaient à peine le temps de passer quelques semaines dans l'oisiveté, — le jeune enseigne n'avait jamais soupçonné l'existence d'une autre passion que celle des combats, jamais d'autres orages que ceux qu'il bravait sur les flots, jamais d'autres peines que celles résultant de la mort d'un camarade ou d'un ami.

La vue d'Oliva produisit une révolution subite dans son organisation morale.

Tout cet amour qui siége dans un noble cœur et qui débordait dans le sien, vierge encore de toute dépense, il le prodigua aux pieds de la séduisante créole.

Gérard était noble, brave, beau et spirituel. — Il savait peindre l'ardeur de sa passion avec une vivacité entraînante, — ses émotions mal contenues prouvaient assez la véracité de ses paroles. — Oliva ne put se défendre de lui rendre un peu de cet amour que le jeune marin prodiguait avec tant d'ardeur.

Cependant, pauvre et sans autre fortune que son épaulette d'enseigne, il se vit impitoyablement repoussé par la famille du riche planteur.

Alors son désespoir ne connut plus de bornes.

Il aimait réellement et sincèrement, — sa douleur fut profonde, et elle était incurable.

Des pensées de suicide germèrent dans sa tête embrasée.

Un soir qu'il rentrait à son bord avec la ferme résolution de mettre fin à son existence, désormais impossible, puisqu'il fallait renoncer à celle qu'il aimait, un matelot lui remit une lettre qu'une négresse avait apportée en son absence.

Cette lettre était d'Oliva.

La jeune fille avait deviné les sinistres desseins de Gérard, et elle venait essayer d'y mettre obstacle.

Dans cette lettre, écrite avec ce style qui est l'exclusive propriété des femmes aimantes, elle lui ordonnait de vivre et lui jurait que, si elle ne pouvait parvenir à fléchir ses parents, elle n'appartiendrait du moins jamais à un autre qu'à lui.

A la suite de cette imprudente démarche, Gérard pouvait avoir la pensée de forcer la main à la famille qui le repoussait, mais son cœur était trop loyal pour agir ainsi.

Le lendemain, il se présentait à l'habitation du riche planteur et sollicitait de lui la faveur d'un entretien particulier.

La lettre d'Oliva à la main, il renouvela sa demande.

La position était difficile.

M. de Brémond manda sa fille, et là, devant son père, en présence de celui qu'elle aimait, Oliva, sans trouble et sans faiblesse, renouvela son serment.

Ses réponses furent si nettes et si précises, que le père, justement alarmé, dut consentir à accepter un terme moyen.

Il promit au jeune enseigne la main de sa fille, mais à la condition expresse que le mariage n'aurait lieu que lorsque M. de Pont-Aven serait capitaine de frégate.

Cette promesse était bien véritablement une fin de non-recevoir, car le jeune marin venait d'obtenir son épaulette depuis six mois à peine, et, en admettant toutes les chances de réussite, il ne pouvait espérer être nommé lieutenant de vaisseau que dans deux années, capitaine de corvette que dans cinq ou six, capitaine de frégate que dans sept ou huit.

Or, Oliva avait seize ans, — que ne pouvait-il se passer pendant le cours de ces huit mortelles années d'attente?

Mais M. de Brémond se montra inflexible.

Il fallut prendre son parti en brave et les deux jeunes gens eurent du moins la consolation de se voir une fois par semaine sous les yeux de la famille, et, un peu plus souvent, le soir, avec l'aide d'une vieille négresse dévouée à Oliva.

Lorsque le navire sur lequel était embarqué Gérard reçut l'ordre d'appareiller, les adieux suprêmes et les serments de tendresse éternelle s'échangèrent avec force larmes et force soupirs.

L'enseigne jura sur sa croix d'honneur de n'aimer jamais qu'Oliva, — mademoiselle de Brémond promit sur son salut éternel de garder son cœur tout entier à celui qui emportait sa foi.

Gérard de Pont-Aven revint en France, bien décidé à se faire tuer à l'abordage de quelque croiseur anglais ou à gagner rapidement les épaulettes à graines d'épinards.

On était alors en 1813, la guerre embrasait l'Europe entière et promettait heureusement de durer longtemps encore, car l'Angleterre, dans sa vieille haine pour le pavillon français, nous suscitait des ennemis de tous côtés, et armait avec acharnement dans ses chantiers de construction, des bricks, des goëlettes, des frégates, des trois-ponts, qu'elle lançait ensuite sur notre faible marine épuisée par les désastres des campagnes républicaines.

Et cependant, dans cette lutte héroïque contre un ennemi cent fois supérieur en nombre et en force, jamais peut-être les annales maritimes d'aucun pays n'offrirent plus de traits d'héroïsme, de bravoure et de victoires individuelles, que celles de la marine française pendant cette période de quinze ans.

Manquant souvent de matelots, car l'armée de terre accaparait tous les hommes en état de porter les armes, commandés par des officiers qui, pour la plupart, n'avaient pas eu le temps de s'adonner à ces études sérieuses si nécessaires aux marins, nos navires portaient fièrement le pavillon tricolore, le clouaient souvent à leurs mâts, et l'amenaient bien rarement tant qu'il restait à bord un bras pour le défendre.

Dans presque toutes les batailles rangées, dans les combats d'escadre à escadre, nous avions le désavantage; — mais dans les rencontres isolées, lorsque les deux vaisseaux, accrochés l'un à l'autre par les grappins d'abordage, disparaissaient au milieu de la fumée des batteries tirant bord à bord, lorsque les canonniers, manquant d'espace pour charger leurs pièces, combattaient à coups de hache, toujours la furie française, l'intrépide élan de nos marins, triomphaient de la force matérielle et de la supériorité du nombre.

Que de fois les populations de Brest, de Cherbourg, de Lorient, de Boulogne, de Toulon, ont vu rentrer au port un brick désemparé, une corvette démâtée, un corsaire rasé et faisant eau de toutes parts, mais traînant à sa remorque une frégate, un vaisseau de ligne, un trois-ponts, portant bas les couleurs d'Angleterre et à sa corne le pavillon français triomphant!

Alors la foule battait des mains, trépignait sur les quais, remplissait l'air de ses hourras! — Le vainqueur rendait les derniers devoirs aux morts, descendait ses blessés à terre, lavait son pont sanglant, radoubait sa carène, redressait sa mâture, garnissait sa soute aux poudres et reprenait la mer, impatient de nouveaux dangers.

On mourait beaucoup dans ce temps de victoires, mais on avançait rapidement.

Gérard, blessé quatre fois, était officier de la Légion d'honneur et capitaine de corvette lorsque les événements de 1815 vinrent arrêter sa carrière.

Deux ans et demi s'étaient écoulés seulement depuis son départ de la Pointe-à-Pitre.

Grâce à son nom, grâce aux services rendus par son père à la cause des princes légitimes, la Restauration le maintint dans son grade; mais on était en pleine paix, et l'Europe, épuisée, fatiguée par la guerre, ne semblait pas devoir en *rallumer les torches*, — comme on disait alors, — avant de longues années.

Fort de ses premiers succès, le vicomte de Pont-Aven avait eu foi d'abord en l'avenir; — mais l'inactivité de la marine royale, les nouveaux grades décernés aux émigrés rentrants, la défaveur attachée aux officiers qui avaient servi sous celui que l'on ne nommait plus que l'*Usurpateur*, tout semblait se réunir pour l'accabler au moment où il était près de toucher au but.

Retourner à la Pointe-à-Pitre après le serment qu'il avait fait de ne revenir que capitaine de frégate, il n'y pouvait pas penser.

Il lui fallait donc se résigner? — quant à oublier Oliva, c'était impossible.

Cinq ans se passèrent ainsi.

Gérard, désespéré, ne songeait même plus à disputer au sort son bonheur naufragé, lorsqu'il reçut le commandement d'un petit brick chargé d'aller châtier les pirates de l'archipel Malais.

— Je reviendrai capitaine de frégate, — se dit-il, — ou je ne reviendrai pas.

Quelques mois après, il portait enfin ces épaulettes tant désirées et si bravement conquises.

Aussitôt il sollicita un congé et s'embarqua pour la Guadeloupe.

Oh! comme son cœur battit en arrivant en vue de la Basse-Terre!

Depuis huit années qu'il avait quitté Oliva, qu'était-il arrivé?

Lui était-elle demeurée fidèle?

Hélas! il n'osait l'espérer!

Aussi, il eût fallu être témoin de son impatience, depuis le moment où le pilote-côtier avait pris place à la roue du gouvernail, jusqu'à celui où le navire entra majestueusement en rade.

Pendant les manœuvres qui précèdent au mouillage, il allait et venait sur le pont, encourageant les matelots, suivant de l'œil les moindres gestes du capitaine du vaisseau marchand, prêt à rectifier tout ce qui pouvait entraîner quelques longueurs inutiles.

Enfin, le mot : — *mouille!* retentit à ses oreilles, — la chaîne de l'ancre fila en grinçant sur le fer des écubiers, — le navire ressentit une légère secousse et commença aussitôt ce mouvement lent et régulier que l'on nomme *l'abattée.*

Le canot de la Santé accosta, le chef prit la patente du nouvel arrivant, la déploya minutieusement à l'aide de pincettes, puis, la jugeant nette, il la plia, avec ses doigts cette fois, et la rendit au chirurgien du bord.

Alors, la foule d'embarcations qui entouraient à distance le navire apportant des nouvelles d'Europe, se précipita sur ses flancs.

Mais, avant qu'un seul des curieux eût eu le temps de grimper à bord, Gérard, avec l'agilité d'un marin et la vivacité d'un amoureux, se laissait glisser à un cordage extérieur et tombait dans un canot.

— Pousse à terre! — dit-il au nègre qui gouvernait la barque. — Vingt francs pour toi si tu accostes le premier.

Quelques minutes après, Gérard, dévoré d'impatience, gravissait à pied la petite côte qui menait à l'habitation du planteur.

Arrivé aux premières limites des terres de M. de Brémond, le marin s'arrêta, — il hésitait.

C'est que, — dans quelques secondes, — le bonheur ou le malheur de sa vie entière allait être décidé!

Cet homme, qui cent fois avait bravé la mort, qui avait cherché le danger, qui avait affronté calme et froid la tempête et les combats, se sentait pâlir et chanceler en présence de la demeure qui renfermait une frêle jeune fille.

Enfin, un nègre vint à passer.

Gérard l'appela, le nègre vint à lui; puis, après quelques paroles échangées, le marin bondit, jeta sa bourse à l'esclave et s'élança joyeux, ivre d'amour et de bonheur.

C'est qu'il venait d'apprendre que M. de Brémond était mort, et qu'Oliva n'était pas mariée.

La noble jeune fille avait tenu son serment.

Le mariage célébré, le congé expiré, M. de Pont-Aven ramena sa charmante femme en France et l'installa dans le vieux château de famille, — son unique patrimoine, — qu'il possédait dans les environs de Brest.

Oliva avait apporté la fortune, Gérard voulut lui rendre, en échange, la grandeur du nom et les honneurs qui en découlent.

Il se refusa à quitter le service.

Madame de Pont-Aven tenait, comme femme, tout ce qu'elle avait promis comme jeune fille; — c'était l'amour, la bonté, la grâce touchante, la vertu, personnifiés en une même et adorable créature.

Jamais bonheur ne fut comparable à celui qui régna pendant les premières années de ce charmant ménage, et telle était la femme, qu'après six ans de joie et de tendresse, le vicomte perdit en devenant père.

Nous l'avons dit, la douleur terrassa cette nature énergique et ardente.

M. de Pont-Aven donna sa démission au moment où il recevait du ministre le brevet de contre-amiral.

Il avait alors quarante et un ans.

Son premier sentiment pour l'enfant qui le privait en naissant de l'affection de toute sa vie, fut un sentiment de répulsion et de haine.

Olivier fut élevé loin du toit paternel.

L'amiral, — c'est ainsi que l'on appelait M. de Pont-Aven, — l'amiral, disons-nous, avait emmené avec lui, en quittant la mer, un matelot, jeune encore, qu'il avait embarqué jadis comme novice lors de son expédition dans l'archipel malais, et qui lui avait deux fois sauvé la vie.

Ce brave homme, nommé Margat, et surnommé *le Mocco*, parce qu'il était né dans les environs de Toulon, adorait son chef.

Il ne lui avait fallu rien moins que cet attachement sans bornes pour lui faire abandonner le pont de son navire, et le contraindre à vivre sur la terre ferme qu'il abhorrait.

C'était lui qui était chargé de veiller sur Olivier, que son père avait constamment refusé de voir.

Cet éloignement de l'amiral pour son fils faisait le désespoir du brave matelot.

Il se creusait la tête chaque jour pour amener un rapprochement.

Enfin, une idée singulière vint se loger dans son cerveau.

Margat, — ainsi que feu Guzman, — ne connaissait pas d'obstacles. — Un matin il prit l'enfant, le conduisit à Brest, chez la meilleure couturière de la ville, et lui fit confectionner, séance tenante, un habillement complet de petite fille. — Puis il le mena chez un coiffeur, en recommandant qu'on ne lésinât point sur le nombre des papillottes.

Olivier avait sept ans alors.

Ainsi frisé et costumé, avec ses beaux cheveux châtains, son teint un peu mat, ses grands yeux bleus, il ressemblait à sa mère d'une manière frappante.

Margat le plaça à l'arrière de son canot, et fit force de voiles vers le château de Pont-Aven.

En arrivant, il prit l'enfant dans ses bras, et, sans aucune préparation, il le posa devant son père.

L'amiral recula comme frappé de la foudre.

Ses forces l'abandonnèrent, il tomba épuisé dans un fauteuil, et, attirant à lui le pauvre petit tout étonné, il tendit la main à son fidèle matelot et mouilla de ses larmes la chevelure de son enfant.

La glace était rompue.

L'amour paternel parla haut et fort au cœur du vieux marin.

Son fils si longtemps repoussé devint son idole, et il

reporta sur l'enfant tout l'amour qu'il avait donné à la mère.

Élevé près de son père, — constamment en compagnie de Margat qui le chérissait, — passant ses heures de récréation sur la grève ou dans un canot, — Olivier ne vit jamais d'autre avenir pour lui que celui de l'homme de mer.

L'amiral, de son côté, n'en comprenait pas d'autre pour son fils.

Aussi, à quatorze ans, Olivier passa-t-il ses examens pour entrer à l'école de marine, où, grâce à son instruction sérieuse, car son père l'avait surveillée de toute son attention intelligente, il fut admis dans un rang distingué.

La première année terminée, il revint prendre ses vacances sous le toit paternel.

L'amiral était cruellement changé.

Il n'avait pu se relever, après quinze ans, du coup porté à son cœur par la mort de sa femme adorée.

Olivier rentra à l'école, pour continuer le cours de ses études, avec de funestes pressentiments dans le cœur.

Trois mois ne s'étaient pas écoulés, que Margat, les yeux rouges de larmes, venait le chercher en toute hâte.

Lorsqu'ils arrivèrent au château, l'amiral touchait à ses derniers moments.

En voyant son fils, il lui fit signe d'approcher.

D'un geste il éloigna tout le monde, excepté Margat, et rassemblant ce qui lui restait d'énergie par un effort suprême :

— Olivier, — dit-il au jeune homme qui, agenouillé au chevet du moribond, ne pouvait trouver une seule parole dans son désespoir, — Olivier, je vais mourir ! — ne pleure pas, mon fils, je suis heureux, — Je vais rejoindre ta mère, et, du haut du ciel, nous veillerons tous deux sur toi. — L'avenir est riche de joies pour les jeunes années. — Sois toujours digne du nom que tu portes et que je te transmets sans tache, tel que je l'ai reçu de mon père. — Prends cette croix, — continua-t-il en ôtant de son cou une croix de simple chevalier de la Légion d'honneur et en la mettant dans les mains d'Olivier, — elle a été loyalement gagnée sur le pont sanglant d'un navire ; — c'est sur elle que j'ai fait à ta mère le serment de l'aimer toujours. — A ton tour, mon enfant, jure-moi, sur cette même croix, d'être brave et loyal et de préférer la mort au déshonneur !

— Je vous le jure, mon père ! — dit le jeune homme d'une voix éteinte.

— Bien, mon fils ! je te bénis !

Et l'amiral, dont la voix s'affaiblissait de plus en plus, étendit une main amaigrie par les souffrances sur la tête inclinée de son enfant.

— Margat ! — ajouta-t-il en retombant sur son oreiller, — Olivier n'a plus que toi, veille sur lui !... Tu me le promets !...

Le matelot voulut parler, un jet de flamme lui monta à la gorge, ses sanglots l'étouffèrent; mais il saisit Olivier et le pressa sur sa poitrine avec une expression qui valait mieux qu'un serment.

L'amiral les contempla un instant tous deux d'un œil étincelant, puis son regard se ternit peu à peu, — il étendit encore la main vers son fils, — sa tête se renversa en arrière par un mouvement convulsif, sa bouche frémit et le nom d'Oliva s'échappa de ses lèvres avec son dernier soupir.

Eh bien! ce serment qu'Olivier avait fait sur la croix de son père, — le jour où nous le retrouvons à Paris, c'est-à-dire treize ans plus tard, il l'avait tenu religieusement.

Quant à Margat, dès que le jeune homme fut sorti de l'école pour prendre un service actif à bord d'un navire de l'État, il avait sollicité, lui aussi, un ordre d'embarquement, et, fidèle à sa promesse, il n'avait jamais quitté Olivier.

Aussi à l'heure où commence notre récit, Margat, quartier-maître en congé, était-il installé dans le joli appartement de garçon qu'Olivier possédait rue d'Astorg et où bientôt nous conduirons nos lecteurs pour leur faire faire connaissance avec le digne marin.

Et, maintenant que nous avons établi la position sociale du vicomte de Pont-Aven, maintenant que l'on sait qu'il est orphelin, riche, lieutenant de vaisseau, et en congé par suite d'une blessure reçue à Bomarsund, blessure légère, mais que le mouvement de la mer pouvait empêcher de se cicatriser promptement, — ajoutons que cette blessure est entièrement fermée depuis deux mois, — qu'Olivier attend d'un jour à l'autre un nouvel ordre d'embarquement, — et reprenons notre récit là où nous l'avons laissé, c'est-à-dire au moment où le jeune homme, sentant dans les régions abdominales ce travail et ce besoin de la nature que l'on appelle vulgairement *la faim*, se prépare à pénétrer dans ce cabaret élégant, si connu des viveurs parisiens sous le nom de MAISON D'OR.

## III

Sur l'escalier de la Maison-d'Or, à quatre heures du matin.

Arrivé devant la porte vitrée du restaurant, le vicomte s'arrêta pour laisser passer cinq ou six débardeurs en costume ultra décolleté, et qui, accompagnés d'un nombre égal de cavaliers aux déguisements fantastiques, franchissaient joyeusement les premiers degrés de l'escalier conduisant à l'étage supérieur.

Les femmes riaient, chantaient, parlaient toutes ensemble, ébauchant sur les marches quelques-uns de ces pas indescriptibles, dont les étrangers et les provinciaux racontent des merveilles à leur retour au pays natal.

Évidemment ces organisations, pour la plupart frêles et délicates, n'avaient pas épuisé, dans les tourbillons du galop infernal, la dose de pétulance et d'énergie dont la prudente nature les avait pourvues si généreusement.

Les hommes, au contraire, semblaient lutter contre la fatigue pour se maintenir à un diapason de folie beaucoup moins élevé.

La troupe joyeuse était à peine arrivée au tiers de son ascension, lorsqu'elle fut croisée par un nouveau personnage qui, venant en sens inverse, descendait lentement les marches de l'escalier.

C'était un homme de haute taille, à la tournure leste et dégagée, en dépit d'un commencement d'embonpoint qui donnait à sa démarche quelque chose d'un peu magistral.

Son grand œil brun était franc et hardi.

Sa barbe, qu'il portait tout entière, offrait des tons luisants d'un beau noir bleuâtre, et ses cheveux, coupés très-courts, laissaient percer quelques mèches argentées qu'il paraissait peu soucieux de dissimuler.

Ses lèvres rouges et saillantes dénotaient des penchants sensuels.

Enfin sa physionomie entière s'éclairait d'un reflet de bonne humeur et de franchise qui inspirait tout d'abord une secrète sympathie.

Sa mise était d'une parfaite élégance, d'accord en cela avec ses manières qui décelaient un homme du monde et du meilleur monde.

Quant à son âge, il avait quarante ans, et il les avouait en riant, ce qui, — prétendait-on, — grâce à son esprit, à son bon goût et à cinquante mille livres de rente en excellentes terres, ne lui faisait aucun tort auprès des filles d'Ève.

Il se nommait le comte Lucien d'Ornay, et sa noblesse remontait aux premières croisades, ainsi que le constatait l'armorial du Poitou.

— Tiens! — s'écria l'un des débardeurs en le voyant — c'est ce gros Lucien! — Bonjour, Lucien!... — Est-ce que tu étais en tête-à-tête avec un domino compromettant, que tu te sauves à l'heure où tout le monde arrive?

— Ma chère enfant, — répondit le comte en souriant, — ne suppose rien, car tu ne devinerais pas!

— Il veut cacher son jeu parce qu'il s'est fait voler, — interrompit un autre débardeur. — Il a cru emmener souper une beauté idéale, et, en supprimant le masque, il s'est trouvé vis-à-vis de sa cuisinière!

— Ne dis pas de mal des cuisinières, — repartit Lucien, — on ne sait pas ce qui peut arriver!

— Tu parles comme un couplet du Gymnase, du temps qu'on y chantait des couplets.

— Dis donc, mon gros! — ajouta la jeune femme qui la première avait arrêté le comte d'Ornay, — est-ce que tu soupes là-haut?

— Non! je vais au Café Anglais.

— Alors, je t'accompagne! — Au revoir les autres!

— Impossible! ma belle petite.

— Pourquoi?

— Mais d'abord parce que tu es en trop bonne compagnie pour que je veuille t'en séparer!

— Elle est jolie, ta bonne compagnie! — fit le débardeur en se penchant à l'oreille du comte, et s'appuyant sur son épaule : — Des boursiers et un avoué de première instance qui a toujours peur d'être pincé par madame son épouse, à laquelle il a conté qu'il allait visiter un château que l'on vend dans huit jours. — Tiens! c'est celui qui a le nez bleu et la barbe orange, Il m'a assez ennuyée depuis deux heures!...

— J'en suis désolé, mon enfant, mais je n'y puis rien.

— Tu vas retrouver ta belle?

— Peut-être! — Et le comte, se dégageant doucement, continua sa marche.

— Bonne chance, alors! — lui cria le débardeur en se hâtant de gravir les degrés pour rejoindre ses compagnons.

Puis on l'entendit chanter à tue-tête, et d'une voix de soprano suraigu, ce couplet de la spirituelle chanson de Nadaud :

Vieux ridicules,
Jeunes crédules,
Gueux ou banquiers, payez, payez, mon cher!
L'un mes toilettes,
L'autre mes dettes,
Vous mes bijoux, vous mes chemins de fer!

Le comte d'Ornay se trouvait alors en face d'Olivier, qui, en le voyant entouré par les débardeurs, s'était arrêté et attendait en souriant.

Le visage de Lucien s'éclaira d'un vif rayon de plaisir.

— Olivier! — s'écria-t-il, — mon brave Olivier! Tu es à Paris et je l'ignore!

— Parbleu! — répondit en riant M. de Pont-Aven et en secouant avec cordialité les mains que le comte lui tendait. — Je me suis présenté vingt fois chez toi depuis trois mois, et, chaque fois, l'on m'a répondu que tu n'étais pas encore revenu de Touraine.

— C'est vrai, car j'étais à la chasse et tu me vois presqu'au débotté. Le chemin de fer m'a ramené ce matin même! — Oh! si j'avais pu deviner ta présence *dans la capitale du monde civilisé*, — comme disent les journalistes, — je t'aurais sacrifié tous les dix-cors de la province, ne fût-ce que pour t'embrasser un mois plus tôt! Mais je te croyais encore à bord de l'escadre.

— Une blessure m'a contraint à prendre un congé...

— Une blessure dangereuse? — fit Lucien avec une vive sollicitude.

— Non, — moins que rien, — une balle russe qui, après m'avoir effleuré la poitrine, est venue se loger dans l'épaule gauche.

— Et tu es guéri?

— Complètement! — tout prêt à recommencer dès que j'aurai reçu du ministre l'ordre d'embarquer, soit à Cherbourg, soit à Toulon.

— Tu ne veux donc pas quitter la marine?

— Quitter la marine! — s'écria Olivier avec un accent de reproche. — Abandonner cette noble carrière dans laquelle mon père a illustré son nom? — Quitter la mer! — n'être plus balancé entre le ciel et l'eau! — ne plus braver les tempêtes! — ne plus rêver voluptueusement en suivant du regard le sillage du navire par un beau ciel étoilé et sur des vagues paresseuses! — Ah! mon cher Lucien, si tu avais navigué, si tu étais marin, tu ne me ferais pas une semblable question! — Et lors même, — continua le jeune enthousiaste, — lors même que je voudrais quitter le service, n'ai-je pas, avant tout, à faire baptiser ce ruban, qui désormais me donne le droit de porter la croix de mon père?

Ce disant, Olivier avait ouvert son pardessus et désignait du doigt un mince liseré rouge qui bordait la boutonnière de son habit.

— C'est une croix noblement placée! — répondit Lucien sans essayer de dissimuler une légère émotion. — Mais, — continua-t-il en changeant de ton, — tu me raconteras plus tard l'acte de courage qui t'a valu cette distinction et ce bonheur. — Pour le présent, tu m'appartiens comme Robert à Bertram, je ne te quitte plus! — Où allais-tu?

— J'allais prosaïquement souper.

— Alors, viens avec moi. — Nous soupons au Café Anglais. — Tu verras là de Chabrière, d'Aubignée, Chambry et tant d'autres qui ne t'ont pas oublié, je te l'affirme.

— Volontiers.

— En ce cas, partons, il est l'heure.

Et Lucien passant son bras sous celui du jeune marin, tous deux traversèrent le boulevard.

— Eh mais! — s'écria d'Ornay tout à coup en riant, — quelle économie! — Dieu me damne! — tu mets un cigare éteint dans ta poche!

— Ce n'est pas de l'économie, c'est un souvenir.

— Ce bout de régalia, un souvenir?

— Sans doute, car c'est grâce à lui que je t'ai rencontré cette nuit, — c'est grâce à lui que j'ai aperçu la plus délicieuse cheville féminine qu'il soit possible de rêver, et, enfin, c'est grâce à lui que je me battrai probablement en sortant de table!...

— Que diable me racontes-tu là? — Tu te bats à propos d'un cigare?

— Non, mais à propos de deux dominos qu'insultaient des insolents...

— Un duel pour quelque drôlesse! fi donc!

— Ne juge pas si vite! Il y a beaucoup à dire à cet égard...

— Eh bien! nous examinerons cela après souper. — Et, quant à ton duel, laisse-moi la direction de cette affaire. — D'ailleurs, si tu te bats, je suis ton témoin, cela me revient de droit.

— Fais ce que tu voudras. Je te raconterai tout, et je me laisserai guider à ta fantaisie... Es-tu content?

— C'est parler comme saint Jean Bouche-d'Or.

Donne-toi la peine de passer, — fit le comte en pénétrant dans les salons d'attente du Café Anglais. — Puis, s'adressant à un garçon, il lui dit : — Louis, y a-t-il du monde au numéro 5?

— Ces messieurs et ces dames viennent d'arriver à l'instant, — répondit le garçon. — Si ces messieurs veulent monter, on va servir.

— En avant, alors! — dit Lucien en se dirigeant avec Olivier vers la porte du salon désigné, d'où s'échappaient des cris joyeux et des chants entremêlés de vigoureux accords, plaqués sur un mauvais piano.

— Mesdames et messieurs, — s'écria le comte d'Ornay en ouvrant la porte dans toute sa largeur, — je suis en retard, je l'avoue, mais j'apporte mon excuse avec moi, — Voici le vicomte de Pont-Aven, un vieil ami à nous tous, que j'ai saisi au passage, au moment où il s'engouffrait dans la Maison-d'Or, et que je vous amène...

Un hourra formidable répondit à l'entrée des deux nouveaux convives, et vingt mains se tendirent vers eux.

## IV

### Le salon numéro 5 du Café Anglais.

Il n'est pas un de nos lecteurs qui ne connaisse, de nom au moins, le restaurant du Café Anglais, lequel, avec la Maison-d'Or et le Café Foy, forme ce trio d'*antres* plus bachiques et plus galants que gastronomiques, ouverts à toute heure de nuit et en toute saison *aux filles de marbre* sortant du théâtre des Folies-Nouvelles, de celui des Bouffes-Parisiens, du bal Mabile ou des soirées du Ranelagh, aux *fils de famille* qui y ébrèchent leur fortune, aux *viveurs* habitués quotidiens, et même aux commis d'agent de change et aux boursiers en veine qui viennent gaiement y manger les bénéfices de leurs différences de fin de mois.

De petits cabinets étriqués, — bas de plafond pour la plupart, où l'air manque complètement après une heure de séjour, sans tapis, sans luxe recherché, meublés d'un divan douteux en compagnie d'une table et de quatre chaises, éclairés par deux becs de gaz, — offrent aux gentilshommes et aux *Mondors* du dix-neuvième siècle l'éclat de leur argenterie ruolzée, la blancheur douteuse de leur linge de coton, et le service mal fait de leurs garçons malpropres.

Ces cabinets sont pourtant les boudoirs galants dans lesquels les Richelieu d'aujourd'hui, les Beaujon de notre époque, offrent à souper aux Duthé et aux Sophie Arnould de l'an de grâce 1860.

Les petites-maisons de nos grands-pères ont disparu, hélas!... emportées par le simoun destructeur de l'ouragan révolutionnaire, et la mesquinerie de notre siècle n'a pas permis de les réédifier.

Nous disons *la mesquinerie*, et nous le disons à dessein, car la morale est complètement étrangère au défaut de rétablissement des mystérieux réduits de la galanterie spirituelle et largement comprise.

Bien plus, la moralité y perd chaque jour.

Autrefois, en effet, il fallait, à défaut d'un grand nom, au moins une grande fortune pour se permettre ces soupers de Trymalcion, où la licence régnait en maîtresse absolue.

Aujourd'hui, cette facilité de plaisirs est accessible à tous.

L'origine des petites-maisons avait pour principe un sentiment de délicate convenance, qui ne voulait pas que les jeunes débauchés, les roués, les talons rouges à bonnes fortunes, reçussent leur maîtresse du moment dans l'hôtel qu'habitait leur père, — dans la chambre où devait plus tard reposer leur femme, — dans la maison enfin qui portait au couronnement de son portail l'écusson de la famille, et devant les valets aux livrées des ancêtres.

Le service de ces temples clandestins du plaisir et de l'orgie était fait par des *grisons*, sortes de laquais aux costumes effacés, — livrées mystérieuses et qui ne décelaient point le nom du maître.

Nous savons bien que le voile qui couvrait ces débauches était des plus diaphanes, et que tous les regards lisaient facilement au travers, mais enfin ce semblant de rideau existait, et la jeune fiancée, en pénétrant dans la chambre nuptiale, avait au moins la certitude de ne pas y succéder à la maîtresse de la veille que l'on en avait chassée pour lui faire place.

De plus, les grands seigneurs et les grands financiers soupaient entre grands seigneurs et grands financiers.

Leur luxe princier était tellement au-dessus des rêves les plus dorés du vulgaire, que pas un des rejetons de la classe commerçante ne songeait à y atteindre.

Pour ceux-ci, *Ramponneau* et les cabarets des *Porcherons* étaient des établissements où ils se trouvaient pour ainsi dire en famille, entre égaux, et où les folles extravagances des fils de la noblesse ne venaient pas leur donner la fièvre de l'envie et la maladie sans remède de la dépense exagérée.

Aujourd'hui, rien de tout cela n'existe plus; — grands seigneurs et grands financiers vont s'attabler dans le cabinet voisin de celui où s'émancipe le clerc de notaire ou le premier commis d'une maison de banque.

Quelques malheureux louis dans un maigre portemonnaie rendent accessible l'entrée de ces profanes sanctuaires.

Et que résulte-t-il de cette fusion entre toutes les classes, de cette égalité devant l'argent, de ce contact perpétuel des gens de loisir et des hommes de travail? — C'est que ces derniers abandonnent promptement le labeur honorable pour les plaisirs que procure l'argent, — c'est que celui qui ne possède pas un titre sonore veut afficher le luxe pour dorer sa roture, — c'est que la société des jeunes oisifs gâte à tout jamais les dispositions laborieuses des enfants de la classe bourgeoise.

Aussi le répétons-nous encore, mieux faudrait cent fois pour la moralité le rétablissement des petites-maisons, que la tolérance accordée par la police à ces établissements publics, cabarets où l'on perd sa fortune dans les nuits fiévreuses du lansquenet, — où l'on délabre sa santé dans les orgies de filles entretenues, — où l'on salit son imagination dans des conversations cyniques, — où l'on ternit quelquefois son honneur, comme on tache les nappes avec des vins frelatés.

Au reste, la bourgeoisie recueille ce qu'elle a semé.

Elle a poussé à la roue de toutes les révolutions dans sa haine envieuse contre la noblesse, et elle n'a hérité que des vices de cette noblesse, sans lui prendre ses qualités.

Ce sont ces vices qui poussent ses enfants à la ruine et à la débauche, et leur font souvent renier le nom de leurs pères pour se décorer d'un vain titre dont ils ne s'assimilent que le ridicule.

Pauvres fous qui pleurent dans la maturité sur les folies de leur jeunesse, et qui ne savent que bien rarement les réparer.

Que de calamités effrayantes ont engendré depuis vingt ans tous ces établissements publics, restaurants, bals, petits théâtres, où l'on ne va que dans un but de conquêtes d'avant-scènes, — établissements où la prostitution clandestine lève fièrement la tête, et emprunte au luxe menteur ses séductions de pacotille.

Il est juste d'ajouter que les propriétaires de ces mauvais lieux font de rapides et brillantes fortunes!...

Voilà la morale de la chose, et nous n'osons la discuter.

Libre à chacun de l'interpréter à sa guise.

Le salon dans lequel viennent de pénétrer le comte Lucien d'Ornay et le vicomte Olivier de Pont-Aven, est situé au premier étage du Café Anglais, et forme l'angle du boulevard et de la rue.

Ce salon, — beaucoup plus grand que ses voisins, — était alors splendidement éclairé par les lustres, les torchères, les lampes Carcel, qui, suspendus au plafond, attachés à la muraille par des supports en bronze doré, jetaient des flots de lumière sur la table toute dressée tenant le milieu de la pièce, et sur les convives attendant impatiemment le premier service.

Les convives étaient, en hommes, les lions du jour, gentilshommes et financiers.

MM. de Chabrière, d'Espinoy, d'Aubignée, de Santis, appartenant au monde le plus aristocratique, mais négligeant les salons du faubourg Saint-Germain pour ceux du jokey-club et pour le foyer de la danse de l'Académie impériale de musique.

Tous jeunes, riches, élégants, avides de plaisir, non pour des joies sur lesquelles ils étaient déjà blasés, mais pour le tumulte et le bruit qui leur faisaient croire à un amusement réel.

Élevés dans l'oisiveté la plus absolue, pourvus d'une éducation fort peu suffisante, ils étaient les représentants fort complets de la jeunesse dorée de nos jours.

A eux s'adjoignait lord Wildnery, dont le père possédait une immense fortune, et faisait partie de la chambre haute des Trois-Royaumes.

Ce jeune gentleman, aux favoris roulés et coupés en forme de côtelettes, se tenait raide et compassé dans son habit noir et sa cravate blanche.

Parlant assez mal le français, il exprimait immanquablement et invariablement toutes les sensations qu'il était susceptible d'éprouver, par une sorte de dissyllabe, ou plutôt d'exclamation particulière à ses compatriotes, et qui peut s'orthographier ainsi — *ââh!*

Il ne riait jamais, mais il avait la prétention d'être excessivement gai.

Puis venait Chambry, que ses intimes avaient surnommé *le roi des agents de change* passés, présents et futurs, et qui, tout en dépassant largement la cinquantaine, ne voulait renoncer ni aux plaisirs, ni à cette existence de viveur qu'il menait grandement grâce aux revenus considérables de sa charge...

Louis Garnier, — l'une des puissances de la presse à l'époque où la presse était elle-même une puissance — rédacteur en chef de l'une de nos grandes feuilles politiques.

Jules d'Herbelay, jeune auditeur du conseil d'Etat, qui dissipait follement une brillante fortune dont il s'était trouvé maître à sa majorité.

Enfin, maître Loiselet, notaire impérial, qui mettait volontiers de côté sa cravate blanche et ses lunettes bleues, ainsi que la dignité que son prédécesseur lui avait cédée avec son étude, pour arborer le col anglais de fantaisie, le pince-nez d'écaille, et le joyeux sans-façon d'une existence carnavalesque.

Quant aux femmes, c'était l'élite de la bohême féminine : — pécheresses en vogue, — actrices sans talent et dont la vocation dramatique se borne au désir de faire briller des toilettes impossibles sur les planches d'un théâtre, — coryphées du corps de ballet, — tout ce monde enfin qui paraît à quinze ans, disparaît à quarante, et dont l'enfance et la vieillesse ne sont jamais connues de ceux-là même qui se sont ruinés pour lui et avec lui.

Les hommes étaient tous en habits noirs, — les dames étaient costumées.

Seulement, par-dessus leurs costumes, elles avaient passé un large domino, afin, prétendaient-elles, de ne pas déroger à leurs habitudes de femmes comme il faut.

Il est inutile de dire que, aussitôt après leur arrivée au Café Anglais, elles avaient relégué dominos et capuchons au vestiaire.

Lorsque chacun des hommes se fut empressé autour d'Olivier, et lorsque Lucien l'eut présenté à ceux de ces messieurs qu'il voyait pour la première fois, Chambry s'écria :

— Eh bien! mes très-chers, nous sommes au complet maintenant, comme un omnibus du boulevard! — A table!

— A table!... à table!... — répétèrent les femmes.

— Permettez, messieurs, et vous, mesdames, modérez cette impatience gastronomique, — dit de Chabrière en étendant la main, — il nous manque encore trois convives et nous leur devons le quart d'heure de grâce.

— Qui donc? — demanda le notaire impérial.

— Mais, Lycenay, Charleval et la charmante Fernanda.

— Une chipie qui se fait toujours attendre pour soigner son entrée! — s'écria une jeune femme dont le costume, des plus simples, mérite cependant une courte description.

Ce costume se composait d'abord, — en commençant par la base, — d'une paire de bottines de taffetas bleu, qui dessinaient un pied assez élégant et surtout fort leste, — d'un large pantalon de taffetas également bleu, et garni de flots de dentelles d'où sortaient deux jambes finement modelées, et sur lesquelles se tendait le tissu diaphane d'un bas de soie blanc.

Une étroite ceinture de soie écarlate attachait le pantalon au-dessus de hanches fortement accusées, et dessinait une taille ronde, admirablement prise, dont la souplesse se révélait dans les moindres ondulations du corps.

Le buste, libre des entraves du corset, était recouvert d'une simple chemise de batiste aux manches courtes, garnies de point d'Angleterre, et dont le tour de gorge, finement brodé, se jouait à l'aise en découvrant, dans toutes leurs splendeurs, des épaules blanches, rondes et potelées, plus ou moins mises à jour par les mouvements rapides de deux bras aux mignonnes fossettes.

Une vaste perruque poudrée encadrait un délicieux visage mutin et provoquant, spirituel et hardi, éclairé par deux prunelles étincelantes.

Cette piquante créature allait, venait, dansait, gambadait, parlait à tout propos, apostrophait chacun, et faisait plus de bruit à elle seule que toutes ses compagnes ensemble.

## V

### Silhouettes et photographies.

— Chabrière a raison, — poursuivit de Santis, — le souper est pour quatre heures et demie, et il n'est que quatre heures un quart.

— C'est juste! — ajouta Lucien, — il faut attendre! — Puis se tournant vers Olivier : — Puisque nous avons un quart d'heure devant nous, — continua-t-il, — je veux en profiter pour te présenter ces dames chacune en particulier, car, depuis deux années que tu as perdu de vue nos beautés élégantes, il s'est accompli de singuliers bouleversements dans le monde des amours. — Quelques-unes ont pris leur retraite, — d'autres ont monté en grade, et beaucoup de nouvelles recrues ont demandé à entrer au service. — Allons, mesdames! veuillez passer toutes à gauche de la table! sur une seule ligne! — La tête droite, — les yeux fixes, — les coudes au corps.

— Et le petit doigt sur la couture du pantalon! — interrompit la jeune femme turbulente dont nous venons de décrire le costume. — Plus souvent que je vais poser pour le fantassin au port d'arme! — continua-t-elle en escaladant lestement la table et en foulant de son pied mignon la nappe éblouissante de blancheur.

— On ne monte sur la table qu'au dessert, ma petite! — fit observer gravement Lucien.

— Au dessert on tombe dessous, mon gros! — riposta la pimpante pécheresse. — C'est moi qui vais commander la manœuvre. — Je m'y connais, peut-être! — On n'est pas resté trois mois à Saumur pour apprendre seulement à pincer de la guitare! — Laissez-moi maîtresse des cérémonies, et je vais procéder à une présentation à faire rougir un chambellan! — Escadron! attention! — Et vous, jeune et intéressant marin, approchez!

Olivier obéit en riant.

— Dis donc, Tata! — interrompit une jolie blonde aux grands yeux bleus, dont la physionomie fatiguée décelait l'existence orageuse, — si tu veux nous faire voir comme des bêtes curieuses, prends au moins une baguette!

— Silence dans les rangs! — clapit Tata d'une voix perçante. — Attention! je commence! — Jeune marin! — fit-elle en désignant du geste une femme assez gentille dans laquelle se trouvait Olivier, — ce costume de bergère Watteau, trumeau et pompadour, vous représente mademoiselle Rosalba de Saint — (prononcez cinq ou six) — Charles, veuve de plusieurs officiers de dragons et autres cent-gardes, et qui, pour le quart d'heure exerce, conjointement avec mademoiselle Rachel, la profession de tragédienne à l'étranger. — Elle espère, néanmoins, trouver bientôt un engagement de trente francs par mois au Petit-Lazari. — En attendant, elle danse toute espèce de fandangos risqués chez Cellarius et chez Laborde, et elle spécule sur les chemins de fer!... Saluez Rosalba, et, en avant la musique!

— As-tu fini de m'abîmer comme ça devant le monde? — s'écria la bergère Watteau, trumeau et pompadour, en rougissant de colère sous le rouge qui couvrait ses joues.

— Respect aux chefs! — glapit de nouveau la lorette, qui manœuvrait avec une dextérité de chatte et d'écureuil au milieu des verres et des bouteilles.

— Bravo! continue! — crièrent les hommes.

— A une autre! — Cette laitière fraîche et vermeille, pure comme le lait frelaté qu'elle ne vend pas, est mademoiselle Reinette Choubert, dont l'illustre sœur a débuté sur toutes les scènes connues et inconnues avec le même succès. — Celle-ci se nomme mademoiselle Cracovie, — continua Tata en désignant la jolie blonde qui lui avait proposé une baguette, — jeune première d'un de nos théâtres de vaudeville, et dont le talent et les robes en moire antique ont déjà fait la conquête de trois jeunes boursiers tués sous le Nord et le Grand-Central à la dernière liquidation! — Cela vous explique pourquoi elle a dû arborer le simple domino noir. — Cette incomparable Espagnole est mademoiselle Coco, ainsi nommée parce que sa mère en vendait, et qui, pour le moment, tient son emploi dans le corps de ballet de l'Académie impériale de musique! — Elle verse à boire à Robert-le-Diable et elle pose avec élégance dans les baigneuses des *Huguenots!* — Saluez Coco!

— Qu'elle est bête, cette Tata! — répondit l'Espagnole. — C'est pas vrai, maman n'a jamais vendu de coco!...

La réclamation de la jeune femme fut étouffée sous les bruyants éclats de rire provoqués par les saillies de mademoiselle Tata.

— Jetez les yeux, jeune marin, sur la personne que vous avez à votre gauche, — continua l'infatigable cicerone en s'adressant toujours à Olivier. — Ces longs bandeaux noirs, ces grands yeux, ce grand nez, cette grande bouche, cette grande taille, ce grand cou, ces grandes jambes appartiennent à une ex-habituée des loges de balcon de l'Opéra! — Cette jeune personne pleine d'avenir va remplacer incessamment les Célimènes actuelles du Théâtre-Français, combler le vide laissé par mademoiselle Mars, — du moins elle le prétend... — Passons à une autre! — Sous ce pantalon de débardeur, sous cette casquette posée si crânement sur l'oreille gauche, se présente la charmante Ninie Trempetonpain, ex-pensionnaire du Théâtre-Lyrique, en congé définitif et à la recherche de la pierre philosophale en la personne d'un jeune homme blond, possesseur de soixante mille livres de rente, et d'un cœur aimant et généreux. — Tournez maintenant vos regards vers la droite, — poursuivit-elle avec une extrême volubilité en coupant la parole à Ninie, qui ouvrait la bouche pour lui répondre, — voyez! examinez, cette pierrette Régence à l'œil expressif et aux épaules éblouissantes! — Admirez! la vue n'en coûte rien! — C'est mademoiselle Bibi Séraphin, artiste dramatique et écuyère de l'Hippodrome! — Cette intéressante enfant au cœur naïf n'a pas sa pareille pour franchir une barrière, et pour doter chaque année sa patrie d'une progéniture frappée à l'effigie du père, pour le moment en activité de service! — Elle n'est pas dans la misère, comme dit la chanson, mais elle fut mère de quatorze enfants en bas âge!...

— Et ce costume de gamin effronté vous représente mademoiselle Tata Maryland, ainsi nommée à cause de sa passion pour les cigarettes! — dit, en désignant du doigt la pécheresse montée sur la table, une grande femme aux traits purs et réguliers, aux yeux noirs étincelants, à la bouche fine et carminée, et qui, revêtue d'un magnifique domino rose, venait d'entrer doucement, suivie de deux jeunes gens. — Mademoiselle Maryland! — répéta-t-elle en s'avançant, — coryphée aux appointements de cinquante francs par mois, dont soixante d'amendes, et qui, grâce à une économie sagement entendue, possède, avec un tel traitement, trois chevaux dans son écurie, deux voitures sous sa remise, et un valet de chambre beau garçon, qui a la spécialité de la faire revenir à elle-même lorsqu'elle tombe en syncope...

— Tu as menti, Fernanda! — s'écria Tata Maryland cramoisie de colère, et en s'élançant d'un bond sur le parquet.

— Qu'est-ce que c'est? — Un démenti! — une querelle! — un duel entre amies! — s'écria vivement un des jeunes gens qui venaient d'arriver à la suite du domino rose. — Maryland! je me mets aux lieu et place de Fernanda, et je vous attends chez moi, demain matin, pour régler les conditions de la rencontre.

— Laissez-moi donc tranquille, Félix! — fit Maryland en se dégageant et en prenant le bras d'Olivier. — Jeune marin! — dit-elle, — au dernier les bons! — Ce domino rose n'est autre que la beaucoup trop célèbre Fernanda, surnommée MADEMOISELLE LA RUINE, à cause de la rapidité miraculeuse avec laquelle elle fond au creuset de ses folies les fortunes de ses amants!...

— Insolente! — s'écria Fernanda.

— Ah! ma chère, pourquoi t'attaques-tu à moi? — Tu as beau être méchante, n'oublie pas qu'avec Tata Maryland, qui s'y frotte s'y pique!

— Ne vous fâchez donc pas pour une plaisanterie de carnaval! — dit à Fernanda le second de ses deux cavaliers en lui offrant le bras pour la conduire à l'autre extrémité du salon.

— Ah! cher Edgard! — répondit le domino rose à voix basse, — je ne pourrai jamais m'habituer au ton de cette femme et, si je ne craignais de vous éloigner de vos amis, je vous jure que je ne mettrais jamais les pieds dans ce monde odieux!!... Mais, pour vous, que ne ferais-je pas!...

— A table! à table! — cria Chambry en agitant une sonnette et en donnant l'ordre de servir.

— Oui, à table! — répéta-t-on en chœur; et chacun prenant une voisine ou un voisin à sa convenance, tout le monde fut bientôt placé.

— Qu'est-ce que ces messieurs qui viennent d'arriver? — demanda Olivier à l'oreille de Lucien près duquel il était assis.

— L'un, — je croyais que tu le connaissais, — est le vicomte de Charleval, un imbécile, mais un bon garçon, — l'autre est le baron Edgard de Lycenay, un niais qui abandonne et délaisse une femme charmante à laquelle il est marié depuis trois ans, pour se ruiner avec cette Fernanda! splendide créature, il est vrai, mais cœur de pierre sous une gorge de Diane chasseresse!

— Pour qui donc réserves-tu cette place entre toi et Fernanda, Charleval? — demanda le jeune auditeur en désignant un couvert sans propriétaire.

— Pour un ami, ou plutôt un revenant! — N'est-ce pas, Fernanda?

— Un revenant? — répondit la jeune femme étonnée. — Je ne sais pas ce que vous voulez dire.

— Ah! parbleu! j'ai oublié de vous faire part de la visite que j'ai reçue aujourd'hui! — Messieurs, — continua Charleval en s'adressant à tous les convives, — vous vous rappelez Maxime de Santeuil?

— Maxime de Santeuil! — s'écria Lucien. — Un vieil ami! le plus brave garçon que j'aie jamais connu!

— Maxime de Santeuil! — répéta Fernanda en pâlissant légèrement.

— Eh! oui, Maxime!

— Mais il est disparu depuis plus de six ans! — dit d'Aubignée.

— Un joli garçon avec de petites moustaches douces comme de la soie! — fit Rosalba en souriant à des souvenirs probablement fort agréables.

— Il t'a donc embrassée bien souvent pour que tu aies tant de mémoire! — cria Maryland.

— Eh bien! après? Où serait le mal?...

— Oh! il n'y en a pas! — Seulement, il y a six ans — (et il n'a pu t'embrasser depuis son départ), — tu étais encore dans le 5e dragons!

— Et toi chez la blanchisseuse de la rue de l'Arcade, où tu repassais le linge de ce gros imbécile de Jonathan, qui a fait plus de sottises pour toi qu'il n'est laid, ce qui n'est pas peu dire! — riposta aigrement la bergère Watteau.

— Allons, mesdames! — dit Chambry qui les séparait, se trouvant assis entre elles deux, — un peu de modération dans les répliques!

— Tiens! c'est que Maryland n'a jamais que des méchancetés à vous jeter au nez!

— Et le tien est trop long pour qu'elles tombent à côté sans l'avoir atteint!

— Mais M. de Santeuil n'était-il pas en Perse ou aux Indes? — demanda Lycenay.

— Oui! répondit Lucien, — il ne voulait même jamais revenir en France, avait-il dit.

— Pourquoi?

— Il n'a confié à personne le secret de sa conduite.

— Il n'y avait pas de secret! — dit Fernanda en souriant à Lycenay, — ce monsieur avait la toquade des voyages, voilà tout!

— Je ne suis pas de votre avis, chère enfant! — répondit Louis Garnier, le journaliste, — un homme jeune, beau, spirituel, porteur d'un nom comme celui de Santeuil et possesseur d'une magnifique fortune, ne quitte pas brusquement, pour n'y plus revenir, une existence comme celle des viveurs parisiens, qui, en fin de compte, si elle n'est la meilleure est toujours la moins maussade! — Pour agir ainsi que l'a fait Maxime, il faut être poussé par de terribles motifs ou éprouver de violents chagrins...

— Mais, il y revient, à Paris, si j'ai bien compris ce que veut dire Charleval.

— Santeuil revient?

— Il est arrivé ce matin même, — dit Félix, — et dans quelques minutes, je l'espère, il sera assis à cette table!

— Ici! — murmura Fernanda en tressaillant involontairement.

— Qu'avez-vous, Fernanda? — demanda Lycenay avec inquiétude.

— Rien, mon ami. — Un peu de malaise, mais cela se dissipera! — A propos, — continua-t-elle en changeant de ton, — vous devez le connaître, ce M. de Santeuil, car il est, je crois, le cousin de votre femme...

— C'est possible! mais je ne l'ai jamais vu...

— J'oubliais que vous vous êtes marié en son absence!

— Mais, vous-même, Fernanda, vous semblez avoir été en relations avec lui!

— Je l'ai l'ai vu une ou deux fois, je crois, — répondit la jeune femme en cachant son joli visage dans un énorme bouquet de violettes de Parme que Lycenay avait payé dix louis chez Provost; — j'arrivais à Paris! oh! j'étais presqu'une enfant alors...

— Ah çà! — s'écria Maryland, — savez-vous que nous sommes gais comme le conseil d'Etat, ici!

— Le conseil d'Etat n'est pas toujours triste, — répliqua l'auditeur.

— Possible, mon petit Jules, mais, à coup sûr, il n'est jamais amusant! — Allons, — continua Tata en saisissant de chaque main une bouteille de vin de Champagne, — buvons! rions! chantons! nous danserons au dessert si les jambes sont encore solides! — Chambry! vous avez l'air sombre comme si vos clients avaient tous passé la Manche! — Je sais ce que c'est! vous regrettez toujours la petite Verveine qui vous a planté là pour un figurant du Cirque. — Que voulez-vous? mon bon, vous vous consolerez en *rallumant les torches de l'amour*, comme disait un ancien militaire...

— Que cette Tata a peu de tenue! — murmura Fernanda.

— Quoi, peu de tenue? — riposta vivement la pétulante pécheresse dont la jolie petite oreille possédait une finesse d'ouïe extraordinaire. — Tu dis cela, parce que je ne fais pas de manières, moi! — parce que je ne pose pas pour une *femme de la haute!* — La pose? — Connais pas! — Chez moi, vois-tu, tout est naturel! — Ni blanc ni rouge...

— Et pas de corset, — interrompit Charleval.

— Un peu, mon petit!

Et Maryland se mit à entonner bruyamment ce refrain si connu des *Saltimbanques :*

> Combien de femmes dans le monde
> Qui n'en pourraient pas dire autant!

Fernanda se contenta de hausser légèrement les épaules en se tournant vers Lycenay, qui lui prit amoureusement les mains.

## VI

### Une histoire de tigre.

— Pardon, messieurs, — dit Olivier; — mais M. de Santeuil dont vous parliez, n'est-il pas un grand jeune homme au teint brun, aux yeux noirs, et qui doit avoir aujourd'hui de trente-trois à trente-cinq ans?

— Oui, — répondit Lucien. — Tu le connais donc?

— Etant en relâche à Pondichéry, par suite d'un coup de vent qui nous avait causé quelques avaries dans le détroit de Manaar, j'eus occasion de me trouver plusieurs fois avec un jeune Français portant le nom de Santeuil et qui doit être le même que celui dont vous parlez... — J'avoue que je serai véritablement heureux de le revoir, car je fus témoin de sa part d'un trait de courage et de dévoûment merveilleux!

— Racontez-nous cela, vicomte! — dirent quelques voix.

— Ce sera-t-il drôle? — s'écria Coco.

— Y a-t-il matière à feuilleton? — demanda le journaliste en riant.

— Peut-être! — répondit Olivier.

— Nous écoutons.

— Garçon! — cria Maryland, — du vin de Champagne et des cigares!

— Silence! — firent les convives.

— Eh bien! messieurs, — commença Olivier, — nous étions donc, comme je vous l'ai dit, en relâche à Pondichéry. — Les principaux habitants de la ville, qui nous avaient comblés de soins et de politesses, cherchaient avec empressement toutes les occasions de nous être agréables. — Pour nous donner une idée complète des distractions qu'offre le pays, après nous avoir

prodigués les bals, les soirées et les dîners, il nous invitèrent à une grande chasse à la gazelle. — Tout l'état-major de la frégate fut convié, et, comme bien vous pensez, nous acceptâmes avec empressement. — Au jour convenu notre petite troupe, dont M. de Santeuil faisait partie, se mit joyeusement en route. — Pour éviter les inconvénients d'un soleil par trop brûlant, nous étions partis de la ville à trois heures du matin. — Deux heures de marche suffisaient pour arriver au rendez-vous, — nous devions nous mettre en chasse sans plus tarder, faire la sieste pendant les heures du milieu du jour, et revenir le soir même à Pondichéry. — De plus, comme les marins, ainsi que vous le savez, n'ont pas la réputation d'être des écuyers bien habiles, nous devions, en arrivant sur le territoire désigné, quitter nos montures et chasser à pied. — Des nègres et des Indiens, envoyés depuis la veille, avaient mission de rabattre le gibier de notre côté afin de nous éviter la fatigue de fréquents déplacements. — La chasse, dans un pays où l'on est exposé à chaque pas à faire la rencontre d'animaux de la plus dangereuse espèce, ne se pratique pas comme en France. — Bien que la forêt sur la lisière de laquelle nous étions fût assez sûre, nous ne devions pas, néanmoins, commettre l'imprudence de nous éloigner les uns des autres. — Eh! parbleu! lord Wildnery, — dit l'orateur en s'interrompant et en s'adressant directement au silencieux gentleman, — vous pouvez donner à ces messieurs quelques détails à ce sujet, car vous avez longtemps habité les Indes...

— Aôh! — fit pour toute réponse l'Anglais qui n'avait pas encore desserré les dents depuis son entrée dans le salon, et qui reprit aussitôt son mutisme farouche et sa gravité impassible.

— La suite! la suite! — cria l'auditoire.

— Je continue : — Les premières heures se passèrent gaîment. — Les gazelles venaient à nous par troupes effarouchées, et tombaient en abondance sous nos balles... — Ce n'était plus une chasse, c'était une véritable boucherie. — Ces pauvres animaux, si fins et si jolis, nous faisaient peine à voir avec leurs grands yeux bleus noyés de larmes, leurs bêlements plaintifs et leur horreur du danger; aussi fûmes-nous bientôt fatigués de destruction...

— C'est vrai que ces petites bêtes sont charmantes — interrompit Rosalba. — J'ai connu un lieutenant de spahis qui m'en avait rapporté deux, puis un capitaine de chasseurs d'Afrique qui...

— Rosalba! — cria Maryland en lui coupant la parole, — si tu te mets à passer en revue tes connaissances militaires, nous serons encore à table dans trente ans, et nous sortirons du Café Anglais avec des cheveux blancs! — On sait que tes amours, c'est un défilé de l'armée française, et nous avons cinq cent mille hommes sous les drapeaux!

— On ne peut rien dire avec cette Tata

— Calme-toi, ma fille! — répliqua Charleval, — nous savons tous qu'il ne faut jamais croire que la moitié de ce que dit Maryland.

— A l'ordre, les interrupteurs! — cria une voix.

— Continuez, vicomte! — fit-on de toute part.

— Après avoir abandonné nos fusils et compté nos victimes, — reprit Olivier, — nous nous attablâmes, ou, pour mieux dire, nous nous couchâmes sur des lits de hautes herbes autour d'un splendide déjeuner. — Aiguillonnés par un dévorant appétit de chasseur, nous fîmes honneur au repas. — Notre gaîté augmentait à chaque panier de vins de France que l'on emportait vide pour le rapporter plein. — Les bons mots se croisaient, le rire était sur toutes les lèvres, lorsqu'un cri de terreur retentit derrière nous, accompagné d'un rugissement terrible qui ébranla la forêt.

— Oh! cela fait froid! — dit Fernanda en frissonnant.

— Un tigre royal de la plus belle espèce venait de bondir sur un pauvre Indien occupé à préparer, dans des corbeilles de porcelaine, des pyramides de fruits dorés! — Nous ne fîmes, tous, à notre tour, qu'un seul bond vers nos fusils posés près de là! — Malheureusement il était déjà trop tard! — Le tigre avait enfoncé ses griffes dans les flancs de sa victime et se roulait avec elle sur les débris du déjeuner si fatalement interrompu! — Vous donner une idée de cet effrayant spectacle est chose impossible! — Nous étions là quinze hommes jeunes et vigoureux, les uns habitués à braver chaque jour les dangers de ce pays terrible, les autres ayant vu vingt fois la mort en face dans les combats et au milieu des tempêtes. — Eh bien! nous restions tous cloués au sol et paralysés par la stupeur! — Quant à moi, messieurs, je ne crains pas de le dire, j'eus peur, et, plus tard, mes compagnons eurent la franchise de me faire le même aveu!... — Oh! c'est que cet homme se débattant sous les étreintes d'un monstre écumant, aux yeux ensanglantés, aux rugissements épouvantables, c'est que les mouvements convulsifs de ce corps dans lequel nous voyions s'enfoncer les griffes acérées du tigre, ces lambeaux de chair arrachés par une gueule armée de dents aiguës qui craquaient l'une contre l'autre, le râlement de la victime, ses efforts impuissants, c'est que tout cela offrait quelque chose de tellement horrible qu'une main de bronze nous broyait le cœur à tous, que nos yeux voyaient à peine, et que le vertige était prêt à s'emparer de nos cerveaux! — Un seul, parmi nous, recouvra promptement son sang-froid; — ce fut le comte de Santeuil! — Ajustant à l'extrémité de sa carabine un de ces poignards-baïonnettes comme en portent nos chasseurs à pied, et glissant rapidement dans le canon quelques lingots de fer aux pointes d'acier, il s'avança sans hésiter.

« — Qu'allez-vous faire? — lui cria un de nos hôtes en l'arrêtant.

« — Mais, — répondit-il simplement, — je ne puis

voir dévorer cet homme sous mes yeux, sans lui porter secours... sans le chercher du moins...

« — Il est impossible de tirer! — nous écriâmes-nous, — l'homme et la bête sont tellement enlacés l'un à l'autre que l'on ne peut toucher le tigre sans toucher l'Indien!!!

« — Aussi ne vais-je pas tirer! — fit-il froidement en s'avançant encore.

« — Monsieur de Santeuil! vous allez vous faire tuer!...

« — Qu'importe! — dit-il avec insouciance; — et, croisant la baïonnette par un brusque mouvement, il se précipita sur le groupe ensanglanté. »

Le tigre, en accomplissant son œuvre de carnage, ne perdait pas un seul de nos mouvements. — En voyant cet ennemi s'élancer vers lui avec tant d'audace, il se releva d'un bond, — l'œil en feu, — la gueule entr'ouverte, — la lèvre retroussée par un rictus formidable, — les flancs palpitants, — le corps plié sur les jarrets et la patte droite posée sur la poitrine entr'ouverte de sa proie immobile!!! — Ce spectacle ne dura pas une seconde, mais il ne s'effacera jamais de ma mémoire! — M. de Santeuil était réellement magnifique en ce moment suprême!..., — En face de la bête monstrueuse, il s'arrêta calme et impassible, les yeux fixes, les cheveux rejetés en arrière, la bouche un peu crispée. — Son teint mat était seulement plus pâle que de coutume. — Le tigre allait s'élancer; — un frisson électrique parcourut tous nos membres à nous autres spectateurs; — mais Santeuil, lui, ne fit pas un mouvement en arrière. — Il abaissa lentement le canon de sa carabine et fit feu aussi tranquillement que s'il eût tiré sur un lièvre. — Les lingots labourèrent les flancs du tigre, qui bondit sur son adversaire en rugissant de douleur. — Le choc fut terrible! — M. de Santeuil renversé roula sur les hautes herbes et se releva sanglant. — Il avait l'épaule et le bras déchirés par les griffes de la bête féroce, mais la baïonnette de sa carabine s'était brisée dans le ventre du tigre, qui râlait à ses pieds!...

Olivier s'arrêta.

Son émotion avait gagné tous les convives.

Les imaginations tendues avaient assisté par une sorte de mirage à ce combat de l'homme et du monstre, et avaient peine à redescendre au niveau de la situation présente.

Les poitrines haletantes respirèrent bruyamment, et un silence profond succéda au récit du narrateur.

— Ouf! — fit Maryland au bout de quelques secondes. — J'en ai la chair de poule!...

— Et l'Indien était-il mort? — demanda le notaire.

— Non, — répondit Olivier. — J'ai appris plus tard qu'il était complètement guéri et qu'il s'était attaché à son sauveur, en déclarant qu'il ne le quitterait jamais.

— C'est un beau trait! — dit d'Aubignée.

— C'est plus qu'un beau trait, — continua Lucien, — c'est un véritable héroïsme!

— Et celui de tous les héroïsmes qui mérite le plus d'éloges, — ajouta chaleureusement Olivier, — car le comte de Santeuil affrontait une mort atroce, horrible, épouvantable, pour sauver la vie d'un homme auquel il n'avait jamais adressé la parole! — Ce n'était ni le désir de la gloire, ni la conscience du devoir qui le poussaient, c'était un sentiment de générosité tel que l'on n'en rencontre que chez les natures d'élite, que chez les plus nobles cœurs!

— C'est-à-dire que j'en ai les larmes aux yeux! — s'écria Maryland. — Je vais l'adorer, moi, cet homme-là!

Fernanda, soucieuse, ne prononçait pas une parole.

Lycenay pressait toujours ses mains, qu'elle lui abandonnait sans s'en apercevoir.

— Allons! mesdames et messieurs! — buvons à Maxime de Santeuil! — dit Lucien en élevant son verre.

— A Maxime de Santeuil! — répétèrent les convives, — et tous les verres se choquèrent dans un pêle-mêle général.

— Merci, mes amis! — répondit une voix forte et bien timbrée.

La porte venait de s'ouvrir, et, sur le seuil, encadré entre les chambranles, se tenait debout un homme dont les traits admirables et la taille élégante constituaient, dans leur ensemble, un type irréprochable et complet de la beauté masculine.

Cet homme était le comte Maxime de Santeuil, le héros du récit de M. de Pont-Aven.

## VIII

### Une orgie de Talons-Rouges et de Turcarets au dix-neuvième siècle.

— Maxime! — nous parlions de toi! — s'écria Lucien d'Ornay en courant à lui.

— M. de Pont-Aven nous racontait une de tes aventures, — un merveilleux trait de courage! — dit d'Aubignée en lui serrant la main, — et nous admirions sans nous étonner.

— Bah! la récompense a été trop belle pour l'action, — répondit Maxime, — puisque le peu que j'ai fait m'a rapporté l'estime et l'amitié de monsieur, — et il s'inclina gracieusement du côté d'Olivier, et le dévouement d'un être sur lequel je puis aveuglément compter.

— Donc n'en parlons plus et donnez-moi un verre plein, afin que je réponde dignement au toast que vous venez de porter.

— Présent, chevalier sans peur! — répondit à cette demande la coquette Maryland en présentant à Santeuil sa propre coupe remplie, jusqu'à déborder, du petillant liquide.

— A vous tous, mes amis! — s'écria Maxime en élevant son verre. — Au plaisir de me trouver au milieu de vous après une si longue absence!

A l'entrée de Maxime, Fernanda retirant vivement ses mains d'entre celles de Lycenay, avait pâli de nouveau, mais cette fois sans songer à cacher son visage dans son bouquet de violettes de Parme.

Cependant elle se remit promptement, et à la fin du toast proposé par Santeuil, elle avait repris, en apparence du moins, sa sérénité ordinaire.

Alors, s'avançant vers le jeune homme avec une grâce adorable et désignant du geste la place vacante à ses côtés :

— Monsieur de Santeuil, — dit-elle, — votre ami Félix de Charleval vous avait réservé cette place, me ferez-vous le plaisir de l'accepter?

Maxime lui lança un regard perçant et fixe, que la jeune femme soutint sans baisser les yeux, puis il se contenta de s'incliner en silence.

— Un instant, fit Charleval en se levant, — il faut avant tout que je remplisse un devoir. Maxime, tu connais tous ces messieurs, à l'exception d'un seul auquel j'ai le plaisir de te présenter... — Ton parent, M. le baron Edgard de Lycenay.

— Mon parent? — répondit Santeuil avec un étonnement merveilleusement joué.

— Sans doute, puisqu'il est l'heureux époux de mademoiselle Berthe de Senneville, ta cousine germaine.

Les deux hommes s'inclinèrent froidement, et M. de Lycenay, s'efforçant de surmonter un embarras assez visible, murmura quelques mots de banale politesse.

— Je désirais vivement avoir l'honneur de vous connaître, monsieur, — dit Maxime en saluant de nouveau, — mais j'étais loin de supposer que j'aurais, cette nuit, le plaisir de vous rencontrer ici.

— Allons, les cérémonies sont finies! — s'écria Maryland, — les bouteilles sont vides! en avant la danse légère et anacréontique.

— Je vais donner l'ordre de desservir, — dit Chambry.

— Et nous, nous allons aider à la besogne! — continua Tata Maryland en ouvrant une fenêtre. — Mesdames, ici la casse n'est nullement personnelle! — activons le service!...

Puis, joignant le geste à la théorie, la jeune fille saisit de sa main mignonne deux bouteilles à demi pleines, qu'elle lança sur le boulevard.

Ses compagnes firent chorus, à l'exception de Fernanda, et une grêle de plats, d'assiettes, de carafes, s'abattit sur l'asphalte, à la grande joie et aux rires bruyants des acteurs et des spectateurs de cette scène de haut goût.

— Ohé! là-haut! — cria tout à coup, du dehors, une voix enrouée, — on dit *gare!* au moins... — on prévient les passants qu'on va démolir la maison... — c'est une chose qui se fait!...

— Tiens! il y a du monde! — dit Ninie en se penchant sur le balcon.

— Alors, il ne faut jeter que les plats pleins! — répondit Maryland. — Eh! Rosalba! passe-moi un peu le pâté d'Amiens.

— Non pas! je le jetterai bien toute seule. — Prends les terrines et les homards, si tu veux. — Eh! hop!..... en avant les comestibles!

— A vous les écrevisses et les homards! — glapit Maryland en envoyant les crustacées par la fenêtre.

— Et les poulets froids!

— Et les galantines!

— Et les truffes au vin de Champagne!

— Et les truites saumonées!

— Et la salade d'ananas! — Gare la sauce!

— En avant les jambons!

— En avant les macarons!

— Merci, mes petites dames! — hurlait le chœur des cochers de fiacres, des ouvreurs de portières, des ramasseurs de bouts de cigares, en recevant ces provisions inattendues, comme les Hébreux accueillirent jadis la manne au désert.

— Tiens! qui est-ce qui soupe donc dans le grand salon de la Maison d'Or? — s'écria Maryland en remarquant que les hôtes du restaurant déjà nommé se livraient à un divertissement du même genre, alimentant d'autres enfants d'Israël qui se roulaient dans le ruisseau de la rue Laffitte pour s'arracher les débris du festin. — Lucien! passe-moi ta jumelle, que je voie un peu ce monde-là! — Tiens! c'est *la Souris*, avec Rigolette, Saucisson et la bande à Charlemagne! — Ohé! les débardeurs, les noceurs, les soupeurs, les souffleurs, les coiffeurs! ohé!

— Ohé! les flambards, les chicards, les bolivards, les lézards, les objets d'art! ohé! — répondirent des voix confuses partant de la Maison d'Or.

— Ma chère Maryland! je vous ferai observer que vous allez introduire ici une température de Sibérie si vous laissez ainsi les fenêtres ouvertes! — murmura maître Loiselet.

— Notaire! vous vous réchaufferez en polkant tout à l'heure! — Laissez-nous nous amuser un peu! — Ohé! cocher, prends garde, ta roue tourne!

— Regarde donc celui-là! — cria à Maryland mademoiselle Coco en désignant un des hommes qui, les yeux fixés sur le balcon, attendaient des provisions nouvelles. — Il a le nez plus rouge que la carapace du homard qu'il avale!

— Et cet autre, avec ses jambes tordues!

— Oh! c' pif!...

— Oh! c'te tête!...

— Oh! c'te balle!...

— Ohé! les amours d'occasion! — répondit un loustic de la bande, — on vous connaît! — faut pas faire les princesses! — On a traîné la guenille avant d'endosser les robes de soie.

— Je connais celle-là! — reprit un autre, — c'est ma cousine!

— Ferme-lui donc la bouche avec la dinde truffée, à cette canaille! — cria Rosalba en passant une volaille à la jeune coryphée du corps de ballet.

Nous en omettons, et des plus fortes.

— Y a donc pas de liquide, mes petites dames? — demanda une voix avinée.

— Si fait, en voici! — Bordeaux Laffitte! — répondit Maryland en attachant des bouteilles au bout des serviettes.

— Ce n'est pas assez long! Tu vas les casser! — fit observer Ninie.

— Alors, passe-moi la nappe!

— On voit bien que vous n'êtes plus jeune, vous! Le froid vous prend bien vite! — répondit l'infatigable Tata en descendant une grappe de bouteilles à l'aide de la nappe et des serviettes réunies. — Maintenant, bonsoir la compagnie! Bon appétit, et voilà des cigares!

— Vive le titi! — hurla la bande.

— Mais ce sont des *regalias extra* que vous jetez à ces drôles! — dit maître Loiselet d'un ton lamentable.

— Bah! tant pis! c'est vous qui payez!... Vous pouvez fermer les fenêtres, ô notaire impérial!... La représentation est terminée.

Pendant ce temps, les garçons avaient enlevé le reste du couvert et supprimé la table.

Le salon se trouvait entièrement dégagé, Jules d'Herbelay se mit au piano et commença la ritournelle de la première figure d'un quadrille.

— En place! — cria Rosalba.

Les femmes choisirent leurs cavaliers, et le quadrille prit instantanément une couleur tellement vive et des allures si pittoresques que nous n'osons en retracer les péripéties.

Tandis que ces scènes animées se passaient au milieu de la pièce, Chambry et Charleval, montés sur deux chaises près du piano, battaient la mesure, annonçaient à haute voix les figures, et accompagnaient la musique à l'aide de pelles, de pincettes et de casseroles, qu'ils avaient fait venir de l'office à l'intention de cette symphonie.

Maxime causait avec Lucien et Olivier, en riant des gestes et des pas inédits auxquels se livraient les danseurs.

Lord Wildnery, étendu sur un sofa, sommeillait paisiblement, sans paraître se préoccuper le moins du monde des cris et du charivari qui retentissaient à ses oreilles.

Au quadrille succédèrent des polkas, des mazurkas, des shotishs, bref toutes les danses connues et inconnues.

Au milieu du brouhaha général, Fernanda, par une adroite manœuvre, était parvenue à se rapprocher de Maxime et à s'isoler avec lui dans l'embrasure d'une fenêtre.

— Maxime! — lui dit-elle à voix basse, — nous

pouvons parler librement. — Personne ne nous écoute.

— Que me voulez-vous, madame? — demanda froidement le comte de Santeuil.

— Eh quoi! ne m'auriez-vous pas reconnue? — C'est impossible!

— Je ne comprends pas ce que vous me faites l'honneur de me dire, madame.

— Avez-vous donc oublié Mathilde?

— La personne dont vous venez de prononcer le nom est morte depuis longtemps, et c'est aujourd'hui seulement que, pour la première fois, j'ai l'honneur de vous rencontrer.

— Oh! — répliqua Fernanda avec amertume, — je sais que votre cœur a banni depuis longtemps la passion dont il brûlait jadis; je sais que vous m'avez voué une haine implacable après m'avoir juré un éternel amour; — mais ce que je ne croyais pas, monsieur, c'est que vous puissiez un jour manquer de courtoisie jusqu'à ce point de prétendre ne pas reconnaître une femme qui vous tend la main!

— Je ne devine pas le sens de vos paroles, madame.

— Je ne suis qu'un pauvre voyageur, dont les longues fatigues ont peut-être affaibli le tact... — Veuillez avoir quelqu'indulgence...

— Qu'êtes-vous donc venu faire ici?

— Vous voulez que je vous le dise?

— Oui, je le veux!

— Eh bien! je suis venu pour connaître la femme qui arrache de son intérieur le baron de Lycenay! — Je suis venu pour voir en face celle qui a mérité le terrible et flétrissant surnom de MADEMOISELLE LA RUINE! — celle qui ose porter atteinte au bonheur de ma cousine, de ma sœur! — Je suis venu pour dire à cette femme: « — Désormais, vous et vos odieux desseins, vous me trouverez sur votre route, et ma présence sera pour vous une barrière infranchissable! »

— Ah çà! mais vous aimez donc bien cette madame de Lycenay? — interrompit Fernanda en déchiquetant la dentelle de son mouchoir.

— Je la respecte trop, du moins, pour ne pas vous défendre de souiller son nom en le prononçant, — répondit Maxime d'un ton d'écrasant dédain.

— Ainsi, — reprit Fernanda avec lenteur et en appuyant sur chaque mot, — ainsi, vous ne me connaissez plus et vous êtes mon ennemi?

— Non! car être l'ennemi de quelqu'un suppose, par rapport à cette personne, un sentiment de haine ou d'amour blessé, et, pour vous, madame, je ne ressens ni l'un ni l'autre!

— Rien que du mépris, n'est-ce pas?

Maxime ne répondit point.

— Eh bien! — s'écria Charleval en venant se jeter au travers de cette conversation étrange. — Sais-tu, Santeuil, que si tu accapares ainsi Fernanda, tu vas rendre ton cousin jaloux?

— Monsieur avait l'obligeance de me donner sur son séjour dans l'Inde des détails pleins d'intérêt, — dit Fernanda en élevant la voix. — Mais, pardon! c'est une polka qui commence, et je l'ai promise à Edgard.

— Infernale créature! — se dit tout bas Maxime en la regardant s'éloigner.

§

Cependant les premières lueurs d'un jour gris et blafard commençaient à pénétrer à travers les rideaux de mousseline et luttaient faiblement avec le feu des becs de gaz.

Les danseurs intrépides, les pierrots et les débardeurs harassés, mais se soutenant encore, les masques débraillés, descendaient en hurlant la rue Lepelletier, chassés par la garde municipale qui fermait sur eux les portes de l'Académie impériale de musique.

Les balayeurs et les balayeuses des rues, emmaillottés dans leurs costumes indescriptibles, s'arrêtaient pour répondre aux lazzis et aux quolibets des amateurs d'engueulements populaires, — que l'on nous passe cette horrible expression, — elle est consacrée.

Les laitières déchargeaient leurs voitures et établissaient sous les portes cochères le siége de leur industrie.

Quelques rares boutiques commençaient à s'ouvrir.

Les concierges lavaient les trottoirs devant leurs maisons.

Enfin Paris soulevait à demi la paupière d'un œil paresseux.

Dans le salon du café Anglais la gaieté était à son comble.

Quelques-uns de ces messieurs avaient ôté leurs habits pour se livrer avec moins de gêne et d'entrave au plaisir de la danse.

Les femmes avaient également supprimé dans leurs costumes tout ce qui pouvait les embarrasser.

Maryland, l'œil en feu, la chemise débraillée, exécutait un de ces *cavaliers seuls*, où le suprême bon goût consiste à lever le pied à la hauteur du nez de son vis-à-vis.

Fernanda avait quitté son domino rose et apparaissait vêtue d'un délicieux costume mauresque qui lui allait à ravir.

Lycenay la dévorait du regard.

Chambry continuait son odieux tapage de chaudrons et de pincettes.

Charleval avait arraché un rideau rouge pour se faire une robe, et avait employé une nappe à la confection d'un turban gigantesque.

Maxime était assis près d'Olivier, et Coco coquetait avec le gros Lucien.

Lord Wildnery dormait toujours.

— Tiens! voici l'aurore aux doigts de rose qui ouvre les portes du septentrion! — dit à la fin du quadrille mademoiselle Tata Maryland en tombant épuisée dans les bras d'un fauteuil.

— Une idée! s'écria Fernanda.

— Adoptée d'avance si elle est bonne! — répondit Charleval.

— Vous doutez donc qu'elle le soit!

— Non! — parlez, ô Fernanda! — nous sommes tous vos esclaves! — Je retire la restriction!...

— As-tu fini! — dit Maryland.

— Mesdames et messieurs, — continua Fernanda, — je vous propose d'envoyer chercher des voitures et des chevaux de poste, et de venir tous déjeuner chez moi à Meudon.

— Mais il n'y aura personne pour servir et rien à offrir! — fit observer Lycenay.

— Ecrivez un mot à Potel et dans une heure le déjeuner sera prêt.

— Adopté à l'unanimité! s'écrièrent les convives en chœur.

Un garçon fut dépêché chez Brion, un autre chez Potel et Chabot.

Une demi-heure après, cinq calèches s'arrêtaient à la porte du Café Anglais, et les postillons, qui flairaient un splendide pourboire, faisaient claquer joyeusement leurs fouets.

— En route, mesdames! — cria Fernanda. — Messieurs, — ajouta-t-elle en s'adressant aux hommes et en prenant le bras de Lycenay, — qui m'aime, me suive!...

— Olivier, et toi, Lucien, tenez-vous beaucoup à aller à Meudon? demanda Maxime à voix basse à ses deux amis.

— Ne viens-tu pas avec nous ? — répondit le comte d'Ornay.

— Non, et j'avais même l'intention de vous prier de rester avec moi.

— Soit ! — dit Lucien, — puisque tu le désires, je ne bouge pas d'ici.

— Ni moi, — ajouta Olivier.

Maxime les remercia du geste, et, tandis que les autres convives descendaient bruyamment l'escalier, il arrêta Chambry qui fermait la marche.

— Mon ami, — lui dit-il, — j'ai à vous parler.

— Qu'est-ce donc ? — demanda l'agent de change étonné.

— Restez, vous le saurez tout à l'heure.

— Mais l'on m'attend en bas.

— Il s'agit d'affaires sérieuses, — graves même ! — Sacrifiez-moi cette matinée.

— Vous ne plaisantez pas ?

— Nullement, je vous jure.

— Alors, mon cher Santeuil, je suis à vos ordres.

— Chambry ! Lucien ! Maxime ! Olivier ! — appelèrent quelques voix au dehors.

Lucien ouvrit une fenêtre.

— Beaucoup de plaisir ! et merci, — nous ne pouvons vous accompagner, — répondit-il.

Les calèches partirent au grand trot.

— Ce jour naissant est insupportable ! — dit Maxime en sonnant un garçon qui accourut aussitôt. — Fermez les contrevents, donnez-nous des cigares, de l'eau glacée et du café !

Cinq minutes après, les quatre hommes étaient assis autour d'un guéridon sur lequel on avait posé ce qu'avait demandé Maxime.

— Maintenant, Santeuil, nous sommes à tes ordres, — dit Lucien.

— Ecoutez-moi donc, messieurs, — répondit gravement Santeuil, — et écoutez-moi avec attention, car il s'agit du bonheur d'une femme et de l'honneur d'un homme !...

FIN DU PROLOGUE.

---

## PREMIÈRE PARTIE.

# LA MAITRESSE DU MARI.

---

## I

### Une larme près d'un berceau.

Laissons, pour les retrouver bientôt, courir sur la route de Meudon les joyeux convives de la belle Fernanda, et, tandis que Maxime de Santeuil et ses trois amis se livrent à une conférence dont nous connaîtrons plus tard le but et les résultats, quittons l'élégant quartier du boulevart des Italiens pour nous transporter dans le mélancolique et aristocratique faubourg Saint-Germain.

Rue de Varennes, — presque au coin de la rue de Bourgogne, — s'élève un charmant hôtel, de construction moderne, situé entre cour et jardin.

Un perron d'un style sévère donne accès dans un vestibule pavé de larges dalles de marbre, d'où s'élève l'escalier qui conduit aux étages supérieurs. — A gauche de ce vestibule sont situés les appartements de réception qui, — salle à manger, salon de bal, salon de conversation meublés avec un extrême bon goût et une riche simplicité, — s'étendent dans toute la largeur de la façade de l'hôtel qui regarde le jardin.

Au premier étage se trouvent les appartements des maîtres ; — à droite, et occupant le côté qui s'éclaire sur la cour, se succèdent une série de pièces : — chambre à coucher, salon, cabinet de travail et fumoir, dénotant tout d'abord l'habitation du maître de la maison.

A gauche, au contraire, et dominant le jardin, on rencontre un ravissant salon de musique tendu de damas vert d'eau, et dont les meubles de bois de rose enfoncent leurs griffes de cuivre doré dans l'un de ces tapis de haute lisse aux couleurs vives et harmonieuses qui font la joie des Orientaux, puis un boudoir blanc et rose de satin de Chine, où une profusion de jardinières en vieux laque offrent à l'œil des gerbes de fleurs qui saturent l'atmosphère de leurs parfums, — puis une chambre à coucher, merveille du style Pompadour dans toute sa mignarde afféterie.

Enfin, en retour, et la seule pièce de l'appartement dont l'unique fenêtre, située à l'extrémité de l'hôtel, donne jour sur la cour, un petit boudoir, moitié oratoire et moitié salon de travail, dont la tenture violette relevée de crépines d'argent supporte une Vierge de *Murillo*, un saint Jean du *Pérugin*, et une admirable réduction de la Descente de Croix de *Rubens*.

Au fond de la pièce, au-dessus d'un prie-Dieu en ébène, brille dans une niche sculptée une statuette byzantine aux vives couleurs, émaux étincelants, telle que les adoraient les châtelaines du moyen-âge.

Cette statuette figure une Vierge portant l'enfant Jésus, — deux petites bibliothèques, une table à ouvrage, un berceau en bois de citronnier, — dans lequel reposait alors un bel enfant, aussi blanc que le voile de dentelle qui le couvrait, — deux fauteuils et quelques poufs constituaient le reste de l'ameublement de ce joli réduit qui s'ouvre en ce moment pour nos lecteurs.

Midi vient de sonner à une horloge de Boule placée sur la tablette de la cheminée entre deux bronzes de Benvenuto Cellini.

Une jeune femme, vêtue d'une robe de chambre de cachemire blanc relevée de soie bleu pâle, est assise au pied du berceau, une main appuyée au chevet de l'enfant qui sommeille, — la tête inclinée sur l'épaule et le corps légèrement plié sur lui-même, comme un faible roseau courbé par la bise du nord.

Sa physionomie, douce et pure dans ses moindres détails, est empreinte d'une mélancolique tristesse.

Ses grands yeux bleus semblent fatigués par l'insomnie.

Ses paupières rougies décèlent des larmes récentes, et les veines un peu gonflées de son cou charmant indiquent les sanglots contenus dans sa poitrine.

A la voir ainsi immobile et silencieuse, un peintre ne voudrait pas d'autre modèle pour personnifier la résignation évangélique.

Cette femme est belle dans toute l'acception du mot ; — belle non-seulement de jeunesse et de beauté plastique, mais encore de cette auréole d'innocence, de modestie et de bonté, que Dieu ne fait resplendir que sur le front de ses élus.

Sa main blanche, fine, un peu amaigrie, — ses pieds qui reposent dans de petites mules de satin, — les attaches de son cou, — la ténuité de ses poignets, indiquent suffisamment cette aristocratie de race, si rare maintenant parmi les hommes, mais que les femmes perpétueront à jamais.

Eh bien! cette merveilleuse créature est délaissée cependant pour une autre femme, belle aussi sans doute, mais d'une beauté toute matérielle.

Nous venons de présenter à nos lecteurs celle qui se nommait jadis Berthe de Senneville, et qui s'appelle maintenant la baronne de Lycenay.

Au moment où le timbre de la pendule venait de résonner, elle parut sortir de sa rêverie.

Elle se leva doucement, jeta un tendre regard sur le berceau, ramena un pli du voile qui le couvrait, et, marchant vivement vers la fenêtre, elle écarta le rideau de mousseline et appuya son front brûlant contre la vitre froide.

La cour de l'hôtel était déserte.

Une neige abondante tombait par flocons pressés et blanchissait les pavés, couvrant aussi de son manteau d'albâtre les toits des maisons voisines.

Les portes de la remise étaient ouvertes, et un valet d'écurie, la pipe à la bouche, s'occupait sur le seuil à brillanter les cuivres d'un harnais.

— Rien! rien, encore! — murmura la jeune femme en retenant un geste d'impatience dans la crainte de réveiller son enfant. — Mon Dieu! lui serait-il arrivé quelque malheur? — Midi et demi! oh! pourquoi ne rentre-t-il pas? — Non! — continua-t-elle en s'exaltant peu à peu, — je ne puis supporter davantage un pareil supplice!... — il faut qu'il revienne à moi, à sa fille! — Qu'avons-nous fait toutes deux pour qu'il nous abandonne ainsi?

En ce moment l'enfant fit un mouvement et poussa un cri.

La jeune mère s'approcha vivement du berceau.

— Te voilà réveillée, ma jolie Blanchette! — fit-elle en prenant dans ses bras une adorable petite fille toute ronde de cette graisse charmante qui fait ressembler les enfants aux anges bouffis de Raphaël. — Te voilà réveillée et tu demandes ton père, n'est-ce pas?

— Papa! papa! — bégaya l'enfant de sa voix argentine.

— Ton père? — Hélas! chère fille, il nous abandonne! c'est à peine s'il daigne se souvenir que nous existons! — Mon Dieu! cher ange! comme tes petites mains sont froides, — poursuivit-elle en changeant de ton et en baisant les jolis doigts roses que la petite Blanche, par un geste familier à tous les enfants, lui promenait sur la figure. — Viens là sur mes genoux, près du feu!

Et Berthe s'assit en présentant sa fille à la flamme du foyer; puis, tournant encore ses regards vers l'aiguille de la pendule, elle reprit:

— Une heure bientôt, et il n'est pas rentré depuis hier soir!... oh! il faut que je sache... il le faut...

Elle sonna vivement.

Une femme de chambre apparut aussitôt.

C'était une personne de cinquante ans environ, qui avait toujours dû être laide, mais de cette laideur gracieuse et bienveillante qui attire plutôt qu'elle ne repousse.

Son costume était fort simple, et d'une propreté minutieuse.

Elle se nommait Gertrude, — elle avait élevé Berthe et lui était toute dévouée.

— Madame a sonné? — demanda-t-elle.

— Oui, ma bonne Gertrude. — Dis-moi, Jean est-il revenu?

— Oui, madame.

— Pourquoi ne me l'avoir pas fait savoir?

— J'espérais que madame reposait, et je craignais de troubler madame...

— Hélas! Gertrude! ne sais-tu pas que le repos est impossible quand l'esprit est en proie aux tourments de l'inquiétude?

— Ma bonne maîtresse! — fit Gertrude avec un geste qui attestait tout ce qu'elle souffrait elle-même des souffrances de madame de Lycenay.

— Jean a été au club?

— Oui, madame.

— Et, que lui a-t-on dit?

— Que monsieur y était venu effectivement hier au soir, vers onze heures; mais qu'il était promptement parti, en compagnie de plusieurs jeunes gens de ses amis.

— Et sait-on où ils allaient?

— Mais... non... madame, — répondit Gertrude en hésitant.

— Tu me trompes, Gertrude, tu sais quelque chose! — s'écria Berthe en remarquant l'embarras de sa femme de chambre. — Parle vite! dis-moi tout!... Oh! la vérité, vois-tu? la vérité ne peut être plus douloureuse que l'incertitude!...

— Mon Dieu! madame, vous vous tourmentez trop! Vous vous brûlerez le sang à vous faire des révolutions comme ça! — Monsieur est comme tous les autres maris! — Il va au club, il soupe avec des amis!...

— Il a donc été souper?

— Oh! je n'en sais rien, je suppose...

— Mais enfin, où allait-il avec ces messieurs?

— Le valet de pied du club a répondu à Juan qu'il croyait que ces messieurs étaient allés au bal de l'Opéra.

— Au bal de l'Opéra! — fit Berthe en renversant sa tête sur le dossier du fauteuil, et en portant son mouchoir à ses yeux. — Au bal de l'Opéra! — répéta-t-elle. — Et c'est pour cela qu'il me laisse dans cette mortelle inquiétude! — C'est pour un pareil plaisir qu'il abandonne sa fille et sa femme!...

— Maman! — fit l'enfant qui se prit à pleurer en voyant pleurer sa mère, et qui, lui jetant ses bras potelés autour du cou, cacha sa jolie tête dans la poitrine de la jeune femme, — maman! ne pleure plus!

— Oh! chère enfant! chère enfant! — répondit Berthe en pressant sa fille sur son cœur. — Oh! que je serais malheureuse si je ne t'avais pas! toi, mon trésor! mon bonheur! ma Blanche adorée!...

— Madame! ma bonne maîtresse! — dit Gertrude en s'agenouillant près de Berthe, — calmez-vous, de grâce! voilà la fin de l'hiver qui approche, nous quitterons bientôt ce vilain Paris où vous n'éprouvez que des chagrins! — Nous retournerons dans votre beau château des bords de la Loire, et là, il n'y aura ni club, ni bal de l'Opéra, ni amis, pour entraîner M. le baron et le détourner de ses devoirs et de son amour...

— Oh! mon Dieu! — s'écria Berthe en étouffant ses sanglots, — ce sont donc des choses bien attrayantes que ces réunions de garçons, ces bals, ces soupers, ce club, pour qu'un homme leur puisse ainsi sacrifier son bonheur intime, ce qui devrait être toujours sa joie intérieure: sa femme, son enfant!... Quel triste sort est le mien! — reprit-elle en soupirant et en se calmant un peu. — Avoir à disputer l'affection de mon mari à des plaisirs inconnus, à des joies que j'ignore! — Pauvres jeunes filles! s'il nous était permis de connaître le monde, que de chagrins les femmes sauraient éviter! — Mon Dieu! mon Dieu! qu'ai-je donc fait pour souffrir ainsi, et pourquoi Edgard ne m'aime-t-il plus?

— Parce que vous êtes mille fois trop jolie, trop bonne, trop aimable, et que votre mari n'a probablement plus assez de goût, ni assez d'intelligence pour apprécier tous ces trésors! — répondit une voix fraîche et sonore.

## II

### Deux amies.

Berthe se leva vivement, et un sourire joyeux vint percer à travers ses larmes, comme un rayon de soleil se mêle à l'averse orageuse.

— Aurélie! — s'écria-t-elle en déposant sa fille dans son berceau, et en allant embrasser avec effusion la nouvelle arrivée.

Celle-ci était une femme, jeune encore, de trente à trente-deux ans environ, de taille moyenne, mais admirablement bien faite.

Elle offrait un frappant contraste avec madame de Lycenay.

Brune de cheveux, fraîche de teint, l'œil vif et étincelant, la bouche souriante, la main grasse et mignonne, toute sa personne respirait la gaîté et l'étourderie du bonheur.

Elle portait une toilette d'une extrême élégance, et, tout à la fois, du meilleur goût.

Sans répondre à Berthe, après l'avoir embrassée, elle délia vivement les brides d'un chapeau vaporeux, — un nuage de gaz sur un soupçon de soie, — qu'elle déposa sur un canapé avec son cachemire, puis elle alla embrasser la petite Blanche, — fit un geste amical à Gertrude, qui sortit, et, prenant les deux mains de son amie, elle l'attira à elle et la regardant fixement :

— Eh quoi! — dit-elle, — des larmes dans ces beaux grands yeux!... Mais ce que j'ai entendu n'était donc pas une plaisanterie? Qu'y a-t-il donc? Vite! contez-moi vos chagrins, nous nous dirons bonjour ensuite...

— Chère Aurélie, — répondit Berthe avec tristesse, — vous êtes toujours la même, charitable et bonne!...

— Pour vous qui le méritez, oui! — Il y a si longtemps que je vous connais, si longtemps que je vous aime comme une sœur!... Vous avez des chagrins, confiez-les-moi sans crainte, à moi, votre vieille amie... J'ai de l'expérience et de la raison, moi, sous mon apparence frivole!... je vous conseillerai... Ne suis-je pas la plus âgée?...

— Oh! — fit Berthe en souriant, — de quelques années seulement.

— C'est énorme! — Écoutez, mon ange, — poursuivit l'espiègle jeune femme en affectant un air confidentiel, — j'ai vingt-neuf ans pour le monde, même vingt-huit; mais, entre nous, j'en ai trente-deux! Donc, contez-moi vite vos tourments!...

— Non, ne nous occupons pas d'un si triste sujet! Parlons de vous, au contraire; de vous, méchante, qui restez huit grands jours sans me voir, sans venir passer une bonne journée auprès de votre pauvre amie!...

— Ne me grondez pas, chère belle! J'ai été tellement occupée!...

— Vous?

— Moi-même, madame la moqueuse! Ah! vous croyez que parce que l'on est veuve, on est maîtresse de tout son temps? Erreur! profonde erreur!...

— Quel grand travail avez-vous donc accompli?

— Devinez!

— Je cherche, et je ne trouve pas.

— Eh bien! ma jolie Berthe, j'ai eu à me dépêtrer de deux demandes en mariage, dans lesquelles un oncle d'une part, et un vieux parent de mon mari de l'autre, m'avaient embourbée jusqu'au cou à mon insu!

— Bah! vraiment!

— Figurez-vous d'abord que le protégé de mon oncle était un grand monsieur bien long, bien sec, bien raide, bien compassé, avec des lunettes d'or, une cravate blanche, et soixante mille livres de rente, accompagnées d'autant de printemps, et d'un fauteuil à l'Académie?

— Pauvre amie! vous l'avez échappé belle!... Qu'avez-vous répondu?

— Qu'ayant épousé, en première noce, un mari à peu près du même âge, je ne serais pas fâchée, dans le cas où je renoncerais au veuvage, d'essayer d'un époux plus jeune. — Quant à l'autre prétendu, oh! il était bien, celui-là! — Tous les avantages physiques désirables, de la tournure, d'excellentes manières, et point membre de l'Institut; mais d'une fatuité étourdissante! d'un aplomb renversant. — Je l'ai mis tout simplement à la porte, sans lui donner de raison.

— De sorte que vous êtes toujours libre?

— Toujours.

— Cependant, ma chère Aurélie, vous êtes jeune, vous êtes riche, vous êtes belle, vous ne sauriez rester veuve ainsi toute votre vie...

— Ma chère enfant, — répondit Aurélie d'un ton sérieux, — lorsque j'ai épousé M. de Nerval, qui venait de quitter le service avec le grade de lieutenant-général, il avait cinquante-deux ans et je touchais à peine à ma dix-septième année, c'est assez vous dire que ma famille me mariait sans me consulter! J'allais avoir une voiture, des diamants, des dentelles et des châles des Indes; on m'appellerait madame la marquise, c'est tout ce que je voyais dans l'avenir! — Mon mari était bon et tendre pour moi comme le meilleur des pères, — nous vécûmes onze ans l'un près de l'autre, sans que jamais un nuage vînt obscurcir notre intimité! — Étais-je heureuse? — Oui, quant à ce qui concerne la vie extérieure, — non, quant à ce qui touche aux choses du cœur. — Le général me traitait comme sa fille, je le chérissais comme un ami, mais, hélas! l'abîme qui sépare la jeunesse de l'extrême maturité ne se comble pas avec l'amitié seule! Aussi, aujourd'hui, si je consentais à *renouer de nouvelles chaînes*, comme disent les vaudevillistes, je voudrais trouver dans l'homme que je choisirais tout ce dont j'ai été privée jadis. — Et voilà pourquoi je reste veuve!!! — ajouta-t-elle en riant.

— Peut-être avez-vous raison.

— Comme vous dites cela? Eh quoi! encore des larmes!

— Pardonnez-moi, — dit Berthe en éclatant en sanglots, car la pauvre enfant avait en vain essayé de tromper sa douleur et de donner un autre cours à sa pensée. — Oh! je suis bien malheureuse!

— Malheureuse! vous! — s'écria Aurélie avec tendresse et en prenant son amie dans ses bras. — Malheureuse, ma chère enfant! mais, encore une fois, qu'avez-vous donc?

— Hélas! ne le devinez-vous pas?

— Votre mari?

— Il ne m'aime plus!... il me trompe.

— Oh! ceci n'est pas une raison. — J'ai connu des maris qui aimaient beaucoup leurs femmes et qui les trompaient également beaucoup. — C'est assez l'usage de ces messieurs d'en agir ainsi, et ils ont même inventé, pour leur justification, une circonstance atténuante très-spécieuse. — Quand ils rentrent au bercail après une fugue, la comparaison, — prétendent-ils, — leur en fait trouver le séjour plus doux et la bergère plus jolie! — Qu'une personne de notre sexe essaye un peu de se servir d'un semblable raisonnement, et ils n'auront pas assez de pierres sur les grandes routes pour lapider la pécheresse. — Mais, que voulez-vous, ma chère, ils ont accaparé le monopole de l'infidélité, et il faut leur rendre cette justice, qu'ils usent largement de leurs priviléges, ce qui ne les empêche pas d'être d'excellents citoyens, et même, par hasard, d'assez passables maris, voire d'adorer leurs femmes. — Cela fait, ma chère Berthe, que je crois un peu à l'exagération de votre part, quand vous accusez votre Edgard de manquer d'amour. — Il ne peut être arrivé à ce degré d'idiotisme!

— Il ne m'aime plus! vous dis-je, — répéta madame de Lyceнay en secouant tristement la tête.

— Votre pauvre cœur est bien malade, ma chère amie!

— Hélas!

— Allons, je me constitue votre médecin, — reprit Aurélie avec un tendre enjouement. — Je prends diplôme, je vous soigne, mais ne me cachez rien! Je veux vous guérir. Or, pour arriver à combattre et à vaincre le mal, il faut en connaître la cause dans ses moindres détails...

— Pourquoi, ma bonne Aurélie, vous faire partager mes douleurs?

— Pourquoi? mais n'est-ce donc rien que de soulager son cœur en versant ses secrets dans le sein d'une amie? — N'est-ce donc rien que de pouvoir parler de son chagrin à celle qui s'efforce de le calmer? — Un cœur qui compatit aux maux qui nous frappent, une main qui cherche à guérir la blessure, doivent-ils être repoussés? — Non, pauvre ange affligé! En vous priant de ne me rien céler, je parle comme vous le feriez si vous étiez à ma place et moi à la vôtre! ce que Dieu dans sa justice aurait dû faire! — ajouta-t-elle en levant un doigt menaçant. — Ah! monsieur de Lyceнay, vous qui faites pleurer cette douce et charmante créature, que n'êtes-vous mon mari!...

— Vous voulez donc que je vous dise tout? — demanda Berthe en regardant son amie avec ses beaux yeux bleus noyés de pleurs.

— Je fais plus que de le vouloir, je l'exige!

— Eh bien! soit. Écoutez-moi donc.

Et les deux femmes s'étant assises toutes deux près du berceau où sommeillait Blanche, comme deux anges du Seigneur qui veillent sur un enfant, Berthe s'efforça de contenir ses larmes, et commença le récit de ses douleurs.

Comme ce récit, fort suffisant pour madame de Nerval, qui connaissait Berthe depuis de longues années, ne serait point assez explicatif pour le lecteur qui vient de la voir pour la première fois, nous nous substituerons au lieu et place de madame de Lyceнay pour raconter, en y joignant quelques détails indispensables, les faits qui furent le sujet de sa confidence.

Ce que nous allons raconter, au reste, n'est malheureusement pas le fruit de notre imagination de romancier, — c'est une histoire véritable, un de ces drames intimes tels que bien des familles en enregistrent dans leurs annales, — drames qui, pour ne pas se dénouer devant la Cour d'assises, n'en entraînent pas moins souvent avec eux le deuil et le déshonneur, et parfois la mort!...

## III

### Berthe de Senneville.

Georges Godefroy de Senneville, le père de madame de Lyceнay, était l'unique descendant de la branche masculine d'une ancienne famille de l'Angoumois.

Bien jeune encore, il avait suivi dans l'exil le marquis de Senneville, son père, chassé de France par les sinistres horreurs de la Révolution, et poursuivi par les hideuses proscriptions républicaines.

Rentré dans sa patrie au commencement de l'empire, et déjà dans l'âge où l'homme intelligent a besoin d'une occupation sérieuse, il tourna ses vues vers la diplomatie, mais le vieux marquis, dans le fanatisme de sa fidélité mal éclairée, se refusa obstinément à lui laisser embrasser aucune carrière digne de son nom, sous le règne de celui qu'il appelait, — même après que le Saint-Père en eut consacré la couronne impériale, — le général *Buonaparte.*

1815 arriva cependant, et Godefroy de Senneville fit partie du conseil d'État.

Une sorte d'épidémie mortelle vint s'abattre à cette époque sur cette famille antique.

Au commencement de 181., la marquise de Senneville fut emportée par une attaque de paralysie.

Son mari, — après trente-cinq années d'une union sans nuages, — ne put supporter la perte foudroyante qu'il venait de faire, — il ne survécut que quelques mois à sa femme.

Godefroy avait une sœur, — cette sœur venait d'épouser un officier supérieur de la garde royale.

A la suite d'un duel funeste qui la priva de son mari en 1822, cette jeune femme fut atteinte d'une fièvre cérébrale qui la conduisit rapidement au tombeau.

En quittant ce monde, elle laissait un pauvre orphelin sous la tutelle de son frère, — lequel accepta, pour la remplir dignement, cette noble mission.

Cet enfant, âgé de dix-huit mois à peine à cette époque, devint Maxime de Santeuil, celui que nous avons présenté à nos lecteurs dans les précédents chapitres de cette histoire.

Au bout de moins de quatre années de deuil successif, — de 1819 à 1823, — Godefroy de Senneville se trouva donc le seul survivant de tous les siens, et sans autre lien de famille que celui qui le rattachait à cet enfant dont il s'était constitué le père.

Il avait alors vingt-sept ans, il était maître des requêtes au conseil d'État, et son intelligente activité, son éducation sérieuse, lui permettaient d'aspirer aux plus hautes dignités de l'État.

D'un caractère grave et réfléchi, voyant la vie sous son véritable jour et comprenant que lui, jeune homme, serait inhabile à entourer un enfant encore au berceau de ces soins de chaque instant, si indispensables à la jeune plante qui grandit, il tourna ses regards vers les familles qui l'entouraient pour y choisir une compagne.

Puis cet isolement subit, cet abandon éternel de tous ceux qu'il avait aimés, lui faisaient paraître plus précieuses les joies de la famille.

La sienne était au ciel, il lui fallait s'en créer une nouvelle sur la terre.

Il se rappela, en évoquant ses souvenirs d'enfance, une jeune fille dont les parents possédaient des propriétés voisines de celles de son père.

Mademoiselle Adèle de Valvin devait alors avoir dix-huit ans, et, si l'adolescence tenait ce qu'avaient promis les premières années, la jolie enfant devait être devenue une belle jeune fille.

Un voyage en Saintonge prouva à M. de Senneville qu'il ne s'était pas trompé dans ses conjectures.

Son nom, sa position, sa fortune, l'ancienne amitié des deux familles, lui ouvraient les portes de l'habitation de M. de Valvin et lui pronostiquaient une heureuse réussite.

En effet, aux premiers mots qu'il prononça à ce sujet, monsieur et madame de Valvin, prêts à le nommer leur fils, lui ouvrirent leurs bras; mais, avant de rien

décider d'une manière positive, il sollicita l'honneur d'une entrevue particulière avec mademoiselle Adèle.

Cette demande lui fut accordée sans conteste.

Lorsqu'il se vit seul avec la jeune fille qui, rougissante, baissait vers la terre ses beaux yeux limpides :

— Mademoiselle, — lui dit-il, — j'ai désiré avoir avec vous un entretien loyal et sincère...

— Avec moi? — fit Adèle étonnée, — un entretien...

— Oui, mademoiselle, et, quelque étranges que vous paraissent mes paroles, veuillez, je vous en conjure, m'écouter avec bienveillance et me répondre avec franchise.

La jeune fille s'inclina.

— Je vous aime, mademoiselle, — continua Godefroy. — Oh! — fit-il en rassurant du geste la timidité alarmée de mademoiselle de Valvin, — si je vous parle ainsi c'est avec l'assentiment de votre mère. Rassurez-vous donc, et répondez-moi loyalement, comme je vous parle!... Oui, je vous aime, et je rêve auprès de vous un bonheur sans égal dans l'avenir... — Votre père a daigné ne pas repousser la demande que j'ai osé lui adresser d'entrer dans votre famille, mais j'ai exigé de lui que cet engagement vous laissât libre dans votre choix. — Enfin, mademoiselle, j'ai voulu, et cela est sans doute bien ambitieux, j'ai voulu, si j'ai le bonheur de vous obtenir, que ce soit, non pas de la volonté de votre famille, mais de la vôtre seule que votre main s'unisse à la mienne. — C'est pour cela que je suis venu vous demander moi-même une franche réponse à l'aveu de mon amour. — Si vous ne croyez pas au bonheur, possible pour vous venant de moi, dites un mot, et, le cœur brisé, je pars à l'instant pour ne jamais plus vous revoir!... Si, au contraire...

M. de Semeville n'acheva pas, — son regard ému cherchait à lire ou à deviner une réponse dans le regard de la jeune fille.

Adèle leva enfin les yeux, puis, tendant à Godefroy une petite main blanche aux ongles roses :

— Restez, monsieur, — murmura-t-elle.

Godefroy se laissa glisser à genoux; et, la voix altérée par le bonheur, il reprit :

— Vous savez, mademoiselle, que ma pauvre sœur en mourant m'a légué son fils?

— Oui, je le sais, — répondit Adèle.

— Cet enfant... je ne dois jamais m'en séparer...

La jeune fille sourit.

— Ainsi, dans notre avenir, — poursuivit Godefroy, — cet enfant...

— Sera mon fils, monsieur, comme il est le vôtre, — interrompit Adèle.

Godefroy porta à ses lèvres, dans un transport de joie, la petite main qu'il pressait dans les siennes, et se releva ivre de bonheur.

Quelques mois après, il présentait dans le monde sa jeune et charmante femme.

Maxime, élevé par les soins de sa tante, avait retrouvé en elle toute l'affection d'une seconde mère.

Les premières années du jeune ménage furent stériles, et, n'espérant plus avoir d'enfant, les deux époux concentraient toute leur affection sur la tête de leur fils adoptif, lorsque, tout à coup, un dérangement inespéré dans la santé de madame de Senneville vint leur annoncer la réalisation d'un rêve qu'ils avaient cru longtemps évanoui à jamais.

Touchant résultat de la générosité de son cœur! — plus sa grossesse avançait, plus Adèle témoignait de soin et de tendresse au petit Maxime.

L'excellente femme avait craint un moment que l'enfant que Dieu lui envoyait n'accaparât tout son amour au détriment du pauvre orphelin, mais Adèle était une de ces créatures d'élite dont le Seigneur doit faire ses anges bien-aimés, et qui, dans leur passage sur la terre, ne s'occupent qu'à semer le bonheur sur ceux qui les entourent.

Aussi, quelques jours après la naissance de Berthe, madame de Senneville, appelant Maxime près d'elle, lui plaça la petite fille entre les bras et lui fit promettre de regarder et d'aimer comme une sœur l'enfant de celle qu'il nommait si tendrement sa mère.

Maxime avait une de ces intelligences précoces, un de ces cœurs nobles et loyaux, ouverts dès la plus tendre jeunesse aux sentiments généreux.

Il pressa Berthe contre sa poitrine; puis, se jetant au cou de sa tante, il se mit à fondre en larmes sans pouvoir articuler une réponse, tant son émotion était vive.

A partir de ce moment, les deux enfants grandirent l'un près de l'autre, — Maxime adorant sa petite cousine et rempli pour elle des attentions les plus délicates.

Souvent, monsieur et madame de Senneville sentaient leurs paupières devenir humides en contemplant le touchant spectacle qu'ils avaient sous les yeux.

Maxime, fort, vigoureux, pétulant, intrépide, courbait cette pétulance et cette fougue sous les caprices volontaires de l'enfant gâtée, heureux de son sourire, triste de ses bouderies, malheureux de ses pleurs, et cherchant attentivement tout ce qui pouvait lui causer une joie ou seulement un plaisir.

Par malheur, un coup de foudre devait venir éclater au milieu de cette douce sérénité.

Le choléra de 1834 enleva l'ange gardien de la famille.

Madame de Senneville remonta au ciel en bénissant ses enfants.

Accablé par ce malheur imprévu, M. de Senneville donna sa démission de charge qu'il avait conservée, vendit ses propriétés de Saintonge, qui lui rappelaient de trop cruels souvenirs, et vint s'établir dans un magnifique château qu'il acheta, et qui était situé, entre Blois et Orléans, sur les bords merveilleux de la Loire.

Là, il se consacra entièrement à l'éducation de ses deux enfants.

Le moment arriva de mettre Maxime au collége.

A chaque congé, à chaque vacance, son oncle faisait lui-même le voyage de Paris pour venir le chercher.

Grande était la joie de Berthe en voyant arriver son cousin.

La frêle enfant avait pris sur Maxime une sorte d'empire despotique.

De la part de ce dernier, c'était toujours ce dévoûment sans bornes, cette complaisance de tous les instants, cette amitié profonde qui ne s'était jamais ralentie dans leurs cœurs, et qui, jamais, ne devait se démentir.

M. de Senneville voyait avec bonheur cette amitié deux jeunes gens, et il espérait qu'avec les années de l'adolescence ce sentiment si pur se transformerait en un amour réciproque.

En effet, Maxime avait dix ans de plus que Berthe.

Ses heureuses dispositions promettaient un homme de mérite.

Sa fortune, grâce aux soins de son oncle, s'était presque doublée, et à sa majorité il devait posséder plus de soixante mille livres de rentes.

Mais M. de Senneville avait compté sans les arrêts immuables du destin.

Maxime atteignit sa dix-huitième année en terminant ses études.

Son oncle résolut de lui faire commencer son droit, pensant avec raison que si cela ne le menait à rien, au moins cela ne l'empêchait pas de faire quelque chose.

L'étudiant alla donc s'installer à Paris avec une pension de dix mille francs.

Les années s'écoulèrent rapidement, et, Berthe touchant au printemps de sa jeunesse, son père consentit à venir s'établir l'hiver dans la grande ville, afin de faire connaître à la jeune fille un peu ce monde qu'elle commençait à rêver.

M. de Senneville, possesseur d'une grande fortune, lié par sa naissance à la haute aristocratie, vit son salon promptement fréquenté par l'élite de la société parisienne.

Maxime, qu'il n'avait pas voulu gêner dans son indépendance en l'astreignant à vivre chez lui, y venait assidûment.

Chose étrange! — cette amitié inaltérable des deux jeunes gens n'avait pas varié.

Elle était toujours profonde, sincère, dévouée de part et d'autre, — mais elle était restée la même.

Ils s'aimaient tendrement comme un frère et comme une sœur, mais à ce sentiment s'arrêtait leur affection.

Cependant Berthe devenait chaque jour plus charmante, — et Maxime passait à bon droit pour l'un des plus jolis garçons du monde parisien.

Au bal, Maxime était heureux des succès de sa compagne, sans s'en montrer jaloux.

M. de Senneville voyait avec douleur ses rêves s'évanouir, lorsqu'un événement, resté toujours enveloppé d'un profond mystère, vint augmenter ses chagrins, en le séparant brusquement de son neveu.

Au commencement de l'hiver de 1846, Maxime partit pour Nantes, chargé par son tuteur de régler divers comptes d'intérêts avec des débiteurs arriérés.

Quinze jours après son départ, M. de Senneville reçut une lettre du régisseur de son château de Touraine, dans laquelle ce brave homme lui disait que Maxime était arrivé la veille dans un état de santé des plus alarmants.

Une fièvre terrible et un effrayant délire s'étaient emparés de lui.

On n'assignait aucune cause à cette maladie qui semblait s'être abattue sur le jeune homme avec la rapidité d'un coup de tonnerre.

M. de Senneville partit en toute hâte, laissant à Paris, malgré ses prières, Berthe qui voulait aller prodiguer ses soins au malade.

Deux semaines s'écoulèrent.

Lorsque M. de Senneville revint, il était sombre, inquiet, préoccupé.

Les premières paroles de sa fille, en l'apercevant, furent pour lui demander des nouvelles de son cousin.

— Maxime est complètement rétabli, mais il est parti pour un long voyage, ma pauvre enfant, — dit le vieillard, — et je crains bien que nous ne soyons longtemps sans le revoir!

La jeune fille chercha à connaître les motifs de ce brusque départ, mais il fallait que ces motifs fussent d'une bien étrange nature, car M. de Senneville, qui ne savait rien refuser à son enfant bien-aimée, resta muet et inflexible à cet égard.

L'absence de Maxime dura six années, et c'est à son retour que nous avons assisté en racontant à nos lecteurs le souper du Café Anglais.

Pendant ce long intervalle Berthe s'était mariée et M. de Senneville était mort.

Voici dans quelles circonstances se passèrent ces deux événements :

## IV

### Un mari.

Lorsque le baron de Lycenay sollicita la main de Berthe, elle avait dix-neuf ans. — Elle était alors dans tout l'éclat de sa beauté, et l'on comprenait aisément l'amour violent dont paraissait épris son fiancé.

Celui-ci se présentait au reste dans les meilleures conditions : riche, élégant, instruit, spirituel, appartenant à une excellente famille, doué de manières irréprochables, -- témoignant avec réserve toute la brûlante ardeur de son amour, — il devait plaire, et il plut.

Berthe sentit battre son cœur, et l'avoua naïvement à son père.

M. de Senneville, qui d'abord s'était opposé à cette union, — par pressentiment sans doute, — finit par céder, en croyant faire le bonheur de sa fille.

Hâtons-nous de dire qu'à ce moment Edgard de Lycenay aimait réellement celle qui allait porter son nom, — aussi les premières années de ce mariage furent-elles heureuses pour les deux jeunes gens.

Berthe perdit son père. — Son mari partagea son affliction et l'entoura des soins d'une tendresse consolante. — Puis la naissance de Blanche vint encore resserrer les nœuds qui les unissaient.

— Oh ! j'étais heureuse alors ! — disait Berthe à madame de Nerval en lui peignant l'amour de son mari, — (car maintenant nous allons, si le lecteur le permet, rentrer dans le petit salon de la rue de Varennes, et laisser à madame de Lycenay elle-même le soin de compléter notre récit). — J'étais heureuse ! — Nous vivions seuls dans notre vieux château de Touraine, et je voyais l'avenir au travers du prisme radieux et menteur d'un présent sans nuages ! — Hélas ! mes illusions devaient bientôt s'envoler ! — Après deux années de bonheur, mon mari me ramena à Paris. — Il acheta cet hôtel, — il le meubla avec luxe, — il commanda de nouvelles voitures, — il remonta ses écuries, — tout cela pour moi, — disait-il, — pour faire à notre amour un cadre digne de lui !... — Je le laissais faire en le grondant : car, tout occupée de ma fille et craignant d'effeuiller notre bonheur, j'avais résolu de continuer à Paris la vie simple et retirée que nous menions à la campagne. — Aussi refusai-je les invitations de bals, de soirées, de fêtes de toutes sortes qui nous arrivaient en foule.

— En un mot, vous vous enterriez, — interrompit madame de Nerval en secouant la tête d'un air de blâme. — Grand tort, ma chère !... tort énorme, qui amène infailliblement la torpeur et l'engourdissement !.. L'amour, comme toute chose, a besoin d'air vital pour exister longtemps. — Il faut quelque occupation à l'inconstance naturelle de l'esprit, pour laisser au cœur sa tendresse indépendante. — A défaut du travail, des peines et des soucis, qui sont bien souvent l'oxygène de l'amour, le principe vital qui entretient son existence, il faut les fêtes, les bals, les diamants, les parures, le plaisir enfin !!!...

— Oh ! ce tort ! — poursuivit Berthe après un court moment de silence, — ce tort ! je l'ai cruellement expié ! — D'abord les absences assez rares d'Edgard se multiplièrent peu à peu et se prolongèrent chaque jour davantage. — Tantôt c'était une course dans laquelle il se trouvait engagé, — tantôt une réunion d'anciens amis, — puis des soirées de whist, — que sais-je ? — Il retournait au club, — il y restait fort tard, — souvent même il y passait la nuit entière.

— C'est cela ! — s'écria Aurélie avec impatience et en se levant vivement, — dans tous les ménages où le mari tourne mal, il y a du club ! — Prétexte ou motif, cette charmante importation d'Outre-Manche peut aller de pair avec le caoutchouc, le plumpuding, les bottes à triples semelles, l'impolitesse et le mode de gouvernement représentatif, toutes choses détestables par excellence. — On n'a jamais rien pris de bon à l'Angleterre que deux choses : — les dentelles et la crinoline. — Mais le club ! — reprit-elle en se croisant les bras par un geste plein de grâce, — une invention créée tout exprès pour protéger la vie en partie double ! — propager le goût du cigare ! — annuler les relations de famille ! — engloutir les fortunes au jeu ! — déshabituer de la tenue élégante des salons, de la conversation des femmes comme il faut, de l'usage de la bonne compagnie, — et qui y réussit parfaitement, il faut l'avouer ! — Quand on pense que tous les hommes ont la fureur de se faire recevoir à ce maudit club ! et qu'ils se montrent aussi fiers de leur élection qu'un député qui vient d'obtenir tous les suffrages de son arrondissement !... — Et cela, parce que le suprême bon goût consiste, aux courses, à mettre une carte à son chapeau comme les conscrits qui viennent de tirer au sort, ou à la placer à la boutonnière de son habit, exactement comme les médailles des commissionnaires qui ouvrent les portières des fiacres ! — Ah ! messieurs, ne vous apercevez-vous donc pas qu'en faisant ainsi métier de plagier les usages d'un autre pays, vous vous rendez ridicules, d'abord, et que vous laissez égarer ces habitudes d'élégance réelle dont vous deviez hériter de vos pères ! — Mais pardon, ma chère Berthe, je me laisse follement entraîner par ma mauvaise humeur ! — Revenez à ce qui vous intéresse. — Continuez. Vous disiez que M. de Lycenay retournait au club ?...

Et Aurélie vint se rasseoir près du berceau de Blanche, en prenant la main de la belle délaissée.

— Bientôt, — continua Berthe, — sous prétexte de ne pas troubler ma tranquillité, Edgard exigea que nous habitassions chacun un appartement séparé. — Lui là-bas, — moi ici ! — Depuis ce moment, je le vis de moins en moins. — Je tâchai, par mes soins, par mon amour, de le ramener à moi... — je priai, — je suppliai, — je pleurai...

— Quelle école ! — fit Aurélie avec vivacité. — Vous creusiez l'abîme au lieu de le combler ! — N'avez-vous donc point vu jouer *le Caprice* d'Alfred de Musset ?... — Sachez que les hommes ne désirent jamais que ce qu'ils n'ont pas ! — Du moment où ils sont certains de l'amour d'une femme, ils n'ont plus rien à faire pour lui plaire, et ils la délaissent. — Que voulez-vous, mon cher ange ? ces messieurs sont faits ainsi : il faut bien les prendre tels qu'ils sont, et agir en conséquence. — Notre grande finesse, à nous autres femmes, consiste à connaître leurs défauts et à les exploiter à notre profit. — Au lieu de supplier, il fallait paraître indifférente! — au lieu de pleurer, il fallait rire et devenir coquette!!!...

— Cela l'aurait fait souffrir!...

— Le grand mal.

— Oh! je l'aime tant.

— Voilà précisément votre tort.

— Mais, au milieu de ses absences et de mon délaissement, il est toujours plein d'égards...

— Il ne manquerait plus que cela, en vérité! qu'il fût grossier!... Je vois clair dans tout ceci, ma chère Berthe. — Ayez confiance en moi! — Laissez-vous diriger; je réponds de tout! — Un nuage passe sur la lune de miel, mais le beau temps revient ensuite.

— Vous croyez? — demanda madame de Lycenay dont les grands yeux brillèrent d'espoir.

— J'en suis sûre.

— Que faut-il faire, docteur? — murmura Berthe en souriant.

— Vous le saurez. — En attendant préparez-vous à recevoir une visite...

— Une visite? — Et de qui donc?

— D'un vieil ami que vous aimez de tout votre cœur et qui vous le rend bien.

— Oh! mon Dieu! Maxime, peut-être?

— Précisément.

— Il est à Paris?

— Depuis hier.

— Ce bon Maxime! — s'écria Berthe sans cacher la joie que lui causait cette nouvelle, — quel plaisir de le revoir! — Il a toujours été un frère pour moi!... un frère bien-aimé...

— Oui, — répondit Aurélie en se rapprochant, — je sais que votre père était son oncle et son tuteur, et que vous avez été élevés l'un auprès de l'autre. — A vrai dire, j'ai toujours été surprise que votre père n'ait pas songé à une union entre vous...

— M. de Santeuil m'a sans cesse témoigné l'amitié la plus vive, la plus sincère, — fit madame de Lycenay en regardant sa compagne, — mais jamais je n'ai vu, dans ses moindres démarches, quoi que ce soit qui pût faire supposer un sentiment plus tendre... et puis...

— Quoi donc? — demanda curieusement Aurélie.

— Je ne sais, mais il a dû se passer, au début de sa jeunesse, quelque chose de terrible qui pèse depuis ce temps sur sa vie...

— Eh bien! — s'écria la jolie veuve, — je m'en suis toujours doutée. — Ce dégoût du monde n'est pas naturel chez un homme de trente-quatre ans à peine.

— Ce fut à l'époque de notre premier séjour à Paris que son caractère commença à se modifier, et je n'ai jamais pu découvrir la cause du violent chagrin qui paraissait l'accabler.

— Oui! en effet, ce fut également à cette même époque qu'il entreprit cette série de voyages périlleux dans lesquels, depuis lors, il se risque avec tant d'insouciance! — Enfin, — continua madame de Nerval en changeant de ton, — nous découvrirons plus tard, sans doute, ce grand mystère. — En attendant, préparez-vous à recevoir votre cousin...

— Quel malheur qu'Edgard ne soit pas à l'hôtel! — dit la jeune femme en soupirant.

— Bah! sa présence n'est pas nécessaire à votre entrevue...

— Oh! j'aurais eu tant de plaisir à les présenter l'un à l'autre...

En ce moment, le roulement d'une voiture retentit sourdement sur la couche épaisse de neige qui couvrait le pavé de la cour. — Berthe courut précipitamment à la fenêtre et poussa un cri de joie.

— Enfin! voici M. de Lycenay! — dit-elle, et elle se dirigea vivement vers la porte.

Madame de Nerval la retint par la main.

— Qu'allez-vous faire, chère Berthe? — lui demanda-t-elle.

— Mais, — répondit la jeune femme, — je vais... je vais le gronder...

— Et l'embrasser! — continua Aurélie. — Quelle folie, ma chère amie! — A partir de ce moment, que votre mari aille et vienne, sorte ou rentre, vous ne devez pas y prêter la moindre attention...

— Cependant...

— Oh! vous m'avez promis de m'obéir. — Commencez donc, je vous en prie! — Songez qu'il s'agit de votre bonheur, et peut-être de celui de votre fille!

— Ma fille! Oh! parlez, commandez, ma chère Aurélie! je m'abandonne à vous...

— Très-bien!... — Il est trois heures à peine, Maxime ne viendra pas avant cinq heures, vous avez tout le temps de faire une toilette splendide...

— Une toilette?

— Sans doute! — Je vous emmène dîner chez moi, et, ce soir, nous allons ensemble au Théâtre-Italien...

— Mais...

— Oh! pas de mais! pas d'objection! ou je vous abandonne! — Et la charmante veuve embrassa son amie et frappa sur un timbre.

Gertrude parut aussitôt.

— Ma bonne Gertrude — dit Aurélie, — vite, préparez pour votre maîtresse la plus fraîche de ses parures! — Il s'agit de la faire belle à tourner toutes les têtes, — ce qui ne sera pas bien difficile.

Gertrude, en écoutant cet ordre, sembla pétrifiée d'étonnement.

Elle regardait tour à tour madame de Nerval et madame de Lycenay, comme si son intelligence se refusait à comprendre.

— Obéis, Gertrude! lui dit Berthe doucement, — Je vais ce soir aux Italiens...

— Aux Italiens! — répéta Gertrude, qui crut encore avoir mal entendu.

— Eh oui! ma bonne, — fit la jeune veuve, — j'emmène Berthe. — Il s'agit de punir M. de Lycenay, qui délaisse ce pauvre bel ange, et de le ramener à ses pieds.

— Oh! je comprends! — s'écria Gertrude. — Oui, oui, madame, faites-vous bien belle et bien charmante...

— Et si le baron demandait, par hasard, à entrer chez sa femme, — ajouta Aurélie, — que la porte lui soit rigoureusement fermée. — On dirait que madame est occupée et ne peut recevoir...

— Soyez tranquille, madame, — répondit la femme de chambre, — et, tandis qu'elle préparait sur le canapé la toilette de sa maîtresse, — une robe de moire rose sous un flot de dentelles blanches, — et qu'elle dénouait ses beaux cheveux blonds pour en former une double et soyeuse couronne, madame de Nerval, ensevelie dans un large fauteuil, murmurait en souriant :

— Ah! monsieur de Lycenay!... vous délaissez, vous abandonnez tant de grâces et tant de charmes pour quelqu'une de ces beautés à la mode dont tout le mérite consiste en l'art heureux de duper à la fois trois ou quatre imbéciles! — Eh bien! vous vous en repentirez, je vous le jure! — Allons! M. de Santeuil avait raison, en me disant qu'il était grandement temps d'agir, et, quant à moi, je suis fière d'avoir eu la pensée de le prévenir du péril qui menaçait le bonheur de sa cousine.

## V

### Un intérieur de garçon.

Tandis que madame de Nerval complote contre M. de Lycenay, tandis que Berthe, obéissant aux instructions de son amie, ajoute le charme de la toilette à celui de la beauté, tandis qu'Edgard vient de rentrer dans son appartement après avoir ramené Fernanda à Paris, tandis que les joyeux convives du souper de la nuit précédente réparent leurs forces par le repos, disons ce que sont devenus ces quatre personnages que nous avons laissés enfermés dans le cabinet numéro 5 du Café-Anglais.

Vers neuf heures du matin, Maxime et ses compagnons quittèrent le petit salon de l'élégant cabaret et restèrent pendant quelques minutes groupés sur le trottoir en échangeant les adieux :

— Merci, Santeuil, — dit Chambry en serrant la main de Maxime. — Merci d'avoir compté sur moi dans cette circonstance! Votre confiance m'honore et me fait un bien que je ne saurais vous exprimer!

— C'est parce que je vous ai toujours jugé tel que vous êtes réellement, et non tel que vous affectez de le paraître, que je vous ai parlé comme je l'ai fait, — répondit M. de Santeuil. — Ainsi je compte sur vous? — Mais de la discrétion! vous le savez, cela est essentiel!

— Je ne parlerais pas, même quand mes paroles devraient faire monter la rente! Au revoir, messieurs, et à bientôt.

En disant ces mots, l'agent de change arrêta au passage un coupé de régie, y monta assez lestement et partit dans la direction de la rue Drouot.

— La marche que tu as adoptée est incontestablement la plus lente, mais elle est à coup sûr la plus certaine, — dit le comte d'Ornay après le départ de Chambry.

— Je préfère voir Berthe souffrir quelques mois encore, — répondit Maxime, — et assurer à jamais la tranquillité de son avenir...

— Seulement, cela pourra coûter cher au baron! — fit observer Olivier.

— La fortune de Berthe est indépendante. — Son père m'a écrit, lors de son mariage, qu'il avait adopté le système du régime dotal dans la rédaction du contrat; donc M. de Lycenay ne peut toucher aux biens de sa femme, et, fît-il la sottise de manger tout son patrimoine, ma cousine serait encore assez riche pour deux. — Ses revenus personnels doivent dépasser cent cinquante mille livres par an...

— Peste, c'est un joli denier! — fit Lucien; — tu as agi sagement et nous suivrons le plan adopté. — N'est-ce pas, Olivier?

— Sans doute! — M. de Santeuil peut s'en reposer entièrement sur moi, quant à ce qui me concerne.

— Au revoir, donc, messieurs, — dit alors Maxime. — A ce soir, n'est-ce pas?

— Tu rentres? — demanda Lucien à Olivier lorsqu'ils furent seuls.

— Ma foi! oui, — répondit le jeune marin.

— Alors je vais te reconduire jusqu'à la Madeleine.

Les deux amis, enlaçant leurs bras et allumant des cigares, se dirigèrent tout en causant vers la demeure d'Olivier de Pont-Aven.

Cette demeure, nous croyons l'avoir dit, consistait en un charmant appartement, situé rue d'Astorg, numéro 5.

Olivier qui, pendant ses congés, habitait Paris, avait voulu y conserver un pied-à-terre. — Sa fortune le mettait largement à même de satisfaire cette fantaisie. — Il avait entassé dans cet élégant réduit toutes les richesses des deux mondes, — richesses rapportées de ses stations différentes. — Aussi, meubles chinois, armes de tous pays, ornements orientaux, étoffes aux vives couleurs inconnues en Europe, tapis de Smyrne, peaux de tigres, de lions, de panthères, plumages d'oiseaux exotiques, idoles égyptiennes, fétiches océaniens, porcelaines du Japon, nattes indiennes, tout cela formait un délicieux pêle-mêle, et pouvait satisfaire pendant plusieurs heures l'œil et l'attention d'un amateur émérite.

La maison d'Olivier se composait de deux domestiques : un cocher qui soignait ses trois chevaux, et un groom de quinze ans remplissant en même temps les fonctions de valet de chambre.

Olivier ne dînant jamais chez lui, et déjeunant un peu partout, s'était abstenu du luxe inutile d'un cordon bleu.

Margat, dit *Mocco*, le quartier-maître, avait la haute main dans la maison.

C'était un homme de quarante-cinq ans environ, de petite taille, aux épaules larges et carrées, au cou court et nerveux. — Ses bras musculeux auraient fait envie, pour la solidité, aux lutteurs de la salle Montesquieu, voire même à *M. Harpin*, dit *le Terrible-Savoyard*.

Son teint hâlé faisait ressortir la blancheur de ses dents, qu'il avait fort belles. — Ses petits yeux gris brillaient d'intelligence. — Enfin un nez court et un peu épaté, des lèvres larges, une bouche énorme et des joues vermillonnées, constituaient un ensemble de physionomie que l'on ne pouvait appeler séduisant, mais sur lequel se lisaient une naïveté naturelle et une bonté parfaite.

A Paris comme à bord, à terre comme sur mer, il portait invariablement son costume de marin. — Le large pantalon bleu, la chemise au col rabattu, la cravate noire maintenue par les cordons qui fermaient la chemise, les souliers décolletés et la veste de gros drap bleu, sur les manches de laquelle se dessinaient ses galons de quartier-maître, tandis que la croix de la Légion-d'honneur brillait sur sa poitrine.

Ajoutons un petit chapeau de cuir verni, fixé au sommet de la tête et formant avec l'épine dorsale une ligne verticale, — ajoutons encore une pipe courte, vulgairement nommée *brûle-gueule*, qui semblait devenue partie intégrante de son individu, — des boucles d'oreilles, — une large balafre qui traçait une ligne blanche (comparativement au reste du teint) du sourcil gauche à la naissance des cheveux, — la joue droite incessamment gonflée par un énorme morceau de tabac, — les jambes un peu arquées par suite de l'habitude de se maintenir en équilibre contre le roulis, — les coudes en dehors, — tel était Margat au physique. — Au moral, c'était le courage, la bravoure, l'intrépidité, l'amour des vagues, le dévouement, la droiture et la probité, réunis et individualisés en une seule et même personne.

Son affection et son attachement pour Olivier étaient poussés à leur plus extrême limite, et le brave matelot aurait été fort stupéfait s'il eût pensé mériter quelque éloge pour l'accomplissement de ce qu'il regardait comme un simple devoir.

N'avait-il pas juré à son amiral mourant de veiller sur son fils?

Il tenait sa promesse. — Rien ne lui semblait plus simple.

Complétons le portrait de Margat, dit Mocco, en ajoutant qu'il ne pouvait pas prononcer trois mots de suite sans les accentuer d'un juron, et qu'il possédait l'accent provençal dans toute sa désagréable pureté.

Le vicomte de Pont-Aven éprouvait pour le vieux marin une profonde affection et une vive reconnaissance. — Aussi le quartier-maître avait-il gardé son franc-parler et ne se gênait-il nullement pour faire toutes les observations qu'il jugeait convenables. — Ceci, du reste, à terre seulement, car, à bord, Margat ne voyait plus dans le lieutenant de vaisseau que son officier, et, par conséquent, son supérieur.

Quelques instants avant qu'Olivier ne quittât Lucien d'Ornay et ne rentrât chez lui, Margat, assis à califourchon sur une chaise, le brûle-gueule à la bouche et une bouteille de rhum à sa portée, se livrait à un monologue qu'il accompagnait de vigoureux coups du plat de sa main droite sur le dossier de son siége.

Nous avons prévenu le lecteur que le digne quartier-maître jurait à tout propos, mais, autant que faire se pourra, nous nous abstiendrons, en le faisant parler, de reproduire l'excentricité trop pittoresque de son langage.

— Tonnerre de Brest! comme disent les Bretons, qui sont assez bons marins, faut l'avouer! — s'écria-t-il en reposant sur une table voisine un verre qu'il venait de vider d'un trait, — mon lieutenant aura attrapé un coup de vent pour sûr! Depuis hier soir qu'il est sorti paré, *suivé*, astiqué, toutes voiles dehors, un branle-bas général, quoi! pour aller à c'te soirée, comme ils disent ici, qu'est-ce qui peut faire? — A-t-on vu une idée aussi cocasse de courir des bordées quand y vente plein nord, au lieu de mettre tranquillement le cap sur sa cabine et de s'affaler tout doucement dans son hamac? — En v'là tout de même un quart un peu soigné de longueur! — Après tout, c'est pas l'embarras, — continua-t-il en réfléchissant, — M. Olivier aura peut-être rencontré dans ses eaux une petite corvette gentiment gréée à qui il aura donné la chasse, comme moi, dans les temps, aux moricaudes et aux mulâtresses de Port-au-Prince! — En ai-je t'y eu de l'agrément avec ces odalisques, tout de même! qu'un jour que nous avions touché nos parts de prise, nous en avions acheté chacun trois, que c'était pire qu'un sérail! — Oui, mais aujourd'hui, bernique! il faut donner aux autres l'exemple de la morale! Et puis, ma foi, je donnerais tous les cotillons des Antilles, — je dis cotillon comme je dirais autre chose, car pour ce qu'elles en ont, ces gaillardes-là, ce n'est pas la peine d'en parler! — eh bien! je les donnerais toutes, les mulâtresses et les odalisques, pour une gourde de rhum et une pipe de tabac! — Ah! mais, n'empêche que mon lieutenant a manqué l'appel du matin! — Cré mille millions de tonnerres! qu'est-ce qu'il peut faire? qu'est-ce qu'il peut faire?

Margat resta pendant quelques minutes à chercher dans sa tête une réponse à sa propre question, puis, ne trouvant probablement rien qui lui parût satisfaisant, il porta à ses lèvres son sifflet de maître, qui ne le quittait jamais, et il en tira un son aigu, accompagné d'une double modulation.

— Voilà! monsieur Margat, — répondit une voix dans la pièce voisine, et Baptiste, le groom valet de chambre, parut sur le seuil un plumeau sur le bras, le nez en l'air et les yeux éveillés.

— A la bonne heure! tu commences à te former, moussaillon! — dit le marin en riant; tu entends la manœuvre!...

— Dam! monsieur Margat, depuis trois mois que vous me sifflez, je commence à comprendre, et puis, faudrait avoir l'oreille un peu dure pour ne pas entendre votre instrument. — Qu'est-ce qu'il y a pour votre service?

— Quelle est l'heure qui vient de piquer?

— Dix heures!

— Tron de Diou! — Dix heures, et pas rentré!

— Allons, bon! voilà que vous vous inquiétez encore à propos de M. le vicomte! Etes-vous drôle! vous savez bien que cela lui est arrivé plus d'une fois de ne pas rentrer du tout!

— Oui, mais il me prévenait toujours.

— Eh bien?

— Eh bien! hier, il ne m'a rien dit, imbécile!

— Bah! qu'est-ce que cela fait?

— Cela fait que ça m'égaie comme une tortue qu'on met sur le dos.

— Vous l'aimez donc bien, M. le vicomte?

— Si j'aime mon lieutenant! — s'écria Margat en se levant et en faisant pirouetter sa chaise à bras tendu, comme s'il eût joué avec un jonc. — Si je l'aime! — Vois-tu, moussaillon, sauf le respect qu'on doit aux supérieurs, je suis son matelot et c'est tout dire. — Ah! vous ne comprenez pas ça, vous autres, qui n'avez jamais quitté le plancher des vaches, vous autres terriens! Quand on est amateloté avec un homme, c'est à la vie, à la mort! Et celui qui m'a amateloté avec mon lieutenant, c'est mon amiral, rien que ça! — Garçon, qu'il disait toujours quand il a vu qu'il filait son câble pour courir vent arrière dans le monde des défunts; garçon, t'auras soin de mon fils, tu veilleras sur lui, et de là-haut je verrai bien si tu tiens ton serment, si tu est un vrai matelot! — Aussi, pour mon lieutenant, entends-tu? je me ferais couper en quatre, que chaque morceau lui dirait encore merci!

— Pas possible! — répondit Baptiste qui, en sa qualité de domestique, ne comprenait rien au dévouement du brave marin.

— C'est si possible que ça y est. — A preuve que, si, par hasard, il se trouvait un particulier assez je ne sais quoi pour regarder tant seulement mon lieutenant de travers, je le casserais en deux comme une allumette. Voilà.

— Vous feriez bien, monsieur Margat, — répondit le groom avec déférence, car la force musculaire du quartier-maître en imposait tellement aux domestiques du vicomte que, grâce à lui, le service était toujours admirablement fait et qu'un mot irrespectueux ne sortait jamais de leurs lèvres, même en son absence. — Je vois que votre blague est à sec, — continua hypocritement Baptiste avec un feint empressement. — Voulez-vous que j'aille vous acheter du tabac?

— Volontiers, mon garçon, mais en deux temps! Ne t'amuse pas à flâner sur les enfléchures!

Margat n'avait jamais pu se décider à nommer les es caliers autrement.

Le groom sortit vivement et rentra bientôt avec un paquet de tabac qu'il déposa sur la table.

— Dites donc, monsieur Margat, — fit-il d'un air câlin et pour prolonger la conversation, ce qui lui permettait de se croiser les bras, — cela doit être bien amusant de voyager sur un beau navire?

— C'est un vrai plaisir, mon fiston, — répondit Margat tout en chargeant sa pipe, — un vrai plaisir des dieux, sauf les jours où il y a des grains, des coups de vent, des bourrasques et des tempêtes. — Alors, c'est un autre genre d'agrément, mais qui a son charme tout de même.

— Et dans tous les pays où vous allez, vous devez trouver des femmes un peu soignées?

— Il est sûr et certain que le matelot est toujours favorablement accueilli du sexe, surtout le jour où il descend à terre après avoir touché son arriéré.

— Vous en avez vu de toutes les couleurs, je parie?

— Eh donc! un peu que je dis!

— Des brunes, des blondes, des noires!

— Et des jaunes, même, qui ont bien leur mérite, faut l'avouer ! — Ah ! les mulâtresses, mon garçon, les mulâtresses...

En ce moment un violent coup de sonnette retentit et coupa la parole au quartier-maître.

— On sonne à tribord ! — s'écria-t-il vivement, — va voir qui est-ce qui accoste !

Margat, dans le langage maritime qu'il avait importé dans ses habitudes de la vie, même à terre, désignait par tribord la porte de l'escalier de maître, et par bâbord celle de l'escalier de service. — Tribord étant, sur un navire, le côté d'honneur, celui par lequel on reçoit les canots d'officiers, et l'escalier de bâbord n'étant affecté qu'aux matelots et au commun des visiteurs.

— Ce doit être monsieur ! — fit observer Baptiste en allant ouvrir.

— Pour lors, attention à la manœuvre ! — fit Margat en se levant vivement.

C'était en effet Olivier qui venait de quitter Lucien et qui rentrait en fredonnant un air d'opéra, et en pensant malgré lui au petit pied du gracieux domino bleu.

## VI

### Comment on se retrouve.

— Ah çà ! mon lieutenant, sauf votre respect, me ferez-vous celle de me dire ousque vous avez bourlingué toute cette nuit ? — demanda Margat en s'installant tranquillement dans la chambre à coucher du vicomte, tandis que celui-ci se livrait à un changement complet de toilette et remplaçait son costume de bal par un élégant négligé d'appartement.

— Tu me demandes d'où je viens, mon brave matelot ? — lui répondit-il ; — eh ; pardieu ! je viens de souper, et avec de joyeux convives, je t'assure.

— Souper ! excusez ! — Il fallait que la cambuse fût un peu proprement lestée ! — J'aurais déjeuné trois fois, moi, pendant que vous finissiez de souper. — Savez-vous que le second quart de jour est piqué depuis longtemps ?

— Que veux-tu ? il faut bien suivre les usages de Paris, et, puisqu'il est de mode de souper à l'heure où l'on déjeune, je fais comme mes amis.

— Enfin, vous êtes-vous amusé, au moins ?

— Beaucoup !

— Alors, il n'y a pas de mal, et vous avez bien fait.

— Figure-toi, Margat, que j'ai retrouvé fortuitement un brave garçon que nous avons jadis rencontré aux Indes ; tu sais, à l'époque de notre relâche à Pondichéry ?

— Ah ! oui ! après que *la Reine-Blanche* avait essuyé un coup de vent carabiné dans ce gueux de détroit de *Manaar*, où j'ai manqué deux fois de servir de pâture aux requins. — Cré mille n'importe quoi ! quelle rafale ! — Nous dansions sur les vagues que c'était pire que toutes les cabrioles que font ces brigands d'Indiens devant leurs dieux de bois ! — A chaque coup de mer, *la Reine-Blanche* craquait depuis sa cale jusqu'à ses mâts de perroquet, que l'on aurait juré qu'elle allait se démantibuler comme un vieux ponton pourri dont on a rasé la quille ! — C'est pas pour dire, mais faut croire que le bon Dieu avait lâché tous ses tremblements sur la frégate ce jour-là ! — Heureusement que le bâtiment avait la carcasse solide !

— Et que nous étions commandés par un marin qui entendait son affaire ! — ajouta Olivier.

— Oui ! le commandant Bernard ! — un brave avec qui que j'avais navigué dans les temps. — Encore un qu'est là-haut près de votre père, pour sûr ! — Enfin, comme dit cet autre : *On ne peut pas être et avoir été.* — Pour lors, mon lieutenant, vous disiez que vous aviez louvoyé cette nuit bord à bord avec une ancienne connaissance.

— Oui, mon vieux maître ! — Tu te rappelles ce brave jeune homme qui avait tué un tigre pour sauver un Indien ?

— Parbleu ! voire même que la peau rouge s'appelait d'un drôle de nom ! — Attendez donc, ah ! voilà ! — Non, — fit-il après un instant de réflexion. — Quel satané nom ! je crois toujours le retenir, et puis va-t'en voir au diable ! — Enfin, n'empêche ! — Ah ! vous avez retrouvé ce monsieur-là, mon lieutenant ? Eh bien ! m'est avis que c'est un brave, numéro un ; et, quoiqu'il ne soit qu'un terrien, moi je dis qu'il est digne d'être matelot ! — Et qu'est-ce qu'il vient faire à Paris, sans indiscrétion ?

— Une bonne œuvre à laquelle il a bien voulu m'associer.

— A la bonne heure ! en v'là un que je serais content de voir ici, et puis M. Lucien aussi. Encore un garçon qui a le cœur sur la main et qui ne dédaigne pas de dire bonjour à un pauvre quartier-maître ! — mais les autres, mon lieutenant, un tas de bons à rien, qui vous appellent leur ami parce que vous êtes riche et généreux ! — Des muscadins qui ont des bottes comme des miroirs et des petites moustaches retroussées, qu'on dirait des chats en colère, incapables tant seulement d'attacher un nœud de garcette ou de distinguer une chaîne d'ancre d'un grelin ! Eh bien ! ceux-là que je dis, vous devriez me permettre de les recevoir une bonne fois à votre place, histoire de rire un brin ! — Je te les ferais se pomoyer sur les enfléchures et s'affaler à fond de cale, que vous en seriez débarrassé à tout jamais !

— Ne parle pas ainsi, Margat. Certes, je mets Lucien et M. de Santeuil bien au-dessus des jeunes gens avec lesquels je suis lié ; — mais ceux-là aussi ont du bon ! — Ils sont obligeants et sincères, et je suis certain que, si jamais j'avais besoin d'eux, ils ne me manqueraient pas !

— Oui, comptez là-dessus ! — murmura le marin.

— Puis, tout haut, il ajouta :

— Enfin, puisque c'est votre idée, mon lieutenant, vous savez : *Des goûts et des couleurs...*

— Que voulez-vous, Baptiste ? — interrompit Olivier en voyant entrer son valet de chambre tenant un petit plateau d'argent à la main.

— Une lettre pour monsieur le vicomte, et la carte d'une personne qui demande à avoir l'honneur de parler à monsieur.

— Ferdinand Thévenay ! — fit Olivier en prenant la carte et en lisant la suscription. — Thévenay, — répéta-t-il, comme quelqu'un qui cherche à rappeler un lointain souvenir. — Je connais ce nom, mais je ne me souviens plus dans quelle circonstance... — Oh ! — s'écria-t-il tout à coup, — Thévenay, un ancien camarade de collége... il y a dix ans que je ne l'ai vu. Que diable peut-il me vouloir ?... — C'est bien, Baptiste, priez ce monsieur d'attendre quelques secondes, je suis à lui dans un instant.

Le domestique sortit.

— Voilà une lettre qui doit renfermer de jolies choses, à en juger par le nez, — dit Margat en désignant le billet qu'Olivier tournait et retournait entre ses doigts sans l'ouvrir. — Elle sent si bon qu'elle en empoisonne...

— Voyons, — fit le jeune homme en décachetant brusquement la missive parfumée; — je ne connais pas cette écriture. — Et il lut à haute voix :

« Si vous vous souvenez encore de votre rencontre de cette nuit, si vous attachez quelque importance à connaître les personnes que vous avez si galamment obligées, si, en un mot, leur reconnaissance doit être de quelque poids, je n'ose dire pour votre cœur, mais pour votre raison, vous vous rappellerez qu'un homme d'honneur méprise des misérables qui insultent une femme; vous n'oublierez pas que le vicomte de Pont-Aven a fait ses preuves de bravoure de façon à ce que l'on ne puisse douter en aucun cas de son courage, et qu'enfin un bon gentilhomme ne se bat pas en duel avec un manant. »

— Se battre en duel! — interrompit brusquement Margat en bondissant sur son siége, comme s'il eût été poussé par un ressort d'acier. — Qu'est-ce que vous lisez donc là, mon lieutenant?

— Laisse-moi achever, — dit le vicomte. — Et il continua :

« Votre conduite sera connue dans les moindres détails concernant la suite de cette affaire. — Souvenez-vous que l'on vous défend de vous battre, et que, si vous savez obéir, l'on sera en droit de supposer que vous savez également être discret.

« Alors... on ne craindra peut-être plus de vous remercier de vive voix. »

— Qu'est-ce que c'est que tout ce baragouin? — demanda Margat en voyant qu'Olivier avait achevé sa lecture; — c'est pire que les comptes d'un commissaire de bord, on n'y comprend rien!

— Cela veut dire que, cette nuit, j'ai empêché une demi-douzaine de drôles d'insulter deux femmes!

— Mais ce duel?

— Je te conterai tout cela plus tard! — En ce moment, je suis attendu, tu le sais!

Et le vicomte de Pont-Aven, heureux de la visite qui lui épargnait les observations de son fidèle matelot, disparut vivement en soulevant une portière de velours.

— Un duel, — reprit Margat resté seul et réfléchissant. — Tron de l'air! Nous verrons bien! — Un duel à propos de cotillons, tonnerre de Brest! — Eh bien! si ces gaillards dont il parle ont insulté des femmes, un coup d'épée, c'est trop noble pour eux, mais une volée de coups de poing ça leur ira comme un habitacle sur une boussole, et je me charge de la fourniture!

Puis, levant les yeux vers le ciel :

— Soyez tranquille, mon amiral, — continua-t-il d'une voix émue, — je suis là, moi, et je veille sur votre enfant!

Tranquillisé par cette réflexion, le digne marin ralluma sa pipe éteinte, au moyen d'un charbon ardent qu'il prit entre le pouce et l'index; — il alla ouvrir une armoire, il en tira un flacon de rhum déjà entamé, dont

il versa le contenu dans un verre à vin de Bordeaux, et il se mit à déguster voluptueusement la liqueur de la Jamaïque, tout en marmottant entre ses dents :

— Un duel ! — plus souvent ! — il faudrait ma permission, que je crois ! — Mon lieutenant, faut rayer cela de votre catalogue, comme dit un maître timonnier de ma connaissance !

Le personnage qui attendait Olivier et lui avait fait remettre sa carte en sollicitant un entretien, M. Ferdinand Thévenay, ainsi que nous avons entendu le vicomte le nommer, était un jeune homme du même âge que le lieutenant de vaisseau. — Il était grand, sa tournure était assez élégante, et sa physionomie intelligente et gaie.

En voyant entrer Olivier, il se leva en essayant de se donner un aspect froid et sérieux, mais un léger sourire glissa sur ses lèvres en dépit de lui-même, et témoigna du plaisir que lui causait la vue de son ancien camarade.

— Veuillez me pardonner, monsieur, — dit-il pourtant en prenant une contenance cérémonieuse, — de couper ainsi votre matinée en me présentant chez vous d'aussi bonne heure, mais ma démarche ayant pour mobile un double intérêt : l'honneur de vous revoir, d'abord, puis une affaire grave à traiter, j'ai cru pouvoir me dispenser de choisir un moment plus convenable.

— Mon cher Ferdinand, — répondit Olivier, — il me semble que deux anciens camarades de collége ne devraient pas troubler le plaisir de se serrer la main par ces puériles formalités, bonnes tout au plus entre des étrangers cérémonieux. — Je vous affirme que je n'ai qu'un seul regret en vous voyant, c'est celui de ne vous avoir pas rencontré plus tôt.

— Merci, Olivier. — Vous me recevez comme je l'espérais.

— Eh quoi ! doutiez-vous de mes souvenirs ?

— Non, mais, cependant... je craignais un accueil moins aimable... Vous êtes noble, riche, lancé dans le meilleur monde de la haute aristocratie ; — moi, je suis fils d'un honnête marchand de la rue Saint-Martin ; ma fortune est plus que médiocre, et les salons du faubourg Saint-Germain me sont hermétiquement fermés : — il est vrai de dire, — ajouta le jeune homme avec une légère nuance de fierté, — que je n'ai jamais rien tenté pour me les faire ouvrir.

— C'est mal, Ferdinand, ce que vous dites là ! Je n'ai ni le droit ni la sottise de faire un mauvais accueil à mes anciens condisciples.

— Parbleu ! vous êtes un garçon d'esprit, Olivier ; aussi, vous le voyez, je suis à mon aise auprès de vous ! Mais si vous saviez combien il m'est arrivé souvent, poussé par l'élan de mon cœur en rencontrant des amis de collége, de recevoir de ces réponses glaciales dont malheureusement on ne peut s'offenser, et qui sont pourtant les plus mortelles des offenses ! — Le collége est une sorte de république où l'égalité règne presque. — Je dis *presque*, attendu que messieurs les professeurs ne se font nullement faute, en général, de partialité et d'indulgence envers les rejetons des grandes et riches familles... mais enfin, entre écoliers, la vigueur du poignet est un excellent argument. Et tel grand seigneur entiché de sa position brillante, tel financier bâté de ses écus, se sont faits dans leur jeunesse les petits compagnons de celui qui, plus tard, devient leur tailleur ou leur bottier. — Alors, rentrés dans le monde, la distance apparaît tout entière, et, des deux condisciples, l'obligé de la veille devient souvent le protecteur du lendemain! Protecteur fier, hautain, oublieux, vaniteux, exactement comme dans les changements de gouvernement. — Voilà pourquoi, maintenant, mon cher Olivier, lorsque les circonstances me mettent, moi chétif, en face d'un ancien camarade dont la position est élevée, je marche lentement et à tâtons dans la voie des souvenirs du passé. — J'ai jusqu'à ce jour été trop mal récompensé de la précipitation de ma mémoire...

— Ferdinand, je vous crois enclin à un peu trop de misanthropie pour un homme de votre âge.

— Mon cher vicomte, j'ai appris *par les trompettes de la renommée*, ainsi que nous le disions au collége dans nos amplifications de rhétorique, que vous aviez embrassé la carrière maritime. — Vous vivez deux années sur trois de cette existence contemplative de l'homme de mer, insouciante des dangers et poétisée par la vue continuelle des grands spectacles de la nature... — Vous avez encore des illusions, gardez-les le plus longtemps possible! — Mais, si vous ne voulez pas que le réveil soit trop cruel, prenez la bonne habitude de ne compter que sur vous-même.

— Quoi! douter de tout! de vous aussi, Ferdinand?

— Les présents sont toujours exceptés, vous le savez?

— Je l'espère, au moins. — Mais, — continua le vicomte après un silence, — puisque vous connaissez ma vie, racontez-moi la vôtre. Quelle route avez-vous suivie depuis votre sortie du collége.

— Oh! mon histoire est simple et peut se dire en quelques mots. — Mon père voulut me faire embrasser la carrière commerciale. — C'était l'antipode de mes désirs. — J'obéis néanmoins... A vingt-deux ans, je devins orphelin; je jetai le mètre par la fenêtre, je voyageai pendant quelques mois, et, à mon retour, je me lançai à corps perdu dans la vie littéraire.

— Mes compliments, mon ami; l'avenir est beau pour vous! Un poète, un romancier, un dramaturge : ce sont là de vrais titres au temps où nous vivons! La fortune, la gloire, et l'honneur du nom, sont vos récompenses.

— Oui, l'avenir est toujours riche et brillant dans la carrière littéraire! — Mais le présent, hélas! mon pauvre ami, que d'obstacles à vaincre, que de dégoûts à essuyer, que de haines envieuses à terrasser, que de sottises à persuader, je ne dirai pas pour arriver au but, non, mais seulement pour parvenir à débuter! — Vous ne vous figurez pas les travaux d'Hercule qu'il faut accomplir pour faire représenter un vaudeville en un acte ou éditer un roman en deux volumes. Plus tard, je vous initierai à tous ces mystères plus ténébreux que ceux d'UDOLPHE! Mais, pour le présent, c'est une autre cause qui m'amène...

— D'abord, — dit Olivier en l'interrompant, — ne vous semble-t-il pas étrange et ridicule, mon cher Ferdinand, après s'être dit *toi* pendant dix ans, de se donner cérémonieusement d'un *vous* bien sec et bien glacial? Quant à moi, depuis que je suis entré dans ce salon, j'ai été sur le point vingt fois de vous tendre la main, comme je le fais, et de vous dire : Ami, jette ton chapeau sur ce divan, prends un cigare et déjeunons ensemble.

— Excellente nature! — fit Thévenay avec émotion, — je ne puis t'exprimer tout le plaisir que tu me causes en agissant comme tu le fais... — Mais, — continua-t-il en changeant de ton, — il faut pourtant en venir au motif qui m'amène!

— Ah çà! tu viens donc pour un motif autre que celui de me revoir?

— Sans doute, et je t'avoue que j'aimerais autant, beaucoup mieux même, avoir affaire à tout autre qu'à toi.

— Qu'est-ce donc?

— M'y voici... Tu as été à l'Opéra cette nuit?

— A la porte, oui... dans la salle, non...

— Il ne s'agit que de l'extérieur... Tu as protégé, en galant chevalier, deux jolis dominos...

— Que des pierrots insultaient, — ajouta vivement Olivier.

— Ne dis pas trop de mal des pierrots?

— Pourquoi?

— Parce que j'en faisais partie, — comme la formule Joseph Prud'homme.

— Pas possible!

— C'est la pure vérité!

— Ah! diable! — s'écria tout à coup le vicomte, — est-ce que ce serait à toi que...

— Non, — répondit en riant Ferdinand, — le coup de poing dont tu veux parler s'est appesanti sur une autre mâchoire que la mienne.

— Tant mieux! — fit Olivier en riant à son tour. — Mais comment est-il admissible que toi, un garçon d'esprit et de bonnes façons, tu ailles te cacher sous un tel déguisement?

— Comment fait-on des folies?... Sans trop savoir généralement ce que l'on fait. — Or, hier soir, j'étais triste, fatigué; je cherchais, sans y réussir, à embrouiller dans mon cerveau une intrigue claire comme de l'eau de roche, pour en faire un méli-mélo à la Scribe, lorsque des amis, peintres et musiciens, firent irruption dans mon domicile, ornés des costumes que tu sais. — Bon gré, — mal gré, — ils me contraignirent à m'affubler de même façon, et après un splendide souper chez Vachette, nous nous rendîmes au bal, dont l'atmosphère, la poussière et le bruit achevèrent de nous griser. — On nous mit à la porte. — Tu sais le reste.

— Parfaitement, et je comprends que tu ne m'aies pas reconnu.

— Le jeune homme que tu as vigoureusement repoussé est venu me trouver ce matin et m'a chargé des suites de l'affaire. — C'est un excellent garçon, brave et spirituel, qui a compris tout de suite les torts qu'il avait eus cette nuit et qui s'en repent. — Malheureusement le coup de poing, qu'il s'obstine à nommer un soufflet, est encore brûlant sur son visage.

— Et il veut le rafraîchir dans mon sang? — demanda Olivier en riant.

— Tu l'as dit. — Cependant je n'ai accepté la mission de témoin qu'à condition que ce que je ferais serait bien fait, et que ton adversaire s'en rapporterait à moi. Donc, mon cher Olivier, parle-moi franchement. Connais-tu les deux dominos de cette nuit?

— En aucune façon.

— Tu ne les as jamais vus?

— Jamais.

— Alors, tu n'as aucun intérêt personnel à pousser plus loin la défense de leur cause?

— Aucun! — Les pierrots les voulaient entraîner, je m'y suis opposé, j'ai réussi! voilà tout ce qui m'importait.

— Très-bien! l'affaire, en ce cas, peut s'arranger.

— Encore un mot cependant...

— Parle!

— Est-ce un coup de poing? Est-ce un soufflet que tu as donné?

— C'est un coup de poing, je l'affirme.

— Parfait! je vais dresser tout de suite un petit procès-verbal de l'affaire, telle qu'elle s'est passée; procès-verbal dans lequel tu déclareras que tu as frappé les doigts fermés et non la main ouverte. Grâce à ce détail, la querelle devient nulle, car il est notoirement reconnu que, dans l'ivresse, *un coup de poing* donné ou reçu n'engage à rien. — Est-ce ton avis?

— Mais... — fit Olivier en hésitant.

— Mais, c'est le mien! — répondit la voix sonore et accentuée du quartier-maître, qui entrait dans le salon sans plus de cérémonie.

— Comment! tu écoutes aux portes? — demanda le vicomte.

— Eh donc! j'écoute quand c'est utile. — Vous êtes encore un bon, vous! — continua le marin en s'adressant à Ferdinand. — Tenez! voici des paperasses, des plumes et toute la boutique du commissaire. — Arrimez-vous à cette table et écrivez votre chose, comme vous dites; mon lieutenant la signera, d'autant que c'est raisonnable et tout à fait dans mes idées.

— Mon cher ami! — s'empressa de dire Olivier à Ferdinand qui l'interrogeait du regard, — je te présente maître Margat, un brave matelot qui m'a élevé et n'a jamais voulu me quitter.

— Et qui ne vous quittera non plus jamais, mon lieutenant! c'est juré, et mon amiral a emporté mon serment avec lui.

— Tu consens, n'est-ce pas? — demanda encore Thévenay avant d'écrire.

— Certes! — En réfléchissant bien, je ne vois de ma part quoi que ce soit pouvant m'empêcher de reconnaître ce qui n'est que la vérité. — Et de cette façon, — pensa le jeune homme en pressant la lettre qu'il avait glissée dans la poche de son vêtement, — je verrai bien si l'on tient sa promesse.

§

Le soir même, Olivier recevait une nouvelle missive contenant ces mots :

« *Merci! — A bientôt! — Sachez attendre!* »

— Diable! — fit-il, — si j'attends quelques mois, mon ordre d'embarquement me surprendra avant que je sache le mot de l'énigme. — Après cela, elles ne sont peut-être pas jolies. — Cependant ce petit domino bleu possède le plus joli petit pied que j'aie vu de ma vie.

Et, poussant un soupir de regrets, le jeune homme se rendit chez Maxime de Santeuil, qui l'attendait ainsi que le comte d'Ornay, pour convenir du plan à suivre afin d'arracher M. de Lycenay à sa déplorable existence, et de rendre ainsi à sa femme le bonheur dont elle était digne.

Ce même soir, nous le savons, madame de Nerval conduisait Berthe aux Italiens.

M. de Lycenay dînait au club en compagnie de Charleval et de d'Aubignée.

Enfin, Fernanda, devinant dans son instinct du mal ce qui la menaçait, et, avertie par les paroles de Maxime de la lutte qui allait s'engager, dressait habilement ses lignes de défense.

## VII

### Un profil de pécheresse.

Chacun de vous, n'est-ce pas, messieurs, et chacune de vous, mesdames, connaît ce merveilleux tableau de Léopold Robert : *les Vendangeurs?* — Vous vous rappelez cette Italienne au profil romain, qui danse en élevant un tambour de basque au-dessus de sa tête, chaudement éclairée par le soleil du plus riche pays de la terre?

La beauté de Fernanda offrait la reproduction fidèle de ce type admirable.

A un bal travesti, donné l'année précédente par le comte d'Ornay, elle avait pris le costume exact des Transtevérines, et l'on eût cru voir la belle vendangeuse descendue de son cadre venir danser au milieu des vivants.

Malheureusement, chez Fernanda, la pureté de l'âme était loin de répondre à celle des formes.

Sous ses contours si suaves se cachait un cœur sec, froid et égoïste, dans la plus triste acception de ces trois mots.

Fernanda, fière de sa beauté, s'adorait elle-même et se trouvait de beaucoup supérieure à toutes les femmes qui l'entouraient.

Elle n'avait jamais aimé, et croyait suffisamment répondre aux délires qu'elle inspirait en laissant contempler sa radieuse personne.

En échange du cœur qu'on lui donnait, Fernanda n'avait jamais livré le sien.

Une seule passion la dominait. — Passion puissante, insatiable, indestructible. — Fernanda adorait le luxe et les somptuosités que procure la richesse.

Coquette à l'excès, rien ne lui semblait trop beau, rien ne coûtait trop cher pour parer ses charmes.

Capricieuse comme un enfant gâté, inconstante comme une créole, elle brisait volontiers le lendemain l'idole achetée à grands frais la veille. — Dépensière sans réserve, elle jetait l'or à pleines mains pour contenter une fantaisie.

De là, ce surnom de *mademoiselle la Ruine* qu'elle avait justement mérité par le gaspillage successif de toutes les fortunes que sa beauté sans rivale faisait mettre à ses pieds.

Les amants non ruinés de Fernanda n'existaient que sous forme de très-rares exceptions, et comme pour confirmer la règle générale.

*Posant* pour la bienfaisance, la pécheresse se montrait prodigue d'aumônes, lorsque ses bienfaits pouvaient lui rapporter l'éclat de la publicité; mais elle passait insoucieuse et froide devant la véritable misère, celle qu'il faut chercher pour la soulager.

Le désir d'un article louangeur, l'orgueil satisfait de contempler son nom dans les colonnes d'un journal, l'avaient poussée un jour à adopter un enfant abandonné. — Elle avait dépensé vingt-cinq louis pour habiller le pauvre petit, — elle l'avait fait parader pendant quelques jours dans sa calèche, au Bois et aux Champs-Elysées, puis, l'effet produit, on avait expédié l'enfant dans une école de village, et l'on ne se souciait de lui que pour donner à regret, chaque trimestre, le montant de sa petite pension.

Envieuse des biens qu'elle ne pouvait espérer, de la bonne renommée à laquelle il lui était interdit à jamais d'atteindre, elle abaissait autant qu'il lui appartenait de le faire, par la moquerie et le dédain affecté, les titres et les blasons des grandes dames, et elle haïssait de toute la force de son cœur de démon tout ce qui portait au front une auréole de vertu.

Une femme pure et inattaquable était pour elle une mortelle ennemie.

Elle employait tout, calomnies, mensonges, doutes impertinents, pour essayer de mordre de sa dent de vipère celle dont la chasteté lui semblait une vivante insulte.

Depuis qu'elle était la maîtresse d'Edgard, elle avait pris en exécration la pauvre Berthe. Non par jalousie amoureuse, — peu lui importait l'affection du baron de Lycenay, — mais par cette jalousie de la laideur morale contre la beauté de l'âme, du vice contre la vertu.

Elle se croyait plus belle que madame de Lycenay, et elle pouvait effectivement soutenir la comparaison; mais elle s'avouait à elle-même la supériorité incontestable de la chaste jeune femme, et elle aurait sacrifié sans regret une partie de sa fortune pour jeter un peu de boue sur la réputation de l'ange dont elle s'efforçait de compromettre l'avenir.

Les deux grands mobiles auxquels obéissait Fernanda étaient donc le désir de briller, et l'envie d'écraser ce qui la dominait. — On comprend dès lors que son premier besoin fût la richesse.

Elle dépensait par an le revenu d'un prince royal.

Déjà bien des fortunes s'étaient fondues au creuset de son insatiable ambition, — jamais son cœur n'avait eu un regret pour ceux dont elle avait brisé la vie et souvent terni l'honneur.

Une seule crainte l'avait longtemps dominée.

Caractère froid et réfléchi, elle s'était dit souvent que l'âge des amours est éphémère, que sa beauté n'était pas à l'abri du temps, des maladies, des accidents, — qu'elle verrait arriver une époque où ses adorateurs s'éclipseraient l'un après l'autre, où s'épuiserait la mine d'or dont ses charmes et sa jeunesse étaient les infatigables exploiteurs; qu'alors il lui faudrait non-seulement dire adieu à ce luxe tant aimé, mais encore rentrer dans l'ombre et finir sa vie dans la pauvreté.

Les ténèbres après le lumineux éclat du soleil! Les tortures de l'enfer substituées aux joies du paradis!

Fernanda avait une âme trop bien éprise de toutes les jouissances matérielles, pour qu'elle ne se promît pas d'échapper à un pareil malheur.

Elle songea d'abord à faire des économies, — mais pour cela, il lui fallait diminuer ses états de dépenses, renoncer à la supériorité que lui donnaient ses toilettes, ses diamants et ses voitures.

Or, elle ne pouvait ni ne voulait s'y résoudre.

Elle mit en œuvre tout ce qu'elle avait d'intelligence pour trouver un moyen de faire rapidement une fortune brillante, et de dorer les rides à venir sans écorner les plaisirs et les vanités du présent.

Bref, il vint un jour où elle put s'écrier comme Archimède : — *Eurekà!* — J'ai trouvé!

Elle se traça un plan de conduite, elle se proposa un but, et, dès ce moment, elle marcha, sans jamais s'en écarter, dans la voie qu'elle avait résolu de suivre.

Ce plan, c'était d'amasser pour l'automne de son existence une fortune si grande, qu'elle pût continuer sa manière de vivre et ne rien retrancher à son luxe effréné.

Ce but, c'était de forcer, tôt ou tard, un homme, épris de ses charmes ou séduit par ses revenus, à la placer sous l'égide d'un beau nom.

Alors elle entrerait tête haute, — elle le croyait du moins, — dans ce monde qu'elle dénigrait dans sa jalousie et son impuissance à en forcer les barrières.

Fernanda connaissait à fond, pour les exploiter mieux, les vices de notre société moderne.

Elle savait que lorsqu'un homme, mû par de généreux sentiments, s'affranchit des lois sociales pour donner son nom à une jeune fille qui lui a sacrifié sa vertu, elle savait, disons-nous, que cet homme est montré au doigt, ridiculisé, et que les sarcasmes et les dédains tombent sans pitié sur sa compagne; mais elle n'ignorait pas que l'argent est le pavillon qui couvre la marchandise, et qu'une femme, — fût-elle dépravée, eût-elle traîné sa réputation dans la fange, — si elle peut cacher la boue qui la couvre sous le brillant manteau d'une fortune bien ou mal acquise, trouve indulgence plénière aux yeux de ce monde hypocrite et bassement flatteur.

Elle se disait souvent qu'une perle dans le ruisseau est misérablement foulée aux pieds, mais que les mains qui se plongent dans l'égout, pour en retirer des parcelles aurifères, se lavent vite et se parfument aisément.

Donc, pour réussir, il lui fallait de l'or, beaucoup d'or!

Cet or, les adorateurs le prodiguaient sur l'autel de l'idole, mais cela ne suffisait plus, il fallait, tout en dépensant beaucoup, amasser encore davantage.

En conséquence, Fernanda se fit agent d'affaires.

Elle noua des relations sérieuses avec certaines puissances interlopes du monde de la Bourse.

Elle attira chez elle tous ces Turcarets en cheveux blancs, qui sacrifient le respect qu'ils devraient inspirer, au plaisir stupide de se rendre ridicules en jouant la jeunesse.

Elle spécula sur les valeurs publiques, — elle profita des secrets arrachés dans les abandons de l'alcôve, — elle obtint des promesses d'actions, des intérêts dans les grandes entreprises industrielles, enfin, sous un prête-nom, elle se livra à l'odieux, mais profitable trafic de l'usure.

Un tel fait est beaucoup plus commun qu'on ne le suppose, et nous pourrions, s'il en était besoin, citer les noms de certaines de ces dames, — femmes galantes ou ingénues de vaudeville, — qui se livrent, sur une vaste échelle, à cette dernière et louable industrie.

Rendons cependant justice à Fernanda, en avouant que ce n'était point à elle qu'appartenait l'invention de cette pratique ingénieuse.

Elle avait entendu parler quelquefois d'une artiste dramatique, — puisque l'on est convenu de donner ce titre à des filles qui trafiquent de leur beauté sur les planches, et comprennent le théâtre au seul point de vue de la débauche et de la spéculation, — elle avait entendu parler, disons-nous, d'une actrice qui, sans autre mérite d'ailleurs que d'avoir des yeux bleus et des cheveux blonds, possédait une intelligence du commerce à en revendre au plus retors des juifs usuriers. — C'était, sous une poitrine assez pure de formes, un cœur de *père Grandet* doublé du génie d'un *Gobsek*.

Cette intéressante jeune première, dont le nom jouissait des honneurs de la *vedette* sur l'affiche d'un de nos plus joyeux théâtres de genre, continuait clandestinement depuis plusieurs années ce négoce illicite, et grâce à une apparence candide, à un esprit délié, à une avarice savante, elle arrondissait peu à peu ses revenus déjà fort confortables.

Que l'on soutienne encore que nous ne sommes pas dans le siècle du progrès!!...

Autrefois, les Sophie Arnould, les Duthé, les Guimard et tant d'autres, menaient royalement une existence follement fastueuse.

Leur vie ressemblait à un demi-cercle dont le milieu de la courbe resplendissait d'une auréole de diamants, tandis que les deux extrémités plongeaient dans les ténèbres de la misère.

Autrefois, la galanterie était une question de beauté, de jeunesse, de tempérament, de soupers et de folies de tous genres; — aujourd'hui, c'est une question d'industrie, une branche commerciale, une affaire sérieuse!

## VIII

### L'usure et l'amour.

Bref, Fernanda se mit en quête d'un prête-nom, — elle le découvrit promptement en la personne de madame Labit, qui habitait la rue de la Chaussée-d'Antin.

Cette estimable dame, âgée de quarante et quelques printemps, avait jadis obtenu d'assez notables succès auprès de messieurs les diplomates étrangers.

La petite vérole l'avait défigurée, par malheur, et fait brusquement dégringoler des hauteurs de la galanterie dans les bas-fonds d'une existence misérable.

Seulement elle s'était accrochée aux branches, et s'y cramponnait avec force pour ne pas rouler plus bas encore.

Bien plus, elle remontait!

Voici comment :

Madame Labit connaissait tout Paris et en était connue.

Lorsque la perte de sa beauté l'avait contrainte à se retirer, non pas du monde, mais des affaires pour son compte personnel, elle s'était créé une industrie lucrative en se faisant la protectrice des demoiselles de magasin, des grisettes paresseuses, des blanchisseuses jeunes et jolies dont l'imagination pervertie rêvait les cachemires, les robes à volants et les kings-charle's enrubanés.

Ces jeunes filles posaient timidement le pied sur la pente fatale, l'habile entremetteuse les lançait à toute vitesse dans la voie de l'infamie.

Bon nombre de vieillards et de jeunes gens, qu'elle interpellait volontiers par leurs petits noms, formaient ce qu'elle nommait très-sérieusement *sa clientèle*.

Bonne femme, lorsque la bonté ne lui coûtait rien, d'une obligeance infatigable, lorsque cette obligeance devait lui rapporter beaucoup, madame Labit écoutait souvent les confidences de ses *petits amis*.

C'est ainsi qu'elle se plaisait à désigner ses intimes.

Aux uns, l'argent manquait par suite de pertes au jeu; aux autres, un père *barbare* coupait la pension de l'année, etc., etc.

Madame Labit, posée admirablement dans l'estime des usuriers et des courtiers d'usure, faisait prêter à celui-ci, obligeait celui-là en obtenant des marchandises sur lesquelles on ne perdait guère plus que quatre-vingt pour cent, — le tout moyennant une légère prime pour ses courses et ses démarches.

Telle était sa position sociale, lorsque le hasard, personnifié par l'amour d'un opulent sexagénaire, la conduisit chez Fernanda.

Après l'avoir reçue du haut de son piédestal, l'élégante coquine s'aperçut qu'elle avait affaire à forte partie.

Ces deux natures étaient trop essentiellement mauvaises et vicieuses pour ne pas se comprendre.

Fernanda changea de ton et entama un long et confidentiel entretien, dont le résultat fut une mutuelle association.

La jolie courtisane ne pouvait désirer mieux que ce qu'elle rencontrait.

Dorénavant madame Labit ferait l'usure pour son propre compte, avec les fonds de Fernanda.

Elle aurait un cinquième dans les bénéfices et entrerait pour moitié dans les pertes.

Les comptes seraient réglés à chaque fin de mois.

Fernanda fut intraitable sur le chapitre de ces conditions fondamentales.

Elle voulait avoir ainsi la certitude du soin et de l'attention que son associée apporterait dans le maniement des affaires.

Bref, le marché fut conclu, et madame Labit commença ses opérations commerciales.

Au bout de quelques années elle avait puissamment contribué à la ruine de nombre de jeunes gens de bonnes familles, mais son escarcelle s'emplissait à vue d'œil, et Fernanda en était arrivée à faire le fond de roulement avec ses bénéfices.

La raison sociale était donc en pleine voie de prospérité!...

On comprend qu'avec de tels éléments de succès, Fernanda devait promptement arriver à son but.

Elle joignait à ses instincts d'homme d'affair esun esprit naturel assez brillant, non pas de ces esprits qui égayent un souper et excitent la verve des convives, mais cet esprit incisif qui lance une méchanceté et ternit une réputation.

Elle avait malheureusement reçu une demi-éducation, — nous disons *malheureusement*, attendu qu'il n'est pas de pire espèce d'instruction que celle qui donne la facilité de faire le mal sans avoir été suffisante pour développer les facultés du bien.

Mieux vaut ne pas savoir lire que ne savoir que lire. Le démon possède plus de tentations que le bon ange, et soyez assuré que si vous êtes entre deux livres, un bon et un mauvais, la demi-éducation vous conduira infailliblement à lire le mauvais. D'ailleurs il est plus amusant!...

C'est ce qui était arrivé pour Fernanda, dont la lecture avait développé de bonne heure les passions et les vices.

Telle était la femme entre les mains de laquelle un mauvais génie avait placé le baron Edgard de Lycenay.

M. de Lycenay, lui, offrait l'un de ces types effacés comme on en rencontre à profusion dans le monde.

Nature indolente, faible et sans énergie morale, née également pour le bien et pour le mal, se laissant continuellement influencer par le dernier interlocuteur qui lui parlait, il avait passé sa jeunesse dans une oisiveté complète.

Devenu amoureux de mademoiselle de Senneville, qu'il avait rencontrée dans les salons du faubourg Saint-Germain, il s'était laissé aller à sa passion, — passion véritable, — et il avait sollicité et obtenu sa main.

Les premiers temps de son mariage avaient été parfaitement heureux, nous le savons.

M. de Senneville, avec ce tact naturel aux hommes du monde, avait deviné et compris la nature indolente de son gendre, — nature à laquelle il fallait absolument un maître.

Il avait donc pris tout d'abord les rênes du gouvernement domestique, et son empire sur le baron présageait un avenir de bonheur à sa fille chérie.

Malheureusement, il mourut au bout de moins de deux ans.

Berthe ne savait qu'aimer son mari et ne songeait nullement à le gouverner.

Le jeune ménage revint à Paris. Là, Edgard renoua avec ses anciens amis. On voulut l'entraîner, il tint ferme d'abord ; alors les sarcasmes se mirent à pleuvoir sur lui.

La crainte du ridicule l'emporta : il céda peu à peu.

Insensiblement il reprit ses allures de célibataire, il retourna au club, paria aux courses, accepta des soupers de garçons et de femmes galantes.

Berthe pleurait, Edgard la trouvait déraisonnable.

Au milieu de ses folies, néanmoins, il conservait pour sa femme une respectueuse déférence.

Souvent il se prenait à se repentir de la délaisser et à se jurer d'abandonner l'existence qu'il menait.

Puis, Charleval ou tout autre venait le chercher, et ses belles résolutions s'envolaient au premier souffle.

Sur ces entrefaites il rencontra Fernanda.

L'astucieuse femme comprit tout le parti qu'elle pouvait tirer d'Edgard, et surtout de sa fortune.

Ignorant la teneur du contrat de mariage de Berthe, elle le croyait libre administrateur de revenus qui, combinés avec ceux de sa femme, dépassaient deux cent cinquante mille livres de rente.

De plus, Edgard était jeune, joli garçon, porteur d'un beau nom : c'était, sous tous les rapports, un amant désirable.

Elle tendit habilement ses filets. Lycenay s'y laissa prendre avec une déplorable facilité et la jeune femme conquit sur lui un empire tyrannique.

A l'aide de ruses savamment combinées, elle amena Edgard à se croire follement amoureux d'elle, ce qui était bien pis que d'en être amoureux réellement.

Puis la conquête de Fernanda était d'une certaine importance dans le monde galant.

Elle était trop adroite pour se prodiguer, — trop froide et trop sensée pour avoir des caprices, — elle se targuait de fidélité à ses amants.

Lycenay fut intérieurement flatté des envieux qu'il faisait et des compliments qu'il recevait.

Cependant, fidèle à ses principes, avant d'entamer une liaison sérieuse, il s'agissait pour Fernanda de sonder le baron à l'endroit de sa générosité.

Un coup de maître vint la confirmer dans la bonne opinion qu'elle en avait prise tout d'abord.

Il y avait quinze jours à peine qu'Edgard venait assidûment chez Fernanda, lorsqu'un matin, qu'il s'était présenté de meilleure heure que de coutume, il trouva la jeune femme absente.

La camériste, interrogée et parfaitement stylée d'avance, répondit que sa maîtresse était sortie pour affaire et ne tarderait pas à rentrer.

Le baron attendit.

Fernanda se présenta bientôt, les yeux rougis, la physionomie soucieuse, et avec tous les dehors d'une agitation extrême.

— Qu'avez-vous ? — demanda Lycenay avec empressement.

— Rien, mon ami ! — répondit la courtisane de ce ton qui signifie : — *Insistez, vous me ferez plaisir.*

Le baron insista effectivement.

Fernanda refusa d'abord toute explication, puis, la douleur l'emportant, cédant aux instances de celui auquel elle prétendait ne pouvoir rien refuser, elle raconta avec accompagnements de soupirs étouffés, de réticences, de sanglots contenus, une histoire assez adroitement agencée.

Il s'agissait d'un vieux parent qui avait pris soin de son enfance, lequel parent, par suite d'embarras commerciaux, victime de fripons éhontés, se trouvait à la veille de succomber.

Une somme de quarante-cinq mille francs était indispensable pour le sauver.

Fernanda avait donné sa parole, elle les aurait.

Dévouée et reconnaissante, elle sacrifierait tout pour sauver son ancien bienfaiteur.

Ses diamants, ses bijoux, ses cachemires allaient être vendus le jour même.

Si la somme ne suffisait pas, elle s'adresserait à un ami, un grand seigneur immensément riche, qui avait mainte fois mis sa fortune à sa disposition.

Elle n'avait jamais voulu, juqu'alors, accepter ces offres obligeantes, mais elle ne pouvait plus résister.

Il fallait sauver celui qui avait prodigué des soins paternels à sa jeunesse.

Edgard se leva avec une héroïque colère, défendit à Fernanda de rien faire avant le soir de tout ce qu'elle avait projeté, et, prenant ses gants et son chapeau, il partit précipitamment.

Quelques heures après, il apportait la somme en question, qu'après un long débat de générosité Fernanda, vaincue, consentit à accepter.

Avec la perfide adresse qui dirigeait ses moindres actions, le lendemain même, elle rendit les quarante-cinq mille francs à Edgard, lui disant que son respectable parent avait pu arranger ses affaires et parer le coup qui le menaçait sans avoir besoin du secours de sa pupille.

Lycenay ne voulait plus reprendre les billets de banque, Fernanda se fâcha.

Que lui importait une semblable bagatelle ?

Ce qu'elle voulait, c'était juger si, à un moment donné, Edgard voudrait et pourrait réaliser en quelques heures une somme importante.

Elle savait maintenant à quoi s'en tenir et, si en l'espace d'une après-midi le baron avait pu mettre quarante-cinq mille francs à sa disposition, il était bien évident, qu'en lui laissant vingt-quatre heures de plus, il réaliserait le double

A partir de ce moment, le baron de Lycenay devint le protecteur en titre de Fernanda, et les domestiques de la savante stratégiste en matière d'exploitation galante ne l'appelèrent plus que *Monsieur*.

Dès lors, entièrement dominé par la pécheresse, le baron ne garda plus aucun ménagement dans son intérieur.

Berthe, délaissée sans espoir, dévorait ses larmes en embrassant sa fille.

Longtemps avant la conversation à laquelle nous avons fait assister nos lecteurs entre madame de Lycenay et Aurélie de Nerval, cette dernière était instruite de ce qui se passait dans l'hôtel de la rue de Varennes.

Éprise d'une sincère amitié pour la malheureuse Berthe, elle suivait les progrès de l'inconduite de M. de Lycenay, en cherchant les moyens d'y mettre un terme. Ne trouvant rien et craignant pour son amie un épouvantable avenir, elle se décida à écrire la vérité à M. de Santeuil dont elle connaissait le dévouement pour sa cousine.

Maxime, nous l'avons vu, accourut en toute hâte.

## IX

### Plan d'attaque.

Quelques jours après les événements que nous avons racontés dans les précédents chapitres, Fernanda était mollement étendue sur un divan, dans un boudoir capitonné de damas groseille semé de fleurs d'or.

Une de ces abominables petites bêtes, aux yeux rouges, à l'air hargneux et inintelligent, que l'on nomme un *joli king-charle's*, reposait sur les genoux de sa maîtresse.

Fernanda était vêtue d'une robe de chambre de mousseline des Indes et de dentelles d'Angleterre, que le baron de Lycenay avait payée deux cents louis.

En face de la jeune femme, assis dans une large et profonde chauffeuse, se tenait un homme de trente ans environ.

C'était un lion dans toute l'acception du mot.

Crinière d'un blond doré, avec une raie au milieu du front, moustaches crochues, barbe épaisse et tirant un peu sur le roux. — Admirablement coiffé, frisé et parfumé, mis avec la dernière recherche, ganté de peau de chien et chaussé de vernis, cet homme avait l'aspect d'une gravure du *Journal des Modes*.

Son chapeau était posé sur la cheminée, et il jouait négligemment avec un jonc à pomme d'écaille surmontée d'une turquoise.

Il se nommait *le vicomte de Cerny*, et s'appelait, en réalité, *M. Lenoir*.

Cependant il avait pris une telle habitude de ne répondre qu'à l'appellation aristocratique, qu'il avait fini par persuader à ses amis, et par se persuader à lui-même, que sa noblesse était réelle, authentique, incontestable.

Possesseur d'une assez jolie fortune, il l'avait promptement gaspillée, et, au moment où nous le présentons à nos lecteurs, il en était à cet instant suprême où quelques rares épaves surnagent seules dans un grand naufrage :

« *Apparent rari nantes in gurgite vasto !* »

— Vous disiez donc, vicomte, que vous aviez vu madame de Lycenay et que vous la trouviez fort charmante?... — demanda Fernanda avec négligence.

— Après vous, chère belle, c'est assurément la plus jolie femme de Paris, et ce coquin d'Edgard est bien heureux! — répondit M. de Cerny.

— Lui avez-vous parlé, à cette aimable personne?

— Parbleu! — J'étais chez Lycenay lorsqu'elle est arrivée, et naturellement le mari m'a présenté.

— A-t-elle de l'esprit?

— Je le crois.

— Vous n'en savez donc rien d'une façon positive?

— Après quelques paroles échangées, elle s'est enfuie comme un oiseau effarouché!

— Edgard vous a-t-il parlé d'elle?

— Où diable allez-vous chercher cela? Est-ce qu'il s'occupe de sa femme?

— Ce qui fait que d'autres peuvent s'en occuper! — dit Fernanda avec un sourire.

— Pourquoi riez-vous? — demanda Cerny.

— Parce que j'ai deviné vos pensées.

— Vous?

— Est-ce que l'image de cette *céleste créature* ne vous trotte pas dans la cervelle? Soyez franc une fois par hasard. Ai-je deviné juste?

— Mais on pourrait, certes, se préoccuper de femmes qui en vaudraient moins la peine!...

— Eh! je ne conteste pas la qualité et les qualités de votre idole! — Là n'est pas la question! — Je vous demande si sa beauté a fait impression sur vous? Mais là, vous comprenez, impression profonde?...

— Fernanda! vous me faites subir un singulier interrogatoire! — fit M. de Cerny d'un air outrageusement fat.

— Mon Dieu! mon cher, que vous êtes bête pour un homme d'esprit!

— Merci du compliment!

— Dame! c'est vrai! — Vous vous efforcez, pour me répondre, de prendre une pose de jeune premier du Gymnase!... — Croyez-vous, par hasard, que je sois jalouse de madame de Lycenay? — Allons donc! — Il y a trop longtemps, mon cher Cerny, que nous ne sommes plus, vous et moi, que des amis! — D'ailleurs, je n'ai jamais été jalouse de qui que ce fût!

— Parce que vous n'avez jamais aimé!

— C'est bien possible. — Enfin, êtes-vous ou n'êtes-vous pas amoureux de la baronne? Répondez.

— Vous l'exigez?

— Certainement.

— Eh bien! je ne le suis pas encore, mais je crois qu'avec un peu de bonne volonté je le deviendrai...

— Très-bien! Seulement il faut que cela se fasse promptement.

— Que dites-vous donc?

— Je dis que cet amour s'accorde à merveille avec mes vues, et que je vous aiderai à réussir...

— Vous?

— Moi-même.

— Parole d'honneur?

— Parole d'honneur!

— Ah! voilà qui est fort!

— Me croyez-vous une impuissante alliée?

— Dieu m'en garde! — s'écria vivement Cerny en se rapprochant de Fernanda; — maîtresse absolue de l'esprit du mari, vous pouvez me servir grandement au contraire! Mais...

— Mais quoi?

— Madame de Lycenay est tellement inattaquable...

— Eh! mon cher! — interrompit la pécheresse avec emportement, — personne n'est infaillible, pas même les anges! — témoin Satan! — Toutes les femmes sont vertueuses, jusqu'au jour où elles cessent de l'être!

— Permettez-moi de vous dire que cette vérité est incontestable et digne de feu *La Palisse !...*

— Il faut bien la mettre à votre portée!...

Cerny s'inclina.

— Vous croyez donc que si je tentais l'aventure, je pourrais réussir? — demanda-t-il après un silence.

— Je le crois fermement.

— Ah! diable! — fit le vicomte.

— Vous hésitez?

— Non, je réfléchis.

— Et le résultat de ces réflexions?

— Le voici. Vous dites que vous m'aiderez?

— De tout mon pouvoir.

— Alors, vous avez intérêt à voir tomber madame de Lycenay?

— Peut-être.

— Et vous vous servez de moi pour arriver à votre but?

— Je vous sers en me servant moi-même.

— Diable! diable! diable!

— Qu'avez-vous donc? — Vous m'impatientez avec vos réticences.

— Fernanda!

— Eh bien?

— Avouez que vous pensez à me jouer un mauvais tour?

— Nullement.

— Quoi! vous ne voulez pas me mettre aux prises avec Edgard?

— Pourquoi faire?

— Mais pour vous en débarrasser adroitement...

— Je veux le garder, au contraire!

— On prétend qu'il est ruiné.

— Eh bien! je le garde tout de même!

— Pas possible!

— Insolent!

— Fernanda, vous oubliez que nous nous connaissons depuis dix ans, — dit Cerny avec un sourire.

Puis il reprit plus sérieusement :

— Vous gardez Lycenay quoique ruiné aux trois quarts, je le conçois encore, puisqu'il reste le quart en question; — mais pourquoi di..ble voulez-vous me pousser à faire la cour à sa femme?

— Pour que vous deveniez son amant, — répondit Fernanda avec brutalité.

— A quoi cela vous mènera-t-il?

— A me venger!

— D'elle?

— Non! d'un autre.

— Je demande le mot de l'énigme.

— Le voici! — dit Fernanda en se levant et en se posant en face du vicomte. — Vous vous rappelez M. de Santeuil?

— Mais... oui! — répondit Cerny en rougissant un peu.

— Oh! pas de pruderie entre nous! — Répondez franchement. — Je sais tout!

— Quoi... vous savez?

— Tout, vous dis-je.

Cerny baissa la tête avec un embarras manifeste.

— Vous vous rappelez Maxime, et vous le haïssez? — continua froidement son interlocutrice.

— Oui!

— Vous seriez bien aise de vous venger de lui?

— Certes!

— De le blesser mortellement... mais pas en face?

— Fernanda!

— Allons donc! de la franchise, morbleu!

— Eh bien!... oui!

— Vous savez qu'il est à Paris?

— Je le sais.

— Savez-vous ce qu'il y vient faire, lui qui avait juré de ne jamais y revenir?...

— Non.

— Je vais vous l'apprendre. — Il a été prévenu de la conduite d'Edgard; — il le croit moins près de sa ruine qu'il ne l'est en effet; il veut le ramener à sa femme et l'arracher de mes griffes roses...

— Vous croyez?

— Il me l'a dit lui-même. — Oh! c'est un adversaire loyal que M. le comte de Santeuil! — Il n'attaque pas son ennemi sans le prévenir! — Eh bien! je n'aime pas Edgard, il m'est indifférent. Peut-être même l'aurais-je congédié ces jours-ci, car son amour me fatigue; mais, puisqu'on veut me l'enlever, je le garde! — Comprenez-vous?

— Je commence.

— Maintenant, je hais Maxime parce qu'il m'a insultée, parce qu'il m'a fait une de ces offenses qu'une femme ne pardonne jamais, et je vous répète que je veux me venger!...

Il y avait une telle expression de méchanceté et de colère dans ces dernières paroles, que Cerny tressaillit malgré lui.

— Oui, je veux me venger! — continua Fernanda

avec une animation croissante, — et pour cela je veux atteindre celle que Maxime entoure de tant de respects et de tant d'égards. — Je veux perdre cette femme que l'on prétend si chaste et si fière! — Je veux faire descendre de son piédestal *cet ange de candeur et d'innocence*, comme on l'appelle; et, pour arriver à ce but, vous m'aiderez, Cerny, vous me seconderez de tous vos efforts; car, en me facilitant la vengeance, vous vous vengez vous-même! — Comprenez-vous! — Faire souffrir ce Santeuil, le blesser dans ce qu'il a de plus cher au monde et de plus sacré : son attachement pour sa cousine!

— Mais si elle me repousse?...

— Essayez toujours!

— C'est juste! qui ne risque rien n'a rien!

— En cas de revers, nous aviserons! Acceptez-vous?

— Ma foi, oui! — Madame de Lycenay est charmante, et, comme vous, je hais M. de Santeuil!

— Alliance jurée alors?

— Alliance jurée! — répondit Cerny en serrant la main que Fernanda lui tendait. — Quand faut-il commencer l'attaque?

— Le plus tôt possible.

— Et, suivant vous, quel mode de séduction faut-il employer?

— Le plus simple et le plus sûr? — Vous resserrerez encore les liens d'amitié que vous avez noués avec Lycenay, — vous irez souvent à l'hôtel. — Si vous rencontrez Maxime, soyez froid et poli.

— Après?

— Vous verrez indubitablement madame de Lycenay. — Si les occasions vous manquent vous les ferez naître.

— C'est facile.

— Vous lui ferez comprendre le profond intérêt que sa position vous inspire, tout en évitant de lui parler d'amour.

— Parfaitement.

— Efforcez-vous de capter sa confiance. Pour y arriver, ne craignez pas de médire de moi. Racontez même la conduite d'Edgard! Dévoilez-en les mystères avec adresse. De cette façon elle vous écoutera, s'habituera à vous et cherchera bientôt d'elle-même à vous voir!... Ayez l'air de servir ses intérêts, voilà la clef de voûte...

— Je comprends. — Insensiblement, l'amitié, le dévouement se transformeront en un amour respectueux d'abord et brûlant ensuite.

— Tâchez surtout qu'elle écrive. — La correspondance est essentielle. — C'est la chose à laquelle on amène le plus facilement les femmes, et c'est celle qui les perd toutes...

— C'est vrai! avec deux lignes de l'écriture d'un homme on se charge de le faire pendre.

— Et avec une lettre signée d'un nom de femme on

déshonore celle qui l'a écrite! — interrompit Fernanda en souriant d'un mauvais sourire.

— Mais... — ajouta Cerny, — avant de frapper le grand coup, vous me préviendrez?

— Nous conviendrons de tout ensemble! — Dans ce cas un voyage en Italie vous sera salutaire, et vingt-cinq mille francs, que vous prendrez chez mon banquier avant de partir, vous donneront les moyens de faire agréablement ce voyage.

— Fernanda, — fit Cerny en jouant la confusion.

— Pas d'enfantillage! — répondit la jeune femme qui connaissait à fond la délicatesse du vicomte. — Vous êtes à bout de ressources, et, entre amis, on ne saurait se gêner!.. Si d'ici là même vous voulez bien accepter mes services, ma bourse vous est ouverte...

— Vous êtes le plus charmant démon que la terre ait porté! — s'écria Cerny en baisant le bout des doigts effilés de la courtisane.

— Ainsi, tout est convenu?

— Tout!

— J'aurai chaque jour des bulletins de la campagne?

— Tous les soirs.

— Eh bien! vicomte, bon courage et bon succès. Voici l'heure à laquelle Edgard vient d'ordinaire, il ne faut pas qu'il vous trouve ici.

— Il est donc bien jaloux?

— Oh! mon cher, insupportable! et, si ce n'était le plaisir de la vengeance, ce serait avec une véritable joie que je l'expédierais *franco*, et par le train le plus express, aux pieds de *madame son épouse*.

Et la jeune femme, tendant la main à M. de Cerny, né Lenoir, le congédia avec un geste de souveraine.

A peine le douteux gentilhomme venait-il de quitter l'hôtel de sa rusée complice, qu'un élégant phaéton s'arrêtait devant le perron, et que le baron de Lycenay, jetant les rênes à son groom, s'élançait lestement sous le vestibule.

— Madame! c'est M. le baron! — vint dire une camériste au minois éveillé, en soulevant l'épaisse portière du boudoir où Fernanda étudiait devant une glace de Venise l'effet de sa toilette.

— Quelle corvée! murmura la pécheresse.

Puis courant au-devant d'Edgard, qui paraissait sur le seuil de la porte :

— Vous voilà, mon ami! — s'écria-t-elle. — Il me semble que vous êtes en retard! Il y a plus d'une heure que je m'ennuie à mourir de ma solitude et de votre absence! — Ah! c'est que vous ne savez pas combien je vous aime!... C'est que vous ne le saurez jamais!...

## X

### Sur le turf.

— Baptiste!

— Monsieur le vicomte?

— Jean a-t-il attelé?

— Il attèle en ce moment, monsieur le vicomte.

— N'oublie pas le vin de Champagne dans la caisse de la voiture...

— Non, monsieur.

— Donne-moi des gants, un pardessus et va aider Jean. — Que tout soit prêt dans dix minutes.

— Oui, monsieur.

Cette conversation avait lieu dans le salon du vicomte de Pont-Aven, entre Olivier et le jeune groom.

Le vicomte alluma un cigare à une charmante lampe à esprit-de-vin, chef-d'œuvre de Barye, puis, s'adossant à l'appui de la cheminée, il ouvrit un petit portefeuille en fine paille de Chine, et tirant une lettre qu'il se mit à lire en souriant :

— Enfin, — dit-il avec un soupir de satisfaction, — je vais donc connaître la main qui a tracé ces lignes et m'écrit régulièrement chaque semaine depuis près de deux mois.

C'est bien cela :

« Aujourd'hui, 14 avril, après les courses, quittez la « route de la Marche, à Ville-d'Avray, pour suivre celle « qui se dirige vers la Porte-Jaune.

« A l'embranchement du second sentier, à gauche, « vous apercevrez un kiosque à toiture chinoise, domi- « nant le mur d'enceinte.

« C'est là que vous devez laisser votre voiture.

« Suivez à pied le sentier qui longe ce mur, et... « vous n'avez pas besoin d'en savoir davantage.

« Surtout : *discrétion et prudence!* »

— Ma parole d'honneur! — continua Olivier en riant, — si je ne reconnaissais l'écriture de précédents billets, je croirais à une ridicule mystification. — Mais non, c'est bien la même main!

Puis le jeune homme se mit à fredonner gaîment le chœur de la *Dame Blanche* :

Quel est donc ce mystère?...

— Bonjour, mon lieutenant! — fit la voix de basse de Margat, qui entrait en ce moment dans la pièce où se trouvait le vicomte.

— Bonjour, matelot! — répondit Olivier en lui tendant la main.

Puis, ouvrant des yeux étonnés et se reculant d'un pas pour mieux embrasser l'ensemble :

— Eh! mais, — s'écria-t-il, — comme te voilà beau!

— Passez l'inspection, mon lieutenant.

— Peste! maître Margat, vous avez l'air d'un don Juan se rendant à un premier rendez-vous! Des habits neufs! un ruban frais à ta croix!

— Un peu, que je dis! — On a paré la coque, — on s'a pavoisé dans le grand genre! — on est suivé et astiqué proprement, — et ça ne coûte pas un monaco au gouvernement. — C'est avec ses noyaux que Margat s'est radoublé. — Par exemple, faut avouer que les tailleurs de Paris sont pas forts! — Le vôtre, mon lieutenant, voulait-il pas m'habiller en carnaval! comme s'il n'y avait pas les règlements pour l'uniforme.

— Et où vas-tu dans ce superbe équipement? — demanda Olivier.

— Ah! voilà! — répondit le marin en se grattant la tête. — Pour lors, faut vous dire, mon lieutenant, qu'avant-z-hier, que je flânais sur les boulevards, en courant des bordées lof pour lof, je vois un tas de terriens arrêtés le nez en l'air à regarder des pancartes de toutes les couleurs qu'une espèce de je ne sais quoi collait sur le mur. Ce n'est pas pour dire, mais quand on est à terre, on devient aussi bête que les autres. Pour lors donc, je me mets à regarder et je contemple une belle image qui représentait des hommes à cheval sur des chevaux qui montaient sur un mur. Tiens! que je me suis dis, c'est une affiche du cirque... — Non, que me répond un particulier qui m'accostait par le travers de bâbord, c'est une course au clocher, un... un... Ah! attendez donc, — continua Margat en faisant des efforts inouïs de mémoire, — un... quel polisson de nom qu'il a dit!

— Un *steeple-chasse?* — lui demanda Olivier.

— C'est ça, un... enfin, n'empêche! C'est-y amusant, que je lui dis? — Je crois bien! qui me répond; c'est si amusant qu'y a quèquefois des gens qui s'y tuent! — Pour lors, que je réponds, j'irai voir c't'affaire-là! Merci, bien obligé!

— Comment, tu veux aller aux courses?

— Mais, oui, mon lieutenant, si toutefois ça ne vous contrarie pas.

— Me contrarier! bien loin de là. Je t'emmène avec moi.

— Comment! avec vous, dans votre voiture?

— Certainement!

— Vous voulez que je m'amarre à côté de vous et que nous nous fassions *touer* de conserve, comme ça, dans Paris?

— Parbleu!

— Ça ne se peut pas!

Pourquoi donc?

Parce que vous êtes un officier, un jeune homme du grand monde, et que, moi, je ne suis qu'un pauvre quartier-maître! — Or, je ne veux pas vous faire rougir! — C'est égal, c'est bien bon et bien aimable de votre part ce que vous voulez faire pour votre vieux marin!...

— Tu viendras avec moi, — te dis-je, répondit Olivier avec chaleur et en pressant la main que lui tendait Margat.

— Mais...

— Pas de mais! — Rappelle-toi une chose, maître Margat! — loin de rougir de toi, j'en suis fier! — et, de plus, un homme qui porte sur une veste de matelot une croix gagnée comme celle-là, cet homme, entends-tu, est digne de monter dans la voiture d'un prince!

— Ne me parlez pas comme ça, mon lieutenant! Vous savez bien comme je suis bête! v'là mes écubiers qui embarquent une lame à c't'heure!

Et le brave marin essuyait du revers de sa manche ses paupières humides de larmes joyeuses.

— Donc, tu vas descendre, — reprit Olivier, — car le cheval doit être mis! — Allons, dérape! — continua le jeune homme en lui frappant rudement sur l'épaule, — et file de l'avant!

— Tonnerre de Brest! — s'écria Margat en descendant vivement les degrés de l'escalier qu'il nommait, dans son langage pittoresque, les enfléchures. — *Troun de Diou!* en v'là un jour de bonheur!

Quelques minutes après, Olivier et le quartier-maître, emportés au grand trot d'un joli *stepper*, montaient l'avenue des Champs-Elysées, se dirigeant vers la barrière de l'Etoile.

§

Six semaines se sont écoulées entre les événements que nous avons placés sous les yeux de nos lecteurs au commencement de ce volume et ceux qui vont trouver leur cadre dans la suite.

L'hiver aux brumes grisâtres fuyait devant les premiers rayons d'un radieux soleil de printemps.

Le mois d'avril, d'ordinaire si pluvieux à Paris, semblait prendre à tâche de reconquérir une bonne réputation.

Depuis quelques jours l'atmosphère était presque tiède.

Aussi voyait-on d'élégantes calèches emporter de jolies promeneuses en toilettes printanières.

Les robes aux couleurs vives et tendres, — les crêpes de Chine éblouissants de blancheur, — les chapeaux de paille d'Italie remplaçaient à peu près les étoffes aux teintes foncées, les manteaux de fourrures et les capotes de velours.

Le bouquet se substituait au manchon.

Les belles danseuses, fatiguées de vivre à la clarté artificielle des bougies, se baignaient dans les vapeurs émanant de la terre en fermentation, des branches aux bourgeons rosés et de la verdure naissante, semblables à ces fleurs précieuses enfermées l'hiver dans les serres chaudes, et qui, heureuses de respirer l'air pur, entr'ouvrent leur calice aux premiers baisers du soleil.

Les fraîches couleurs effacées par les veilles se remontraient timidement sur les joues veloutées.

Les poitrines se dilataient aux souffles bienfaisants de la brise.

Une influence magnétique semblait agir sur Paris élégant et chasser chacun hors de son logis.

Aussi la Société des Courses s'était-elle empressée d'avancer l'époque des solennités hippiques, et d'ouvrir la saison par un brillant *steeple-chase* à La Marche.

Depuis onze heures du matin, la route de Ville-d'Avray était sillonnée par des véhicules de tous genres.

Phaétons, dockars, américaines, tilburys, coupés, breacks à quatre chevaux, calèches de louage, fiacres et victorias, se disputaient le pavé de la chaussée de Sèvres.

Déjà les premières lignes de voitures se rangeaient, en longeant la corde, en face du *départ*.

Les tribunes se garnissaient peu à peu.

Assis sur les coussins des calèches posés sur la terre, des jeunes gens et des jeunes femmes sablaient gaiement le vin de Champagne rosé et déjeunaient d'un vif appétit.

Les cavaliers chevauchaient en tous sens.

Les uns, montés sur des trois-quarts de sang irréprochables; les autres, moins heureux, domptant sans peine un bucéphale de manége.

Quelques-uns vidaient les arçons au grand gaudissement de la foule, toujours prête à rire d'un accident.

De riches équipages avaient amené là l'élite du monde aristocratique, la fleur des pois des boursiers et le dessus du panier des actrices, des dames aux camélias et autres filles de marbre.

Une grande partie de ce monde se connaissait et se faisait fête.

Partout des groupes se formaient, se dispersaient et se reformaient encore.

Les membres du Jockey-Club, la carte au chapeau ou à la boutonnière, fumant force panatellas et échangeant nombre de saluts, se promenaient sur la *piste*, engageant des paris et établissant des poules.

Les véritables amateurs et les faux sportmen se pressaient dans l'*enceinte du pesage*.

Au premier rang des voitures, dans une délicieuse victoria bleue rechampie de couleur bouton d'or, conduite en Daumont par deux chevaux gris de fer et par un jockey microscopique, trônait notre ancienne connaissance Tata Maryland, dont la robe rose, gonflée par la crinoline et les volants, débordait jusque sur les roues aux moyeux plaqués d'argent.

A quelques pas brillaient Cracovie et Coco, dans des toilettes non moins resplendissantes, les joues et le front plâtrés de rouge végétal et de blanc de perle, suivant la déplorable excentricité de la mode.

Entre les deux pécheresses, un groupe de jeunes gens, parmi lesquels on distinguait Félix de Charleval, Cernay, Jules d'Herbelay et lord Widnery, se livrait à un examen approfondi des beautés environnantes.

— Tiens, voilà Pont-Aven! — s'écria Charleval en voyant arriver Olivier. — Est-ce que Lucien n'est pas avec toi?

— Non! — répondit le vicomte, — je croyais le trouver ici.

— Lucien! — fit Maryland en se levant tout debout

dans sa victoria pour dominer le turf, — le voilà là-bas qui cause avec M. de Santeuil.

Cerny tressaillit involontairement.

— Non! je me trompe, — continua Maryland, — ce n'est pas le beau Maxime, c'est d'Aubignée! — C'est égal, à propos de Santeuil, savez-vous qu'il n'est guère aimable? Je l'ai invité deux fois à venir prendre le thé chez moi, et il m'a fait poser! Après cela, ce n'est pas l'embarras, les hommes sont si mal élevés aujourd'hui! C'est comme vous, Charleval! L'autre soir, à l'Opéra, je vous attends dans ma loge pour me conduire à ma voiture; car c'est bête comme tout de traverser seule ce grand vestibule; et puis monsieur, qui me fait des signes de sa stalle pendant toute la représentation, ne vient seulement pas me chercher.

— Ma chère enfant, j'étais en famille!

— Eh bien! est-ce que je vous aurais compromis?

— Je demande à parler politique! — répondit Félix en riant.

— Malhonnête! — riposta Maryland.

Puis changeant brusquement de ton :

— Ah çà! je ne vois pas Fernanda, — dit-elle. — Est-ce qu'elle ne viendrait pas cette mijaurée? — Elle craint peut-être le grand jour!... on a vu des choses plus extraordinaires.

— Maryland, vous la calomniez! — dit Cerny.

— Vous n'aimez donc pas Fernanda? — demanda Olivier.

— Moi? — Je ne puis la souffrir, et je ne m'en cache guère!... — Oh! elle ne m'aime guère non plus; mais, quoiqu'elle soit méchante comme un critique de petit journal, je m'en fiche autant que de çà!

Et la jolie pécheresse fit claquer un ongle rose sur une dent blanche comme une goutte de lait.

— Voyons, Tata, qu'est-ce que Fernanda vous a fait?

— Rien! et c'est fort prudent de sa part, car elle sait que je suis peu patiente, mais je déteste sa pose continuelle; elle a toujours l'air de nous protéger! — As-tu fini? — Parce qu'elle a eu la chance de tomber sur un tas d'imbéciles...

— Merci, pour Lycenay! — dit Charleval.

— Oh! vous pouvez en prendre votre part, mon bon, car vous aussi vous avez été enrégimenté sous ses drapeaux!... — Elle est jolie, c'est vrai! mais elle est par trop mauvaise! — Elle abîme tout le monde! — Elle a en horreur toutes les femmes *de la haute*, parce qu'elle ne peut pas en être, et ça la fait enrager! C'est immoral!

— Allons, bien! voilà Maryland qui parle immoralité. — Il arrivera des catastrophes!

— Que vous êtes bête, Félix. — Comme si je ne pouvais pas causer raisonnablement. — Je dis, moi, que je vaux mieux que Fernanda, parce qu'au moins si je m'amuse, eh bien! je ne m'en cache pas, et quand je vois passer des femmes honnêtes, je ne cherche pas à les éclabousser!

— Aussi, ma petite Tata, tu es une bonnne fille! — s'écria joyeusement un nouvel arrivant.

— Ah! c'est Lucien! — bonjour, mon gros.

— Attention, messieurs... on hisse le drapeau du départ.

En effet, les jockeys venaient de se ranger sur une seule ligne et, le signal étant donné, la première course commença.

Sur sept chevaux engagés, quatre seulement couraient.

— Pour qui pariez-vous, Cerny? — demanda Charleval.

— Dix louis pour *Palatine* et *Roulette* contre *Golconde* et *Javelot*.

— Tenu... — Je tiens également contre vous, Wildnery?

— Aôh! — répondit le gentleman avec un geste d'assentiment.

— Vingt-cinq louis pour *Palatine* contre *le Champ!* — s'écria Maryland du haut de sa voiture.

— Tenu... — répondit Lucien, — si tu perds, tu me donneras...

— Quoi? — fit Maryland.

— Ce que tu voudras.

— Ça me va!

— Ah çà! mon cher Olivier, — dit le comte d'Ornay à Pont-Aven en lui prenant le bras, — il paraît que les émotions de sportman n'ont pas prise sur toi, car, depuis que la course est commencée, tu n'as pas cessé de laisser errer tes yeux sur les tribunes et les voitures qui nous entourent. — Cherches-tu quelqu'un?

— Peut-être!

— De la discrétion!... — C'est donc grave?

— Ma foi! je n'en sais rien.

— Tu m'intrigues...

— Malheureusement, je ne puis te donner le mot de l'énigme.

— Pourquoi?

— Parce que je ne le sais pas moi-même.

— De plus fort en plus fort!

— Viens me voir demain matin, et probablement je pourrai t'en dire plus long. — En attendant, sache qu'il s'agit de mon petit pied de l'Opéra!

— Comment, tu y penses encore?

— Plus que jamais.

— Peste! quel Amadis!

En ce moment, les coureurs étaient près d'atteindre le but.

Des cris, des bravos, des encouragements s'élevèrent de toutes parts.

Lucien s'élança vivement sur le marchepied de son phaéton pour être plus à même de contempler l'issue de la lutte.

Olivier, distrait un instant de ses recherches par cet émouvant spectacle, y consacra pendant quelques secondes toute son attention.

A ce moment précis, Cerny, se glissant entre les voitures qui l'entouraient, se dirigeait vers l'extrême droite où il venait d'apercevoir depuis quelques instants la calèche de Fernanda.

M. de Lycenay arrivait dans la tribune du club.

— J'ai gagné! — fit Maryland en frappant ses petites mains l'une contre l'autre. — Bravo! bravo! *Palatine!*

— Voilà les vingt-cinq louis! ma mignonne! — dit Lucien en les lui tendant.

— Vous avez perdu, cher lord! — s'écria Charleval en s'adressant au gentleman.

— Aôh! — répondit celui-ci.

Et il paya gravement.

## XI

### Deuxième course.

Les barrières, restées fermées pendant la course, s'ouvrirent alors et laissèrent pénétrer le flot des retardataires, impatients d'envahir l'hippodrome.

Un des premiers qui s'élança sur le turf fut un jeune homme à la mise sévère et élégante, monté sur un magnifique cheval arabe de pure race, et suivi à cent pas par un domestique en livrée.

Ce jeune homme parcourut rapidement la ligne des voitures, échangeant, au galop de son cheval, quelques saluts sur son passage.

Arrivé au centre à peu près, il s'éleva sur ses étriers en arrêtant sa monture, et promena autour de lui un regard inquisiteur.

Bientôt il parut avoir découvert ce qu'il cherchait, car, remettant son cheval à une allure vive, il décrivit un demi-cercle et vint exécuter un magnifique arrêt à dix pas d'une calèche brune occupée par une jeune et jolie femme.

Faisant signe à son groom d'approcher, notre cavalier mit alors pied à terre, et confiant sa monture au domestique, il s'avança le chapeau à la main.

— Montez, monsieur de Santeuil! — dit madame de Nerval, — car c'était elle, — tandis que, sur un geste de sa maîtresse, un valet de pied abaissait le marchepied de la voiture aristocratique.

— C'est à peine si j'espérais vous trouver ici, madame, — fit Maxime en prenant place sur la banquette de devant.

— Pourquoi donc? — Ne vous avais-je pas prévenu que je serais aux courses?

— Sans doute, mais depuis quelque temps le mauvais sort semble prendre parti contre nous pour renverser tous nos projets.

— Avez-vous vu Berthe?

— Hier, un instant. Et vous, madame?

— J'ai passé la matinée avec elle.

— Eh bien?

— Toujours la même! Triste et désolée!

— Pauvre enfant!

— Ce Lycenay est un vilain homme.

— Je le crois plus à plaindre qu'à blâmer.

— Vous le défendez?

— Non, je dis seulement qu'un homme qui délaisse une femme comme la sienne, pour s'éprendre d'une créature comme Fernanda, doit être bien malheureux dans l'avenir.

— Mais pour le présent, ce n'est pas lui qui souffre, c'est votre cousine.

— Hélas!

— Rien de ce que vous avez tenté n'a donc réussi?

— Rien! C'est à croire que cette misérable coquine a quelque démon familier qui la prévient de tous nos plans.

— Ne m'aviez-vous pas parlé de deux amis qui devaient vous venir en aide?

— En effet, Lucien d'Ornay et Olivier de Pont-Aven. Ils ont fait ce qu'ils ont pu.

— Eh bien?

— Lucien, qui a son franc parler dans ce monde-là, a cherché à ouvrir les yeux d'Edgard en démasquant Fernanda. — Oh! il a fait entendre de dures et cruelles vérités!

— Qu'en est-il résulté?

— Fernanda l'a brouillé avec Lycenay.

— Et M. de Pont-Aven?

— M. de Pont-Aven avait pris une autre route. Il voulait enlever la maîtresse du baron et se faire surprendre par lui bien ostensiblement en flagrant délit d'infidélité. — Il était convenu entre nous qu'il enverrait un dédommagement de mille louis à Fernanda en la quittant le lendemain.

— Il a échoué?

— Après avoir fait la coquette pendant quelques jours, elle lui a brusquement fermé sa porte.

— C'est à n'y pas croire...

— Oh! comme je vous le disais, un mauvais sort déjoue nos projets.

— Y renonceriez-vous?

— Moi?... Jamais!

— Berthe se plaint de la rareté de vos visites.

— C'est que Berthe ignore ce dont je me suis parfaitement aperçu.

— Quoi donc?

— M. de Lycenay, quand il me rencontre dans son hôtel, me reçoit très-froidement.

— A quel propos?

— Vous ne devinez pas?

— Non!

— Il agit sous l'influence de sa maîtresse.

— Mais c'est donc un démon que cette femme?

— Un démon de la pire espèce!

— Comme vous dites cela, monsieur de Santeuil! — La connaissez-vous donc depuis longtemps?

— Hélas! oui, madame. — Mais, je vous en prie, ne m'interrogez pas à ce sujet!

— Enfin, que comptez-vous faire pour réparer nos échecs?

— Je n'en sais rien encore. J'ai besoin de renseignements précis sur la position de M. de Lycenay. Chambry m'a promis de me les donner demain.

— Quoi! cet agent de change qui se fait le compagnon de folie des jeunes gens?

— C'est un excellent homme, je vous l'affirme. — Permettez-moi de vous le présenter, car je désire que vous assistiez à notre entretien et au plan nouveau que nous arrêterons.

— Soit! Je vous attendrai demain, à deux heures.

— Merci.

— Maintenant, adieu!

— Vous partez, madame?

— Oui, ce monde m'impatiente, et puis la pauvre Berthe est seule.

— Oh! vous êtes un ange consolateur.

— Vous ne dites pas ce que vous pensez...

— Moi?

— Sans doute.

— Et pourquoi donc en jugez-vous ainsi?

— Parce que si j'étais réellement l'ange en question, je serais la confidente de tous les chagrins ici-bas. Or, vous en avez, monsieur de Santeuil, vous en avez de profonds, de cruels! Ne cherchez pas à me donner le change: ils sont écrits sur votre front.

— Madame!

— N'allez pas croire au moins que la curiosité me guide... — Dieu m'en garde! — Si je vous parle ainsi, c'est que vous avez un grand cœur, monsieur de Santeuil, et que je suis peinée de le savoir triste et blessé.

— Eh bien!... plus tard... Je vous promets une confession pleine et entière, quand nous aurons sauvé ma pauvre cousine.

— Je vous rappellerai votre parole.

— Vous n'en aurez pas besoin! — Que vous êtes bonne et charmante! — continua Maxime en regardant Aurélie avec un doux sourire.

— Bon Dieu! — fit la jeune veuve en riant, — vous me regardez comme si vous alliez me faire une déclaration!

— Je ne veux pas vous punir à ce point de votre gracieuse bonté!... — répondit Santeuil en riant à son tour.

Puis, sautant légèrement à bas de la calèche, et saluant avec grâce:

— A demain, — dit-il.

Le jeune homme remonta à cheval, s'inclina de nouveau et partit au galop.

Pendant la conversation que nous venons de rapporter, le cocher de madame de Nerval, immobile sur son siége, le fouet appuyé sur la cuisse droite, dans la tenue raide et compassée des domestiques anglais, avait paru prêter la plus grande attention à ce qui se passait derrière lui, et n'avait pas perdu un mot de la conversation de M. de Santeuil avec la jolie veuve.

— Hum! — fit-il en regardant du coin de l'œil Maxime, qui s'éloignait. — Cette fois-ci, ça vaudra bien un billet de deux cents...

§

Dès que le vicomte du Pont-Aven fut arrive sur le turf, il indiqua à Margat une place à prendre pour bien voir les courses, laissant sa voiture à sa disposition, et, de son côté, il se mit en quête de ses amis qu'il retrouva promptement, ainsi que nous l'avons vu.

Le jeune lieutenant de vaisseau, le cœur plein d'espoir et la tête occupée de son mystérieux rendez-vous, s'était persuadé, peut-être avec quelque raison, que sa correspondante inconnue se trouvait parmi la foule élégante qui se pressait sur le turf, — aussi passait-il un scrupuleux et attentif examen de toutes les robes aux couleurs variées, et de tous les chapeaux de taffetas, de paille et de tulle qui parsemaient l'hippodrome comme des milliers de fleurs étoilent les prairies.

Rencontrait-il quelque jolie figure, son regard se fixait sur elle et son esprit se livrait à toutes sortes de conjectures.

Malheureusement, le seul indice qui l'avait frappé dans le gracieux domino bleu, — car, par un singulier caprice de son imagination, le souvenir du domino noir s'était presque complètement effacé de son esprit, et il s'était persuadé peu à peu que celle des deux femmes qui avait le plus attiré son attention devait être le mystérieux auteur des lettres qu'il recevait, — malheureusement, disons-nous, le seul indice resté gravé dans sa mémoire était ce joli petit pied cambré qui lui était apparu comme dans un rêve.

Or, les femmes qu'il remarquait, assises dans les tribunes ou étendues sur les cousins de leurs voitures, laissaient bien deviner d'élégantes extrémités, mais aucune ne poussait la complaisance jusqu'à relever le bas de sa robe et permettre ainsi au doute de se changer en certitude.

Aussi, au fond de son cœur, le vicomte maudissait-il la mode des jupes traînantes et des robes à queue.

Néanmoins, il trouvait un certain charme dans cette espèce de chasse à l'inconnue, et son esprit se plaisait à rêver d'avance une beauté dont bientôt la réalité lui serait révélée.

S'isolant peu à peu, au milieu même de la foule, le vicomte paraissait absorbé dans ses réflexions.

Quant à Margat, le digne marin avait d'abord contemplé la première course du haut de la voiture de son jeune officier; puis, mû par cet entraînement commun aux enfants et aux natures naïves, il avait voulu s'approcher le plus près possible du spectacle qu'il contemplait.

Dès que les jockeys furent arrivés au but, il se faufila donc lestement à travers les équipages et atteignit bientôt la corde qui sépare l'hippodrome de la piste. Il se baissait pour passer dessous lorsqu'un soldat, l'arme au bras, lui posa la main sur l'épaule.

— On ne passe pas! — dit-il.

— Comment, on ne passe pas? — répondit le quartier-maître en se redressant. — Tu vois bien que si qu'on passe, mon vieux, puisque tous les mirliflores ont passé!

— Où est votre carte?

— Quelle carte?

— Eh bien! votre carte d'entrée?

— Ma carte! je n'en ai pas, puisque je suis venu avec mon lieutenant!

— Alors, on ne passe pas!

— Ah ben! v'là qu'est fort! Et qu'est-ce qu'il faut donc faire pour entrer là-dedans? — continua le marin en désignant l'enceinte de pesage, où il voyait les sportmen se presser.

— Ce qu'il faut faire? Il faut payer, camarade! — répondit le garde en souriant.

— Payer! Eh bien! c'est pas malin! — fit dédaigneusement le quartier-maître en portant la main à la poche de sa veste.

— Oui, mais ce n'est pas ici qu'on paye.

— Et là ousque c'est?

— Là-bas!

Et le soldat désignait les bureaux.

— C'est bon! on va courir une bordée jusque-là! — A propos, continua-t-il en s'arrêtant, — combien qu'on paye...

— Vingt francs!

— De quoi!... répète voir un peu, l'ancien!

— Je dis vingt francs!

— Plus que cela de douros!... Excusez!

— Dame!... mon brave, — dit gaîment le factionnaire, — il est sûr et certain que ce n'est pas avec notre solde qu'on peut se procurer cet agrément.

— Pour lors, je m'en prive! Mais je peux rester là, au moins? — fit Margat en s'appuyant sur la corde.

— Oh! tant que vous voudrez!

En ce moment, Lucien d'Ornay passait au bras de Charleval.

En apercevant le marin, il quitta Félix et se dirigea vivement vers lui.

Le comte d'Ornay était une de ces natures excellentes, qui comprennent admirablement la bravoure et le dévouement et font peu de cas des puérilités sociales.

Il estimait à sa juste valeur le noble caractère du quartier-maître et toute la richesse de ce cœur d'or qui se cachait sous une enveloppe grossière.

Aussi alla-t-il au matelot, et lui tendant cordialement la main :

— Bonjour, Margat, — dit-il. — Comment va cette santé, mon brave?

— Mais, vous êtes bien honnête, monsieur Lucien, — répondit le digne homme tout rouge de l'honneur que lui faisait le comte. — Ça va comme une frégate sur lest, qui ne demande qu'à prendre la mer!

— Vous venez donc voir les courses?

— Mais comme vous voyez, monsieur Lucien!

— Etes-vous curieux d'entrer dans les écuries et de voir peser les jockeys?

— Tout de même, monsieur Lucien!

— Eh bien! venez par ici, mon brave, je vais vous y conduire.

— V'là, justement, l'impossible. Le camarade ne veut pas me laisser passer; et une consigne, dame! c'est une consigne!...

— Comment! on ne veut pas vous laisser passer?

— Eh non! je n'ai pas de machine... de carte, comme il dit.

— C'est juste; mais, avec moi, vous n'en avez pas besoin. — Sentinelle, — continua le comte en s'adressant au soldat, — ayez l'obligeance de laisser venir ce brave homme de ce côté; vous voyez ma carte du club?... Eh bien! ce marin est de mes amis..

— Votre ami! monsieur Lucien! — s'écria Margat qui, dans son émotion, fut sur le point d'avaler sa chique.

— Passez! — dit le factionnaire

— Tonnerre de Brest! v'là un mot qui ne sortira jamais de là, monsieur Lucien! — Et le quartier-maître s'allongea un formidable coup de poing sur le côté gauche de la poitrine.

— Tenez, maître! prenez un cigare et venez par ici!

— Cré mille n'importe quoi! Que tous les mistrals de Marseille me démâtent si vous n'êtes pas un vrai matelot, monsieur Lucien!

Après avoir promené son naïf étonnement sur la mise en scène de ce spectacle que l'on nomme course, après avoir assisté au pesage des jockeys, après s'être garé tant bien que mal des ruades et des coups de pieds que lançaient les chevaux impatients, Margat voulut choisir, à sa convenance, une place qui lui permît de ne pas perdre un détail du départ et de l'arrivée des coureurs.

Quittant donc Lucien qui montait dans la tribune du club, il traversa la piste et vint s'appuyer, le dos tourné contre le premier rang des voitures, sur un des piquets qui servent à maintenir la seconde corde.

L'attention des spectateurs était absorbée tout entière par le départ des chevaux engagés. Cette seconde course était un *steeple-chase*.

Margat suivait avec de vives démonstrations d'enthousiasme les péripéties de la lutte, lorsque le nom du vicomte de Pont-Aven, prononcé à demi-voix derrière lui, lui fit brusquement tourner la tête.

A quelques pas en arrière, dans une délicieuse calèche attelée à la Daumont, se tenait couchée plutôt qu'assise une jeune femme d'une beauté splendide.

La plus extrême recherche et la plus fastueuse élégance avaient présidé à sa toilette.

Elle portait une robe en point d'Angleterre sur une jupe de moire antique lilas. — Un cachemire turc aux palmes d'or couvrait ses épaules. — Quelques rubans entrelacés lui servaient de chapeau. — Des bracelets du meilleur goût entouraient ses poignets mignons; enfin, sur le devant de la voiture, un *king-charle's* dormait sur un châle des Indes.

L'attelage, composé de quatre chevaux alezan-brûlé, parfaitement appareillés, était irréprochable.

Deux grooms aux casaques de satin rayé blanc et vert tendre, aux capes de velours noir, et portant des bouquets de roses à la boutonnière, maintenaient la fougue des chevaux dont les veines saillantes et croisées sur le poitrail annonçaient la pureté de sang.

Le siége de derrière était occupé par deux grands valets de pied, poudrés, et porteurs d'une livrée argent et vert tendre.

Un F gothique, entouré d'une couronne de fleurs, se dessinait sur chaque portière.

La même initiale se reproduisait en relief sur les cuivres des harnais.

Appuyé contre la portière de cette voiture et caché à moitié par la capote rabattue, un homme jeune, et remarquable par la savante élégance de sa toilette, causait avec la brillante jeune femme étendue sur les moelleux coussins.

C'était cet homme qui avait prononcé le nom de Pont-Aven et fait retourner si brusquement maître Margat; mouvement auquel les deux causeurs n'avaient pas fait attention, non plus qu'à la présence même du marin.

— Tonnerre de Brest! — pensa le quartier-maître en examinant la beauté de la femme et la richesse de sa voiture. — En v'là une corvette finement gréée et à qui l'on donnerait volontiers la chasse! — Quelle prise! — Elle brille que c'est comme un diamant, et elle vous a un tas de chaînes et de breloques autour du cou pire que des suspentes de basse vergue, quoi! — Et quels yeux! des écubiers de mulâtresse! — C'est dommage qu'elle ait la peau si blanche! — Quant à cette espèce d'Iroquois qui lui fait des mamours avec ses moustaches d'une demi-brasse de long, j'en donnerais pas cher, et il a un gabarit qui ne me revient pas! — Qu'est-ce qu'il avait donc à prononcer le nom de mon lieutenant? — Ah bah! — fit-il après avoir réfléchi, — je me serai trompé, et puis... ce n'est pas mon affaire.

Sur ce, le digne marin reprit sa position en allongeant le haut du corps par-dessus la corde, afin de voir arriver les coureurs du plus loin possible.

FIN DE LA PREMIÈRE SÉRIE.

# MADEMOISELLE LA RUINE

DEUXIÈME SÉRIE.

PAR ERNEST CAPENDU.

## XII

Où maître Margat n'y comprend absolument rien.

— Ainsi, — disait le jeune homme appuyé contre la portière de la calèche, — ainsi, Fernanda, vous avez cessé de recevoir M. de Pont-Aven?

— Complètement, mon cher Cerny, — répondit la pécheresse.

— Vous avez bien fait.

— Vous trouvez?

— Certes!

— Pourquoi?

— Belle demande! Ne m'avez-vous pas dit que vous connaissiez le but de ses démarches?

— Je vous l'ai dit, et cela est.

— Alors, je le répète, vous avez bien fait de mettre ce monsieur à la porte!

— De quoi? — pensa Margat en se retournant de nouveau. — Mettre mon lieutenant à la porte! — Qu'est-ce qu'il chante, celui-là?

— Vous n'aimez pas M. de Pont-Aven? — demanda Fernanda.

— Il a un air suffisant que je ne puis tolérer... — Je suis enchanté de la leçon qu'il a dû recevoir de vous!

— Parce que ce monsieur porte des épaulettes et un ruban rouge, il se croit un vrai don Juan! — Ma parole d'honneur! ce petit marin me donne sur les nerfs d'une étrange façon! il me crispe!...

— Ta, ta, ta... je vais te faire donner autre chose sur les nerfs à toi, — se dit le quartier-maître, qui sentait son sang bouillonner de colère en entendant parler aussi lestement de son lieutenant. — Ah! tu abîmes mon officier, grand escogriffe moustachu!... — Eh ben! nous allons régler la chose ensemble, et ça ne sera pas long...

Margat releva les parements des manches de sa veste, et fit un pas vers la voiture de Fernanda, — mais une pensée subite lui traversant l'esprit, il s'arrêta tout à coup.

— Minute! — continua-t-il nonchalamment, — pas tant de presse! — Je le retrouverai toujours, puisque j'ai son signalement, et je saurai bien relever son gisement. — Ce particulier m'a tout l'air de manigancer quelque chose de malpropre contre mon lieutenant! — Attention à la manœuvre, et mettons en panne!... Défie du gain, matelot! Veille! veille!

En marmottant ces mots, le marin jeta un nouveau regard sur Cerny et sa compagne; et, bien convaincu qu'ils ne faisaient nullement attention à lui, il reprit la position la plus convenable pour ne pas perdre un seul mot de la conversation commencée.

— Ne prenez pas tant de peine pour dissimuler votre présence, vicomte! — disait Fernanda avec une moqueuse ironie. — Tous les yeux sont tournés vers les coureurs, et nul ne pense à nous. — Et puis, lors même qu'Edgard vous verrait, il vous a rencontré assez souvent chez moi pour ne point s'étonner d'une démarche de pure politesse...

— Oh! ce n'est pas M. de Lycenay que j'évite...

— C'est M. de Santeuil, n'est-ce pas?

— Fernanda!

— Soyez tranquille, Maxime a trop de fierté pour jeter les yeux sur nous! — Continuons donc! Que me disiez-vous?

— Je vous demandais comment il se faisait que vous connussiez dans leurs moindres détails toutes les pensées de nos adversaires?

— Ceci est mon secret... Qu'il vous suffise d'être certain que pas une parole ne s'échange chez madame de Nerval — (et c'est chez elle que se tient le conseil) — sans que cette parole ne me soit rapportée immédiatement après...

— Mes compliments, ma chère!... Vous avez une police admirablement faite!

— Mais, pas trop mal, comme vous voyez.

— Je m'incline, et j'admire!... — Vous êtes une femme de génie!

— Flatteur!

— Ma foi, non... — Je vous le dis comme je le pense.

— Maintenant, à votre tour, vicomte. — Où en sont vos amours?

— Hélas!

— Quoi! pas plus avancés? — Cependant, vous êtes reçu dans la place. — L'ennemi se défierait-il?

— Nullement. — Mais que voulez-vous faire? — Une tigresse de vertu!

— Je vous croyais plus fort, — murmura Fernanda en haussant les épaules.

— Je défie don Juan de Lovelace, Faublas et Casanova, s'ils revenaient dans ce monde, d'être plus heureux que moi.

— Parfaitement. — D'ailleurs, j'ai mis vos théories en pratique. — Je dis de vous pis que pendre... — Je m'attendris sur le sort de la belle délaissée. — Je jure une amitié de frère, je dévoile les faits et gestes du baron, etc., etc.

— Eh bien! alors?

— Oh! sur le terrain de la confidence, cela marche à merveille; mais dès qu'un mot timidement tendre s'échappe de mes lèvres, je vois deux beaux sourcils se rapprocher en une petite ride menaçante. — Si, par hasard, une expression trop vive, une allusion trop directe à ce qui se passe dans mon cœur vient frapper son oreille, madame de Lycenay se lève avec un geste empreint d'une dignité glaciale, et je suis obligé, pour rentrer en faveur, de me morfondre en excuses et de jurer un éternel silence à l'endroit de ma passion folle.

— Et vous vous laissez prendre à de telles comédies?

— Eh! ma chère, ce ne sont pas des comédies, voilà précisément ce qu'il y a de terrible. — Ecoutez-moi. — Sans faire profession pour madame de Lycenay d'une de ces passions de mélodrame qui rendent un homme ridicule, j'éprouve en réalité un de ces attachements violents, un de *ces caprices*, si vous le voulez, qui vous poussent à faire mille sottises... — Elle est assez jolie, assez séduisante, pour que vous me compreniez.

— Ah! pour Dieu! faites-moi grâce de vos tirades d'amoureux transi... — Ensuite?...

— J'en arrive naturellement à conclure ceci: — Je ne suis pas assez épris pour être incapable de tout raisonnement, mais je désire avec assez d'ardeur la possession de cette femme pour ne négliger aucun moyen de réussite. — Donc, vous pouvez ajouter foi à mes paroles: — je suis repoussé bien sérieusement, — bien positivement, — bien carrément...

— De façon que vous êtes prêt à abandonner la lutte?

— Faites luire à mes yeux, dans l'avenir, autre chose qu'un échec désespérant et déshonorant, et je rentre en lice sans plus attendre.

— Voyez-vous le soleil qui rayonne sur nos têtes?

— Est-ce que nous allons faire de l'astronomie

— Ne plaisantez pas. — Le voyez-vous?

— Parbleu! à moins d'être aveugle.

— Eh bien! l'avenir dont vous parlez est aussi incontestable et aussi lumineux que le soleil.

— Fernanda, ma chère belle, si vous me parlez en paraboles, je me sauve au plus vite. — Ah! le steeple-chase est terminé.

— Nous avons encore le handicap! — Vous disiez donc que vous vous sentiez épris de la vertueuse Berthe, et qu'une légère chance de succès vous rendrait le courage qui semble vous abandonner?

— Je l'ai dit et je le répète.

— Ecoutez-moi, Cerny.

Et Fernanda se pencha vers l'oreille du vicomte pour lui glisser ces mots:

— Avant un mois, Berthe vous appartiendra.

— Impossible!

— Aussi vrai que nous sommes là tous deux, je la jette dans vos bras.

— Vous?

— Moi-même.

— Mais, comment cela?

— Je m'explique: — Madame de Lycenay vous a reçu jusqu'à présent parce que vous l'éclairiez sur la conduite d'Edgard?

Sans doute.

— Cependant madame de Merval, son amie, et M. de Santeuil, son dévoué cousin, ne vous laissent pas toujours le mérite d'apporter les nouvelles dans leur primeur.

— Oh! quant à cela, vous vous trompez, madame de Nerval et M. de Santeuil cachent soigneusement à

Berthe, dans la crainte d'augmenter ses chagrins, tous les détails qu'elle désire avidement connaître, et qui me valent un si favorable accueil.

— D'accord. — Mais un moment arrivera où madame de Lycenay racontera le sujet de vos confidences, et ce jour-là, mon cher vicomte, vous aurez en face de vous M. de Santeuil. — Or, Maxime n'est pas de ces hommes que l'on joue facilement. — Il devinera tout notre plan, et, ma foi, il serait capable, ne pouvant s'en prendre à moi, qui suis une femme, de s'en prendre à vous, qui, à tort ou à raison, passez pour être un homme... — Alors je ne réponds plus de rien!

— Me croyez-vous donc si facile à intimider?

— Pas de fanfaronnade, encore une fois, mon bon! — Je sais à merveille ce qui s'est passé entre vous et lui, jadis.

— Mais... où donc voulez-vous en venir? — demanda Cerny en rougissant malgré son aplomb ordinaire.

— A ceci : — Qu'il faut isoler madame de Lycenay et l'empêcher de voir Maxime ou madame de Nerval. — Comprenez-vous l'avantage de la situation? — Elle n'aura plus que vous seul pour confident, pour conseil et pour consolateur... — Elle n'aura plus qu'un désir : celui de vous voir le plus souvent possible. — Insensiblement, votre présence lui deviendra indispensable. — Elle versera des larmes dans votre sein, vous lui presserez les mains avec amitié, vous pleurerez avec elle, vous écarterez les blonds cheveux qui voilent ce beau front penché, vous vous efforcerez de devenir pathétique. — Joignez à cela l'ennui de la solitude, la douleur de se voir abandonnée, la jalousie, le désir de la vengeance, et si vous n'êtes pas le plus sot des amoureux passés, présents et à venir, vous serez heureux en quelques semaines. — Que dites-vous de mon plan?

— Je le trouve admirable, mais j'entrevois une petite difficulté...

— Laquelle?

— Celle d'isoler Berthe.

— Rien de plus simple.

— Comment cela?

— Vous ne trouvez pas?

— Non, en vérité.

— Mon Dieu! que les hommes sont pauvres en expédients! Et dire que l'on a banni les femmes de la diplomatie!...

— Ah! c'est une grande sottise, je l'avoue. — Mais revenons à nos moutons, je vous en prie. — Le moyen en question?

— Rappelez-vous mes paroles.

— J'écoute.

— Eh bien! la prétendue amitié de Maxime pour sa cousine n'est autre chose qu'une passion profonde et partagée! un bel et bon amour parfaitement illégitime.

— Allons donc! — Je ne pourrai jamais le croire.

— Il ne s'agit pas de ce que vous croyez ou ne croyez point... — Il s'agit qu'il faut que tout le monde le pense, et surtout que tout le monde le dise.

— Ah! ah! — Je commence à deviner...

— C'est ma foi, bien heureux! — Maintenant, madame de Nerval est la protectrice de ces amours clandestines. — C'est elle qui sert d'intermédiaire entre les deux amants, c'est chez elle que se donnent les rendez-vous. Comprenez-vous tout à fait?

— Mais...

— Oh! je sais ce que vous allez me dire : — *Il faut appuyer de pareilles accusations sur un semblant de preuves.*

— C'est essentiel, vous en conviendrez.

— Eh bien! madame de Lycenay va-t-elle, *oui* ou *non*, chez madame de Nerval? — Maxime ne s'y trouve-t-il pas souvent? — Berthe ne reçoit-elle pas son cousin, très-fréquemment, en l'absence d'Edgard? — Enfin, lorsque je vous affirme que Santeuil est follement épris de madame de Lycenay, et que son amour est partagé, pouvez-vous me prouver le contraire?

— Non.

— Donc, cela est vrai? — Est-ce clair?

— Comme le jour.

— Eh bien! voilà ce qu'il faut absolument que chacun répète à l'oreille de son voisin. — Vous connaissez tout Paris, vous n'avez pas la réputation d'être discret, enfin vous êtes adroit. — Agissez en conséquence. — Suivez la théorie de Bazile, mon cher! — C'est la vérité la plus pure qui soit sortie de la bouche d'un homme : — *Calomniez!... calomniez!... il en reste toujours quelque chose!*

— Veuillez vous en rapporter à ma faible intelligence, — répondit Cerny. — Dans vingt-quatre heures les amours de Santeuil et de sa cousine, ainsi que l'aimable complicité de madame de Nerval, seront la nouvelle du Club, des coulisses de l'Opéra, de Tortoni et de la Bourse. — Dans deux jours, Paris entier retentira de ce joli bruit, et avant la fin de la semaine, nous aurons deux ou trois allusions piquantes et spirituelles dans les chroniques des petits journaux...

— Très-bien! — Alors, que ferons-nous, vous et moi? — reprit Fernanda.

— Ce que nous ferons?

— Oui.

— Parbleu! nous ferons ce que vous jugerez convenable de faire.

— Il faut donc tout vous dire?

— Oh! je ne suis pas de votre force, moi, je l'avoue humblement.

— En ce cas, écoutez encore.

— Avec reconnaissance.

— Lycenay a deux amis dévoués, — vous et moi! — n'est-il pas du devoir des amis d'empêcher le ridicule et le déshonneur de s'abattre sur un homme? — Que devons-nous souhaiter pour le repos d'Edgard? — Que celui qui porte le trouble dans son ménage, et son indigne complaisante, soient chassés du toit hospitalier qu'ils profanent par la trahison.

— Style d'opéra-comique, mélange de mélodrame!... — après? — Vous m'intéressez au dernier point! — Mais, j'y songe, si Edgard allait se livrer à quelque acte de folie dangereuse, et s'il lui prenait fantaisie de laver dans le sang des complices son écusson terni?

— Le monde doit croire madame de Lycenay coupable. — Pour Edgard, elle sera encore innocente, — nous le préviendrons adroitement; — des réticences renouvelées, — des fausses confidences, — des aveux rétractés, — des airs de commisération, etc. — Lycenay fera fermer sa porte à Maxime et à madame de Nerval, je vous en réponds. — Il n'en sera pas autre chose, et votre rôle commencera.

— Et, si Edgard ne croyait pas?

— Edgard croira tout ce que je voudrai qu'il croie et fera tout ce que je voudrai qu'il fasse.

— Je m'incline derechef et je ne doute plus.

— N'oubliez pas la correspondance. — C'est essentiel. — Tâchez surtout qu'elle soit compromettante.

— Comptez sur moi.

— Espérez-vous, maintenant? — demanda la pécheresse avec un sourire de vipère.

— Je fais plus qu'espérer, je réponds de la réussite.

— A la bonne heure!

— Quand ouvrons-nous le feu?

— — A l'instant. — Allez trouver Edgard! — Envoyez-le moi. Je me charge de le préparer peu à peu.

— Pendant ce temps, parlez, agissez. — Santeuil est riche, spirituel et beau garçon. — Il doit avoir beaucoup d'ennemis et énormément d'envieux. — Votre tâche est donc facile. — Au revoir! — Voici la dernière course qui commence, et j'ai parié pour *miss Burns!*...

. . . . . . . . . . . . . . . . . .

— Troun de Diou! — se dit Margat en s'essuyant le front, — je ne veux jamais distinguer une *vergue de misaine* d'un *clinfoc*, si je comprends un mot à ce gâchis-là! — Enfin ce que j'y vois de clair, toujours, c'est qu'il ne se manigance rien contre mon lieutenant, et, le reste, je m'en moque autant que de pêcher un marsouin!

Et le quartier-maître, s'éloignant avec ce balancement de hanches particulier aux marins, se mit en devoir de regagner la place où il avait laissé la voiture du vicomte.

§

— Ah! monsieur de Pont-Aven, vous vouliez vous jouer de moi, — pensait Fernanda après la disparition de Cerny. — Ah! vous aviez compté sur vos prétendues galanteries pour me traiter en petite fille! Vous apprendrez bientôt ce que vaut la femme que vous croyez tromper indignement. — Je vous verrai repentant vous traîner à mes genoux et me supplier à mains jointes d'accepter cet amour dont vous prétendiez vous servir pour me faire perdre la partie! — Votre domino bleu, dont vous m'avez naïvement raconté l'histoire, avait-il donc le pied plus petit que celui-ci?...

Et la coquette jeune femme, relevant légèrement sa jupe, avança sur la banquette de la calèche une délicieuse bottine de satin mordoré qui emprisonnait une cheville de Diane chasseresse.

— Nous verrons si vous pouvez vous y tromper! — Saint-Jean, continua-t-elle à voix haute en s'adressant à l'un des valets de pied: — vous vous rappelez les ordres que je vous ai donnés?

— Oui, madame.

— Dès que nous serons sur la route, vous les transmettrez aux jockeys.

Le domestique s'inclina.

En ce moment, la troisième course commençait, et le baron de Lycenay accourait avec empressement pour baiser la main gantée que Fernanda lui tendit nonchalamment en le voyant arriver près d'elle.

## XIII

### Le salon chinois.

— Pour lors, mon lieutenant, faudra vous attendre à cet endroit que vous dites, et, si vous tardez trop longtemps, mettre le cap sur la rue d'Astorg? — disait Margat, assis côte à côte avec Olivier dans l'élégante américaine du vicomte, tandis que celui-ci, maintenant à grand'peine la vigueur de son *stepper*, se laissait dépasser par la foule des voitures qui se précipitaient hors de l'Hippodrome après la dernière course.

— Oui, sans doute, car j'ignore complètement la durée de mon absence.

— Hum! monsieur Olivier, m'est avis que le plomb de sonde de votre cœur rapporte fond d'amourette!

— Eh! eh! maître Margat, tu pourrais deviner moins juste!

— Bagasse!... en v'là des veuves inconsolables quand nous recevrons l'ordre de rejoindre! — Nous serons-nous amusés dans ce gueux de Paris! — j'aurai des histoires plein mon sac, à régaler le gaillard d'avant pendant une navigation de deux ans! — Eh ben! voyez-vous, mon lieutenant, je ne serai pas fâché tout de même de revoir un brin la mer et de faire un quart sur le pont d'une frégate, d'un brick ou d'un vaisseau! — Je ne dors bien que dans un hamac, moi, et quand j'ai navigué quèque temps au milieu des terriens, je ne sais pas ce que j'ai, mais il me manque quèque chose! — Pas vrai que vous êtes de mon avis?

— Certes, mon vieux matelot! — La vie à terre est une belle chose, — mais la mer! l'Océan!

— C'est le *nanan!* c'est le vrai bonheur!

Pendant la courte distance que l'américaine avait à parcourir pour atteindre l'endroit indiqué par la lettre mystérieuse, les deux marins se livrèrent à qui mieux mieux à la satisfaction bien légitime de chanter les louanges de la noble carrière qu'ils suivaient l'un et l'autre, quoiqu'à des étages bien différents.

A quelque distance de la Porte-Jaune, Olivier relut de nouveau attentivement le billet de son inconnue, et, certain de ne pas s'être mépris quant au sens des indications données, il arrêta son cheval à l'angle d'un grand mur. Il jeta en avant et en arrière un long regard sur la route pour s'assurer qu'elle était déserte et, le cœur palpitant d'espérance, il mit pied à terre.

— C'est donc ici qu'on mouille? — demanda Margat en descendant aussi de voiture.

— Oui! tu m'as bien compris? — Si dans une heure je ne suis pas revenu, tu partiras...

— Suffit! on vous attendra le temps de fumer trois pipes, et aux premières bouffées de la quatrième: *pousse! et avant partout!*

— Très-bien!

Le vicomte s'éloigna rapidement en tournant l'angle du mur, et le quartier-maître, bourrant sa pipe de Marseille, l'alluma gravement en sifflotant un refrain de matelot.

Olivier, on se le rappelle, n'avait pas d'autre indication que celle de longer le chemin dans lequel il se trouvait.

Il ne doutait pas, du reste, qu'il ne fût attendu; — aussi s'engagea-t-il d'un pas vif dans l'étroit sentier encadré à droite et à gauche par les murs de clôture des jardins dont il apercevait les massifs aux branches encore veuves de feuillage.

Arrivé aux deux tiers de la ruelle, il découvrit une porte basse, pratiquée dans la muraille qu'il avait à sa droite, puis, au même instant, une seconde porte, à gauche, s'offrit à ses regards.

Le plus profond silence régnait autour de lui.

Aucun signe extérieur n'apparaissait pour le tirer de l'embarras qu'il commençait à ressentir.

— Diable! — dit-il en s'arrêtant, — je n'avais pas prévu cette particularité. — Laquelle de ces deux portes doit s'ouvrir pour me donner l'accès du paradis? — Ma lettre ne me dit rien à ce sujet, et je ne vois pas l'ombre d'un indice pour me décider à frapper plutôt à l'une qu'à l'autre.

— Bah! il faut peut-être attendre. — Attendons.

Sur ce, le jeune marin se mit à marcher, dans l'espace étroit qui séparait les deux portes, de ce pas ferme et rapide que donne l'habitude des promenades sur le gaillard d'arrière.

Un quart d'heure s'écoula, puis une demi-heure, sans que rien vînt troubler cette distraction forcée.

— Corbleu! — continua-t-il en arpentant plus vivement encore le terrain, et en frappant du pied avec colère. — Aurait-on le projet de se moquer de moi, par hasard?... — Toute cette correspondance ne serait-elle qu'une mystification? — Si je croyais! — Mais non! — Dans quel but me faire ainsi monter une faction d'une demi-heure? — une mystification n'est bonne qu'autant qu'elle a un dénoûment public, et, ici, je suis seul, bien seul! — Personne n'est là pour rire à mes dépens! — N'importe! j'aurai la clef de cette énigme, et si, dans quelques minutes aucune de ces portes ne s'ouvre d'elle-même, j'appelle Margat, et, morbleu! nous les enfoncerons! — Hein? — fit-il vivement en se retournant, — il m'a semblé entendre...

En effet, la porte de droite s'entr'ouvrait doucement, et une femme dont le visage était caché par un voile opaque, mais dont la tournure épaisse et lourde n'indiquait pas la jeunesse, parut sur le seuil.

Olivier s'arrêta brusquement et attendit.

La femme voilée l'examina pendant quelques secondes, puis, lui faisant un léger signe de tête, elle l'invita du geste à pénétrer dans le jardin.

Comme bien on le pense, le vicomte ne se fit pas répéter l'invitation.

— Suivez-moi, monsieur! — dit la mystérieuse introductrice après avoir refermé la petite porte.

— Ma parole d'honneur! c'est un véritable conte des *Mille et une Nuits*, — pensait le jeune homme en la suivant. — Pourvu qu'à la fin de tout ceci je ne me trouve pas face à face avec quelque désagréable aventure!... — Morbleu!... — (et il ralentit sa marche), — si mon domino n'était qu'une vieille femme à tournure juvénile — cela s'est vu!...) — ou une jeune personne fort laide et parfaitement romanesque!

— Venez donc! — lui dit sa conductrice en remarquant son hésitation.

— Un instant! — répondit Olivier, qui paraissait avoir pris un parti, et qui arrêta par le bras celle qui le précédait. — Avant d'aller plus loin, deux mots, je vous prie...

— Quatre, si cela peut vous être agréable!

— Ma chère dame, — reprit le vicomte après un silence, — vous affectez, savez-vous bien, des allures tout à fait nébuleuses et essentiellement dramatiques. — C'est le troisième tableau de *la Tour de Nesle* que nous jouons là! — Or, par le temps de prosaïsme qui court, le romantisme n'est plus de mode. — Parlons donc clairement. — Pensez-vous que je sois homme à supporter une mystification?

— Dieu m'en garde!

— C'est que tout ceci y ressemble terriblement, et je dois vous engager, dans l'intérêt des personnes qui vous font agir, de ne pas pousser les choses trop loin...

— Monsieur le vicomte, je n'ai qu'une réponse à vous faire. — Vous avez reçu une lettre qui vous donnait rendez-vous pour aujourd'hui, à cinq heures, après les courses de La Marche?

— Oui!

— Vous êtes venu?

— Parbleu! vous le voyez!

— En recevant cette lettre, vous n'avez pas cru à une mauvaise plaisanterie? — Votre présence démontre le contraire.

— Je l'avoue.

— Eh bien! soyez convaincu que la suite de la mystification, — en admettant que cela en soit une, — sera tellement agréable pour vous, que beaucoup de gens voudraient être mystifiés de cette façon!

— Mais alors pourquoi me faire entrer par une porte mystérieuse? — Pourquoi, au lieu de nous diriger vers l'habitation, dont j'aperçois les fenêtres à travers les branches, me conduire au centre du jardin? — Pourquoi, enfin, ce voile épais dont vous semblez si soigneuse de cacher votre visage? — Ces façons étaient peut-être bonnes il y a quelque cent ans; mais en 1855, à deux lieues de Paris et en plein jour, elles ne sont plus de mise!

— Elles sont cependant nécessaires pour mettre à l'abri la réputation d'une personne qui, pour vous recevoir, brave bien des dangers!

— Ah çà! vous me conduisez donc réellement auprès de quelqu'un qui m'attend?

— Si vous en doutez, il est temps encore de revenir sur vos pas. — Voici la clef de la petite porte!

— Non, ma foi! je me risque. — Ce quelqu'un est une femme?

— Naturellement.

— Jeune?

— Elle n'a pas vingt-quatre ans.

— Jolie?

— Vous en jugerez.

— Spirituelle?

— Vous l'entendrez!

— Que diable! vous me répondez avec le laconisme d'une sybille antique!

— Avouez aussi que vous prenez singulièrement votre temps pour m'adresser toutes ces questions!

— Allons, cela est vrai! je suis un sot! Marchez, je vous suis...

— Nous voici arrivés; — dit la femme voilée en indiquant du doigt au vicomte un charmant pavillon de forme octogone, entouré de lilas aux bourgeons déjà rosés. — Je n'ai pas besoin de vous accompagner plus loin. — Poussez la porte et entrez bravement, beau cavalier!

Olivier, légèrement ému, malgré lui, par l'étrange allure de mystère qui semblait présider à cette aventure, s'avança néanmoins avec un aplomb plein de désinvolture, gravit deux marches formant perron, et, poussant la porte qui céda, franchit le seuil du pavillon.

Quoiqu'il fît encore grand jour, la pièce dans laquelle il entra était brillamment éclairée.

Des contrevents hermétiquement clos empêchaient la lumière du soleil de pénétrer dans l'intérieur.

Olivier parcourut ce petit salon d'un regard circulaire et s'assura qu'il était complètement inhabité.

Une grande recherche et un goût exquis avaient présidé à l'ameublement de ce gracieux réduit.

Une étoffe chinoise à fond cerise, sur laquelle s'épanouissaient des dessins fantastiques aux vives couleurs rehaussées d'argent et d'or, servait de tenture.

Les portes et les boiseries étaient en laque rouge.

Des siéges de même étoffe que celle qui couvrait les murailles affectaient les formes bizarres usitées au pays des pagodes et des mandarins.

Dans une cheminée de marbre rouge brillait un feu clair, parfaitement expliqué par la fraîcheur de la saison.

Les pendules, les candélabres, et les moindres ornements de ce charmant salon arrivaient évidemment et en droite ligne du Céleste-Empire.

Un moelleux tapis couvrait le plancher.

Olivier contemplait avec étonnement ces curieuses richesses, lorsqu'une petite porte, dissimulée dans la tenture, s'ouvrit tout à coup et donna passage à une femme enveloppée d'un domino bleu, le visage masqué, et les cheveux soigneusement cachés par le capuchon rabattu.

Le vicomte resta muet de surprise tant il s'attendait peu à cette apparition.

## XIV

### Le domino bleu.

— Quel meilleur costume de circonstance pouvais-je prendre pour venir vous remercier, — dit le domino en remarquant l'étonnement de Pont-Aven, — que ce vêtement sous lequel je me trouvais lorsque vous vous êtes fait si généreusement mon défenseur.

— Madame... — murmura Olivier en s'inclinant sans trouver d'autre réponse.

— Mais, — asseyez-vous donc, monsieur le vicomte!... — reprit l'interlocutrice d'Olivier avec une aisance parfaite et en prenant elle-même un fauteuil qu'elle attira près du feu. — En vous voyant rester debout, je craindrais que vous ne songiez à un brusque départ...

— Je puis vous affirmer, madame, que telle n'est pas mon intention, — répondit le vicomte en s'asseyant à son tour.

— Vraiment, monsieur! — continua la jeune femme, — c'est fort bien à vous de ne pas avoir manqué de mémoire et de vous être ainsi rendu sans méfiance à ce mystérieux rendez-vous! — Pour ma part, je vous en sais un gré infini!

— Permettez-moi, madame, avant de vous répondre comme je devrais le faire, de vous adresser une question?

— Faites, monsieur.

— C'est bien vous, n'est-ce pas, que j'ai eu le bonheur de rencontrer, il y a six semaines, le 17 février, — vous voyez que la date est restée gravée dans ma mémoire, — sous le péristyle de l'Opéra?

— A deux heures et demie du matin, avec une compagne portant un domino noir, et au moment où nous étions insultées toutes deux par une demi-douzaine de pierrots avinés!... Oui, monsieur, c'est bien moi. — En doutez-vous?

— Moins, maintenant...

— Mais encore, cependant?

— Je l'avoue.

— Que faut-il pour vous convaincre?

— Hélas! cela est difficile, car, alors, comme maintenant, votre visage était masqué et votre taille disparaissait sous les plis de ce domino bleu.

— Alors?

— Cependant... peut-être existe-t-il un moyen...

— Lequel?

— Voulez-vous me confier cette petite main que j'ai eu le bonheur de presser dans les miennes?

— Oh! volontiers.

Et le domino tendit une main mignonne admirablement gantée.

— C'est bien cela! — murmura le vicomte en l'effleurant du bout de ses lèvres.

— Etes-vous convaincu?

— Pas encore.

— Vous êtes exigeant.

— Beaucoup, je le sais.

— Enfin, que vous faut-il de plus?

— Je n'ose vous le demander.

— Pourquoi?

— Parce que cela est fort difficile et que vous me refuserez.

— Alors ne demandez pas.

— Si ma foi!... — Je sens le courage me revenir...

— J'attends.

Olivier jeta les yeux autour de lui, puis, apercevant un charmant coussin tout constellé de broderies, il se leva vivement, le prit, et le posant devant son interlocutrice :

— Veuillez être assez bonne, — dit-il, — pour mettre votre pied sur ce coussin.

— Quelle est cette plaisanterie? — demanda le domino en laissant éclater un éclat de rire bien frais et bien timbré.

— Je vous jure que rien au monde n'est plus sérieux.

— Quoi? — la preuve que vous me demandez pour constater mon identité résultera de l'action que je vais faire en mettant mon pied sur ce coussin?

— Oui.

— Mais vous êtes fou!

— Alors contentez ma folie.

— Oh! mon Dieu! je le veux bien.

Et la jeune femme allongea sur les broderies un ravissant petit pied chaussé d'une bottine de satin noir.

— Oh! cette fois je ne doute plus, — s'écria Olivier en se laissant tomber à genoux et en avançant la main.

Mais le petit pied rentra rapidement sous les jupes protectrices.

— Monsieur le vicomte, relevez-vous, de grâce! — s'écria le domino.

— Vous m'avez dit tout à l'heure que j'étais fou, madame. — Je crois en vérité que je vais le devenir. — Depuis que j'ai eu le bonheur de vous rencontrer, pas une journée ne s'est écoulée sans que votre gracieuse image ne vînt visiter ma pensée. — Je n'ai causé avec vous qu'un instant, — je n'ai jamais contemplé vos traits, eh bien! ma vision avait un tel cachet de vérité, que, depuis que je me sens près de vous, il me semble que les accents de votre voix ont souvent retenti à mes oreilles, et, si vous enleviez ce masque jaloux qui me voile votre visage, je suis certain que je vous reconnaîtrais.

— C'est fort adroit ce que vous dites là, monsieur de Pont-Aven, et vous me donneriez presque envie de juger de votre perspicacité. — Malheureusement, cela est impossible.

— Pourquoi?

— Pour une foule de motifs qu'il m'est également impossible de vous expliquer. — Oh! je suis une femme toute confite en mystérieuses réticences... — Il vous faut m'accepter ainsi...

— Quoi! il ne me sera pas permis de contempler la réalité de mes rêves?

— Non, monsieur le vicomte.

— Vous garderez ce masque tout le temps que je serai près de vous?

— Je ne soulèverai pas même une des ruches de mon capuchon.

— Mais c'est une trahison, cela...

— Comment, une trahison?

— Sans doute? — Votre lettre...

— Eh bien? — Ma lettre vous dit que je vous remercierai de vive voix, mais elle ne vous promet pas, j'imagine, que je vous montrerai mon visage?

— Oh! dites-moi du moins que tout ceci n'est qu'une épreuve, et que vous n'aurez pas la cruauté d'abuser de mon martyre?

— Si fait, vraiment... — J'aurai cette cruauté. — Ah! je suis très-cruelle!

— Alors! pourquoi donc avez-vous demandé à me revoir?

— Parce qu'en cela j'ai consulté mon désir et non le vôtre!

— Eh quoi! vous me parlez ainsi, vous me laissez espérer que je ne vous suis pas indifférent, et...

— Et je reste masquée! — Remerciez donc ce loup de velours, au lieu de le maudire, car s'il n'était sur mon visage je ne vous parlerais pas ainsi, et certainement, je n'écouterais pas vos paroles. — Allons, monsieur de Pont-Aven, ne déraisonnons pas, et envisageons les choses sous leur véritable jour! — Désirez-vous réellement connaître ma figure?

— Vous me le demandez?

— Oui, je vous le demande.

— Mais c'est le plus ardent de mes vœux!

— Permettez-moi de n'en rien croire...

— Oh! de grâce! ne semblez pas douter ainsi... — c'est de la férocité!...

— Pourquoi? — Je suis fort sensée au contraire, et très-humaine en ce moment.

— Prouvez-le donc!

— Volontiers! — Ecoutez-moi. — Je veux bien croire à tout ce que vous venez de me dire, je veux bien croire que, depuis notre rencontre, votre pensée se soit occupée de moi et que vous désiriez vivement faire naître l'occasion de me revoir.

— C'est aussi l'exacte vérité!

— Je ne le conteste pas! Vous voyez que je ne suis pas aussi méchante que j'en ai l'air, selon vous! — Mais le petit domino bleu, dont vous vous êtes fait le galant défenseur a eu la gloire d'attirer votre attention, dites-moi, je vous prie, ce qui vous a charmé en lui?

— Tout!

— Tout est un mot un peu élastique et parfaitement vague, avouez-le! — Car, enfin, vous n'avez vu ni sa taille, ni son visage, ni même ses cheveux, et quelques mots échangés n'ont pu vous donner une haute idée de son esprit! — Ne m'interrompez pas! — Ce qui vous a séduit à votre insu, c'est le mystère impénétrable du camail de satin et du masque de velours, — ce qui a occupé votre cœur n'est autre chose que le résultat même de votre rêverie. — Bref! vous vous êtes épris d'un fantôme créé par votre imagination. — Aujourd'hui ce fantôme prend une forme matérielle et vous apparaît de nouveau. Grâce à ce loup et à ce domino, votre rêve peut rester intact et conserver les formes attrayantes dont vous vous êtes plu à le revêtir. — Pourquoi donc voulez-vous, par une sotte curiosité, le forcer à s'évanouir? — Le plaisir réel est bien rare ici-bas. — Dans la situation où nous sommes en ce moment, j'ai presque la certitude de vous savoir heureux, et la réalité, sans doute, ne serait qu'une triste déception! — Admettons que je sois belle; je ne le serais pas, à coup sûr, de l'idéale et fantastique beauté que vous avez rêvée! — Quel que soit l'éclat de mon visage, mon masque cache une déception...

— Vous vous calomniez!

— Qu'en savez-vous? — Si je suis laide...

— C'est impossible!

— Pure galanterie!

— Non pas, madame, mais conviction profonde!

— Donc, vous me croyez charmante?

— Je suis certain que vous l'êtes!

— Eh bien! franchement, peut-être ne vous trompez-vous pas!

— Ecoutez-moi à votre tour, madame! — dit Olivier en se levant. — Ecoutez-moi, sans moquerie, sans défiance, car je vais vous parler franchement et du fond de mon cœur...

— Je vous écoute, monsieur le vicomte!

— J'ignore, madame, à quelle faveur du hasard je dois le bonheur de m'être rencontré avec vous une première fois, le bonheur plus grand encore de vous avoir été utile, la joie infinie d'avoir reçu presque chaque jour un billet de votre main, et, enfin, la trop heureuse destinée de me trouver en ce moment près de vous. — Dois-je remercier la Providence? — Je ne le sais pas, car de vous seule il dépend de convertir ces bonheurs en un cruel supplice, ou de les métamorphoser en une ivresse dont les anges seraient jaloux!...

— Je ne vous comprends pas très-bien!

— Je m'explique, madame. — En me rencontrant un soir de bal masqué, en me suivant peut-être dans la manière folle dont je vis à Paris, vous avez pu facilement me prendre pour un homme habitué aux plaisirs, aux amours faciles, aux étourdissements des joies parisiennes; — vous vous êtes trompée! — J'ai vingt-huit ans depuis trois jours, et c'est à peine si j'ai passé dans le monde la valeur de deux années, morcelées en des congés de quelques mois. J'ai vécu, tout le reste du temps, de cette existence du marin qui aime l'Océan avec passion, et qui, captif volontaire entre les parois d'un navire, le ciel sur la tête, l'abîme sous les pieds, l'infini pour horizon, trouve le bonheur dans cette existence isolée et contemplative. — Je suis resté étranger aux entraînements mondains, à ce point que ma tête est vierge d'illusions perdues et mon cœur innocent de tout amour sérieux. — Avec un peu de coquetterie on me fera facilement perdre la tête et le cœur! — Une femme peut se jouer de moi sans que mes yeux se dessillent! — J'ai ébauché bien des amourettes, mais jamais une passion n'a dominé mon âme! — Aujourd'hui, je ne sais ce qui se passe en moi, mais il me semble que je subis l'influence d'un courant magnétique qui m'entraîne vers vous et me jette à vos pieds... — Ce n'est plus le caprice qui brûle le cerveau et laisse le cœur froid et glacé. — Non! c'est un sentiment étrange que je ne puis définir moi-même, mais qu'un mot peut exprimer. — Je ne vous connais pas, madame, je n'ai jamais vu votre visage, j'ignore si vous vous jouez de moi, et cependant *je vous aime!* — Oui, je vous aime! — continua le jeune homme d'une voix douce et profondément émue, — je vous aime au point que si vous m'ordonniez de ne jamais vous supplier de lever ce masque, je refoulerais la prière prête à s'échapper de mes lèvres, — de ne jamais chercher à admirer la taille souple et cambrée ensevelie sous les plis de ce domino, je fermerais les yeux pour ne pas vous regarder passer! — Si vous exigiez enfin que ma bouche restât muette en votre présence, eh bien! je me tairais, — je ne demanderais qu'à rêver en silence devant votre apparition radieuse!... — Oh! traitez-moi de fou, de visionnaire, je le veux bien! — mais croyez en moi, je vous en conjure! — et maintenant, madame, maintenant que vous savez ce qui se passe dans mon cœur, — que votre volonté soit faite!... — je me soumets d'avance; mais, comme je vous l'ai déjà dit: mon bonheur et mon malheur sont entre vos mains!...

A mesure qu'Olivier parlait, le domino bleu relevait graduellement son front appuyé d'abord dans la paume de sa petite main dégantée.

Ses yeux étincelaient à travers les trous du masque et se fixaient avec ardeur sur le jeune marin.

Lorsqu'en cessant de parler le vicomte s'inclina sur les doigts roses et effilés qu'il tenait entre les siens, la jeune femme retira sa main avec un tressaillement involontaire.

Cette main était devenue tout à coup moite et fiévreuse.

Le domino bleu paraissait absorbé dans ses pensées, et un silence de quelques minutes régna dans le salon chinois du mystérieux pavillon.

— Monsieur de Pont-Aven, — reprit le domino après une légère pause, — j'avais deviné une partie de ce que vous venez de me dire. — Je sais depuis longtemps que vous avez un cœur bon, généreux, loyal et brave; et, s'il faut vous l'avouer, je me sens heureuse et fière de l'aveu de votre amour...

— Madame! balbutia le vicomte.

— Certes, à tout autre je ne parlerais pas ainsi, — reprit la jeune femme. — Avec vous, je dois être franche. — D'ailleurs, vous pensez avec raison que si l'indifférence seule m'eût guidée, je ne vous aurais pas reçu. — Jetons donc aux orties ce manteau de pruderie factice dont on est convenu d'entourer la sincère expression de nos pensées, à nous autres pauvres femmes... — En venant ici, en vous trouvant dans ce salon, j'espérais y rencontrer un cœur dévoué. — Je ne me suis pas trompée, n'est-ce pas?

— Non, madame! — répondit Olivier d'une voix ferme. — Non, vous ne vous êtes pas trompée!...

— Je voudrais reconnaître ce dévouement par une confiance sans borne, et arracher de mon visage ce masque de velours comme je dépouille mes paroles de cette hypocrisie dont je vous parlais à l'instant. — Par malheur, il ne dépend pas de moi d'en agir ainsi. — Peut-être, plus tard, — je l'espère du moins, — serai-je libre de ma volonté et de mes actions...

— Plus tard? dites-vous. — Sera-ce donc dans bien longtemps?

— Je l'ignore! — j'ai fait un vœu!

— Un vœu?

— Oui!... Cela vous semble bizarre, dans ce siècle d'incrédulité et de scepticisme!... — Que voulez-vous, monsieur de Pont-Aven? Si vous différez des hommes qui vous entourent, je ressemble bien peu, moi, à toutes ces femmes qui remplissent les salons de leur futile coquetterie. — Oui, j'ai fait un vœu, et qui, plus est, un vœu que je respecte.

— Et ce vœu, puis-je le connaître?

— Dans son effet, oui; dans sa cause, non. — Ce vœu, c'est un vœu de vengeance!

— De vengeance! — s'écria Olivier avec étonnement. — Et de qui donc pouvez-vous avoir à vous venger?

— D'un homme qui m'a insultée.

— Nommez-le moi, madame.

— Non, je ne vous le nommerai pas, car je ne veux pas vous exposer à une perte presque certaine!

— Doutez-vous donc de moi, de mon courage, de ma force?

— J'ai mis en vous toute ma confiance, et la preuve de cette confiance ressort de mes paroles mêmes!

— Cet homme qui vous a insultée, vous, une femme, c'est un misérable, c'est un lâche!

— Le monde le juge autrement! — Il a une réputation de loyauté, de bravoure et de noblesse de cœur à toute épreuve. — Oh! c'est le plus fourbe et le plus hypocrite des hommes! — Si vous le connaissiez, — et peut-être le connaissez-vous, — vous douteriez de mes paroles! — Cependant je vous dis l'exacte vérité! — Ce vœu de vengeance, je l'ai fait et je le tiendrai! — J'ai juré, moi, habituée au monde, élevée au milieu des salons, de ne plus y mettre le pied, de ne plus montrer mon visage jusqu'au moment où l'insulte aura été effacée par la punition!

— Quoi? sortirez-vous donc toujours masquée?

— Je ne sors plus de chez moi!

— Est-ce croyable?

— C'est incroyable, peut-être, mais c'est vrai.

— Et ce vœu, vous l'avez prononcé il y a longtemps?

— Il y a quinze jours.

— C'est depuis que j'ai eu le bonheur de vous voir la première fois, c'est depuis que je vous connais que l'on vous a si mortellement offensée?

— L'insulte remonte plus loin, monsieur le vicomte.

— Seulement, je croyais mort ou parti pour toujours celui que je hais de toutes les puissances de mon âme! — J'ai appris son retour il y a quinze jours.

— Et vous ne me ferez pas connaître cet homme?

— Non, parce que ma vengeance ne doit pas venir de vous!

— Vous l'avez peut-être aimé? — s'écria Olivier avec jalousie. — Vous croyez le haïr, et vous l'aimez peut-être encore?

— Vous vous trompez. — Jamais, jusqu'ici, je n'avais aimé!...

— Que dites-vous? — qu'avez-vous dit, madame?

— Des paroles imprudentes... Hélas! j'en ai grand'peur...

— Oh! ne les rétractez pas, ces paroles si douces... — s'écria le vicomte avec entraînement. — Si vous saviez quel bien elles ont fait à mon cœur!...

— Madame! — interrompit brusquement la femme voilée qui avait introduit Olivier dans le salon chinois, et dont la tête toujours enveloppée de ses dentelles épaisses apparut tout à coup dans l'entrebâillement de la porte. — Madame! il est l'heure!

Le domino bleu se leva aussitôt.

— Quoi! vous me chassez déjà? — demanda Olivier.

— Je voudrais pouvoir vous garder plus longtemps près de moi, mais vous ignorez ma vie. — Vous ne savez pas quel esclavage je subis. — Apprenez seulement qu'il faut nous quitter à l'instant.

— J'obéis! — murmura Olivier, — j'obéis, mais quand me sera-t-il permis de vous voir, ou, pour mieux dire, de causer de nouveau avec vous?...

— Nous retrouver ensemble!... — Le désirez-vous donc?

— Pouvez-vous m'adresser une semblable question?

— Je vous ferai savoir l'époque d'un second rendez-vous...

— Oh! non! — Si vous voulez me donner assez de force pour vous quitter aujourd'hui, il faut que j'emporte l'espérance de revenir bientôt.

— Eh bien!...

La jeune femme parut hésiter.

— Eh bien? — répéta le vicomte avec une vive anxiété.

— Dans huit jours, à pareille heure, trouvez-vous au même endroit...

— Merci! merci! — s'écria Olivier en couvrant de baisers la petite main qu'on lui abandonnait sans trop de résistance.

— Maintenant, partez, partez vite! — Mais pas un mot, même à votre meilleur ami, de ce qui s'est passé entre nous! — Ne parlez à personne au monde de nos rendez-vous! Vous me le jurez, n'est-ce pas? — A cette condition seule, je puis vous revoir... Une indiscrétion nous séparerait à tout jamais... — Vous vous tairez?...

— Je vous le jure.

— Adieu donc, ou plutôt *au revoir!* — Vous trouverez ouverte la petite porte du jardin, et Brigitte va vous conduire...

Olivier serra de nouveau contre ses lèvres la main du domino bleu. — Il contempla une fois encore ce masque impénétrable que ses regards cherchaient à soulever, et il reprit en baissant la voix :

— Cet homme! le nom de cet homme! par pitié! dites-moi son nom!...

— Jamais! — répondit la jeune femme avec une résolution calme et profonde.

— Oh! je saurai ce nom! — je le saurai, madame, et, malgré vous, je vous vengerai! — s'écria le vicomte en s'élançant hors du pavillon.

— J'y compte bien! — murmura le domino en se laissant retomber sur le divan, brisé de fatigue, comme une actrice qui vient de jouer la *grande scène* d'un cinquième acte.

Puis elle ajouta :

— Brigitte ! suis le vicomte, et assure-toi qu'il est bien parti...

La mystérieuse complaisante hâta le pas pour rejoindre le lieutenant de vaisseau. — Elle lui ouvrit la porte du jardin et la referma sur lui avec précaution. — Puis elle revint vivement au pavillon dans lequel elle retrouva le domino bleu qui, toujours sans quitter son masque, s'était étendu dans un large fauteuil et chauffait ses petits pieds appuyés sur le garde-feu de la cheminée.

— Eh bien ! madame, — lui dit-elle, — cela a-t-il marché?

— Comme sur des roulettes, ma chère, — répondit le domino avec un ton et avec une voix entièrement différents de ceux qu'il avait employés dans la conversation précédente.

— Ainsi, le petit marin est *pincé?*

— Mieux que cela, il est sérieusement amoureux.

— Ah ! dam, c'est affaire à vous !

— A propos, comment le trouves-tu?

— Vous savez bien que je l'ai toujours trouvé fort joli garçon.

— Oui, ma chère, mais il gagne à être connu.

— Bah ! il est donc plus riche que nous ne pensions?

— Eh ! il ne s'agit pas de cela !

— De quoi s'agit-il, alors?

— De sa conversation, de son esprit, de ses manières... Il a une chaleur, un entrain tout à fait séduisants. Il me rappelle Lafontaine ou Berton dans leurs bons rôles...

— Tiens, est-ce que vous vous sentiriez une *tocade* à son endroit?

— Tu es folle ! j'ai, ma foi, tout autre chose à faire que de m'enamourer de ce jeune homme !

— Je crois bien ! — ça a peut-être une vingtaine de mille livres de rente, tout au plus ! — murmura Brigitte.

— Cet entretien m'a vraiment beaucoup amusée ! — poursuivit le domino sans paraître faire attention à l'observation si caractéristique de la suivante. — Cet Olivier est tout différent des autres hommes. — C'est un contraste bizarre et charmant. — Ah ! si jamais je pouvais aimer quelqu'un, je crois presque que ce quelqu'un ressemblerait au vicomte de Pont-Aven !

— Si cela arrivait, vous feriez une terrible sottise !...

— Oh ! cela n'arrivera pas ! sois sans crainte.

— A la bonne heure !

Un instant de silence suivit cet échange de paroles.

Le domino bleu semblait plongé dans de sérieuses réflexions.

Brigitte, qui allait et venait dans la pièce, s'arrêta de nouveau près de la jeune femme et renoua l'entretien.

— Comme cela, vous êtes contente? — demanda-t-elle, — bien décidément contente?

— Oui! — répondit le domino en sortant de sa rêverie.

— Et le marin vous servira?

— Admirablement!

— J'en étais sûre! — Ce matin j'ai *fait les cartes*. — Il ne venait que du *cœur* et du *carreau* dans mon jeu! — *Réussite* complète! c'est infaillible et jamais trompeur!...

— Que je le revoie deux fois encore, il sera chauffé tout juste à point et je le lancerai sur la piste! — Va! mon plan est fait et bien fait! — Je te garantis que le vicomte, comme un bon chien de race qu'il est, ne prendra pas le change et courra sus au sanglier!...

— Allons, tant mieux! — Mais, madame, dépêchons-nous de rentrer à Paris, il se fait tard. — Vous démasquez-vous?

— Donne-moi ce qu'il me faut pour ma toilette, je m'habillerai ici.

§

Il nous paraît inutile de dire que le vicomte de Pont-Aven avait regagné de son pied léger la place où il avait laissé son américaine.

Margat, quoiqu'il en fût à sa cinquième pipe, attendait encore, — et nous devons ajouter qu'il aurait indéfiniment attendu.

Olivier sauta dans la voiture, saisit les rênes, rendit la main à son cheval impatient, et l'américaine reprit au grand trot la route de Saint-Cloud.

Le jeune marin avait la joie au cœur, et dans sa tête embrasée tourbillonnaient les plus chimériques et les plus douces espérances.

---

## DEUXIÈME PARTIE.

# LE SYSTÈME DE DON BAZILE.

---

### I

#### L'hôtel de la rue de Londres.

Ce soir-là, il y avait réunion d'intimes à l'hôtel de Fernanda, rue de Londres,

Trois pièces seulement étaient éclairées, les soirs des petites réceptions qui avaient lieu presque chaque dimanche.

D'abord le salon, où l'on dansait au piano. — Cette vaste pièce, située au rez-de-chaussée de l'hôtel et donnant sur les jardins et sur une serre chaude, était décorée avec une richesse tout artistique.

Les panneaux des boiseries étaient tendus d'une étoffe de soie de style Louis XV, fort originale et tout à fait digne de faire école: des fleurs de pêcher couraient en guirlandes sur un fond bleu pâle, en soie quadrillée, et entouraient un médaillon central composé de roses pompon et de bouton d'or.

Chaque panneau était enfermé dans un ovale de bronze doré représentant des tiges de lis.

Les fleurs et les boutons, ainsi que les feuilles, se détachaient en saillies.

Les meubles, en bois doré, merveilleusement sculptés, étaient recouverts d'une étoffe pareille à celle de la tenture.

Des portières et des rideaux semblables garnissaient les portes et les croisées.

Sur une haute et vaste cheminée de marbre blanc se dressaient une pendule et deux candélabres, chefs-d'œuvre de la ciselure ancienne et cachant à demi une glace de Venise, dont le cadre s'assortissait aux baguettes des panneaux.

Le parquet était une mosaïque d'un dessein élégant: palissandre et citronnier.

Un lustre de cristal de roche, surmonté d'un groupe d'amours, se suspendait à la rosace dorée du plafond.

Un flot de lumière jaillissait des bougies qui le garnissaient, ainsi que des candélabres de la cheminée et des bras en bronze doré qui se trouvaient entre chaque panneau.

Un merveilleux piano en bois de rose, quelques meubles de Boule et trois gigantesques jardinières en vieux laque du Coromandel complétaient l'ameublement.

Nous ne parlerons que pour mémoire des porcelaines de vieux Sèvres, des énormes vases craquelés et des objets d'art de toute sorte qui garnissaient les étagères et les consoles.

Ensuite venait la salle à manger, où l'on fumait et où l'on prenait le thé.

C'était quelque chose de merveilleux que cette pièce toute garnie de boiseries en noyer sculpté, sur lesquelles grimpaient, couraient, se croisaient des guirlandes de fleurs, de feuillages et de fruits en porcelaine de Saxe, d'une vérité d'imitation et d'une légèreté merveilleuses.

Le plafond surtout en était couvert.

Un lustre en argent massif dominait le centre d'une énorme table carrée soutenue par des cariatides. — Quatre grands buffets-dressoirs du même style laissaient admirer dans leurs verrières les services d'argenterie et les cristaux, — richesses inestimables!

Les pieds foulaient un moelleux tapis de laine vierge, tel qu'on en trouve seulement en Syrie.

Un poêle en porcelaine du Japon, — caprice que la courtisane avait rapporté d'Amsterdam, — faisait face à une large coupe de marbre blanc, au-dessus de laquelle deux naïades entrelacées soutenaient un petit triton laissant jaillir de sa conque marine une nappe d'eau transparente.

Cette salle à manger, située à gauche du vestibule, communiquait avec le salon par une large porte à demi cachée sous des portières d'étoffes arabes.

Quant à la troisième pièce, que Fernanda consacrait à ses réunions intimes, c'était le boudoir dans lequel nos lecteurs se rappellent sans doute qu'ils ont déjà pénétré.

Deux tables de whist s'y trouvaient dressées.

Fernanda était passionnément joueuse. — Elle adorait semer à pleines mains des poignées d'or, qu'elle risquait avec des émotions ardentes sur le tapis vert d'une table de jeu. Mais, dans son salon, elle n'autorisait jamais ces parties formidables qui, commençant à la lueur des bougies, durent souvent encore au lever du soleil, et dans lesquelles on gagne ou l'on perd une fortune.

En cela encore, elle avait su faire plier sa passion à son ambition effrénée et au désir de donner à ses réunions un cachet inattaquable de bonne compagnie.

Dans son hôtel, le whist seul avait droit de cité.

Le lansquenet et le baccarat, qui font les délices des soirées de ses *semblables* et augmentent leurs revenus de façon notable, en avaient été rigoureusement exclus.

Au reste, nous avons grand tort de nous servir de cette expression *semblables* pour désigner les femmes de la société de Fernanda.

Celle-ci ne ressemblait que fort peu à ses compagnes dans la vie galante.

Plus instruite qu'elles, mieux élevée, sachant admirablement *se tenir*, elle les écrasait de toute la supériorité de son esprit ambitieux.

Fidèle à ses principes et au but qu'elle s'était proposé, elle affectait, dans les promenades, au spectacle, aux courses, au concert, de se montrer toujours seule ou escortée par des cavaliers.

Elle recevait volontiers les autres femmes dans son salon, mais jamais dans sa loge ou dans sa voiture.

Aussi Fernanda avait-elle, parmi les Madeleines et les camélias de premier ordre, une réputation de *pose* et de *bégueulerie*, mais en même temps un renom fort envié.

Ses soirées étaient régulièrement suivies, et le désir d'y venir étaler quelque écrasante toilette avait causé nombre de dissensions intestines et d'intrigues dignes d'un meilleur sort, dans ce monde disputeur et intrigant par excellence.

Ce soir-là, la réunion était au grand complet, c'est-à-dire que nous y retrouvons presque toutes nos anciennes connaissances du Café Anglais, et, de plus, une certaine quantité d'actrices célèbres dans les annales de la galanterie parisienne. — Olivier de Pont-Aven et Lucien d'Ornay manquaient seuls; — le dernier, brouillé avec Lycenay par les soins de Fernanda qui craignait sa franchise et son esprit incisif; — le premier, exclu de l'hôtel de la pécheresse non repentante, par la découverte de son manége faussement amoureux.

§

Une heure sonnait à l'horloge du chemin de fer de Rouen au moment où la joie et le plaisir atteignaient leur apogée dans le salon de Fernanda.

Maryland, l'ennemie intime de la pécheresse, mais son invitée de chaque fête, se livrait comme toujours à la fougue et à l'entrain de son joyeux caractère.

— Dites donc, notaire! — criait-elle de sa voix aiguë en interpellant d'un bout à l'autre du salon M. Loiselet, lequel subissait avec une héroïque patience les agaceries d'une petite femme maigre et jaunissante, dont un directeur très-connu pour ses galanteries et son intelligence avait fait sa réputation — (réputation que le bon public accepte comme tant d'autres choses, sans avoir jamais su pourquoi). — Dites donc, notaire! est-ce vrai ce que l'on dit de vous au foyer de la danse?

— Et que dit-on, ma belle enfant? — demanda l'officier ministériel en s'efforçant de prendre une désinvolture toute juvénile.

— On dit que vous faites des folies pour la grosse Mira, qui ne peut pas parvenir à passer dans les coryphées, depuis dix ans qu'elle fait des battements et des ronds de jambe dans les chœurs?

— Ah! on dit cela?

— Oui, mon bon! — Et comme madame sa mère exerce sa profession industrielle rue d'Argenteuil, un cordon à la main, on prétend que vous passez les soirées dans la loge, pour faire votre cour à la fille, et que, quand on dit : — *porte, s'vous plaît!* — c'est vous qui répondez : — *voillà!...*

— Par exemple! — s'écria maître Loiselet avec dignité, — qui est-ce qui fait courir ce bruit absurde et ridicule?...

— Personne!... Il court tout seul!

— Dites-nous donc pourquoi nous ne voyons plus Chambry, Fernanda? — demanda Ninie Trempelonpain, qu'une énorme jupe de crinoline, accompagnée d'une demi-douzaine de jupons empesés, faisait avantageusement lutter de volume avec le ballon des frères Godard.

— J'ignore ce qu'il devient! — répondit la maîtresse de la maison.

— Je crois savoir pourquoi il s'éclipse, — fit Charleval.

— Pourquoi? pourquoi? — s'écria-t-on de toute part.

— Parce qu'il a peur de rencontrer sa passion défunte, — vous savez, celle qui s'est fait enlever par un figurant du Cirque?

— Quelle bêtise! — glapit Maryland. — Il y a beau temps qu'il est consolé!

— Tu en sais peut-être quelque chose, toi!

— Du tout, mon petit, je ne donne pas dans la Bourse!

— C'est parfaitement connu, — répondit Fernanda. — Nous savons que tu ne fais qu'y puiser!

— Ah! bravo! Ah! joli! Ah! parfait! — s'écria maître Loiselet.

— Ce n'est pas de toi, cela! — riposta Maryland.

— Et pourquoi donc ne serait-ce pas de moi, ma chère?

— Parce que ce n'est pas assez méchant.

Puis Maryland, obéissant à la vivacité de sa nature inconstante, qui ne lui permettait pas de continuer une discussion après deux ou trois ripostes, changea de ton brusquement, et, s'adressant à Charleval, lui demanda :

— Vous n'avez donc pas amené votre ami Santeuil?

— Ah! ah! il paraît que Maxime vous a séduite, ma chère, car voici bien de[illegible] fois aujourd'hui que son nom revient sur vos lèvr[illegible], — répliqua Charleval en riant.

— Ma foi! il me plaît beaucoup, je ne m'en cache pas.

— C'est une heureuse chance qu'il partage avec quelques autres favorisés! — dit Fernanda.

— Cela prouve au moins qu'avant de m'informer si un homme est riche, je commence par m'inquiéter si cet homme me plaît; et, si je ruine mes amants, au moins je les aime! — riposta Maryland. — Tout le monde ne jouit pas du rare avantage d'avoir un sac d'écus à la place du cœur, et je ne suis point de ta force à cet égard, ma bien bonne!...

## II

### La calomnie.

Fernanda lança autour d'elle un regard rapide et inquiet, mais ayant aperçu Lycenay assis dans le boudoir, à une table de whist, en compagnie de Cerny et de deux autres partenaires, elle se remit immédiatement, et elle se contenta de répondre par un sourire dédaigneux à l'attaque de Tata Maryland.

Ce n'était pas que Fernanda craignît une lutte d'esprit, lutte qu'elle était fort capable de soutenir dignement, mais elle connaissait son adversaire, et elle redoutait, en présence d'Edgard, la vivacité mordante de ses épigrammes.

Pour placer la conversation sur un autre terrain elle s'adressa à Charleval, qui venait de s'asseoir auprès d'elle :

— Tata avait raison tout à l'heure, — dit-elle, — de vous demander pourquoi vous n'aviez pas amené M. de Santeuil, — je l'aurais reçu avec grand plaisir.

— Je ne l'ai pas vu aujourd'hui, ma belle. — Aux courses, il n'a fait que passer...

— Il était donc bien occupé?

— En vérité, je n'y comprends rien. — C'est à peine si on le rencontre chez lui, et on ne le trouve nulle part.

— Si on ne le trouve nulle part, — dit sentencieusement Loiselet, — c'est qu'il doit être toujours dans un même endroit.

— Et lequel? — demanda Maryland.

— *That is the question!* — Pour y répondre, il faudrait connaître le secret de ses amours.

— Ah çà! il est donc amoureux?

— Cela se dit, — fit Jules d'Herbelay qui venait de se joindre au groupe, en lançant un regard du côté du boudoir.

— De qui, mon petit Jules? — Apprenez-nous cela?

— Calmez votre fureur jalouse, ô Tata!

— Ah! que vous êtes bête! ma fureur jalouse! — Je m'en moque pas mal, de ce cher Maxime! — Dites-moi seulement de qui il est amoureux.

— On l'ignore! — répondit Jules en prenant un air moqueur.

— Si on l'ignore, c'est qu'il ne s'agit ni d'une actrice, ni de quelqu'une d'entre nous. Maxime doit avoir une pas ion pour une femme du monde...

— Tais-toi donc! — dit vivement Rosalba de San-Carlo en poussant Tata du coude.

— Que je me taise!... Pourquoi cela?

— On te le dira quand Lycenay sera parti.

— Ah bah! en voilà une jolie! — Comment, pendant que le baron est ici!

Et Maryland partit d'un formidable éclat de rire.

— On ne parlait que de cela ce soir à l'Opéra! — continua Rosalba en baissant la voix.

Comme on le voit, Cerny n'avait pas perdu son temps.

Après avoir arrêté avec Fernanda, sur l'hippodrome de La Marche, le plan de la calomnie qu'il devait répandre contre Berthe et contre Maxime, il avait commencé par en lancer quelques mots aux courses mêmes, faisant adroitement allusion à la courte apparition du comte de Santeuil.

Ensuite, il était revenu dîner au Café Anglais en compagnie de quelques viveurs, auxquels il avait confié la nouvelle scandaleuse sous le sceau du secret.

De là il avait été passer une demi-heure à l'Opéra, et, enfin, il était monté au club avant de se rendre à l'hôtel de la rue de Londres.

Beaumarchais a mis dans la bouche de dom Bazile une trop splendide description de cette hydre aux cent têtes que l'on nomme la Calomnie, pour que nous osions après lui aborder cet odieux sujet.

Et puis, il est bien peu de gens en ce monde qui n'aient été à même d'apprécier tristement les malheurs que traîne à sa suite cet épouvantable fléau.

A vrai dire, l'espèce humaine peut se diviser en deux grandes catégories :

D'une part les calomniateurs.

De l'autre les calomniés.

Frédéric Soulié, ce romancier gigantesque que l'avenir placera à côté de Balzac, à la tête des immortels peintres de mœurs de notre époque, — Frédéric Soulié dit quelque part, dans son admirable livre des *Mémoires du Diable*, que l'hypocrisie est le grand lien social qui unit entre eux les éléments du monde civilisé.

Personne ne saurait contester cette vérité triste, mais le romancier n'aurait-il pas dû ajouter que, si l'hypocrisie est le lien qui resserre, l'égoïsme et la calomnie sont les mordants qui dissolvent et désunissent?

Oh! la calomnie, cette fille pâle et sinistre de l'envie et de l'impuissance, cette vipère engendrée par la lâcheté, la haine honteuse et la trahison!

Elle est, dans l'ordre des crimes que la loi n'atteint que rarement, quoiqu'elle les menace sans cesse, ce que l'empoisonnement est parmi ceux que le Code frappe de sa verge infamante!

C'est l'assassinat sans courage et sans lutte, — l'assassinat qui surprend la victime dans le sommeil, — l'assassinat qui se met un masque sur le visage et se sert du stylet d'un bravo!

C'est l'étincelle électrique, per l'instantanéité avec laquelle elle se propage!

C'est la ruine de la vertu au profit du vice éhonté!

C'est la bravoure et l'honneur écrasés sous le poids de la lâcheté vile!

C'est la voie qui souvent conduit au découragement et au suicide!

C'est le serpent qui étouffe, dans les replis de ses anneaux immondes, l'intelligence, le talent, le génie!

C'est le scorpion qui blesse au talon tout ce qui s'élève, et dont le venin rapide pénètre dans les veines et glace le cœur de celui qu'il a mordu!

C'est la couronne d'épines placée sur le front d'un cadavre, — les vers qui soulèvent le couvercle du cercueil pour ronger les os du squelette!

Car la calomnie ne s'arrête pas aux vivants, — fossoyeur sans pitié, elle s'attaque même aux morts!

Et ce poison lent, sûr, implacable, — ce poison auquel on ne connaît pas d'antidote, ce poison mille fois plus perfide que tous les toxiques; car eux, au moins, ne tuent que le corps, ne vicient que les principes vitaux, tandis que lui tue l'âme et corrompt l'intelligence, — ce poison, disons-nous, est souvent distillé par la bouche fraîche et rose d'une jolie femme, par les lèvres souriantes d'un faux ami!

Fouillez dans les annales de la perversité humaine, entassez les uns sur les autres les meurtres de toutes sortes, les infamies de tous genres, et vous n'arriverez pas à égaler le nombre des crimes obscurs commis par de prétendus gens de biens, à l'aspect placide et honnête, dont un mot, un signe de doute, ont tué plus sûrement leur victime que ne l'eût fait un coup de couteau, — plus rapidement que l'acide prussique, — avec des tortures plus raffinées que celle qu'enfantait la barbarie du moyen âge!

C'est qu'il faut bien le reconnaître, les deux grands moteurs de la nature humaine sont l'égoïsme et l'envie.

L'égoïsme, — l'amour de soi, — d'où découle l'orgueil.

L'envie, — le désir de prendre et d'accaparer le bien d'autrui, d'où naît la soif de s'élever et de dépasser les autres hommes en leur mettant le pied sur le front.

Mais n'est-ce pas à l'aide de ce double sentiment que s'accomplissent parfois les grandes choses?

Peut-être! mais, malheureusement, bien peu ont le courage de bien faire, — beaucoup s'abaissent au lieu de monter, — et l'envie et l'égoïsme, restant toujours rivés au cœur, l'homme cherche à s'approprier ce qu'il ne peut gagner, — à ternir l'éclat de la place qu'il ne peut conquérir, — à détruire le piédestal pour renverser la statue, parce qu'il sent bien que, sur ce piédestal, il ne peut se hisser lui-même.

De là le vol et l'assassinat pour les moins lâches.

De là la calomnie pour les plus infâmes!

La réalité nous prouve que ces derniers sont en majorité.

Nous n'oserions affirmer que telles étaient les réflexions de Fernanda, tandis qu'elle écoutait chuchoter autour d'elle les paroles mordantes et railleuses qui accueillaient l'annonce du déshonneur de la pauvre Berthe, — toujours est-il que, sans prendre part à la conversation, elle savourait délicieusement les premiers résultats de son plan infernal.

## III

### Nos excellents ennemis les amis intimes.

Edgard quitta la table de whist et entra dans le salon. Fernanda le vit, — seule, — se diriger vers le groupe des causeurs, mais elle se garda bien d'en avertir ceux-ci.

Elle espérait qu'un mot imprudent, entendu par le baron, la mettrait à même d'aborder ce sujet brûlant qu'elle se mourait d'envie d'entamer, mais pour lequel cependant elle voulait paraître avoir la main forcée.

Or, comme le mal a mille fois plus de chances de réussite que le bien, Fernanda se vit parfaitement secondée dans son désir par ce funeste dieu qui s'appelle *le hasard*.

Les noms de Lycenay et de Santeuil, prononcés à demi-voix et accompagnés de bruyants éclats de rire, vinrent frapper tout à coup l'oreille du baron.

— Pardieu! puisque je fais tous les frais de votre gaîté, tâchez au moins que je la partage! — dit-il avec avec un sourire contraint.

A son aspect, chacun se tut comme par enchantement.

— Diable! il paraît que vous disiez force méchancetés sur mon compte! — continua Edgard en riant de plus belle, et d'un rire de plus en plus faux.

— Nous ne parlions pas de toi, — répondit Charleval.

— Si fait, parbleu! — J'ai fort bien entendu mon nom en compagnie de celui de M. de Santeuil!

Tandis que le baron disait ces mots, un nuage sembla passer sur son front. — Il jeta un regard inquisitorial du côté de sa maîtresse.

Les yeux de Fernanda lancèrent un éclair rapide.

— Oh! — pensa-t-elle, — s'il pouvait prendre le change et devenir jaloux de moi à propos de Maxime! — Pour me justifier, il faudrait bien lui tout apprendre!...

Lycenay la regardait encore, elle affecta un trouble et une émotion merveilleusement joués.

— Je vous affirme que vous vous êtes trompé, mon ami! — balbutia-t-elle.

— Cela doit être puisque vous le dites, mais cela me paraît fort extraordinaire! — répondit Edgard avec brusquerie.

— Mon petit Jules! jouez-nous donc une polka avant le thé! — s'écria Maryland qui, excellente fille au fond, eût été désolée d'une indiscrétion compromettante. — Allons, continua-t-elle pendant que le jeune auditeur s'asseyait devant le piano, — allons, Lycenay, je vous invite!...

Et elle entraîna le baron.

Quelques minutes après ce moment, tous les convives de Fernanda prenaient le thé dans la salle à manger.

Mais ces convives n'avaient pas le tact instinctif et la bonté de cœur qui distinguaient la folle Tata; quelques-uns trouvèrent du meilleur goût d'entamer à nouveau le chapitre des amours de Maxime devant le mari qu'ils supposaient trompé.

De ce nombre était maître Loiselet.

— Au reste, il doit s'y connaître! — disait Maryland, — car ce n'est pas la faute de madame son épouse légitime si le cher tabellion peut encore porter perruque...

En effet, le digne notaire était séparé de sa trop légère moitié qui remplissait le demi-monde de Paris du scandale de ses multiples intrigues.

On n'avait jamais pu savoir bien positivement lequel des deux avait donné le premier coup de canif dans le contrat.

Toujours est-il que le malheureux acte civil était lacéré à outrance.

Aussi, quoi qu'il en fût, — et peut-être parce qu'il en était, — le notaire trouvait charmant de ridiculiser en masse la caste si nombreuse des maris... prédestinés.

— Pour ma part, — dit-il en ricanant dans sa cravate blanche, — je regrette vivement que les nouvelles amours de M. de Santeuil nous privent de sa présence!... C'est un charmant convive!

— Un joli garçon et, de plus, fort aimable! — s'écria Maryland qui, selon sa coutume, oubliait sa charitable résolution de rompre cette conversation dangereuse en présence d'Edgard.

— C'est ce qui justifie le nombre de ses conquêtes! — hasarda M. de Cerny.

— Mais c'est donc un séducteur de profession que M. de Santeuil? — demanda Lycenay.

— On le dit! et j'avoue que si j'étais le mari ou l'amant d'une jolie femme, je fuirais son intimité, — répliqua M. d'Herbelay.

— Ne dites donc pas cela, mon cher auditeur! — s'écria maître Loiselet en savourant un sandwich au jambon de sanglier, arrosé d'un verre de château-laffitte retour de l'Inde, — ne savez-vous pas que Maxime est le cousin d'Edgard?

— Personne n'ignore que M. de Santeuil a été élevé près de madame de Lycenay! — repartit Cerny d'une voix mielleuse, — et qu'une tendre affection d'enfance les a toujours unis, ce qui rend fort peu dangereuse pour Edgard l'intimité qui peut exister entre M. de Santeuil et sa cousine. — Et puis notre ami, ici présent, est trop bien élevé pour être jaloux.

— Est-ce qu'on est jaloux maintenant! — s'écria Maryland. — On n'en a pas le temps!

— C'est vrai! l'amour est un steeple-chase! — s'écria Charleval.

— Dites plutôt un handicap!

— C'est donc pour cela que les hommes ne sont plus que des coureurs?

— Bravo! bravo! Maryland! — acclama l'assemblée tout entière.

— Vous dites donc que M. de Santeuil est amoureux? — reprit Edgard après un nouveau silence.

— On le répète sur tous les tons, — répondit Rosalba.

— Amoureux?... et de qui?

— Vous nous feriez diantrement plaisir en nous l'apprenant vous-même, baron! — s'écria le notaire avec un sourire qu'il croyait très-fin et très-spirituel.

— Pour en revenir à ce que je disais, — reprit Cerny en prenant un ton sérieux, — j'ajouterai que la haute réputation de vertu de madame de Lycenay et la noblesse de cœur bien connue de M. de Santeuil ont fait de cette affection fraternelle un touchant symbole de l'amitié la plus pure.

— Mon Dieu ! — interrompit Fernanda en jouant la mauvaise humeur, — n'insistez pas sur ce sujet, monsieur de Cerny. — Ce cher Edgard ne s'occupe pas de sa femme, j'imagine !

— Fernanda ! — fit Lycenay que cette conversation gênait visiblement.

— Bah ! vous voulez être jaloux de votre cousin ?

— N'essayez pas de me donner le change, madame, — lui répondit Edgard en baissant la voix de manière à n'être entendu que d'elle seule. — Je ne suis pas encore aussi aveugle qu'on le suppose !

— Je ne vous comprends pas, Edgard ! — balbutia la jeune femme.

— Si vous voulez bien m'accorder quelques minutes d'entretien après le départ de nos amis, je m'efforcerai de me faire comprendre...

Fernanda, malgré tous ses efforts, ne parvenant point à amener sur ses joues une rougeur accusatrice, détourna la tête comme si elle ne pouvait soutenir les regards jaloux du baron.

Dans ce mouvement elle rencontra les yeux du vicomte de Cerny, et elle échangea avec lui un imperceptible signe de satisfaction.

— Allons ! aux amours anonymes de M. de Santeuil ! — cria Loiselet en élevant son verre. — Faites-moi raison, mon cher baron !

Le notaire regardait comme un chef-d'œuvre de plaisanterie fine, de faire participer à ce toast le mari qu'il regardait désormais comme son *confrère*.

— Aux amours de Santeuil ! — répétèrent les convives en quittant la salle à manger pour rentrer au salon.

Depuis quelques instants la pétulante Maryland semblait préoccupée d'une pensée plus sérieuse que celles qui, d'ordinaire, élisaient domicile dans son cerveau.

Elle avait surpris l'*a parte* d'Edgard et de Fernanda, ainsi que le coup d'œil échangé entre Cerny et la maîtresse du baron.

Tata Maryland était fort intelligente et connaissait à fond le caractère de la courtisane, son ennemie intime.

Elle s'étonnait à bon droit du silence que Fernanda avait gardé en entendant formuler l'éloge de Berthe.

Ce qu'elle venait d'apprendre des amours de Maxime, le ton que prenait Cerny, la contenance de Fernanda, tout cela, sans lui révéler la vérité bien complète, lui laissait entrevoir cependant une partie du plan combiné.

Malheureusement la folle enfant était très-médiocrement douée de qualités diplomatiques.

Elle vivait dans une complète ignorance du fameux adage : *tout vient à point à qui sait attendre*, et, dès qu'une idée surgissait dans sa tête, il fallait absolument qu'elle la communiquât, sans plus tarder, à qui de droit.

Aussi, attendant au passage Fernanda qui se disposait à rentrer au salon, elle la prit brusquement à part, et, sans autre préparation oratoire, elle lui demanda à brûle-pourpoint :

— Qu'est-ce que tu espères donc que te rapportera le déshonneur de madame de Lycenay?

Fernanda tressaillit et fit involontairement un pas en arrière.

— Je ne sais pas ce que tu veux dire, — répondit-elle un peu effrayée de la perspicacité de son interlocutrice.

— Pas de *pose* entre nous, ma chère ! — Si tes yeux sont beaux et bons, les miens les valent. — Je ne suis pas dupe de ton manége ! — Tu veux apprendre à Edgard que Maxime est l'amant de sa femme, — est-ce vrai ?

— Tu es folle !

— Pas tant que cela !

— Qu'est-ce que cela me fait que madame de Lycenay trompe son mari ? — Cela ne peut que me servir, puisque j'aime le baron.

— Tu aimes le baron ! — Raconte cela aux autres, ma belle amie, à ceux qui sont bêtes, — mais pas à moi qui ai oublié de l'être !...

— Pourquoi voudrais-tu que j'apprisse à Edgard la conduite de sa femme?

— Ah ! voilà ! — S'il y avait encore une loi autorisant le divorce, je comprendrais la chose, — mais, bah ! les hommes sont trop cornichons pour la rétablir !

— Tu vois bien que tu n'as pas le sens commun. — Allons, viens-tu danser ?

Et Fernanda, toujours émue de l'apostrophe de Maryland, s'empressa d'aller s'asseoir près d'Edgard, qu'elle comptait surveiller pendant tout le reste de la soirée.

— Comment cette fille a-t-elle deviné mes intentions ? — se demandait-elle. — Cerny m'aurait-il trahie ! — Non ! c'est impossible ! — Son intérêt l'en empêche, — j'ai tort de m'inquiéter. — Ce que m'a dit Maryland n'est qu'une supposition de sa part. — Elle a trop peu de suite dans les idées pour que cela ne s'efface pas promptement. — Et puis, quand elle aurait deviné la vérité ! que m'importe? Elle ne peut pas m'empêcher d'agir, et Edgard ne croira jamais ce que je ne voudrai pas qu'il croie !...

— Ah ! ce n'est pas assez de lui voler son mari, il faut encore troubler ses amours, à cette pauvre petite femme ! — se disait Maryland de son côté. — Est-elle assez mauvaise, cette Fernanda ! — Elle déteste l'autre, parce que c'est une grande dame, et, quant à Santeuil, elle ne peut pas en entendre parler, c'est évident. Vois-tu, ma biche, quand on déteste un beau garçon comme Maxime, c'est que ce beau garçon n'a pas voulu mordre à l'hameçon ! — Je connais la chose, pas par l'expérience, mais je la connais... — Si ce Santeuil venait me voir encore, je lui dirais de se méfier ; mais non ! — J'invite deux fois ce monsieur à prendre le thé, et puis... personne ! — Eh bien, tant pis pour lui ! — Dites donc, papa Loiselet, — fit-elle tout haut en s'adressant au notaire qui fumait tranquillement dans un angle de la salle à manger, — donnez-moi donc du tabac turc, que je fasse une cigarette.

Le tabellion, tirant de sa poche un petit sachet élégamment brodé, s'empressa de satisfaire le désir de la jolie fille.

— Et Fernanda, qui me dit qu'elle aime Edgard ! — continua mentalement Maryland, qui reprit le cours de ses réflexions en roulant le *papelito* sous ses doigts mignons avec une habileté et une dextérité de Sévillane. — Un homme qui est à ses derniers coupons de rente ! — plus souvent que je donne là dedans ! — Ah ! bast ! qu'ils s'arrangent, après moi la fin du monde !

Sur cette conclusion éminemment philosophique, la pimpante pécheresse donna un coup de sa petite main sur les volants soyeux de sa jupe, pour les faire bouffer, et rentra au salon en dessinant une pirouette qu'elle termina par une attitude empruntée au dernier ballet.

— Dites donc, Charleval, — s'écria-t-elle tout en restant en position, — ces imbéciles de l'Opéra qui prétendent que je ne suis pas capable de danser un solo ! — Qu'est-ce que vous en pensez?

— Je pense, ma belle, que le vrai mérite est toujours méconnu !

— Alors, pinçons un quadrille !

Et la folle enfant se mit à fredonner les premières mesures d'une contredanse de Montaubry.

## IV

### La maîtresse.

Vers trois heures du matin, les portes de l'hôtel de la rue de Londres se refermèrent après le départ des invités de Fernanda, et le baron de Lycenay se trouva seul avec sa maîtresse.

Edgard n'avait pas un seul instant supposé qu'en parlant de Santeuil devant lui, on voulût porter atteinte à son honneur de mari.

Il délaissait sa femme, c'est vrai, — il l'abandonnait même complètement; — mais il n'avait jamais douté de la vertu de Berthe.

Il professait pour elle la plus haute estime, et, de son amour passé, — de cet amour que Fernanda avait étouffé dans les enivrements du plaisir coupable, — il lui restait un sentiment d'affection respectueuse pour celle qui portait son nom.

Par un effet bizarre, mais fort commun chez les natures nonchalantes et indécises, le baron aurait donné tout au monde pour rendre sa femme heureuse, à la condition que lui-même ne fût obligé de modifier en aucune façon le genre de vie qu'il menait.

Au fond, son cœur n'était pas gangrené, et s'il n'avait été dominé par sa maîtresse, — dont le caractère froidement résolu avait pris sur le sien un irrésistible empire, — bien souvent il aurait cédé aux instances de Berthe, qui le suppliait de l'accompagner, tantôt au théâtre, et tantôt dans le monde.

Pour résister à sa femme, il lui fallait parfois lutter contre sa propre volonté; mais, s'il était prêt à céder, le souvenir de Fernanda qui l'attendait le faisait promptement fuir de son hôtel et courir à la rue de Londres.

Avec cet esprit de ruse et de méchanceté que possèdent presque toutes les femmes qui prennent pour amants des hommes mariés, Fernanda s'était fait rendre compte des habitudes d'intérieur du baron, et s'était empressée de les troubler avec un acharnement systématique.

Il s'agissait tout d'abord de se faire sacrifier la femme légitime.

Avec une adversaire comme Berthe, dont la douceur, la résignation et la timidité en face de son mari étaient poussées à l'extrême, le succès ne pouvait être douteux.

Edgard, nous le savons, se mettait pieds et poings liés à la discrétion de sa maîtresse; mais, comme nous venons de le dire également, il n'avait pas cessé de ressentir pour sa femme toute l'estime qu'elle méritait.

Aussi, le soupçon qui lui traversait l'esprit se rapportait-il, non à la vertu de Berthe, — de laquelle il ne douta pas un instant, — mais bien aux relations qui pouvaient exister entre Fernanda et M. de Santeuil.

Malgré son presque complet aveuglement, il avait remarqué, lors de l'arrivée fortuite de Maxime au Café Anglais, certains symptômes d'émotions que Fernanda n'avait pas été incapable de dissimuler entièrement.

Il n'y avait, dans le premier moment, attaché aucune importance, mais ses souvenirs lui revenaient alors en foule, et il se demandait aussi pourquoi Maxime n'était jamais venu à l'hôtel de la rue de Londres, malgré les invitations nombreuses qu'il lui avait adressées lui-même.

Enfin, son nom, accolé à celui de Santeuil et prononcé au milieu des éclats d'un rire moqueur, venait d'exciter sa méfiance et de faire naître sa jalousie.

Edgard était, et surtout croyait être, éperdûment amoureux de Fernanda.

Naturellement soupçonneux, comme presque tous les caractères sans énergie et qui craignent sans cesse la souffrance, parce qu'ils ne se sentent pas le courage de la surmonter, il joignait à cette faiblesse une peur extrême du ridicule.

Sans être jaloux par tempérament, il l'était par inquiétude d'esprit.

Les premiers soupçons qui vinrent l'assaillir rencontrèrent donc de puissants excitants dans son organisation nerveuse et dans son esprit timide.

Puis, il s'était tellement compromis pour cette femme qui le ruinait, — il se représentait toute la sottise de ses folies avec une si vive lucidité, que, peu à peu, sa tête s'exalta et qu'il se cramponna à la volonté ardente de connaître la vérité avec toute l'énergie tenace des natures molles qui prennent tout à coup un parti violent.

Fernanda avait suivi d'un regard avide la marche des pensées qui mettaient un nuage sur le front de son amant.

Elle lisait là comme dans un livre ouvert, et, forte de la réussite de ses plans, elle attendait, sans la provoquer, l'explosion de la jalousie d'Edgard.

Explosion qu'elle comptait bien mettre à profit.

— Fernanda! il faut que je vous parle! — avait dit Edgard en laissant partir ses amis.

— Je suis tout à vous, mon cher Edgard, — avait répondu la jeune femme en le conduisant dans le boudoir. — Voulez-vous me permettre seulement de me faire déshabiller?...

— Non! restez ainsi! — dit brusquement le baron en s'asseyant. — Tout à l'heure je vais partir et vous serez libre, — complètement libre!

— Je ne vous comprends pas, Edgard! — Qu'avez-vous donc?... — Vous semblez souffrir! Voulez-vous quelque chose?... — Je vais sonner...

— C'est inutile... — je n'ai rien, rien qu'un peu de migraine.

— Il faut aller vous reposer, dans ce cas.

— Non!

— Mais enfin, mon ami, que signifie le ton dont vous me parlez?

— Cela signifie, madame, que je vois clair enfin dans votre conduite! — Plus clair que vous ne le supposez!

Fernanda leva sur Edgard ses beaux yeux étonnés, et le regarda comme s'il lui eût parlé dans une langue inconnue.

— Vous ne comprenez pas? — reprit Lycenay avec violence.

— Pas le moins du monde.

— M. de Santeuil est votre amant!

— Vous dites? — s'écria la pécheresse avec un geste de reine indignée.

— Je dis et je répète que vous me trompez!

— Monsieur de Lycenay, s'il n'y avait cinq heures que j'ai le plaisir de vous avoir dans mon salon, je croirais que vous avez dîné en mauvaise compagnie... Tranchons le mot, je croirais que vous êtes ivre!

— Vous ne me répondez pas!

— Eh! que voulez-vous donc que je vous réponde?

— La vérité, madame!

— Quelle vérité?

— Pardieu! la vérité relative à vos amours avec M. de Santeuil.

Fernanda, sans prononcer un seul mot, alla s'asseoir tranquillement près de la cheminée, et, prenant un

écran en plumes de colibris, elle s'éventa doucement, renversant sa belle tête sur le dossier du fauteuil.

— Fernanda! — s'écria Lycenay outré d'un tel dédain apparent, — daignerez-vous enfin me répondre?

— Interrogez, mon cher baron!

— Que dois-je penser?

— Ce qu'il vous plaira!

— Fernanda!

— Monsieur de Lycenay!

— Je vous accuse et vous ne vous justifiez pas?

— Vous ne m'accusez pas, vous m'insultez! — Et permettez-moi de vous dire que ce n'est point agir en gentilhomme!

— Laissons les grandes phrases de côté et veuillez vous expliquer nettement avec moi!...

— Vous m'accusez?

— Oui!

— Articulez vos griefs, alors!

— Mes griefs, madame? — Les voici :

— J'écoute!

— Lorsqu'il y a six semaines vous vous êtes trouvée subitement en face de M. de Santeuil, vous n'avez pu réussir à cacher votre trouble. — Lorsque je vous demandai si vous aviez déjà rencontré ce monsieur, vous m'avez répondu que vous le connaissiez à peine, et que vous l'aviez vu deux fois au plus...

— Eh bien?

— Eh bien! vous m'avez menti!

— Monsieur de Lycenay!

— Vous m'avez menti! vous dis-je, — poursuivit Edgard avec véhémence, en affectant une certitude qu'il n'avait pas. — Par une manœuvre assez adroite, et qui réussit presque toujours, il plaidait le faux pour savoir le vrai.

Fernanda s'était levée et se dirigeait froidement vers la porte.

— Où allez-vous? — demanda le baron en l'arrêtant par le bras.

— Je vous cède la place, monsieur!

— Vous ne sortirez pas! — répondez-moi! — Quand et comment avez-vous connu M. de Santeuil?

— Je ne sais ce que vous prétendez me faire avouer, — répondit la jeune femme avec hauteur. — Mais vous ai-je donc donné le droit de m'interroger sur le passé?

— Fernanda!

— Lorsque je me suis laissé prendre à vos serments d'amour, ai-je posé devant vous, par hasard, en ingénue de vaudeville? — Répondez à votre tour? — Ai-je affiché des prétentions à la virginité des rosières?...

— Fernanda! — murmura Edgard pour la seconde fois.

— Vous ai-je caché, — interrompit la jeune femme en portant son mouchoir à ses yeux, — vous ai-je caché que, comme tant d'autres, j'avais été entraînée sur une pente fatale? — Oh! mon passé! mon passé! — Remords éternels! — Souvenirs maudits! — La puni-

tion est juste, direz-vous! — mais ces allusions fréquentes à une époque dont je voudrais effacer la dernière trace dans ma mémoire, — ces allusions sont cruelles, bien cruelles, venant de vous, Edgard! — En m'appuyant sur la main que vous me tendiez, j'avais espéré un moment m'arrêter sur le bord de l'abime! — J'avais cru que cette main ne me faillirait pas! — Mais voici qu'au lieu de me soutenir, elle me pousse! — Je saurai me résigner en silence! — Je souffrirai! mais sans me plaindre.

— Vous n'êtes donc pas coupable? — s'écria Lycenay qui ne demandait qu'à se laisser convaincre.

— Je n'ai rien à vous dire! Croyez ce qu'il vous conviendra de croire...

— Mais vous ne voyez donc pas tout ce que je souffre en vous parlant ainsi? — Et ces rires moqueurs que j'ai entendus là, dans votre salon, si vous saviez comme ils m'ont torturé!

— Eh quoi! pensez-vous que je souffrirais que, chez moi, en ma présence, l'on vous insultât? — Oh! une telle pensée est pour moi une humiliation que je ne vous pardonnerai jamais!

— Fernanda! — fit Edgard qui fléchisssait déjà.

La courtisane, pendant quelques secondes, se tint debout devant lui et le contempla en silence.

Elle voyait que cette nature, dominée par sa volonté, était à bout de forces et ne pouvait fournir une somme d'énergie plus grande.

D'ailleurs Lycenay avait épuisé sa colère.

Lycenay montrait clairement qu'il ne demandait qu'à reprendre le joug qu'il avait failli secouer, — il devenait donc inutile de prolonger la scène.

Le moment était venu de frapper le coup décisif.

En conséquence, l'astucieuse créature, appelant à son secours l'effet toujours certain des larmes, se mit à éclater en sanglots, et se laissant tomber sur un canapé, dans les coussins duquel elle cacha sa jolie tête.

— Oh! mon Dieu! mon Dieu! — murmura-t-elle, — il ne me comprendra jamais..... il m'accuse..... il ne m'aime plus!

Depuis que George Sand a inventé ou plutôt revu, corrigé et perfectionné *La Femme incomprise*, l'on ne saurait croire combien est grande la quantité de filles d'Ève, parfaitement comprises, qui se plaignent de ne l'être pas.

Ces mots: *Il ne me comprend pas! — Il ne me comprendra jamais!* servent, selon la circonstance, de début ou de péroraison aux scènes intimes.

Tous les hommes s'y laissent prendre.

Il y a dans cette simple phrase un monde de reproches, de résignation, de mystères qui, non-seulement pique la curiosité, mais encore remue le cœur.

Jamais cette phrase n'a été prononcée sans susciter une demande en explication.

Puis, ces mots ne disant rien et disant tout ce que l'on veut, offrent un champ sans limite à l'imagination de celui auquel ils s'adressent, et dont ils blessent la délicatesse accusée d'*inintelligence.*

## V

### Un Machiavel en robe à volants.

Edgard subit la loi commune, et, se rapprochant de Fernanda, il lui dit avec moins de colère :

— Que signifient vos paroles?

— Elles signifient, Edgard, — répondit Fernanda en profitant naturellement de la transition qu'elle avait amenée, — elles signifient que cette scène que je reculais autant qu'il m'était possible, que cette scène qui me brise le cœur, était imminente entre nous, et que notre situation mutuelle exige impérieusement que je prenne une résolution extrême...

— Quoi! vous avouez donc?

— Je n'ai rien à avouer, mon ami! — Eloignez un soupçon qui n'aurait jamais dû naître dans votre cœur! — Vous savez si je vous aime! — Hélas! c'est la violence de cet amour qui me brise et me torture en ce moment! — Oui, je vous aime, Edgard! — Je n'ai jamais cessé d'être digne de vous! — Je vous aime, et cependant il nous faut renoncer l'un à l'autre!

— Que dites-vous, Fernanda?

— La vérité! la triste et désespérante vérité...

— Vous voulez que nous nous séparions, Fernanda?

— Il le faut, mon ami, hélas!

— Pourquoi? mais pourquoi? — répondez!

— Calmez-vous, Edgard, et écoutez-moi froidement. — Vous êtes marié, vous avez une fille, — au nom du ciel, rentrez dans votre ménage, — renoncez à me revoir!

— Ah! je vous comprends, madame, — dit Lycenay avec ironie, — je vous comprends, et le comte d'Ornay avait bien raison le jour où il me prévenait que votre amour s'épuiserait avec ma fortune.

— Taisez-vous, taisez-vous! — s'écria Fernanda. — Ne parlez pas ainsi, Edgard! — Edgard! vous ne pouvez ajouter foi à ces paroles infâmes! à ces accusations monstrueuses!

— Elles expliquent cependant à merveille votre conduite actuelle.

— Mon Dieu! pour le convaincre, faudra-t-il donc tout lui apprendre! — murmura la pécheresse, assez bas pour avoir l'air de se parler à elle-même, assez haut pour être parfaitement entendue d'Edgard.

Et, tout en prononçant ces mots, Fernanda semblait lutter contre une violente émotion.

— Fernanda! vous me rendrez fou! — Je ne sais ce que vous avez à m'apprendre. — Quelque chose de terrible, sans doute, mais qu'importe! — Quelle que soit la vérité, je veux que vous me la disiez tout entière. — De grâce, parlez, je vous le demande à genoux!

— Eh bien! Edgard, venez près de moi, là. — Aussi bien, je ne puis en supporter davantage. — Le courage me manque pour lutter, et puis, dans le malheur qui vous frappe, je serai là, moi, moi qui vous aime, pour amoindrir le choc et panser vos blessures...

— Mais qu'y a-t-il donc, mon Dieu, qu'y a-t-il?

— Il y a, mon ami, que je dois vous répéter mes paroles de tout à l'heure : — Il faut nous quitter, Edgard.

— Encore?

— Oui, il le faut, car, en restant auprès de moi, vous ne pouvez veiller sur votre honneur!

— Mon honneur! — s'écria Lycenay, que ce mot fit bondir et dont le sang de gentilhomme se réveilla soudain. — Mon honneur! — En quoi donc est-il engagé? — Comment, pour le défendre, faut-il me séparer de vous?

— En demeurant ici, vous risquez de le voir ternir.

— Expliquez-vous!

— Madame de Lycenay...

— Ma femme! — Qu'osez-vous dire, Fernanda? — interrompit le baron qui devint pâle.

— Edgard, je vous en conjure, calmez-vous et laissez-moi achever! — Croyez que cette confidence est terrible pour moi presqu'autant que pour vous... Mais je suis l'unique cause du mal, et je me dois de le réparer. — Oui, j'en suis la seule cause, car, si vous ne m'aviez pas rencontrée, si vous ne m'aviez pas aimée, vous vous fussiez occupé de votre intérieur, et aujourd'hui vous n'auriez pas à intervenir, — bien tard peut-être, — pour empêcher l'ennui et l'abandon d'ouvrir à l'amour la porte de votre maison.

— Fernanda! — s'écria de nouveau Lycenay, livide et tremblant de courroux, — ne vous jouez pas de moi à ce point! — Savez-vous bien que vos paroles signifient que madame de Lycenay aurait manqué à tous ses devoirs, et que jamais, non jamais, je ne souffrirai que personne lui jette au visage cette insulte!...

— Dieu me garde d'avoir une semblable pensée, — répliqua la pécheresse, dont les yeux étincelèrent de rage en voyant l'indignation d'Edgard. — Votre femme est pure et digne de vous, et c'est pour cela que je vous conjure de retourner près d'elle!...

— Mais alors, que voulez-vous dire?

— Je veux dire que madame de Lycenay est délaissée par vous, n'est-ce pas? — Je veux dire que, livrée à elle-même, elle subit les mauvais conseils d'amis perfides qui veulent la perdre et qui la perdront. — Écoutez-moi, Edgard, vous allez tout savoir! — Votre femme est pure encore, je vous le répète, et j'en ferais serment; mais elle est poursuivie par l'amour d'un homme qui la compromet en tous lieux...

— Et cet homme?

— Cet homme, c'est M. de Santeuil! — Comprenez-vous maintenant pourquoi les plaisanteries commencent à vous atteindre?

— Fernanda! Fernanda! ce que vous dites est-il possible?

— Supposez-vous que moi, votre meilleure amie, que moi, qui vous suis toute dévouée, j'irais vous répéter des bruits vagues, si je ne leur savais un fondement sérieux?...

— Mais le monde en parle donc?

— Le monde est toujours prêt à se cramponner à chaque scandale qui passe à sa portée; puis M. de Santeuil est trop amoureux pour pouvoir cacher ce qui se passe dans son cœur.

— Santeuil! Santeuil! — Impossible! — c'est une calomnie! — murmura le baron en parcourant le boudoir avec une fiévreuse agitation.

— Oh! miracle de l'aveuglement conjugal! — comme ce que l'on en dit est bien vrai! — s'écria Fernanda.

— Quoi! vous croyez vous-même?

— Je ne crois pas, je suis certaine.

— Certaine! — Fernanda, songez-vous à ce que vous dites?

— Oui, j'y songe; et croyez que, si j'insiste de cette

façon, c'est parce que je vous aime et que je suis jalouse de conserver votre honneur sans tache! — Edgard, il faut voir clair! — Ne m'en veuillez donc pas si je vous fais la lumière trop vive!

— Parlez! que savez-vous encore?

— Rien de plus que ce que je viens de vous dire, et n'est-ce pas suffisant?... — Voyons, mon ami, rappelez vos souvenirs. — Depuis que le comte de Santeuil est revenu à Paris, qui trouvez-vous auprès de votre femme, lorsque vous rentrez dans la journée à l'hôtel? Lui, — n'est-ce pas?

— Cela est vrai.

— Chaque jour?

— Oui.

— Quand madame de Lycenay sort, où va-t-elle? — N'est-ce pas chez madame de Nerval?

— Oui.

— Qui trouve-t-elle encore là? M. de Santeuil?

— Sans doute; mais... cette intimité, je me l'expliquais par leur amitié d'enfance.

— Edgard! — M. de Santeuil n'a que quelques années de plus que vous, — votre femme est jolie, très-jolie même; — croyez-vous au platonisme de l'amitié d'un jeune homme de trente-trois ans pour une jolie femme de vingt-trois ans à peine? — Allons donc! — ajouter foi à cette candeur serait duperie. — De la part de la baronne de Lycenay, cette amitié peut être réellement pure, je le crois, — mais du côté de M. de Santeuil... — Vos amis vous railleront sans pitié!...

— Oh! — s'écria Lycenay convaincu, — cet homme, je le tuerai!

— Un duel! — Y songez-vous? — Mais un duel, neuf fois sur dix, assure le triomphe d'un fat et le ridicule d'un mari!

— Je trouverai un prétexte!

— Ce prétexte ne cachera rien pour personne...

— Eh quoi! voulez-vous donc que je subisse un semblable outrage sans même chercher à me venger?

— La vengeance, — la seule du moins que vous puissiez vous permettre, — est de fermer les portes de votre maison à M. de Santeuil et de défendre à votre femme de le recevoir et de le rencontrer. — Puis, il est une autre personne qu'il faut éloigner encore! — Cette personne, c'est madame de Nerval, dont le mauvais exemple et les conseils pernicieux ont fait au moins les trois quarts du mal.

— Mais, des preuves? des preuves? — demanda le baron en se reprenant à douter. — Donnez-moi des preuves!...

— Elles sont dans la conduite de M. de Santeuil et de madame de Nerval! — Je vous le disais, et vous ne l'ignorez pas, il ne se passe point un jour sans que madame de Lycenay reçoive leur visite ou sans qu'elle soit entraînée chez sa perfide amie! — Rappelez-vous, mon ami, que le monde s'occupe de vous. — Hésitez, et avant quelques jours il ne sera plus temps! — Rien ne se passât-il qui dût mériter le blâme, les apparences seront là et le ridicule avec elles!

Puis, après avoir donné ce dernier coup de poignard, Fernanda attendit l'effet de ses paroles.

Le baron, pâle, agité, laissait lire sur sa physionomie bouleversée les traces du combat qui se livrait en lui

Il s'était refusé d'abord à ajouter foi aux insinuations de sa maîtresse; — mais le doute s'était peu à peu glissé dans son cœur.

Le premier mouvement, on l'a vu, avait été l'indignation, — le second la colère, — le troisième fut la conviction.

Disons à sa louange, cependant, qu'il ne soupçonna pas un instant la vertu de Berthe.

Il croyait à l'amour de Santeuil, il ajoutait foi à la complicité de madame de Nerval, mais il savait sa femme trop pure pour pouvoir douter d'elle.

Il se disait bien que sa propre conduite lui donnerait tort, à coup sûr, aux yeux des gens sérieux et sévères, — il ne se dissimulait pas ses fautes; — mais ce qu'il voyait surtout, c'était le ridicule prêt à fondre sur lui.

Quelques heures à peine s'étaient écoulées depuis que ses amis s'égayaient sur son compte dans cette maison où il se trouvait encore.

Quelles gorges-chaudes ne devait-on pas faire au club, sur le boulevard, à l'Opéra!

Il fallait à tout prix mettre un terme immédiat à ces rumeurs déshonorantes!...

Mais que faire?... que devait-il faire?

Adresser des reproches à sa femme? — Le pouvait-il sans s'attirer d'écrasantes répliques?

Se battre avec Santeuil? — C'était donner un cachet d'irrécusable vérité aux propos qui ne se répandaient déjà que trop.

Cependant une expulsion pure et simple devait-elle suffisamment le venger?

Edgard souffrait. — Il souffrait réellement, et, chose étrange, il ne songeait pas à accuser celle qui, en provoquant son inconduite, avait contribué si puissamment à amener ce triste résultat.

Il n'avait pas même douté de la véracité des paroles de Fernanda, depuis qu'elle avait nettement articulé les faits.

Enfin, il s'arrêta au parti qu'il croyait être le plus sage :

Défendre à Berthe de revoir son cousin et son amie, et faire impitoyablement fermer les portes de son hôtel à l'un comme à l'autre.

C'est là, on le sait, que voulait l'amener Fernanda.

Aussi, lorsqu'il lui fit connaître sa résolution arrêtée, les yeux de son indigne maîtresse lancèrent-ils un éclair de triomphe.

Elle prodigua ses caresses et ses consolations à ce malheureux, qu'elle venait de torturer avec une adresse infernale.

Voulant parer à tous les événements, elle alla jusqu'à paraître douter elle-même de ses propres paroles, et elle supplia Edgard de consulter quelque ami sincère avant de prendre un grand parti.

Elle lui cita entre autres noms celui du vicomte de Cerny, qui, certes, ne refuserait pas de lui donner un bon conseil.

. . . . . . . . . . . . . . . . . . . .

Au point du jour, le baron de Lycenay quitta la rue de Londres pour se rendre à son hôtel.

Le calme avait succédé aux émotions de la nuit.

Deux résolutions étaient désormais solidement logées dans sa tête : — la première relative à Maxime et à madame de Nerval, — nous la connaissons.

La seconde était de ne jamais se séparer d'une amie dévouée et sincère comme celle qui venait de lui donner de si irrécusables preuves d'un amour véritable et d'une affection désintéressée.

Comme on le voit, Fernanda n'avait pas perdu sa nuit, et la malheureuse Berthe, privée de ses deux uniques soutiens, allait se trouver complètement isolée et à la merci du vicomte de Cerny.

Pendant ce temps, la triste abandonnée, dont le sommeil fuyait les paupières, veillait auprès du berceau de sa fille, et suppliait le ciel de lui rendre l'amour d'Edgard.

## VI

### Premier résultat du système de dom Bazile.

Madame de Lycenay voyait chaque jour ses tourments et ses inquiétudes augmenter.

L'arrivée inattendue de Maxime, — les tendres consolations que lui prodiguait Aurélie, — l'espoir qui avait un instant brillé à ses yeux de voir Edgard repentant rentrer dans son intérieur, — s'étaient d'abord réunis pour apporter quelque adoucissement au mal si cruel dont souffrait son pauvre cœur.

Mais, grâce à la ruse et à la perspicacité de Fernanda, qui avait déjoué tous les plans des trois alliés, les illusions avaient promptement fait place à une réalité d'autant plus sombre que le baron s'éloignait chaque jour davantage.

Passant ses soirées entières dans le boudoir de sa maîtresse, — ne se trouvant dans son hôtel que pendant les heures consacrées à recevoir les visites de ses amis et de ses fournisseurs, — il laissait Berthe passer souvent un jour ou deux sans le voir.

La jeune femme souffrait en silence.

Sa santé était altérée par la fièvre qui la dévorait et par de longues insomnies de ses nuits d'angoisse.

Son caractère même subissait peu à peu l'influence de sa nature troublée dans son organisme.

Elle, si douce, si bonne, si patiente jadis, éprouvait maintenant des irritations nerveuses qui se manifestaient aux plus légères contrariétés.

Elle devenait maussade et fantasque.

Pâle, amaigrie, abattue, elle s'était obstinément refusée à recevoir les soins qu'exigeait son état d'épuisement.

La bonne Gertrude se désolait et maudissait du fond de son cœur l'homme qu'elle regardait avec raison comme l'unique cause des tortures que subissait sa jeune maîtresse.

M. de Santeuil et madame de Nerval venaient effectivement presque chaque jour, passer de longues heures à l'hôtel, et s'efforçaient d'adoucir les souffrances de la pauvre femme, en lui prodiguant les consolations de leur amitié attentive et en lui cachant avec soin tout ce qui pouvait augmenter ses inquiétudes.

Mais madame de Lycenay ne pouvait s'abuser sur la cruelle réalité de sa situation.

M. de Cerny n'était-il pas là pour la lui dévoiler avec un odieux empressement?

Cet homme, sentant bien que Maxime le chasserait honteusement s'il était à même de connaître sa conduite, avait su persuader à Berthe qu'il était indispensable de lui garder inviolablement le secret.

— Vous devez comprendre, madame, — lui avait-il dit, — toute l'énormité de la faute que mon respectueux attachement me fait commettre. — Je suis l'ami d'Edgard, je fus son compagnon de plaisir et de folie, et cependant je vous dévoile ses moindres actions!... Ce que je fais est mal, je ne puis me le cacher; mais, lorsque je vous vois souffrante et désolée, je n'ai pas la force de résister à vos prières... — Puisque vous l'exigez, je continuerai à vous tenir au courant des funestes erreurs de votre mari, — seulement, je vous supplie de ne confier à personne, — à personne au monde, — ce que je vous révèle. — Les strictes lois de la société m'accableraient de leurs rigueurs méritées, et, si je suis coupable par un excès d'amitié profonde, vous ne voudriez pas attirer sur moi la punition que vous seule me faites encourir!

Berthe avait ajouté foi à ces paroles mensongères et elle avait promis le secret.

Elle cachait même à Maxime et à Aurélie les visites assidues du vicomte.

Parfois, cependant, la vue de son enfant lui rendait le courage prêt à l'abandonner.

La petite Blanche essuyait les larmes de Berthe avec ses lèvres mignonnes, et la jeune mère, heureuse près de sa fille, oubliait pour un instant les douleurs de la femme.

Lueurs de calme et de sécurité qui passaient fugitives dans un ciel sombre et chargé de tempêtes! Et c'était un navrant spectacle que celui de cette pauvre jeune femme si malheureuse, au milieu des somptuosités de la richesse et du luxe.

Oh! comme elle aurait promptement et joyeusement échangé ce luxe contre l'humble intérieur d'un ménage pauvre, mais uni!

Elle aimait, malgré tout, son mari avec une tendresse sans bornes.

Forte de son amour, elle aurait affronté la gêne, elle aurait supporté la misère sans se plaindre.

Délaissée, elle trouvait des chagrins plus âpres encore dans les jouissances de la fortune.

Insensiblement, sa résignation s'épuisait.

Elle sentait bouillonner dans son cœur des colères inconnues.

Elle comprenait la haine, elle admettait bientôt la vengeance! Fernanda avait prophétisé juste en disant au vicomte de Cerny que l'heure favorable approchait.

§

Le jour qui suivit la scène que nous avons racontée dans le chapitre précédent, Berthe recevait la visite de M. de Santeuil.

Maxime savait qu'Edgard venait d'épuiser les derniers débris de sa fortune personnelle, et il tremblait qu'il n'obtînt des pouvoirs qui lui permissent de toucher à celle de madame de Lycenay.

Aussi voulait-il prémunir sa cousine contre de nouveaux et irréparables malheurs.

— Vous me comprenez bien, Berthe? — disait-il. — Ne signez rien, ne consentez à rien sans me consulter... — Me le promettez-vous?

— Et que m'importent ces misérables questions d'argent! — répondait la pauvre enfant en fondant en larmes, — qu'il prenne tout, mais qu'il revienne à moi!

— Hélas! s'il est à même de continuer son existence folle, il s'éloignera de vous plus que jamais!

— Alors je n'ai plus à m'occuper de ma fortune. — Sans lui, l'argent n'est rien pour moi!...

— Songez à votre fille! Voulez-vous qu'un jour elle vous reproche de n'avoir pas veillé sur les biens qui lui appartenaient... Voulez-vous la voir malheureuse?

— Maxime!

— Croyez-moi, Berthe! — Agissez ainsi que je vous supplie de le faire. — Avez-vous toujours confiance en moi, dites?...

— Certes!... — n'êtes-vous pas mon ami d'enfance, mon frère?

— Eh bien! alors, vous conduirez-vous selon mes conseils?

— Je vous le promets, Maxime.

— Jurez-le-moi sur la mémoire de votre père, — sur le bonheur à venir de votre fille!

— Je vous le jure.

— Merci! — dit Maxime en laissant éclater une vive joie dans son regard.

En ce moment, Gertrude ouvrit la porte du petit salon.

— Je crois que M. le baron va venir chez madame, — fit-elle en entrant.

— Mon mari! s'écria Berthe, en essuyant ses yeux si doux et si beaux. — Vite, ma bonne Gertrude! arrange Blanchette, afin que son père la trouve plus jolie pour le recevoir...

— Avec cela qu'il y fait bien attention! — murmura Gertrude en prenant la petite fille dans ses bras, et en posant un bonnet frais sur sa charmante tête ronde et bouclée. — Il aime mieux courir après un tas de gourgandines! — Oh! les hommes! quelle vilaine race! — continua-t-elle en quittant l'appartement, au seuil duquel venait de paraître le baron de Lycenay.

Edgard savait Maxime chez sa femme.

Il avait attendu avec une vive impatience l'occasion d'exécuter la résolution prise pendant la nuit précédente.

Toujours sous le poids de ses soupçons jaloux, il entra d'un pas ferme, — l'œil animé, la physionomie hautaine.

Au froid salut de Santeuil, il répondit par une inclination de tête tout au plus polie.

Puis, s'adressant à Berthe :

— Ma chère amie, — dit-il avec un accent ironique plein de colère et presque d'insulte, — je regrette fort de vous troubler dans votre causerie, mais, à l'avenir, je vous ferai demander une audience en forme, puisque c'est le seul moyen de vous parler sans témoins.

A cette ouverture brutale et inattendue, Berthe demeura immobile et muette, — ne comprenant pas, ou plutôt cherchant à ne pas comprendre.

Santeuil fit un pas en avant avec une extrême vivacité.

— Que dites-vous donc, monsieur de Lycenay? — demanda-t-il en se plaçant en face du baron. — J'ai probablement mal entendu, mais il m'a semblé que vous désiriez vous trouver seul avec ma cousine?...

— Je suis heureux de votre perspicacité, qui ne m'oblige pas à m'expliquer plus clairement, monsieur le comte, répliqua Edgard.

A cette nouvelle insulte, la colère fit monter le sang au visage de Maxime.

Ses yeux lancèrent un éclair sombre, ses joues et son front s'empourprèrent, puis, par l'effet d'une réaction soudaine, devinrent d'une pâleur effrayante.

Il était évident qu'une fureur encore contenue tourbillonnait dans le cerveau du jeune homme, prête à faire explosion.

Berthe eut peur.

— Maxime! — s'écria-t-elle en se jetant au-devant de lui. — Au nom de ma mère!

— Ne craignez rien, ma chère Berthe! — répondit le comte en se remettant.

Puis, se tournant vers Lycenay, il ajouta avec une froideur extrême :

— Entre gens comme il faut, monsieur le baron, il y a des choses que l'on exprime d'une façon compréhensible pour tous, mais sans brutalité pour personne! — Malheureusement, ces nuances, qui faisaient le mérite de la bonne compagnie d'autrefois, disparaissent chaque jour, aussi faut-il se montrer sage en se montrant indulgent!

— Monsieur de Santeuil! — répliqua vivement Lycenay, — si j'ai quelquefois le désir de parler à ma femme sans témoins importuns, — et c'est un droit dont je n'abuse pas, puisque c'est la première fois que je trouble vos visites, — je vous prierai de vous rappeler que les leçons me sont peu sympathiques...

— Je le crois, monsieur! — fit Maxime avec hauteur, — car l'on n'apprécie les leçons que lorsque l'on n'a plus rien à apprendre.

— Monsieur!

— Edgard! Maxime! Voulez-vous donc me voir mourir à vos pieds! — s'écria Berthe demi-folle de douleur et d'épouvante. — Edgard! Edgard! que signifient vos paroles?...

— Elles signifient, madame, qu'étant le maître dans cet hôtel, je désire y recevoir qui bon me semble et en fermer les portes à qui ne me convient pas...

— Mon Dieu! prenez pitié de moi!... — murmura la pauvre femme en se laissant tomber à demi évanouie près du berceau de sa fille.

Maxime était calme et soutenait d'un regard ferme et tranquille les pâles étincelles qui jaillissaient des paupières d'Edgard.

Il s'avança encore, — puis, étendant la main sur la tête de Berthe :

— Monsieur le baron de Lycenay! — dit-il d'une voix grave. — Au chevet du lit d'agonie de madame de Senneville, ma tante et la mère de votre femme, je fis à genoux et la main appuyée sur le Christ un serment sacré! — je jurai à cette noble mourante de veiller sur le bonheur de sa fille comme elle avait, — la sainte femme, — veillé sur le bonheur de ma jeunesse! — J'avais treize ans alors, Berthe en comptait trois à peine, et cette scène est encore là, vivante dans mon cœur, comme si elle venait de se passer! — A chacune des paroles de mon serment, lentement prononcé, je crois voir encore les larmes jaillir de ses paupières voilées! — Puis, lorsque j'achevai, en sanglotant moi-même, ses yeux s'éteignirent avec une sublime expression de radieuse confiance! — Le geste qu'elle fit en plaçant ma main dans celle de son mari semblait nous dire : — *Au père d'abord, au frère ensuite, je demanderai compte là-haut du bonheur de mon enfant!* — Eh bien! ce serment, monsieur, je vous en préviens, en dépit des obstacles que je rencontrerai, je n'y faillirai point!

— Mais avant son frère, avant son père même, une femme n'a-t-elle pas son mari pour protecteur naturel? — répondit Lycenay, dominé malgré lui par l'accent si pur et si sincère de Maxime.

— Oui! quand le mari accomplit dignement ses devoirs. — Or, j'en appelle à votre conscience, monsieur de Lycenay! accomplissez-vous les vôtres? — Berthe est-elle heureuse?

— Monsieur! — s'écria Edgard qui sentit sa colère renaître en face de ce reproche justement mérité.

— Non! Berthe n'est pas heureuse! — continua Santeuil. — Ses larmes, ses souffrances, sa pâleur, sont là pour attester la vérité!...

— Maxime! il reviendra à moi, il me rendra le bonheur! — s'écria Berthe en se ranimant. — Edgard, je vous en supplie, mon ami, ne vous offensez pas de ses paroles, pardonnez-lui!...

— Madame, — fit Lycenay en saisissant le bras de sa femme, — je vous défends, entendez-vous, je vous défends, moi, votre mari, de recevoir cet homme et de le rencontrer jamais!

— Je ne vous connais pas le droit de me donner un pareil ordre! — répliqua la jeune femme, chez laquelle l'indignation faisait naître une juste colère. — Parlez, monsieur, expliquez-vous! Pourquoi vouloir me contraindre à me séparer de mon frère?

— Ne suis-je donc plus le maître ici?... — s'écria Edgard avec violence.

— Non!

— Et depuis quand?...

— Depuis que vous avez transporté chez une maîtresse votre intérieur et votre vie!...

— Madame! — s'écria Lycenay en reculant devant la réponse de sa femme, — madame, prenez garde!...

Il n'avait jamais soupçonné dans cette âme si douce et si résignée cette énergie vivace qui brillait et se révélait tout à coup.

— Oh! — reprit la jeune femme, — prenez garde vous-même! — J'ai tout supporté en silence jusqu'à présent! — Je me consolais auprès de ma fille des tortures par lesquelles vous brisiez mon cœur; mais la résignation se lasse, à la fin!...

— Berthe! je ne m'adresse pas à vous! — répondit Lycenay avec emportement.

— Non, — dit froidement Maxime, — c'est à moi, n'est-ce pas, que vous voulez avoir affaire? — Eh bien! je vais vous répondre! — Sans motif aucun, vous venez brutalement de m'adresser l'insulte la plus sanglante qu'un homme puisse jeter au visage de son égal! — Vous me fermez votre porte! — Si je m'estime trop, monsieur, pour relever ici même une pareille injure, je vous estime encore assez pour croire que je doive, chez moi, attendre vos excuses!

— Maxime! ne partez pas ainsi! — s'écria Berthe en s'efforçant de retenir son cousin.

— Il le faut, ma chère sœur, mais soyez sans crainte! De près ou de loin je veillerai sur vous!

Et Maxime, saluant froidement, s'éloigna, tandis que Berthe, brisée par la douleur, tombait dans un fauteuil et qu'Edgard restait immobile au milieu du salon.

## VII

### Scène d'intérieur.

Cependant la porte se refermait à peine que déjà la jeune femme sentit renaître son énergie.

La conduite injuste et brutale de son mari la blessait dans toutes les délicatesses de son âme.

Elle courbait la tête sous l'abandon, mais la relevait fièrement vis-à-vis de l'insulte, et elle se sentait outragée par la façon dont Edgard venait de chasser Maxime de chez elle.

— Monsieur! — dit-elle avec hauteur et en refoulant les larmes qui voilaient ses grands yeux, — monsieur! — de quel droit me privez-vous de l'amitié d'un homme que j'estime et que j'aime?

— Vous l'aimez! — s'écria Lycenay. — Quoi! vous osez en convenir!!!...

— Monsieur de Lycenay! — interrompit dédaigneusement la jeune femme, — la société que vous fréquentez maintenant vous a déshabitué du respect que l'on doit à une femme honnête! — Oui, je le répète, j'aime Maxime! C'est pour moi un ami, c'est un frère, et il a sa part dans mes prières comme vous avez la vôtre. — Maxime est le plus noble cœur que je connaisse, et je rougis pour vous de votre conduite envers lui.

— Vous oubliez trop que je suis votre mari, madame!

— Hélas! vous l'oubliez vous-même depuis trop longtemps!

— Pas en ce moment, au moins! — Que vous aimiez M. de Santeuil d'une amitié d'enfance, je le crois, — mais lui! lui, madame! Êtes-vous certaine que ses sentiments ne franchissent point les bornes d'une affection fraternelle!

— Mon Dieu! — s'écria Berthe illuminée par une pensée subite, — seriez-vous jaloux? — Oh! dans mon désespoir, cette pensée me fait un bien infini! — Tu es jaloux de Maxime, n'est-ce pas, Edgard? — continua-t-elle en souriant à travers ses larmes et en jetant ses beaux bras blancs autour du cou de son mari. — Tu m'aimes donc encore? — Et moi qui croyais que ton cœur ne m'appartenait plus! — Jaloux! Oh quel bonheur! — Mais tu ne connais pas celui que tu accuses!.. — Maxime est un frère pour nous, pour toi aussi bien que pour moi!... Il nous aime tant! — Jaloux, mon Edgard! Jaloux de ta Berthe qui n'a pas d'autre pensée au monde que celle de ton amour! — Tu souffres, car je sais ce que le doute apporte d'angoisses à l'âme qui le subit! — Moi aussi je suis jalouse, oh! bien jalouse! — Si tu le veux nous quitterons Paris, nous retournerons en Touraine, et là, près de notre enfant, nous vivrons heureux et calmes! — N'est-ce pas que tu veux bien partir? n'est-ce pas que tu y consens?

— Berthe! — répond Edgard avec contrainte, gêné qu'il était par l'expression sincère de cet amour pur qu'il savait si bien ne pas mériter, — Berthe! vous n'y songez pas! — nous nous devons au monde!

— Le monde! Est-ce qu'il s'occupe de nous, le monde! — murmura-t-elle avec mépris. — Je le hais, je le déteste! — Ce que je veux : c'est vivre seule auprès de toi et de ma fille! Partons! Tu me rendras bien heureuse, vois-tu! et si la présence de Maxime te déplaît, je lui avouerai tout. — Je connais son cœur, il renoncera à nous voir; il y renoncera sans regret, puisque ce sera pour mon bonheur.

— Ne faites pas cela, Berthe. Ce serait autoriser M. de Santeuil à supposer des choses qui sont loin de ma pensée! — Jaloux! Non, je ne le suis pas. Je vous respecte trop profondément. — Mes soupçons ne peuvent vous atteindre...

— Si ce n'est pour vous, alors que ce soit pour moi! Mais quittons Paris!... De grâce, ayez pitié de ce que je souffre, Edgard!... Partons!...

— Mais, ma chère amie, nous aurions l'air de deux tourtereaux prenant leur volée! Ce serait du dernier ridicule.

— L'amour est-il donc ridicule à vos yeux, dites, Edgard...

— Voyons, ma chère Berthe, — répondit le baron, voulant se soustraire aux arguments d'une logique irréfutable et désirant mettre un terme à cette scène conjugale, car il pensait que Fernanda l'attendait avec impatience, — l'amour se prouve-t-il donc seulement par cette galanterie minutieuse, par ces permanents tête-à-tête, par ces propos insignifiants et doucereux que rêvent les pensionnaires romanesques? — Non, ces niaiseries ne sont bonnes...

— Que pour une maîtresse à laquelle on les prodigue, n'est-ce pas? — interrompit Berthe avec amertume. — Mais paraître aimer sa femme, lui prouver sa tendresse, céder à ses fantaisies, à ses caprices même! pour un homme raisonnable cela n'est-il pas ridicule!

— Allons! vous exagérez! Écoutez-moi, Berthe, j'ai une prière à vous adresser!

— Avant de vous entendre, Edgard, je désire que

vous compreniez bien tous les torts de votre conduite vis-à-vis de Maxime. — Vous êtes calme maintenant, et...

— N'insistez pas sur ce sujet, — dit Edgard froidement. — Ce que j'ai fait, je devais le faire. — Lors même que M. de Santeuil n'éprouverait pour vous qu'une affection de frère, ainsi que vous le dites, ses assiduités pourraient vous compromettre.. — Le monde verrait dans cette intimité une liaison coupable, soyez-en certaine, et je me dois à moi-même d'éviter les soupçons qui pourraient ternir votre honneur et tacher mon nom...

— Votre nom! — reprit Berthe avec une lenteur presque solennelle, — je le porte dignement et je souhaite pour notre enfant que vous le lui laissiez aussi pur que je saurai le lui transmettre!...

— Berthe! je ne vous connais plus! vous si douce...

— Oh! c'est que je vous l'ai déjà dit, monsieur, toute résignation a son terme! — Edgard, je vous ai aimé, je vous aime encore de toute la puissance de mon âme, et il dépend de vous de ramener dans votre intérieur ces douces joies qui le faisaient jadis si heureux et si paisible! — Depuis près de deux années vous me faites cruellement souffrir, et cependant je n'ai su qu'opposer ma douce indulgence à votre inconduite, ma tendresse sans bornes à votre froide indifférence. — Mes larmes, mes pières, mes douleurs, rien n'a pu vous toucher ni vous ramener à moi. — Aujourd'hui, je vous préviens; il est temps encore, mais hâtez-vous! — Prenez garde, car le jour où vous chasserez pour jamais l'amour de mon cœur, il n'y restera que du mépris...

— Madame! — répondit Lycenay, — je vois que les bons sentiments semés dans votre âme par l'amitié de M. de Santeuil portent aujourd'hui leurs fruits! — Permettez-moi donc de persévérer dans la voie que je me suis tracée pour la sauve-garde de mon honneur, permettez-moi d'accomplir ma tâche tout entière, car, en chassant de chez moi M. de Santeuil, je n'ai fait que la moitié de mon devoir.

— Et que vous reste-t-il à faire? — demanda Berthe avec une épouvante instinctive.

— A éloigner de cette maison une amie dangereuse...

— De qui voulez-vous parler? Je ne vous comprends pas...

— Je veux parler de madame de Nerval!

— De madame de Nerval! — s'écria Berthe en chancelant sous ce nouveau coup.

— Je vous défends à l'avenir de la recevoir! — je vous interdis toute visite chez elle! Au reste, je me propose de donner des ordres en conséquence...

— Oh! monsieur! monsieur! mais vous êtes fou! — murmura faiblement la jeune femme, écrasée sous ses émotions douloureuses qui se succédaient pour marteler son âme déjà brisée par le chagrin.

— Je suis sage, madame, en agissant ainsi! — Plus tard, vous le reconnaîtrez!

— Quoi! ne plus voir Aurélie!... Oh! mon Dieu! ne plus la voir!...

— Et pourquoi donc? — demanda une voix fraîche et enjouée qui partit du seuil de la porte.

— Aurélie! s'écria Berthe en s'élançant dans les bras de la visiteuse. — Oh! mon amie... ma seule et chère amie!...

— Madame de Nerval! — murmura Lycenay, que la brusque arrivée de la jolie veuve contrariait visiblement.

— Ah! monsieur de Lycenay! — dit Aurélie en embrassant Berthe, — par quel heureux hasard vous rencontre-t-on aujourd'hui chez votre femme. — Mais qu'aviez-vous donc tous les deux à prononcer mon nom avec tant de chaleur?

— Oh! ma chère Aurélie! ma chère Aurélie! si vous saviez ce que je souffre, — répondit madame de Lycenay en éclatant en sanglots.

— Et que se passe-t-il encore, mon Dieu?

— Mon mari vient de chasser Maxime de chez moi, et il me défend de vous recevoir.

Madame de Nerval ouvrit ses grands yeux étonnés, et sembla ne pas comprendre davantage que si son amie lui eût parlé la langue inconnue de Singhapour ou de Persépolis.

— Oh! — répétait Berthe, — aimez-moi toujours, aimez-moi plus encore, car je suis bien malheureuse!

## VIII

### Une scène à trois.

La position de Lycenay devenait de plus en plus embarrassante.

Vis-à-vis de Santeuil, il était fort de sa colère, et sa conscience lui permettait d'insulter en face un homme qui pouvait se défendre.

Maintenant il allait avoir affaire à une femme, c'est-à-dire à l'un de ces êtres faibles qu'un homme doit toujours respecter, dans quelque circonstance qu'il se trouve.

Edgard avait du courage, — il était bien élevé, — bon gentilhomme, — il ne pouvait se dissimuler la fausseté de cette situation.

Il allait pourtant falloir répondre aux interpellations d'Aurélie; — mais, comme toutes les natures indécises qui ont pris un parti violent, il s'entêtait dans ses idées, et devenait d'autant plus inflexible que sa fermeté était plus rare.

Aussi attendait-il la demande d'explication imminente avec la résolution bien arrêtée d'y répondre poliment, mais d'une façon nette et carrée.

Madame de Nerval, de son côté, comprit sans peine qu'une scène sérieuse venait d'avoir lieu entre les deux époux, scène à laquelle elle avait dû se trouver mêlée; — mais elle n'était pas femme à abandonner la partie, surtout lorsqu'elle sentait que le bon droit était de son côté.

Elle alla donc à M. de Lycenay, et, d'une voix émue mais ferme, elle lui dit :

— Monsieur le baron, veuillez me faire la grâce de m'expliquer les paroles de Berthe, qui me semblent quelque peu obscures...

— Madame... — balbutia Edgard troublé par ce début, — madame...

— Que dois-je croire de ce que je viens d'entendre, monsieur?

— Mais... madame... en vérité...

— Oh! parlez clairement, je vous en prie. — Votre hésitation est déjà une insolence, et je ne vous crois pas descendu encore assez bas pour manquer complètement de savoir-vivre vis-à-vis d'une femme!

— Eh bien! madame, — fit le baron avec effort, — je vais tout vous dire...

— Je vous en saurai un gré infini.

— Vous saviez, madame, oui, vous le saviez, que

M. de Santeuil, dans sa conduite déloyale, tentait d'entraîner Berthe hors de la ligne de ses devoirs...

— Cela n'est pas! cela n'est pas! — s'écria Berthe.

— Mais laissez donc achever votre mari, ma chère, — dit Aurélie d'une voix railleuse, — ne voyez-vous pas qu'il débite admirablement sa leçon?

— Que voulez-vous dire, madame? — demanda vivement Edgard. — De quelle leçon prétendez-vous parler?

— De celle que l'on vous apprend rue de Londres, monsieur le baron, de celle qu'une drôlesse de vos amies vous prépare elle-même et vous fait réciter...

— Madame!

— Bah! vous n'oseriez point nier, monsieur de Lycenay!

— Oh! je sais que vous avez beaucoup d'esprit, madame, et l'esprit railleur et méchant!

— Vous êtes bien bon, monsieur, trop bon en vérité!

— Mais je vous parle sérieusement et je vous serai fort obligé de me faire grâce de vos sarcasmes!

— Soit! vous disiez donc, — du moins j'ai cru le comprendre, — que M. le comte de Santeuil était amoureux de sa cousine?

— Oui, madame, je le disais.

— Oh! mon Dieu!... — fit Berthe à laquelle Aurélie ferma la bouche en posant un doigt effilé sur ses lèvres pâlies.

— Ainsi vous êtes bien sûr de ce que vous avancez là?

— Parfaitement!

— Ah çà! mais où donc avez-vous découvert cette belle et triomphante vérité? — Vous aurait-elle été révélée par quelque tireuse de cartes chez quelque fille entretenue!

— Madame de Nerval!

— Mon Dieu! mon cher baron, est-ce que je me tromperais, par hasard, en disant que vous hantez parfois ce monde de bonne compagnie?

— Encore une fois, madame, je parle sérieusement.

— Oh! vous faites bien de l'affirmer, car, à vous entendre, on ne s'en douterait guère!

— Voulez-vous donc, madame, que je vous cède la place?

— Ma foi! vous feriez aussi bien, car, pour ce que vous venez faire ici, il vaudrait autant et même mieux que vous n'y missiez jamais les pieds!

— Madame! vous oubliez...

— Quoi donc, je vous prie, monsieur le baron?

— Ce que Berthe disait lorsque vous êtes entrée, — répondit brutalement Lycenay, que les répliques ironiques d'Aurélie avait exaspéré.

Madame de Nerval pâlit légèrement, et, retenant encore Berthe qui voulait parler, elle dit avec une froideur méprisante :

— Je savais, monsieur de Lycenay, je savais même depuis longtemps que vous aviez fait bon marché de toutes les bienséances et de toutes les convenances de notre monde, pour traîner votre nom dans une société indigne et pour dévorer la fortune de votre enfant avec de misérables créatures; mais je ne vous croyais pas encore tombé assez bas, je l'avoue, pour agir grossièrement avec une femme de votre classe! — Votre conduite passée était celle d'un pauvre fou, mais pour qualifier votre action d'aujourd'hui, il me faudrait employer une expression qui me répugne, et qu'à la rougeur de votre front je vois que vous avez devinée!

— Madame!

— Assez, monsieur! pas de nouvelle insulte! ce serait remuer la boue qui vous jaillirait au visage. — Veuillez être clair! Que signifie votre conduite? que voulez-vous de moi? que me reprochez-vous?

— Ma conduite signifie que M. de Santeuil était amoureux de ma femme, qu'il conspirait contre mon honneur, et que vous, madame de Nerval, vous y prêtiez les mains! est-ce net et précis, cela?

— Sortez, monsieur! sortez à l'instant même! — s'écria madame de Lycenay au comble de l'indignation. — Dans ce salon, je suis chez moi, je vous défends d'y mettre les pieds!...

— Laissez donc, ma chère Berthe! ne vous emportez pas ainsi, — répondit froidement Aurélie en calmant son amie du geste. — Vous savez bien, ma pauvre enfant, que l'on ne doit se fâcher que pour les choses et contre les gens qui en valent la peine. — Or, de deux choses l'une : ou votre mari n'est pas dans son bon sens, et alors il faut vous hâter de le faire soigner, le cas étant grave!... — ou il jouit de la plénitude de ses facultés, ce qui serait bien autrement malheureux, et alors il serait tombé si bas que ses honteuses insultes ne peuvent nous atteindre ni l'une ni l'autre, et méritent tout au plus notre mépris...

— Je ne vous répondrai plus, madame. J'ai dit tout ce que je devais dire... — fit Lycenay en s'inclinant. — Il ne me reste plus qu'à me retirer...

— Pas encore! — répliqua Aurélie. — Car, à mon tour, j'ai à vous parler, monsieur de Lycenay! — Vous êtes sous une ignoble et fatale influence, monsieur; vous êtes conduit par une main habile et perfide vers une route infâme. — Prenez garde, monsieur! le chemin que vous prenez vous mènera tout droit au ban de la société, et le bourbier dans lequel vous allez rouler étouffe ses victimes sous la boue! — Vous torturez à plaisir le cœur d'un ange que Dieu avait placé près de vous! Vous n'avez nul souci de l'avenir de votre enfant; vous êtes un mauvais mari, vous êtes un mauvais père, et, si vous continuez, au lieu d'un gentilhomme que vous étiez, on ne verra plus en vous qu'un lâche misérable. — Oh! ne vous crispez pas ainsi; votre colère menaçante ne fera pas baisser mes regards! — Maintenant, je me retire. Je ne resterai pas une minute de plus dans cette maison, vous le croyez sans peine, n'est-ce pas, monsieur le baron? — Seulement, continua-t-elle en s'adressant à Berthe, — souvenez-vous, ma bien chère enfant, que la mienne vous sera toujours ouverte. Hélas! je crains bien que d'ici à quelques mois et plus tôt peut-être, elle ne devienne votre unique refuge.

— Aurélie! — balbutia madame de Lycenay d'une voix éteinte, — Aurélie, ne m'abandonnez pas!

La pauvre martyre ne put en dire davantage.

Une crise nerveuse effrayante s'empara d'elle tout à coup.

Ses dents se serrèrent, — ses lèvres se contractèrent, — ses grands yeux se dilatèrent comme les yeux d'un mort, ses membres se raidirent, et elle tomba sur le tapis.

Aurélie sonna vivement, et, avec l'aide de Gertrude, elle prodigua les premiers soins à son amie; puis, après avoir engagé la fidèle femme de chambre à envoyer chercher le médecin, elle alla embrasser la petite Blanche, elle mit un baiser sur le front de Berthe évanouie, et passant froidement devant Edgard immobile, elle lui dit en le regardant bien en face :

— Je crois, Dieu me pardonne! que vous songez à devenir veuf. — Maintenant que vous êtes ruiné, c'est sans doute votre nom qu'on veut rue de Londres!

Et elle sortit, laissant Lycenay foudroyé par ces derniers mots.

Le baron donna des ordres pour que les soins nécessaires fussent prodigués à sa femme.

Ensuite, mécontent de lui, — en proie à une sorte de remords vague, — il se hâta de sauter dans son cabriolet, qui l'attendait tout attelé depuis une heure, et gagna rapidement la place de la Concorde, qu'il traversa,

pour se diriger, par la rue Royale et la place de a Madeleine, vers l'hôtel de sa maîtresse.

En entrant dans la cour, il aperçut sur le perron un valet revêtu d'un costume éclatant de soie, de velours et de broderie.

C'était l'habillement exact des *heiduques* du dix-huitième siècle.

Cet homme, dès qu'il aperçut le baron, s'empressa de lui présenter l'épaule pour l'aider à descendre de voiture ; puis, marchant d'un pas rapide, il le précéda jusqu'au boudoir, dont il ouvrit la porte en annonçant d'une voix gutturale :

— Monsieur le baron de Lycenay !

— Qui diable est cet original ? — demanda Edgard.

— C'est un Persan, un domestique que l'ambassadeur avait amené à Paris, et qui, désirant rester en France, y cherchait une place, — répondit Fernanda. — Ma couturière, qui le connaissait par son mari, me l'a adressé et je l'ai pris. — Depuis une heure il est à mon service. — On prétend que c'est un garçon précieux. — Nous verrons.

Le Persan salua à l'orientale et sortit sur un signe de sa nouvelle maîtresse.

A peine fut-il hors du boudoir que, se dirigeant à pas de loup vers le cabinet de toilette qui en était séparé par une simple cloison, il fit un signe à une femme qui y travaillait.

La femme s'approcha.

— Voilà tes cinq louis ! — dit-il en excellent français, — va-t'en !

— Enfermez-vous bien surtout ! — répondit son interlocutrice en mettant l'or dans sa poche et en s'éloignant discrètement.

L'heiduque alla pousser les verroux derrière elle ; puis, enlevant une touffe de lis en bronze doré qui formait candélabre et qui était accrochée au centre d'un panneau, il appliqua son œil d'abord, puis son oreille ensuite, à un petit trou pratiqué dans la cloison.

— On entend comme si on était avec eux, — murmura-t-il.

§

Deux heures environ après que Lycenay eut quitté son hôtel de la rue de Varennes, et au moment où Berthe reprenait ses sens, on vint lui apporter la carte du vicomte de Cerny, qui sollicitait l'honneur d'être reçu par elle.

— Oui ! oui ! qu'il entre, répondit vivement la jeune femme. — C'est le seul ami qui me reste !

# IX

## Le pavillon de la Porte-Jaune.

Depuis le moment où, le cœur parfaitement incendié, le vicomte de Pont-Aven avait quitté le petit pavillon de la Porte-Jaune, il ne s'était pas écoulé une heure sans que le souvenir du ravissant domino bleu se fût présenté à son esprit.

Olivier était amoureux, réellement amoureux, ce qui réjouissait fort maître Margat, lequel n'était jamais plus enchanté que lorsqu'il voyait le bonheur rayonner sur le visage de son lieutenant; et le jeune marin, plein d'espérances, ne pouvait dissimuler son enivrement.

Il comptait les heures et les minutes qui le séparaient du jour du second rendez-vous.

Enfin, ce jour tant désiré finit par naître, brillant et pur.

*Brillant et pur* sont des expressions peut-être exagérées, car il pleuvait depuis vingt-quatre heures, et de gros nuages noirs, poussés par un vent d'ouest, passaient menaçants sur Paris.

Le matin même, trois convives déjeunaient gaîment dans le petit fumoir du vicomte, fumoir converti, pour cette fois seulement, en salle à manger.

C'était Olivier, d'abord et naturellement; puis Ferdinand Thévenay, l'homme de lettres, son ancien camarade de classe, et enfin Margat, que Thévenay avait pris en grande amitié et dont il étudiait le type pour le placer dans un vaudeville.

A ce propos, nous devons dire que le duel dont Thévenay s'était chargé de régler les conditions avait été arrangé à la satisfaction générale, et que les deux adversaires, présentés l'un à l'autre, s'étaient serrés la main en gens d'esprit et en gens de cœur.

Au moment où nous pénétrons chez Olivier, la conversation roulait sur les vicissitudes de la vie littéraire dont Ferdinand, à son début, ne connaissait guère encore que l'âpre sentier.

Souvent déjà, il s'était déchiré le cœur et blessé l'amour propre aux ronces et aux épines sans nombre qui bordent cette voie difficile, qui, pour bien peu, conduit à la fortune et à la gloire; et qui, pour presque tous, mène au calvaire douloureux des désillusions, de la misère et de l'obscurité.

— Et moi qui croyais, mon pauvre ami, disait Olivier en riant, — qu'il ne s'agissait que d'avoir du talent, de la bonne volonté et de la suite dans le travail, pour arriver d'emblée!...

— Si tu disais qu'il faut de l'aplomb, de l'assurance, de la suffisance et de la nullité, — à peu d'exceptions près, tu serais dans le vrai! — répondit Ferdinand.

— Pour lors, — fit Margat en s'entourant d'un nuage de fumée, — pour lors, monsieur Thévenay, les gros bonnets de la chose, les vieux de la cale enfin, c'est comme qui dirait des manières de corsairiens et de flibustiers qui vous accostent un trois-mâts marchand tout novice, font passer la cargaison à leur bord, et vont la vendre comme si elle était leur bien?

— C'est à peu près cela, mon cher maître.

— Mais le théâtre est ouvert à tous! objecta Olivier.

— Tu crois cela, toi, parce que tu envoies retenir une stalle et que l'on s'empresse de te l'octroyer, moyennant cent sous ou six francs; mais ce n'est point ici de la porte du contrôle qu'il s'agit! — Ecoute! je vais te raconter confidentiellement la manière amicale dont le théâtre accueille et protége les débutants dans la carrière dramatique. Les directeurs se divisent en deux catégories bien tranchées. — Ceux de la première font leur affaire, — ceux de la seconde sont sans cesse au moment de faire faillite, — autrement dit les directeurs riches et les directeurs endettés. — Les premiers, fiers de leurs succès, — (ils appellent ainsi les succès résultant du génie d'un auteur ou de l'intelligence dramatique d'un comédien), — à cheval sur la haute idée qu'ils ont de leur capacité intellectuelle, écrasant d'un regard de dédain leurs confrères moins heureux; — les premiers, dis-je, en leur qualité de directeurs prospères, ne sont jamais visibles que pour ce qui a un nom dans les lettres ou une physionomie de jolie femme. — Ils crient sur les toits qu'ils entendent protéger les arts, et, dès qu'un pauvre diable d'inconnu leur présente un manuscrit d'où dépend quelquefois son avenir ils gardent six mois ce manuscrit dans un coin, puis, un beau jour, le débutant littéraire reçoit un paquet roulé contenant sa pièce et une lettre, invariablement écrite dans l'un des styles ci-après, à l'usage de messieurs les régisseurs ou secrétaires d'administration :

« *Monsieur*,

« *Votre pièce est charmante, mais nous ne pouvons l'accepter, etc., etc.* »

Ou bien encore :

« *Monsieur*,

« *Nous nous sommes fait une loi, tout en accueillant les jeunes auteurs, de ne jouer sur notre théâtre que des ouvrages d'auteurs connus.*

Et cependant, dans ces pièces refusées, il y a souvent les éléments d'une bonne comédie ou d'un drame à succès. — Il manque à l'auteur l'habitude de la scène, — avec quelques conseils, il arriverait promptement, — il ne faudrait que l'aider un peu, mais MM. les directeurs, pour si intelligents qu'ils soient, n'ont pas encore assez de cette intelligence dont ils sont si fiers, pour accorder au talent obscur leur toute-puissante protection... (1).

— Mais les autres? — demanda Olivier.

— Les autres? oh! c'est différent. — Dès qu'ils voient arriver un homme porteur d'un cahier roulé, ils prennent cet homme pour un huissier en compagnie de papiers timbrés, ou pour un créancier venant leur présenter un mémoire. — Aussi ont-ils, à la porte de leur cabinet, — dans une pièce voisine, — un cerbère à trogne rouge, régisseur *ad hoc*, sur le ventre duquel il faut passer pour arriver au *sanctum sanctorum*. — Inutile de dire que la réponse invariable du cerbère est celle-ci : *M. le directeur est sorti*, ou *il est en répétition* ou *en lecture*, *et l'on ne peut le déranger*. — Vous revenez quinze jours de suite, vous obtenez quinze fois la même réponse. — Il est bien entendu, mon cher, qu'il y a par-ci par-là des exceptions parmi les directeurs, qu'il se trouve parmi eux de véritables amis des arts; mais, hélas! hélas! ceux-là sont tellement rares que la race commence à en disparaître.

(1) Nous prions nos lecteurs de vouloir bien remarquer que c'est un auteur *refusé* qui parle. — Or, on sait que les auteurs *refusés* sont une race infiniment irritable et rancunière. — *Irritabile genus.*

— Quoi qu'il faut donc alors pour aborder leurs pontons? — s'écria Margat en frappant sur la table.

— Il faut aller trouver un homme connu, un *vieux de la cale*, comme vous dites, mon brave Margat, et solliciter humblement sa collaboration, qu'il vous refuse trois fois sur quatre, parce qu'il est riche, parce qu'il est arrivé, parce qu'il est jaloux de l'avenir, parce qu'il a peur de tendre la perche à un nageur qui sera vigoureux, mais qui n'en est qu'à son début nautique, et enfin, pour une foule d'autres raisons de ce même genre. Bref, s'il est bien convaincu que votre œuvre renferme des qualités incontestables, et qu'un autre en saura profiter à son défaut, il se risque à placer son nom avant le vôtre sur l'affiche et à toucher les trois quarts de vos droits, vous abandonnant généreusement le dernier quart.

— Cependant, les théâtres subventionnés, — fit observer Olivier, — accueillent des noms inconnus?

— Les Français et l'Odéon, — oui, par hasard, — à condition que vous serez fortement appuyé par quelqu'un qui saura forcer la main des cabinets de lecture (1). Encore de pareils faits remontent-ils aux temps héroïques! — Ah! vois-tu, mon cher Olivier, il vaut cent fois mieux se faire épicier, bonnetier, boursier, embrasser enfin quelqu'une des cent mille carrières qui éteignent l'intelligence, que de se draper sur le corps cette robe de Nessus que l'on nomme la littérature, et que l'on ne peut plus dépouiller lorsque l'amour de la vie artistique vous l'a fait endosser.

— Bast! courage! Je bois à tes succès, à ta réussite!

— Oh! j'arriverai! je le sens là, mais quand?

— Plus promptement peut-être que tu ne le crois!

— Dieu t'entende!

— Peut-être même te donnerai-je bientôt le sujet d'une comédie ou d'un drame, je ne sais pas au juste lequel...

— Toi!

— Moi-même!

— Qu'est-ce donc?

— Ah! voilà! je ne puis te le dire, je suis lié par un serment.

— Bah! un secret?

— Oui, mon cher, un secret.

— En tout cas, et c'est ce qui me tranquillise, ce secret n'a rien de sombre, car tu parais fort gai et parfaitement heureux.

— Oui! oui! en ce moment surtout! Bientôt, dans quelques heures, je serai près d'elle!

— ELLE? qui? ELLE?

— Indiscret!

— Pardon!

— Eh! je ne t'en veux pas! Je meurs d'envie, au contraire, de raconter mon bonheur mystérieux, malheureusement je ne le puis pas encore.

— Toujours est-il que tu es amoureux?

— Comme un fou!

— D'une grande dame, d'une actrice ou d'une pécheresse?

— Je n'en sais rien.

— Comment tu n'en sais rien?

— Non! sur l'honneur!

— Voilà qui est fort!

— C'est comme cela pourtant.

— Mais explique-moi...

— Rien! et mon serment, malheureux!

— C'est juste.

— Tu vois qu'il y a commencement d'intrigue pour un scénario.

(1) Il nous paraît évident que Ferdinand Thévenay avait eu un ou plusieurs actes refusés à la Comédie-Française et à l'Odéon. — *Indè iræ!*

— Eh bien! mon cher, il faudra que je fasse part de ces circonstances à une dame qui m'interrogeait dernièrement sur ton compte.

— Une femme... jeune?

— Oui!

— Jolie?

— Comme un ange.

— Grande, petite?

— De moyenne taille.

— Brune? blonde?

— D'un châtain doré.

— Son nom?

— Madame Dorcy.

— Je ne la connais pas, — fit Olivier après avoir réfléchi.

— Non, mais il paraît qu'elle te connaît.

— Comment cela?

— Je l'ignore, mais je suis certain qu'elle te connaît. Il n'y a pas plus de quatre jours que, me trouvant chez elle, j'ai laissé échapper ton nom. Aussitôt elle m'a demandé si j'étais de tes amis, et sur ma réponse affirmative, elle m'a adressé une foule de questions relativement à toi.

— Et tu dis qu'elle est jolie?

— Délicieuse! Oh! mais, pour un amoureux fou d'une belle inconnue, tu t'intéresses bien promptement à une autre femme, ce me semble?

— Mon cher Ferdinand, — reprit Olivier après un léger silence, — est-ce que tu la connais intimement, cette dame!

— Non, mais assez cependant pour lui présenter un ami. — C'est cela que tu désires, n'est-il pas vrai?

— Tu l'as deviné.

— Et quand veux-tu que je vienne te prendre?

— Quand tu voudras, excepté aujourd'hui.

— Demain, alors?

— Demain, soit.

— A trois heures.

— Je t'attendrai!

— C'est convenu.

— Tu pars?

— Oui, je me sauve! Au revoir, mon cher, à demain! A bientôt, maître Margat!

— Au revoir, monsieur Ferdinand!

— Trois heures et demie! — fit Olivier en regardant sa montre après le départ de son ami. — Encore une heure à attendre!

— Vous demandez à mettre sous voile, mon lieutenant? — dit Margat en souriant de l'impatience d'Olivier. — Pourquoi pas? Dame! c'est facile et votre voiture est prête, — j'entends le cheval dans la cour. — Voulez-vous que je vous accompagne comme l'autre fois, hein? Ça m'amuse de faire un quart en vous attendant. — Je pense que vous êtes heureux, et ça me réjouit le tempérament.

— Bon Margat!

— Tiens! est-ce que ce n'est pas naturel? — Enfin, ça vous va-t-il?

— Parfaitement!

— Alors larguons l'écoute, et parons tout pour l'appareillage!

A l'heure fixée huit jours avant par sa mystérieuse inconnue, Olivier arrêtait sa voiture à quelques pas de la Porte-Jaune, et, s'élançant joyeusement à terre, se dirigeait vers la bienheureuse petite porte qui représentait pour lui l'entrée du paradis terrestre.

Cette fois il n'attendit pas.

La femme voilée se montra promptement, et le vicomte pénétra dans le jardin.

§

Le cocher d'Olivier, sur l'ordre de son maître, avait mis le cheval au pas, et calmait l'ardeur du noble animal, qu'un trot allongé depuis Paris avait surexcité outre mesure.

Maître Margat, sa pipe à la bouche, les mains dans les poches de sa veste, sifflant la brise comme s'il eût été à bord, flânait philosophiquement le long du grand mur.

Le digne marin réfléchissait intérieurement aux amours du vicomte, et se demandait pourquoi les rendez-vous se donnaient près de Ville-d'Avray, tandis que le petit appartement de la rue d'Astorg offrait un si délicieux asile, — lorsque son attention fut attirée tout à coup par la présence d'un individu qu'il n'avait pas remarqué jusqu'alors, et dont les allures lui parurent suspectes.

Ce personnage venait précisément de déboucher par le petit chemin qu'avait pris M. de Pont-Aven.

Il marchait lentement, enveloppé dans un vaste paletot, dont le col relevé et montant jusqu'aux oreilles dérobait une partie de son visage.

Absorbé dans ses réflexions, il n'avait pas paru apercevoir Margat, qui le suivait d'un œil attentif.

Il s'arrêta, revint sur ses pas, rentra dans la ruelle, et, examinant avec soin les aspérités du mur de clôture, il sembla méditer un projet d'escalade.

Enfin, frappant du pied avec impatience, il murmura une exclamation dans une langue étrangère et gutturale, puis, prenant soudain un parti décisif, il tira un petit instrument de sa poche et se dirigea vers la porte du jardin.

— Quel diable d'Olibrius! — se dit le quartier-maître. — Qu'est-ce qu'il veut donc faire? — Ah! tonnerre de Brest! il s'en prend à la serrure! — C'est donc un voleur! — En plein jour! en v'là un qui a de l'aplomb!

Et, enflant la voix, le marin se mit à crier à tue-tête :

— Ohé! du paletot ohé!

L'homme se retourna brusquement en faisant un pas en arrière.

Ce mouvement permit au collet du paletot de se rabattre, et Margat poussa une exclamation de surprise.

— Que je redevienne gabier de misaine! — s'écria-t-il, — si je ne connais pas cette frimousse-là! Nous avons navigué ensemble, pour sûr!

— Que me voulez-vous? — demanda l'inconnu d'un ton menaçant.

— Ce que je vous veux?... — Ah! mais, attendez donc! attendez donc!... cette peau jaune, ces cheveux noirs... je vous connais, vous!

— Que m'importe! — Je ne vous connais pas, moi. Passez votre chemin et laissez-moi tranquille.

— Comment! que je passe mon chemin! J'ai bien autre chose à faire! Où diable que je vous ai vu?... voilà ce qui m'interloque.

— Avez-vous bientôt fini votre examen? — Vous m'impatientez.

— Beau malheur! — Ah! — continua Margat en poussant un cri et en se frappant le front. — J'y suis! j'y suis! C'est votre satané nom qui ne me revient pas. — Vous êtes de Pondichéry, mon fiston! c'est vous l'Indien à M. Maxime!

— Pas un mot de plus! — fit sourdement l'inconnu en tirant un poignard malais. — Tu vas me dire qui tu es et qui t'envoie pour me surprendre?

— De quoi, mon bonhomme? — Rentrez donc votre joujou! Est-ce que vous croyez me faire peur? — As-tu fini, l'ancien! maître Margat, *dit Mocco*, n'a jamais reculé devant Dieu ni diable, et c'est pas un pain d'épice de ta couleur qui le fera reculer de sitôt!

— Encore une fois, que voulez-vous?

— Je veux te dire que tu vas faire un mauvais coup en forçant cette porte, et que cela ne peut pas m'aller.

— Vous vous trompez, monsieur; vous me prenez pour ce que je ne suis pas, — répondit l'homme au paletot.

— Alors, explique-moi ce que tu fais ici.

— Et vous-même, comment vous y trouvez-vous?

— Tiens! c'te bêtise! je suis avec mon lieutenant.

— Quel lieutenant?

— Eh bien, mon lieutenant! M. de Pont-Aven, quoi!

— M. de Pont-Aven! — s'écria l'inconnu avec un geste d'étonnement. — M. de Pont-Aven! — C'est donc lui qui vient d'entrer dans ce jardin?

— Comme tu le dis, mon fiston! — et c'est pour cela que je n'entends pas que tu y entres à ton tour!...

— C'est bien, cela me suffit, — reprit froidement l'homme au paletot en remettant son poignard dans la poche de son vêtement.

— Tonnerre de Brest! — pensa subitement Margat, — si je m'étais trompé dans mon relèvement! — Si c'était le mari ou le n'importe quoi de la dame à M. Olivier! — Eh bien! j'aurais fait du propre! — Mais non! reprit-il en élevant la voix. — Voyons, mon vieux, larguez-moi la vérité : — vous êtes bien l'Indien de Pondichéry, le même que M. Maxime a sauvé de la griffe du tigre?

— Et vous, n'êtes-vous pas le marin qui a presque élevé M. de Pont-Aven?

— Un peu, que je m'en flatte encore!

— Alors, touchez là, mon brave. Je suis effectivement celui que vous pensiez; mais ne dites à personne que vous m'avez vu ici.

— La cause?

— Vous connaissez mon maître?

— M. Maxime? un brave des braves! un ami à mon lieutenant!

— Vous ne voudriez pas lui causer de chagrins?

— Non, sur mon Dieu!

— Eh bien! si ma présence dans ce jardin était révélée, vous attireriez un grand malheur sur la tête de M. de Santeuil!

— Pas possible!

— Je vous le jure!

— Suffit, alors! — motus! — bouche cousue! — O ne larguera pas un traître mot!...

— Merci et adieu.

— Bon voyage, mon brave. — Filez de l'avant et soyez calme.

L'Indien jeta un dernier coup d'œil sur le mur de clôture, fit un geste amical à Margat et se dirigea d'un pas rapide vers l'autre extrémité de la ruelle.

— En v'là encore un gâchis numéro un! — se dit le quartier-maître en le voyant disparaître. — Il paraît trait voir que tous les dimanches ma boussole doit s'affaler dans la vase jusqu'à la flottaison! — Il y a huit jours, c'était aux courses, ousque j'ai rien compris de ce qui se disait entre cette dame si bien astiquée et le grand escogriffe à moustaches!... Aujourd'hui, c'est cette peau jaune, dont le satané nom ne me vient jamais, et qui me dit un tas de bêtises! — Enfin, n'empêche, celui-là, je le ferai jaser. — Je connais son gisement, et un de ces quatre matins je mettrai le cap dessus.

Pendant que ceci se passait au dehors, Olivier, le

cœur palpitant, avait traversé le jardin en devançant cette fois son introductrice, et il avait poussé une exclamation joyeuse en ouvrant la porte du petit pavillon octogone.

## X

### Second rendez-vous.

Rien ne paraissait changé dans le salon chinois, depuis que le vicomte de Pont-Aven en était sorti huit jours auparavant; aussi n'était-ce point l'aspect de ce délicieux intérieur qui lui avait arraché l'exclamation joyeuse dont nous venons de parler, mais bien la vue d'une belle jeune femme qui fit un pas vers lui au moment où il s'arrêta sur le seuil de la porte.

Le domino bleu avait dépouillé une partie des mystérieux vêtements du bal masqué, pour étaler la gracieuse élégance d'une femme coquette et désireuse de séduire.

Une robe d'un violet pâle, toute constellée de passementeries de velours noir frangées selon la mode espagnole, avait remplacé le costume bleu qui par son ampleur et son *impénétrabilité*, faisait damner le pauvre vicomte.

Un corsage coupé par les ciseaux artistiques d'une couturière en vogue, dessinait à ravir une taille fine, ronde, souple et hardiment cambrée, laissait deviner les richesses voluptueuses de la gorge, et dévoilait par son échancrure indiscrète les attaches déliées du cou d'une élégance toute patricienne.

Des poignets d'une forme adorable soudaient une main parfaite à un bras charmant, s'échappant d'un flot de dentelles dont il jaunissait la blancheur par son éclat rosé.

Une merveilleuse chevelure, toute parsemée de sequins et de coraux, selon la mode arabe, formait un splendide diadème au-dessus d'un front blanc et pur.

Un élégant masque de satin noir sans barbe tranchait de la façon la plus séduisante sur le visage dont il ne cachait qu'une partie.

Ce masque laissait à découvert une bouche mignonne, plus vermeille qu'une cerise mûre, s'entr'ouvrant sur une double rangée de perles humides et éblouissantes; — un menton dans lequel se creusait une fossette provoquante, — et enfin, une petite oreille, transparente et roulée comme une coquille de nacre.

Les trous des yeux, plus grands que de coutume, livraient passage au fluide magnétique des deux prunelles étincelantes.

Bref, il était impossible de rêver quelque chose de plus provoquant, de plus voluptueux que l'ensemble de cette femme, resplendissante de coquetterie et d'élégance sous le feu des bougies, et dans le mystérieux silence de cette pièce isolée.

Olivier s'arrêta en chancelant comme un homme ivre.

Pour le tirer de son admiration extatique, et pour lui prouver que ce qu'il voyait n'était pas le résultat d'une hallucination de ses sens, pareille à celles qui donnent aux Orientaux un avant-goût des délices du paradis de Mahomet, il fallut que la jeune femme lui tendît, avec un geste plein de grâce et de douce promesse, sa petite main dégantée, qu'il couvrit de baisers brûlants sans prononcer une parole.

— Bien, vicomte! — lui dit alors l'inconnue mystérieuse en lui désignant un siége, — l'exactitude est une charmante chose, et, pour vous remercier tout d'abord de la vôtre, je veux commencer par vous donner un gage de confiance et d'amitié. — Je connais vos *noms, prénoms* et *qualités*, comme disent les passeports et les juges d'instruction, — à mon tour, de vous offrir pour moi-même une appellation un peu moins froide que ce mot *madame*, que vous êtes contraint de répéter à tous propos. — Nommez-moi *Carmen*, je vous prie. — Ce nom n'est pas joli peut-être, mais il faut le prendre tel qu'il est. — Voulez-vous, dites?...

— Oh! vous avez juré de me rendre fou de bonheur et d'amour, et vous voulez tenir votre serment! — murmura Olivier en se laisant glisser aux genoux de la jeune femme.

— Quoi! vraiment, cette grande passion dont vous me parliez l'autre jour n'est point encore éteinte?

— Ne raillez pas, je vous en supplie!...

— Eh bien! ne prenez plus cet air sérieux et désolé, je vous écoute sans sourire...

— Que faut-il donc faire pour que vous croyiez à mon amour?

— Peut-être rien! — peut-être beaucoup!

— Disposez de moi, — je vous appartiens tout entier, — oui, tout entier, — corps et âme!!!

— Sérieusement?

— Mais, mettez-moi donc à l'épreuve! — s'écria le vicomte avec un accent de profonde émotion.

— Comment supposer, — répondit son interlocutrice, — qu'après m'avoir aperçu sous le péristyle de l'Opéra, après avoir causé une heure avec moi il y a huit jours, vous deveniez tout à coup éperdument et réellement amoureux!!! — Les rhumes ou les fluxions viennent de cette façon... mais l'amour...

— Je ne sais si je vous aime, — interrompit Olivier avec feu, — je ne sais si ce que je ressens près de vous peut s'appeler de l'amour, — mais, ce que je sais, c'est que depuis huit jours je ne vis que dans l'espérance de vous revoir, — c'est qu'en entrant dans ce pavillon il n'y a qu'un instant, en vous contemplant radieuse de grâce et de beauté, je serais resté muet et hors de moi-même, si votre petite main ne m'eût arraché à l'émotion puissante qui m'anéantissait!... — Ce que je sais, c'est qu'auprès de vous j'oublie le reste du monde, — c'est que la terre me paraît belle et souriante, à moi qui n'adorais que les vagues de l'Océan! — c'est que, pour attendre un mot de votre bouche, je passerais ma vie entière cloué à cette place! — c'est que, près de vous, je sens ma tête s'égarer, mon sang bouillonner dans mes veines et mon cœur se gonfler de tous les sentiments, inconnus jusqu'alors, que votre vue fait naître en lui, et que ma parole impuissante ne peut exprimer! — Dites, madame, tout cela est-il de l'amour, et croyez-vous enfin que je vous aime comme un fou?...

En débitant cette brûlante tirade, Olivier, toujours à genoux, pressait sur sa poitrine et sur ses lèvres une main charmante qu'on lui disputait mollement, — il entourait d'un bras amoureux une taille qu'il sentait se cambrer et frémir sous son étreinte; et, l'œil en feu, le front rayonnant d'ardeur passionnée, il dévorait du regard la ravissante créature qui, la tête inclinée, semblait subir peu à peu la magnétique fascination de son amour et de ses caresses.

Olivier était beau, mais, dans ce moment, il devait paraître irrésistible.

Sa physionomie mobile reflétait un singulier mélange d'audace et de témérité, de désirs et de réserve.

C'est qu'en parlant ainsi qu'il venait de le faire, il ne se livrait pas à l'une de ces déclarations banales dont la ridicule emphase devrait servir de préservatif à la femme qui les écoute.

Il parlait suivant son cœur.

Ce qu'il peignait, il l'éprouvait réellement.

En effet, le vicomte, ainsi qu'il l'avait dit lui-même, avait vécu presque sans cesse loin des séductions et des entraînements de la vie parisienne.

Presque constamment à bord de son navire, il avait bien dans ses stations différentes, semé un peu de cette monnaie amoureuse dont Dieu a si largement pourvu notre cœur; mais, ce faisant, il avait obéi aux lois impérieuses de ses sens et de son organisation ardente et jeune : — son âme était restée vierge de toute affection véritable.

Cette fois, tout ce qui séduit les autres hommes, même les plus désillusionnés, semblait s'être réuni pour subjuguer sa nature sans méfiance, et désireuse des joies rêvées d'un réel amour.

Le mystère, l'esprit, la beauté, l'élégance, la coquetterie, se réunissaient pour exciter dans son cœur une impétueuse passion.

Olivier avait vingt-huit ans... Que pourrions-nous donc ajouter, si ce n'est de prier nos lecteurs plus âgés de se reporter au souvenir de leur jeunesse, et ceux qui n'ont pas encore atteint la maturité de la vie, de s'interroger eux-mêmes?

Après avoir écouté Olivier en silence, la jeune femme releva lentement la tête.

Elle semblait en proie à une émotion réelle ou factice, — il ne nous appartient pas de décider, — mais à coup sûr fort apparente.

Prenant dans les siennes une des mains du vicomte, elle la pressa avec force, en fixant sur lui des regards pleins d'une flamme humide.

— Faut-il donc croire en vos paroles? demanda-t-elle d'une voix agitée.

— Tuez-moi, mais ne doutez pas! — répondit Olivier.

— Oh! ce serait trop beau d'être aimée ainsi!

— Encore une fois, ne doutez pas!

— Je voudrais croire... je n'ose...

— Vous avez donc été bien malheureuse?

— Pourquoi?

— Pour être ainsi incrédule!

— Les hommes savent si bien mentir!...

— Avez-vous été trompée?

— Peut-être!

La jeune femme resta pendant un instant silencieuse et parut en proie à de tristes souvenirs.

Olivier sentit son cœur se serrer. — Une pensée jalouse venait le torturer.

— Vous avez aimé, Carmen? — s'écria-t-il. — Oh! vous avez aimé!

— Jamais!

Ce seul mot fut prononcé d'une voix si nette et si ferme, qu'il ne permettait aucun doute.

Le vicomte respira plus librement.

Un poids énorme avait écrasé sa poitrine, et ce poids disparaissait.

— Mon ami! — reprit Carmen avec un peu plus de calme, — mon ami, car désormais je veux vous donner ce titre, vous allez me quitter...

— Partir! s'écria Olivier, — partir déjà! J'arrive à peine!...

— J'ai besoin d'être seule. — Vous m'avez émue trop profondément pour que je puisse trouver la force de vous écouter davantage.

— Quoi, vous me parlez ainsi et vous voulez que je m'éloigne!...

— Je ne le veux pas, — je vous en prie. — Vous m'aimez, n'est-ce pas?

— Quelle preuve faut-il vous en donner?

— Une seule : l'obéissance.

— Soit, madame, je m'éloigne...

Le jeune homme se leva lentement, mais avec une froideur marquée.

— Olivier! — dit Carmen d'une voix douce et en retenant dans les siennes la main du vicomte, — ne me jugez pas mal! — N'attribuez pas à une cruelle coquetterie le sacrifice que je vous demande. — Ajoutez foi à mes paroles! — L'expression de votre amour m'a brisée! — Je me croyais plus forte! — Je vous le répète : j'ai besoin d'être seule avec mes pensées... N'est-ce pas vous dire que, même après votre départ, vous serez toujours près de moi?

— C'est bien vrai, ce que vous me dites là? — s'écria Olivier. — Ce n'est pas pour un autre motif que vous me renvoyez? — Je ne vous ai pas offensée? — Vous ne voulez pas ne plus me revoir?

— Partez, maintena t, partez... et demain, à onze heures du soir, soyez ici. Je vous attendrai.

— Demain! demain! vous me le jurez? — Et le vi comte, remis au comble de la joie par cette promess sentit renaître tout son bonheur.

— Venez, vous dis-je. — Nous causerons longuement.

— Et, ensuite, m'ordonnerez-vous encore de rester huit grands jours sans vous voir?

— Cela vous est donc bien pénible à supporter, l'absence?...

— Plus que pénible... — impossible!...

— Alors...

— Eh bien?

— Eh bien! comme je ne veux pas vous rendre trop malheureux, je vous promets...

— Parlez vite!

— De vous recevoir ici tous les deux jours, à partir de demain.

— Oh! que vous êtes bonne... bonne et adorable, d'avoir ainsi pitié de mon pauvre cœur! — Mais, encore une grâce!

— Laquelle?

— Le nom de cet homme dont vous m'avez parlé il y a huit jours?

— Ne me demandez pas cela!

— Pourquoi? pourquoi? toujours pourquoi?

— Pourquoi? — répéta lentement la jeune femme en s'approchant d'Olivier. — Puis, entourant de ses deux bras le cou du lieutenant de vaisseau tout palpitant d'amour, elle inclina la tête sur son épaule, se souleva gracieusement sur la pointe des pieds, et approchant les lèvres de son oreille : — Pourquoi? — murmura-t-elle de nouveau, — parce que... moi aussi... je vous aime! — Et, plus vive qu'un oiseau, elle s'élança vers la petite porte cachée sous la tenture, et là elle disparut ainsi que s'évanouit une vision.

Olivier demeura comme foudroyé par le bonheur.

En retirant sa tête charmante, la bouche de Carmen avait effleuré celle du vicomte.

Le brusque mouvement que fit la jeune femme en dénouant ses bras le tira de sa catalepsie amoureuse.

Il bondit en avant au moment où la petite porte se refermait; seulement, ces deux mots : *A demain!* parvinrent distinctement à son oreille.

Fou d'amour et en proie à une véritable ivresse, il s'élança hors du pavillon.

La nuit, descendue depuis une heure, enveloppait le jardin.

Il parcourut ce jardin tout entier, poursuivant les traces de son inconnue, et ne put rien découvrir, rien qu'un bâtiment d'architecture moderne et formant évidemment le logis principal, — mais les portes étaient closes et sans lumière.

Un profond silence régnait autour de lui.

La fraîcheur de l'atmosphère et la pluie qui tombait avec abondance lui rendirent peu à peu le calme et la raison.

Il se dit qu'une issue mystérieuse avait permis à sa belle enchanteresse de se soustraire à ses recherches.

Il comprit ce que cette espèce d'espionnage avait d'inconvenant, et honteux de sa conduite, craignant d'avoir offensé celle qu'il aimait, il regagna lentement la porte de sortie, qu'il trouva entr'ouverte.

Cependant il s'arrêta encore avant d'en franchir le seuil, — il sembla hésiter, puis, prenant une subite résolution, il lança un dernier regard du côté du pavillon octogone et il disparut dans la ruelle étroite.

## XI

### Une digression. — Chapitre qu'on ne peut pas lire.

Il faut maintenant que nos lecteurs nous permettent d'abandonner pour quelques instants les principaux personnages de cette histoire, — personnages que nous ne tarderons guère à rejoindre.

Laissons donc le vicomte de Pont-Aven rêver à ses mystérieuses amours.

Laissons Fernanda semer à pleines mains la calomnie et continuer son œuvre ténébreuse, qui doit aboutir à la perte de madame de Lycenay, — œuvre infâme, dans laquelle elle est puissamment aidée par le vicomte de Cerny, *né Lenoir*.

Laissons Edgard subir chaque jour davantage le joug de son indigne maîtresse, et anéantir, pour ses caprices, les dernières épaves de son patrimoine, sans songer qu'il en doit compte à son enfant.

Laissons enfin la pauvre Berthe, qui n'a plus même les consolations de l'amitié de madame de Nerval et de M. de Santeuil, — et conduisons nos lecteurs chez cette folle et rieuse enfant qu'ils connaissent déjà sous le nom de mademoiselle Maryland.

Maryland était une des reines éphémères du monde de la galanterie parisienne.

Elle marchait fièrement et surtout gaiement, à la tête des nombreux bataillons de la *Bohême féminine*, — de cette classe de femmes désignées sous le nom générique de *femmes entretenues*.

A-t-on quelquefois réfléchi à l'association de ces deux mots : *femmes, — entretenues?*

Cette désignation de ce que le Seigneur a créé de plus beau et de plus divin sur la terre, — de cet être qu'il a fait naître après avoir produit le reste du monde comme l'expression suprême de la perfection physique et morale, — de la femme, enfin, cette fleur adorable entre les plus divines fleurs, — cette intelligence la plus élevée entre les plus nobles intelligences, — cette âme toute de dévouement et d'amour qui lui fait remplir ici-bas la mission d'ange consolateur, — de la femme, qui, tour à tour fille, sœur, épouse et mère, est l'incarnation vivante de la triple vertu théologale : *la foi, — l'espérance, — la charité*, — cette désignation, disons-nous, ne forme-t-elle pas un contraste hideux, accolée à l'épithète que nous avons écrite à sa suite?

*Entretenue!* qualification toute matérielle et qui ne peut s'appliquer qu'aux choses les plus matérielles.

Signification de la besogne imposée à un valet à l'égard d'un mobilier bien tenu! et (il faut faire la part des esprits tracassiers), — en prenant au figuré cette signification du verbe *entretenir*, nous y trouvons la désignation d'une causerie banale ou applicable aux affaires.

Donc, en réunissant les deux acceptions, la propre et la figurée, ces deux mots : *femmes entretenues*, veulent bien dire : la femme auprès de laquelle vous passez quelques instants, et surtout la femme que vous *entretenez*, comme votre valet de chambre entretient votre garde-robe, — comme votre cocher entretient les cuivres et le vernis de vos voitures, — comme votre valet d'écurie entretient les boxes de vos chevaux.

Les anciens appelaient cette classe de la société les *courtisanes*, — les *hétaïres*.

Le moyen-âge et la renaissance nommaient ces femmes les *filles de joie*, les *filles folles de leurs corps*.

Le dix-huitième siècle les désignait sous le nom de *femmes galantes* et d'*impures*.

Mais il appartenait à notre époque, — cette époque si chaste et si prude, qui a proscrit le vieux langage de Molière et de Rabelais, — d'adopter entre toutes ces expressions la plus vraie peut-être, mais aussi la plus ignoble et la plus éhontée : *femmes entretenues*.

Hâtons-nous d'avouer que, par le temps qui court de la royauté du VEAU D'OR, cette épithète est celle qui convient le mieux à nos goûts d'agio et de spéculations.

A notre avis, il ne se peut trouver deux mots qui hurlent davantage de leur proximité que ceux que nous venons d'accoupler.

Mais, puisque nous avons tant fait que de les tracer, ajoutons encore quelques mots pour l'édification de nos lecteurs, et surtout pour notre satisfaction personnelle :

En écrivant ce livre, nous n'avons pas eu l'intention de nous livrer à une étude exclusive de la vie et des mœurs des *femmes entretenues*.

Si nous en rencontrons sur notre route, nous sommes cependant contraint de les mettre en scène, et, ce faisant, nous nous efforçons d'approcher le plus près possible de la vérité.

Est-ce notre faute, si ces créatures se trouvent constamment mêlées à la vie réelle? — Si elles tiennent une place effrayante dans la société contemporaine?

Aussi, aux esprits tracassiers dont nous parlions tout à l'heure, à ceux qui oseraient accuser notre livre d'immoralité, parce qu'il peint quelques traits d'existences immorales, à ceux-là nous dirons : — Messieurs, la faute en est à vous, qui fournissez si largement à nos pinceaux de tels portraits! — Et à celles de nos lectrices qui nous adresseraient semblables reproches, nous répondrons...

Oh! mais, nous n'avons pas besoin de répondre, car nous sommes sans inquiétude à cet égard, bien persuadés d'avance que ce sont précisément les passages relatifs à l'existence des Marylands et autres Fernandas qu'elles liront avec le plus d'intérêt, car, et nous le disons avec un chagrin profond, si les femmes *honnêtes*

se plaignent à bon droit de la formidable invasion des femmes *galantes*, elle contribuent pour beaucoup, néanmoins, à la marche toujours ascendante de ces dernières.

Ceci semble tout d'abord un étrange paradoxe, et ce n'est cependant qu'une simple vérité!

Oui! une vérité à propos de laquelle même, mesdames, nous voulons vous gronder bien fort, car, si les femmes entretenues prennent de jour en jour une place plus large dans l'existence de vos frères, de vos maris et de vos fils, c'est énormément votre faute.

Et ne vous récriez pas!

Voyons, mesdames, comment se fait-il que vous, *femmes honnêtes*, vous vous laissiez entraîner par cet étrange vertige qui vous fait abdiquer votre dignité pour satisfaire une curiosité coupable, un désir incompréhensible de connaître la vie, l'intérieur, les allures intimes d'un monde que vous devriez ignorer chastement?

Donne-t-on au théâtre une pièce qui soulève un coin du voile, vous courez toutes à cette pièce!

Et vous applaudissez ce drame, — bien fait et merveilleusement écrit, nous l'admettons, — et palpitant de réalité, — mais qui n'en a pas moins pour but avoué la réhabilitation des filles perdues.

Et vous y entraînez vos maris, vos parents, vous y menez quelquefois vos filles!

Qu'en résulte-t-il? — C'est que depuis quelques années, nos théâtres de genre ne peuvent obtenir de succès qu'en mettant en scène la triste caste des courtisanes.

On a beau travestir les pièces, — changer le nom des héroïnes, — grandes dames pécheresses ou pécheresses grandes dames, c'est toujours invariablement le même type : celui de la femme sans pudeur, foulant aux pieds les lois du monde et grimpant sur le piédestal de ses vices, pour demander et pour obtenir le prix Monthyon!

Le Gymnase lui-même, — l'ancien théâtre moral, *où jadis la mère, sans danger, conduisait sa fille*, — le Gymnase a trouvé honneur et profit à abandonner les veuves de M. Scribe, qui, du moins, n'épousaient jamais qu'un colonel à la fois.

Pourquoi vous intéressez-vous tant aux intrigues de ces Madeleines, si peu converties et si peu repentantes?

De semblables pièces, — si admirable qu'en soit la forme littéraire, — sont-elles donc faites pour vous attirer exclusivement?

Nous vous respectons trop pour le penser.

Ce n'est pas tout encore. — Vous trouvez-vous au bois, aux courses, au concert, aux eaux mêmes ou aux bains de mer, en présence de ces femmes perdues, vous les poursuivez de votre lorgnon, vous vous les faites nommer, et vous ne craignez pas de souiller vos lèvres en répétant ces noms qui jamais ne devraient frapper vos oreilles!

Leur luxe, leurs équipages, leurs toilettes, sont le sujet de vos conversations habituelles.

Enfin, — ce qu'il y a de plus étrange, de plus inexplicable, ce qui mérite surtout d'être flagellé, ce sur quoi nous devons insister avec le plus de force, c'est que vous, mesdames, vous osiez descendre jusqu'à franchir le seuil des appartements de ces femmes, — c'est que vous ne craigniez pas de compromettre votre dignité jusqu'à pénétrer dans ces sanctuaires du vice tarifé, sous prétexte d'assister à des ventes publiques que nous ne savons quel mauvais goût a mises à la mode!

Vous vous faites une fête d'aller là, comme l'on va à un curieux spectacle.

Vous l'avouez hautement, — vous vous réunissez pour rendre le plaisir plus complet.

Vos voitures stationnent à la porte, en compagnie des voitures des *collègues* de celle dont vous courez contempler les richesses mises à l'encan.

Et cependant, ces meubles que vous touchez, ces tentures, ces soieries que vous admirez, ces objets d'art devant lesquels vous vous extasiez, sont les honoraires de la débauche!

Ce sont vos frères, vos fils, vos pères, vos maris peut-être, qui ont donné tout cela!...

C'est la ruine et la honte de bien des familles que vous passez avidement en revue!

Oh! croyez-nous, mesdames, chassez avec dédain, avec fierté, cette curiosité dangereuse qui vous abaisse sans que vous vous en doutiez.

Lorsque ces femmes passent à portée de vos regards, — détournez les yeux pour ne pas les voir, — lorsque leur nom frappe vos oreilles, tâchez de ne pas entendre!

Rappelez au respect qu'ils vous doivent les hommes qui vous entourent, en ne quittant plus la sphère qui est la vôtre pour respirer les miasmes d'une atmosphère impure.

Que votre dignité, que votre orgueil légitime écrasent d'un fier mépris celles qui, osant se poser comme vos rivales, tentent chaque jour de s'élever davantage.

Les qualités précieuses que Dieu a placées dans votre âme comme dans son sanctuaire le plus pur, sont la charité, l'indulgence et la bonté. — Soyez indulgentes, charitables et bonnes, pour ces pauvres filles que l'amour a égarées. — Tendez-leur une main secourable, — pardonnez, avec le Christ, à celles qui ont beaucoup aimé, — mais, pour celles qui se sont beaucoup vendues, pour celles-là, soyez sans pitié, car il n'y a pas de cœur et pas d'âme sous le plâtre de leur corps!...

# XII

## Mademoiselle Tata Maryland. — Profil de créancier.

Revenons, s'il vous plaît, au début du précédent chapitre, et entrons, si vous le voulez bien, chez mademoiselle Tata Maryland.

Mademoiselle Tata Maryland habitait un fort joli appartement situé rue de la Victoire, presqu'à l'angle de la rue Chauchat.

Tout Paris connaissait le luxe de son mobilier.

Ses toilettes étourdissantes faisaient damner ses rivales et soupirer ses compagnes de l'Opéra, ce qui la flattait infiniment.

Elle possédait de nombreux bijoux, lesquels séjournaient tour à tour dans un élégant coffret de bois de rose et dans les bureaux hospitaliers de la *rue des Blancs-Manteaux*, où ils étaient toujours parfaitement accueillis, en leur qualité de visiteurs habituels.

Pour contenter un caprice, pour acheter six robes nouvelles, pour payer les gages de ses gens, ou pour faire une bonne action, Maryland n'hésitait jamais à envoyer un écrin au Mont-de-Piété.

Quitte, à la première occasion, — (soit que le coffre-fort se remplît à l'aide d'un tiers d'agent de change, d'un fils de famille où d'un riche étranger), — à envoyer sa femme de chambre, exclusivement chargée du département et de l'entretien des *reconnaissances*, retirer, comme elle le disait plaisamment, ses *enfants de nourrice*.

Au moment où nous pénétrons dans le logis de la jolie coryphée de l'Académie impériale de Musique et de Danse, Tata Maryland venait à peine de se lever, quoiqu'il fût déjà deux heures passées de l'après-midi.

Insoucieuse des amendes, qui dépassaient chaque mois le chiffre de ses appointements, elle avait manqué sa leçon de danse et sa répétition, par suite d'un souper qui s'était prolongé fort avant dans la nuit.

Ses cheveux, relevés sans art et entraînant par leur poids le peigne d'écaille chargé de les maintenir, se déroulaient à moitié sur ses épaules.

Ses doigts roses, se plongeant de temps à autre dans cette merveilleuse chevelure, en éparpillaient les mèches autour de son frais visage, et lui eussent volontiers donné l'aspect désolé d'une *Madeleine repentante*, si son petit nez coquet, légèrement relevé du bout, sa bouche moqueuse, et l'expression mutine de sa physionomie, n'eussent donné un démenti formel à l'épithète de la sainte que nous venons de nommer.

Ramenant autour de son corps souple les plis d'un peignoir de soie rose tout garni de broderies, de dentelles et de rubans, — affranchie de la contrainte du corset, — repliée sur elle-même comme une chatte qui se pelotonne, — Maryland était accroupie sur un divan d'étoffe algérienne, placé au fond d'un cabinet de toilette tendu de mousseline des Indes.

Ainsi posée, la jolie fille avait devant elle, sur le divan, un jeu de cartes dont une partie s'étalait en demi-cercle, tandis que le reste était encore dans la main gauche de la jeune femme.

A sa droite gisait un paquet de tabac éventré, des cahiers de papier à cigarette et une boîte d'allumettes.

— Un, deux trois, quatre, cinq, six, sept! — murmurait-elle, toute rouge d'attention soutenue et en suivant chaque carte nommée avec l'index de sa main droite. — *As de carreau!* une lettre! voilà mon affaire. — Un, deux, trois, quatre, cinq, six, sept: *roi de pique!* homme de loi et vieux encore! — Qu'est-ce qu'il me veut donc, cet être-là? — Voilà trois fois que je le retrouve dans mon jeu! — Pour sûr, j'aurai enflammé un avoué. — Voyons donc!

Et recommençant à compter, mais mentalement cette fois:

— *Dame de pique!* mauvaise femme! — trahison! — s'écria-t-elle, — c'est Fernanda! — Chipie! veux-tu te sauver!!!... — Un, deux, trois, quatre, cinq, six, sept: *valet de cœur!* jeune homme blond et amant fortuné! — c'est Raoul... à moins que ce ne soit Edouard, ou bien ce joli petit jeune premier des *Délassements*... ou un autre! — C'est bête, les cartes! — Elles devraient porter un nom, on ne chercherait pas deux heures! — mais ces valets s'appellent si drôlement! *Lancelot, Lahire!* est-ce qu'on a jamais eu un amant de ce nom-là? — Enfin n'importe! — Un, deux, trois, quatre, cinq, six, sept: *huit de trèfle!* argent! — Tiens! c'est de la chance! j'ai justement un billet à payer demain, et je suis sûre que ce vilain père Carcan ne me fera pas de grâce. — Il y a pourtant longtemps que ses robes sont finies... — Ah! *sept de cœur!* l'amour! — Un, deux, trois, quatre, cinq, six, sept: *roi de trèfle!* encore un vieux! — Ces cartes sont ennuyeuses comme la pluie; bêtes comme trente-six choux! — Elles ne me disent rien ce matin! — Un tas de vieux, merci, on en voit assez à l'Opéra. — Après cela, c'est peut-être parce que j'ai mangé du homard cette nuit. — La mère Louchon prétend que, pour que le jeu soit bon, il faut être à jeun. — Au fait, je l'attendrai, la mère Louchon! en voilà une qui ne vous prédit que des choses agréables! — Trois francs et un petit verre, c'est pas cher, et d'abord, moi, j'y crois! — je vais toujours faire une réussite pour voir s'il viendra aujourd'hui!...

Maryland commençait à peine à mêler ses cartes, quand une femme de chambre, entr'ouvrant la porte, se glissa lestement dans le boudoir.

— Dites donc, madame? — fit-elle d'un ton dégagé qui n'affectait pas un profond respect pour sa maîtresse.

— Qu'est-ce que tu veux, Lisa?

— Il y a quelqu'un qui demande à vous parler.

— Qui donc?

— Le tapissier.

— M. Nogard? — Ah! le vilain rougeaud! — je parie qu'il m'apporte son mémoire pour la troisième fois! — En voilà un être tenace et dont on ne peut pas se débarrasser. — Dis-lui que je suis à la répétition.

— Il a été au théâtre demander madame.

— Eh bien! il n'est pas gêné, cet iroquois! Dis-lui que je suis sortie.

— Le concierge lui a affirmé que vous étiez chez vous. — Ah! c'est un rusé. — Il cause deux heures avec les portiers et les domestiques, et il sait tout.

— C'est donc un sergent de ville? Voyons! regarde un peu ce qu'il y a dans le tiroir de la toilette?

— Il n'y a rien, — répondit Lisa en fouillant au milieu des peignes, des brosses, des cosmétiques et des flacons.

— Dans le vase du Japon, sur la cheminée?...

— Ah! ça sonne!

— Eh bien?

— Un, deux, cinq, neuf louis et trois francs cinquante.

— Diable! son mémoire se monte à six mille francs.

— Nous avons la parure de rubis...

— Plus souvent que je la mettrai au clou pour cet être-là! — Autrefois je faisais des bêtises de ce numéro et tout le monde me tombait dessus. — Aujourd'hui, c'est une autre histoire!

— Qu'est-ce qu'il faut faire?

— Dis-lui qu'il entre! Je m'en vais le recevoir un peu proprement! — Et Maryland, sautant à bas du divan, ramena de ses deux mains les rubans de ceinture de son peignoir, qu'elle attacha avec prestesse.

M. Nogard entrait.

C'était un homme petit de taille, maigre de corps et rouge de cheveux.

Sa physionomie fausse et sournoise s'efforçait, sans y parvenir, de prendre un air franc et aimable.

Ce monsieur était une des notabilités de l'estimable corporation des tapissiers.

Il joignait à l'amour de son état une violente passion pour les nouvelles politiques.

En digne boutiquier de Paris, il avait toujours été de l'opposition sous tous les gouvernements.

Criant : *Vive la réforme!* le 22 février 1848, il regrettait amèrement Louis-Philippe le 25, et parlait de sa haine pour la République.

Il vota pour Lamartine au mois de mars et pour le prince Napoléon au mois de décembre; — puis, en 1849, Cavaignac eut toutes ses sympathies.

Enfin le suffrage universel, en reconstituant l'Empire, le trouva démocrate enragé jusqu'au moment ou un brevet le déclarant fournisseur impérial, en fit un chaud partisan du gouvernement actuel.

Heureusement pour la France que l'Empire s'appuie sur des épaules plus solides que celles de M. Nogard. — Tant que les clous à vis qui attachent au fronton de son magasin l'écusson d'azur à l'aigle d'or, lui indiqueront que son intérêt commercial est dans le maintien de l'ordre des choses, il sera fidèle, non pas à son roi, mais bien à sa caisse.

Au reste, il prétend ne jamais changer d'opinion.

Peut-être le croit-il, — cependant il est permis d'en douter.

M. Nogard entra, tenant son chapeau d'une main, un rouleau de papiers de l'autre, et saluant profondément.

Il n'avait droit d'insolence qu'après refus de paiement.

Il allait commencer une phrase empruntée au code de la civilité puérile et honnête, lorsque Maryland, que sa visite ennuyait fort et qui ne désirait pas la voir se prolonger, engagea brusquement le feu.

— Ah çà! — dit-elle, — est-ce que vous allez venir trois fois par semaine m'agacer avec votre présence!

— Madame! — répondit M. Nogard en se redressant avec un air de dignité blessée, — je viens pour...

— Pour votre mémoire! — interrompit la jeune femme. — Je sais cela; est-ce que vous croyez que j'ignore que je vous dois six mille francs?

— Je me plais à croire que madame se le rappelle.

— Parbleu! vous ne me le laisseriez pas oublier?

— Qu'est-ce que vous voulez? — De l'argent, n'est-ce pas? — Eh bien! repassez un autre jour!

— Impossible! madame. — J'ai une échéance pour demain matin, j'ai compté absolument sur la rentrée de cette petite note et vous comprenez...

— Je comprends que je n'ai pas d'or pour le moment. Donc, quand vous auriez toutes les échéances du monde, ça n'y ferait exactement rien.

— Comment! madame? — Il me faut mon argent!

— Vous m'ennuyez! Vous êtes un fier sournois, vous! — Il y a dix mois, je fais renouveler mon mobilier. — Vous m'apportez une facture de quarante-six mille francs, qui vous a été payée recta. A preuve que c'est lord Wildnery qui a été chez vous porter le *papier Joseph*.

— Je le sais bien, madame... Sur cette facture-là, je ne réclame rien...

— C'est heureux!... Deux mois après, je déménage. — Autre mémoire de huit mille francs, payé par... je ne sais plus qui! — Enfin, aujourd'hui, je vous dois six mille misérables francs, et, après en avoir payé cinquante-six mille, vous ne pouvez pas me laisser la paix?

— Croyez bien, madame, que c'est contre mon gré que je vous tourmente; mais les affaires vont si mal! — Pire que l'année dernière!

— Je connais cette balançoire! — Les affaires vont toujours plus mal que l'année dernière avec vous autres. — A ce compte, il y a diablement longtemps qu'elles ne devraient plus aller du tout! — Voyez-vous, les marchands! je les sais par cœur! — Quand une de nous va dans vos magasins, si elle est jolie et bien mise, on la bourre de marchandises et on lui promet toutes les facilités possibles. On la fête, on l'encense, parce que vous savez bien que nous ne comptons jamais et que nous vérifions encore moins. — Vous vous basez d'avance sur les profits d'une passion allumée par nos beaux yeux; — mais si la passion tarde de six semaines à se manifester, vous venez nous ennuyer tous les jours.

— Cependant il faut bien que nous rentrions dans nos fonds, nous ne pouvons faire crédit éternellement.

— Pourquoi commencez-vous par nous en proposer, du crédit? — Est-ce que nous avons des rentes et des propriétés? — Est-ce que nous avons des chemins de fer et du trois pour cent?

— Enfin, madame, je ne puis entrer dans ces détails. — Il me faut de l'argent aujourd'hui même.

— Je n'en ai pas.

— Vous en trouverez! c'est votre affaire!

— Allez vous promener!

— Madame! est-ce que vous croyez par hasard que les négociants peuvent faire cette réponse aux garçons de la Banque qui leur présentent des effets?

— Eh! répondez ce que vous voudrez! Je m'en moque pas mal!

Ici, M. Nogard comprit qu'il pouvait devenir insolent, attendu qu'il était positif que Maryland n'avait pas de fonds. — Aussi, mettant son chapeau sur sa tête et se campant fièrement sur un siége :

— Je ne sortirai pas d'ici sans être payé! — dit-il. — Ah! cela m'apprendra à avoir confiance en des filles comme vous!!

— Dites donc, vilain rougeaud! — s'écria Maryland furieuse de la grossièreté du tapissier. — Une fille comme moi vaut bien un marchand comme vous, qui spécule sur les amants des lorettes. — Est-ce que vous croyez me faire peur? — Je vous dis que je n'ai pas d'argent d'abord, et je vous dis ensuite que vous allez ôter votre chapeau, et plus vite que ça!

Effectivement la danseuse, s'approchant du fournisseur, fit sauter le feutre d'un revers de sa main blanche.

M. Nogard se leva furieux à son tour.

Maryland sonna avec violence.

— Fais monter Georges et Jérôme! — cria-t-elle à sa femme de chambre, — et que l'on me flanque monsieur à la porte! et carrément! et rondement!...

— Ah! c'est ainsi! — fit le tapissier en s'efforçant de calmer sa colère, — Eh bien! vous aurez de mes nouvelles. Je vais remettre votre mémoire à mon huissier, et nous verrons...

— Nous ne verrons rien, attendu que si vous vous avisez de me faire saisir, je vous démolis auprès de ces dames et j'empêche mes amis d'aller chez vous.

— C'est bien! je ferai ce que bon me semblera, — répondit Nogard en se dirigeant vers la porte.

— Bon voyage! — Souvenez-vous que, quand j'aurai de l'argent, je vous en enverrai; ainsi, ne revenez plus ici que je ne vous le fasse dire.

Et Maryland, le congédiant d'un dernier signe de tête, alluma tranquillement une cigarette.

— Vous avez peut-être eu tort de le traiter comme cela, — dit Lisa lorsqu'elle fut seule avec sa maîtresse.

— Laisse donc! — Je connais la clique des fournisseurs. — Si j'avais été bien douce, bien humble, bien gentille, il ne m'aurait rien accordé du tout, et il serait revenu trois fois par jour.

— S'il allait vous poursuivre?

— Il n'y a pas de danger! — Ah! si j'étais une pauvre mère de famille, bien honnête et bien malheureuse, il est évident qu'il serait sans ménagements; mais, moi, Tata Maryland! — Il espérera que je donnerai dans l'œil à un prince étranger ou à un mylord quelconque, et alors il ne fera rien du tout parce qu'il aura peur que je lui refuse ma pratique à l'avenir!... Voilà comme il faut traiter ces gaillards-là, pour les rendre souples comme une paire de gants Jouvin!...

— A propos, la mère Coquillard est là!

— Où donc?

— Dans la cuisine, où elle a déjà avalé une bouteille de cassis; — si vous ne la recevez pas tout de suite, la cave y passera.

— Eh bien! qu'elle vienne! Je ne lui dois rien à celle-là, au contraire.

— Vous pouvez venir, ma'me Coquillard! — cria Lisa sans bouger de place.

## XIII

### Madame Coquillard.

La porte s'ouvrit discrètement, et livra passage à une femme d'environ quarante-cinq ans, — petite, — très-grasse, — d'une propreté douteuse, — coiffée d'un chapeau jonquille, — immense monument au sommet duquel se balançait une véritable jardinière artificielle, et enveloppée dans un vaste tartan tout maculé de taches diverses.

Une robe de mérinos d'un vert gai, — effilée par le bas, — et un énorme cabas, pendu à son bras gauche, complétaient l'ensemble du costume de cette matrone.

Quant à sa physionomie : le nez était violet, — les yeux éraillés, — la lèvre supérieure barbouillée de tabac, — les joues cramoisies, — les dents gâtées, — l'air mielleux, bas et sournois.

Elle glissa sur le tapis, et, s'arrêtant à la troisième position, sur une révérence de danseuse en retraite :

— Bonjour, mam'selle Maryland, — dit-elle avec une volubilité extrême. — Comment que ça vous va? — Bien! — Allons, tant mieux, et moi pas mal, comme vous voyez. — Merci! — Toujours jolie, mignonne et séduisante. — C'est pas pour vous flatter, mais, avec des yeux comme ceux-là, vous ne devez pas manquer d'amoureux!

— On ne se plaint pas, mère Coquillard.

— Et dire qu'avec un physique comme le vôtre, avec des jambes, des bras et des épaules à enlever un orchestre, on ne veut pas vous laisser débuter dans un pauvre pas de quatre.

— Bah! ça viendra plus tard.

— Oh! mon Dieu! faut savoir attendre. C'est ce que je disais t'a ma fille pas plus tard qu'avant z'hier. — Tous les directeurs sont un tas de *gueurdins* qui ne songent pas à récompenser le mérite, à commencer par le nôtre! un être immoral comme il n'y en a pas! Pas plus de vertu que dans le fond de mon cabas! — Croiriez-vous qu'il a t'évu l'idée de vouloir en conter à Chouchoutte?

— A votre fille?

— Oui! n'à ma fille! — A preuve qu'il la faisait demander à chaque instant dans son horreur de cabinet! — Mais moi, j'ai vu clair! — J'ai des principes, ah! dam!... — Un directeur qui, en retour de votre émabilité, vous récompenserait en vous mettant sur le premier rang au lieu d'être sur le second! Plus souvent! — J'ai dit à Chouchoutte : — Rembarre-moi-le! — Tu as du talent, tu arriveras toute seule et sans intrigues, pourvu que tu aies la chance de tomber sur un homme fortuné qui te pretége. — Car enfin, vous connaissez Chouchoutte, mam'selle Maryland? Vous savez comme elle est? — Une santé de grenadier! — Et puis c'est jeune, c'est frais, c'est rose, c'est potelé. — Tout mon portrait quand j'avais dix-huit ans!

— Elle doit joliment regretter ce temps-là, alors, la vieille!... — glissa Lisa à l'oreille de sa maîtresse.

— Avec tout ça elle grandit, — continua la respectable matrone sans avoir entendu l'observation de la soubrette, — elle aura bientôt ses vingt ans et c'est ce qui me désole. — Aussi c'est pour elle que je viens vous trouver, vous qu'êtes si bonne, si heureuse, si complaisante!

— Tiens! est-ce que vous voulez que je la ramène à l'enfance, votre Chouchoutte? — demanda Maryland en faisant une cigarette.

— Non! faites excuse, c'est pas ça! mais ma fille a beau être jolie, vive et spirituelle comme un singe, elle n'est pas heureuse, la pauvre enfant! — Nous sommes dans la *panne*, il faut le dire! — Et vous mam'selle, qui connaissez du beau monde, des gens comme il faut, vous pourriez aider Chouchoutte à faire son avenir, à se créer une belle position. — Je vous en serais bien reconnaissante et elle aussi.

— Dites donc, mère Coquillard! — est-ce que vous croyez que je me livre au placement des demoiselles? — Merci! je suis encore trop jeune pour ça!

Nous demandons pardon à nos lecteurs du cynisme des expressions que nous sommes obligés d'employer, mais avant tout nous devons être vrais.

Le type de ces mères cherchant à *placer* leurs filles, comme elles le disent dans leur argot infâme, est plus commun qu'on ne peut le supposer, et les coulisses de l'Opéra en regorgent à faire lever le cœur!

Chacun le sait, mais comment remédier au mal? — Est-il humainement possible de faire du corps de ballet une école pratique de bonnes mœurs?

Nous ne le croyons pas.

— Oh! mam'selle Maryland, — reprit la vieille en minaudant, — c'est bien simple ce que je vous demande, et vous êtes si bonne, que je suis bien sûre que vous ferez quelque petite chose pour ma fille! — Hélas! ça me fend le cœur, voyez-vous, — continua-t-elle en s'attendrissant, — d'être obligée de parler de ces détails-là! — Moi, j'aurais voulu marier Chouchoutte, — la voir tranquille et bien sage... — mais enfin, puisque ça ne se peut pas, autant faut-il se lancer tout de suite dans *la haute!*

— Vous croyez que c'est facile, vous!

— Un mot seulement à un de ces messieurs de l'orchestre ou des avant-scènes, et je suis certaine que ça la posera! — Et puis, elle est si timide, si vertueuse...

— Ah ouich! — fit Tata en éclatant de rire, — parlez-moi de sa vertu!... — Et son petit cousin qui ne la quittait pas l'année dernière?

— Un drôle qui l'a compromise! — Un rien qui vaille, sans un sou, qui voulait l'épouser! — Ah! je m'ai fâché! Ça aurait pu lui faire manquer son avenir!

— Et le chef des chœurs? et le second maître de ballet?

— Je sais bien, mais ça n'empêche pas qu'elle a toujours été sage! — J'en répondrais comme de moi-même!

Pour comprendre ces paroles de madame Coquillard, en face des énonciations si limpides de Maryland, il faut savoir qu'à l'Opéra les mères des nymphes du corps de ballet affirment sérieusement que leurs filles sont *sages* tant qu'elles n'ont pas eu pour amant un habitué de l'orchestre ou des avant-scènes.

Ce qui se passe à l'intérieur du théâtre ne compte pas.

La vieille allait donc continuer l'apologie de Chouchoutte, lorsqu'un violent coup de sonnette fit bondir Maryland.

— Lisa! — cria-t-elle, — va voir! — Si c'est un jeune homme brun et beau garçon, tu le feras entrer au salon et tu le prieras de m'attendre!

La soubrette disparut et revint presqu'aussitôt.

— Eh bien! demanda sa maîtresse.

— C'est effectivement un beau jeune homme brun.

— Le connais-tu?

— Je ne l'ai jamais vu ici.

— A-t-il dit son nom?

— Il a dit que madame l'attendait.

— C'est lui! — s'écria Maryland en sautant de joie. — Vite, ma plus belle robe de chambre, la grise et rose! — Maintenant relève mes cheveux, — donne-moi une résille! — Bien!

— Dites donc, mam'selle! — observa madame Coquillard, — si c'était un monsieur de l'Opéra, vous pourriez...

— Allez au diable avec votre fille! — interrompit Maryland en sortant brusquement.

— Ah! bégueule! ah! parvenue! — grommela la mère de mademoiselle Chouchoutte. — Mais t'as beau faire! ma fille arrivera! — Elle aura des cachemires et des diamants! — elle fera sa tête! — Ah! Lisa! — continua-t-elle tout haut, — qu'une pauvre mère est à plaindre d'avoir son enfant à placer! — Y a-t-il encore du cassis? — J'en prendrais volontiers un ou deux petits verres! — Je me sens toute émue!

Et l'honnête madame Coquillard gagna la cuisine en compagnie de Lisa.

## XIV

### Une visite.

La personne que Lisa avait introduite dans le salon de Maryland, était le comte de Santeuil qui venait chez la danseuse pour la première fois.

La jeune femme, en ouvrant follement la porte, aperçut Maxime debout, le chapeau à la main, et jetant un regard curieux sur le riche ameublement qui l'entourait.

Elle alla vivement à lui, — lui tendit sa petite patte rose, et lui montra un siége.

— C'est bien gentil à vous, mon petit Maxime, — dit-elle ensuite en se pelotonnant dans un large fauteuil, — c'est bien gentil d'être enfin venu me voir!

— Ne vous hâtez pas de me remercier, ma chère enfant, — répondit le comte en souriant, — votre lettre d'hier est la seule cause de ma visite. — Qu'avez-vous donc à me dire de si important!

— Un tas de nouvelles, — mais je ne sais plusap r où commencer!

— Racontez à votre aise.

— Eh bien! d'abord, Fernanda est une pas grand' chose et une mauvaise créature!

— Mais, je la croyais de vos amies?

— Des amies! — Est-ce que nous en avons, nous autres femmes? — Je la vois parce qu'on s'amuse chez elle. — Elle m'invite parce qu'elle ne peut pas faire autrement, et elle est aimable avec moi parce qu'elle sait que j'ai bec et ongles, et que je réponds sans me gêner, à qui m'attaque!... — mais elle me déteste cordialement, et je le lui rends bien! — Vous saurez donc, mon petit Maxime, qu'elle a votre cousine en horreur!

— Madame de Lycenay? — s'écria Santeuil. — Est-ce donc pour me parler d'elle que vous m'avez appelé?

— Oui! d'elle et de vous!

— Comment cela? Expliquez-vous!

— Hein! comme vous êtes impatient. — Pourquoi n'êtes-vous pas venu plus tôt alors, — car sans vous le reprocher, je vous ai écrit trois fois depuis huit jours, et vous n'êtes arrivé qu'après la troisième lettre!

— Pardonnez-moi! — Des affaires de la plus haute gravité m'ont pris mon temps tout entier, — mais, de grâce, continuez! — Que voulez-vous dire en me parlant de madame de Lycenay!

— Ecoutez, mon bon! — Je ne la connais pas, votre cousine, je l'ai vue deux ou trois fois à l'Opéra et aux courses; mais elle est si jolie, elle a l'air si bon, si doux, si peu fier, que je soutiens qu'il faut être sans cœur pour chercher à lui faire du mal! — Elle a le visage d'un ange, cette pauvre petite femme, et quoique Fernanda en dise pis que pendre, moi je veux lui être utile.

Maryland raconta alors tous les détails de la soirée passée chez Fernanda le jour des courses de la Marche.

Nos lecteurs se souviennent sans doute que ce fut pendant cette soirée qu'éclatèrent les calomnies adroitement répandues par le vicomte de Cerny, calomnies qui eurent pour résultat la scène terrible du lendemain chez madame de Lycenay.

Maryland, comme nous l'avons vu, n'avait pas été la dupe du manége de la maîtresse du baron, — aussi résolut-elle, le lendemain, de prévenir Maxime, et elle lui écrivit en le priant de venir la voir.

Le comte de Santeuil s'était aperçu des avances que lui avait faites au Café-Anglais la provoquante pécheresse, et il avait cru voir dans cette correspondance une suite d'un plan de séduction à son égard.

Entièrement occupé de sa cousine, il se souciait fort peu d'une liaison avec Maryland, aussi ne s'était-il pas occupé de se rendre à sa prière.

Mais, voyant une seconde lettre, puis une troisième succéder à la première, dans l'espace de huit jours, il avait compris que Tata avait réellement quelque chose de sérieux à lui communiquer, et, bien éloigné pourtant de supposer qu'il dût être question de madame de Lycenay, il s'était décidé à obéir à d'aussi pressantes sollicitations.

A mesure que la danseuse parlait, Maxime lui prêtait une attention de plus en plus soutenue. — En découvrant ainsi la source des calomnies dont on enveloppait sa pauvre cousine comme d'un infernal réseau, la rougeur lui montait au visage, — le feu de la colère l'embrasait peu à peu, et sa main tremblante, serrant avec force la pomme d'écaille de sa canne, labourait avec l'extrémité opposée un magnifique tapis de Smyrne.

Enfin, lorsque Maryland arriva à la péroraison de son récit, elle le termina par ces mots :

— De deux choses l'une, me suis-je dit, — ou Maxime est l'amant de sa cousine, et alors je veux le prévenir pour que l'on ne trouble pas leurs amours et qu'ils continuent à être heureux, — ou tout cela n'est pas vrai et c'est une abominable calomnie, — comme je le crois, — parce que, mon bon, vous n'avez pas l'air du tout d'un amoureux, et je puis me flatter de m'y connaître...

— Mon Dieu ! — répondit Maxime en soupirant, — pourquoi ai-je tant tardé à venir vous voir? — Pourquoi ne suis-je pas accouru lors de votre première lettre ? — Que de chagrins j'aurais pu éviter à la pauvre Berthe !

— Dam ! aussi c'est votre faute!

— Cela est vrai! — Toujours est-il que je vous remercie, ma chère enfant ! Vous êtes une bonne et brave fille ! Voulez-vous me permettre de vous embrasser.

— Tiens ! mais je ne demande pas mieux ; — répondit Maryland en présentant son front uni comme le marbre aux lèvres du comte de Santeuil.

— Oui ! vous êtes une brave et bonne fille ! — reprit lentement Maxime. — En agissant comme vous venez de le faire, vous avez rendu service à une femme bien injustement malheureuse ! — Je vous en serai éternellement reconnaissant, et, dès à présent, regardez-moi comme un ami dévoué auquel vous ne devez jamais cacher une peine, et sur qui vous pourrez toujours compter.

— Vrai ! — fit Maryland d'une voix émue. — Eh bien ; ce que vous dites là me fait un plaisir que je ne puis vous exprimer ! — Parole d'honneur ! je suis plus contente que le jour où ce gros bêta de Jonathan m'a donné mon coupé.

— Vous avez un bon cœur, ma chère Maryland !

— Ça, je l'avoue, et je m'en vante. — Quand on me parle doucement et avec de franches paroles, on fait de moi tout ce que l'on veut ! — Je crois qu'il y a des moments où j'enverrais promener l'Opéra pour entrer au couvent, mais cela ne dure pas. — Sitôt que l'on vient me chercher pour aller souper à la Maison-d'Or ou aux Frères Provençaux, bonsoir la compagnie ! — Vive la joie et le champagne Clicot !

— Folle tête et cœur d'or ! — murmura Maxime.

— Justement ! vous avez dit la chose. — Ah ! — fit la folle enfant, en changeant brusquement de ton, suivant sa coutume : — Tout ce qu'on disait chez Fernanda, ce n'est pas vrai alors ?

— Je vous le jure, — répondit gravement Maxime.

— Eh bien, c'est le bouquet de la méchanceté ! — Ah ! qu'elle se tienne, c'est moi qui vais la faire rire et lui dire ses petites vérités, à cette drôlesse de Fernanda...

— Non pas ! si vous tenez à me faire plaisir, vous ne ferez rien qui puisse laisser soupçonner à cette femme que vous m'ayez vu ! Soyez toujours aimable avec elle, je vous le recommande.

— Pourquoi donc ? — C'est si amusant de dire des choses désagréables aux gens que l'on n'aime pas !

— Oui, mais vous la préviendriez, et je ne veux pas qu'elle se tienne sur ses gardes de ce côté !

— Bon ! c'est de la diplomatie, ça ! soyez calme, mon petit Maxime, j'ai connu autrefois un jeune homme du ministère des affaires étrangères, qui était très-fort là-dessus, à ce qu'il disait du moins...

— Alors c'est convenu? reprit Maxime en se levant : — Je compte sur votre discrétion !

— Je n'ouvrirai pas la bouche. — Cependant si je devine votre pensée, — et je ne suis pas trop bête, à ce que l'on prétend, — voulez-vous punir Fernanda?

— Je veux rendre le bonheur à madame de Lycenay, en ramenant son mari près d'elle...

— Comment ! elle l'aime donc encore?

— De toute son âme !

— Ah ! fichtre ! voilà qui est fort ! — Dieu ! si un homme me faisait jamais le quart des méchants tours que Lycenay a joués à sa pauvre petite femme, c'est moi qui lui en ferais voir de cruelles, et qui le flanquerais à la porte en deux temps et trois mouvements !

— Ma cousine a un enfant !

— Et elle vaut mieux que moi, c'est juste ! — Dites donc, Maxime, est-ce que je ne pourrais pas vous aider un peu ? Cela m'amuserait, et puis je ferais rager Fernanda ?

— Vous pouvez nous être utile si vous le voulez.

— Comment cela ?

— Voyez souvent cette femme, et dites-moi exactement ce qui se passera en votre présence.

— Volontiers !... Vous viendrez quelquefois ici, alors ?

— Tous les jours pendant quelques minutes, si cela ne vous dérange pas.

— Oh ! tant mieux ! — Je serai bien contente de vous voir souvent...

— Merci encore, et adieu !

— C'est-à-dire : *au revoir !*

— C'est bien ainsi que je l'entends...

Maxime salua amicalement la jeune femme qui le reconduisit jusques dans l'antichambre.

— Tra, la, la, la ! — se mit-elle à chanter en exécutant, pour entrer dans son cabinet de toilette, un pas de mazurque du plus haut style. — Je vais faire de la diplomatie ! — Fernanda ragera que ça fera plaisir à voir ! — Ah ! c'est égal, Maxime est fièrement joli garçon ! ! !

Et, tout en faisant une cigarette, elle fredonna.

On ne sait pas ce qui peut arriver.

## XV

### Une présentation.

Laissons mademoiselle Tata Maryland entamer avec sa femme de chambre une de ces conversations intimes, si communes entre les femmes de cette honorable classe et leurs soubrettes, après le départ d'un jeune homme qui vient de faire sa première visite, et voyons ce qui se passait au même jour et à la même heure, dans une autre maison de la rue de la Victoire.

Dans cette maison demeurait, depuis plusieurs années, une jeune femme, veuve d'un riche négociant, et nommée madame Dorcy.

Nos lecteurs se rappelleront peut-être que le nom de cette jeune femme a déjà été prononcé chez Olivier de Pont-Aven par son ami Ferdinand Thévenay, lequel proposait au vicomte de le présenter chez la jolie veuve, si si qu'il semblait le désirer.

En laissant voir ce désir à Ferdinand, Olivier était poussé, — non par un simple sentiment de curiosité, — non par l'envie bien naturelle de se rencontrer avec une personne qu'on lui disait charmante, et qui, sans le connaître, s'était informée de lui, — mais bien par la pensée incessante qui le poursuivait, — par le désir ardent de découvrir enfin le nom et le visage du mystérieux domino bleu.

Rien, il est vrai, ne pouvait faire supposer à Olivier que cette madame Dorcy, dont il n'avait jusqu'alors jamais entendu parler, eût quelque rapport avec une inconnue, ou fût cette inconnue elle-même, mais rien ne s'opposait non plus à ce que cela fût.

Pour parler de quelqu'un à maintes reprises et avec insistance, — comme cette jolie femme avait parlé de lui à son ami Thévenay, — il faut avoir un motif.

Olivier n'était pas du nombre de ces personnages célèbres dont tout le monde s'occupe.

Madame Dorcy devait donc le connaître à son insu, et, dans ce cas, pourquoi ne serait-elle pas, sinon le domino bleu, tout au moins le domino noir, engagé vis-à-vis de lui à moins de retenue, puisqu'il ne se trouvait mêlé en quoi que ce soit à l'intrigue de la Porte-Jaune?

Si cela était, Olivier serait bien près de soulever le voile qui couvrait son Isis toujours voilée, son idole toujours masquée!

Enfin, sur cette donnée, le vicomte avait bâti en un instant tout un monde de suppositions agréables.

Mais la visite faite au pavillon de la Porte-Jaune une heure après, avait modifié complètement le cours de ses idées.

Il trouvait désormais tant de charmes à ce mystère inviolé, qu'il n'osait plus essayer de franchir le seuil défendu.

D'ailleurs, le nouveau rendez-vous assigné pour le lendemain, en lui donnant de nouvelles espérances, l'avait rendu presque certain que la belle inconnue dévoilerait elle-même son incognito.

Aussi, lorsque Ferdinand vint le chercher à l'heure indiquée, le vicomte voulut-il éluder la visite convenue; mais, sur l'observation faite par son ami qu'une demande avait été adressée par lui, le matin même, à madame Dorcy, pour obtenir d'elle la permission de lui présenter quelqu'un, que cette permission lui ayant été accordée avec empressement, on ne pouvait, sans se voir taxé de grossière impolitesse, refuser d'y faire honneur. Olivier comprit la délicatesse de la position, et partit à pied avec son ami pour se rendre rue de la Victoire.

Tous deux sonnaient à la porte de madame Dorcy au moment précis où Maxime quittait Maryland.

Un domestique vint leur ouvrir, puis, leur ayant demandé leurs noms, il les précéda jusqu'au salon et annonça à haute voix :

— Monsieur le vicomte de Pont-Aven! — Monsieur Ferdinand Thévenay!

Une jeune femme, assise dans l'embrasure d'une fenêtre, un métier à tapisserie devant elle, se leva vivement et fit quelques pas au devant des visiteurs.

Madame Dorcy était une personne de vingt-cinq ans, de moyenne taille, grasse et mince, — (l'un n'exclut pas l'autre), — mignonne et gracieuse.

Son visage, sans offrir une grande pureté de lignes, sans soutenir un examen des détails trop approfondi, avait néanmoins quelque chose de spirituel, de vif et de gracieux qui charmait au premier abord.

En somme, si ce n'était pas une très-jolie femme, c'était à coup sûr une femme extrêmement désirable.

Parisienne pur sang, elle offrait le type de la bourgeoise de la Banque ou du haut commerce, de la bourgeoise coquette, élégante, bien élevée, et recherchée dans ses goûts et dans ses habitudes.

Son salon, qui jouissait d'une sorte de célébrité dans le monde de l'aristocratie financière, était fort recherché et admirablement tenu.

Après la présentation d'usage, et chacun ayant pris place, madame Dorcy en face de son métier, et les deux jeunes gens en face d'elle, la conversation s'engagea.

Madame Dorcy avait de l'esprit, — Thévenay un fond inépuisable de saillies et d'entrain joyeux. — Olivier se sentit promptement à son aise, si bien qu'après avoir effleuré une foule de sujets artistiques, littéraires et mondains, il changea brusquement le cours de la conversation pour arriver sans plus de préambules à l'objet qui lui tenait si fort au cœur.

— Madame, — dit-il, — pardonnez-moi la question peut-être inconvenante que je vais vous adresser, mais votre accueil si bienveillant autorise presque mon indiscrétion. — Vous avez eu la bonté de parler de moi à mon ami Thévenay, — avais-je donc, avant ce jour, le bonheur d'être connu de vous?

— Oui, monsieur, — répondit madame Dorcy en souriant, — je vous connaissais, quoique fort imparfaitement. — Je savais que vous vous nommiez le vicomte de Pont-Aven, je savais que vous étiez lieutenant de vaisseau, que vous habitiez la rue d'Astorg, et, de plus, que vous étiez certainement un garçon d'esprit et un fort galant homme.

— Vous me comblez, madame, — mais c'est sans doute au hasard que je suis redevable de ce bonheur trop longtemps ignoré, car je suis certain, parfaitement certain, que si j'avais eu l'heureuse fortune de me rencontrer avec vous, — fût-ce il y a dix ans, — cette rencontre ne se serait jamais effacée de ma mémoire...

— Ce qui prouve, monsieur le vicomte, que vous ne devez pas compter beaucoup sur cette mémoire dont vous parlez.

— Comment cela, madame?

— C'est de vous-même que je tiens tous les détails qui vous concernent.

— De moi?

— En personne!

— Je reconnais, madame, que je me suis attiré cette raillerie par mon indiscrétion, — répondit Olivier avec un salut et un sourire.

— Mais ce n'est point une raillerie!

— Qu'est-ce donc, alors?

— Une simple vérité.

— Comment! j'ai eu le bonheur de vous voir?

— Et, qui plus est, vous m'avez parlé et je vous ai répondu, — vous m'avez offert votre bras, que j'ai accepté, et je crois même que vous avez été sur le point de me baiser la main!...

— C'est donc en pays étranger que vous m'avez accordé toutes ces faveurs? — demanda Olivier, dont le cœur commençait à battre.

— Ce n'est pas à l'étranger

— Où donc, alors?

— A Paris même.

— Lors de mon dernier congé?

— Lors de celui-ci...

— Mais... quand?

— Il n'y a pas deux mois.

— Dans le monde?

— Non pas!

— C'est donc dans un jardin public! — dans la foule? — sur le boulevard?...

— C'est dans la rue, monsieur le vicomte.

— Dans la rue?

— Oui, — dans la rue.

— Mais alors... Non! non! c'est impossible! — s'écria Olivier.

— Allons, je ne veux pas mettre votre esprit à une plus longue torture, — continua madame Dorcy en riant. — Tout ce que je vous ai dit est vrai, mais je vous accorde qu'il vous était impossible de me reconnaître.

— C'est un logogriphe! — s'écria Thévenay.

— Et j'en demande humblement le mot! — ajouta Olivier, qui commençait à comprendre le mieux du monde, mais qui ne voulait pas en avoir l'air.

— Quoi! monsieur de Pont-Aven, vous ne vous rappelez pas ce certain bal de l'Opéra où vous avez si galamment défendu deux pauvres femmes?

Olivier tressaillit.

Le doute se faisait certitude!

— Le bal de l'Opéra!... — balbutia-t il.

— Sans doute, monsieur, et laissez-moi vous adresser à ce propos, quoiqu'un peu tard, tous les remerciements que vous méritez!

— Quoi!... c'était vous?

— C'était moi en compagnie d'une de mes amies...

— Délicieux! — s'écria Thévenay en éclatant de rire, — un véritable sujet de vaudeville.

— Vous portiez donc un domino noir? — murmura Olivier avec une anxiété visible.

— Non, monsieur! — c'était ma compagne qui était en noir, moi j'avais un domino bleu...

## XVI

### Qui traite de la multiplication des dominos bleus.

— Vous, madame, vous, le domino bleu! — s'écria le jeune marin, incapable de se maîtriser plus longtemps, car, ne retrouvant dans son interlocutrice aucun des détails qui l'avaient frappé dans sa mystérieuse inconnue, il se refusait à en croire ses oreilles. — Impossible! impossible!

Saint-Ouen (Seine). — Imp. Jules Boyer.

— Comment, impossible? — répliqua la jolie veuve. — Mais, si vous doutez, je puis sonner ma femme de chambre et vous faire apporter le domino tel qu'il était; car il n'a pas servi une seconde fois, je vous l'affirme, et vous aviez bien raison lorsque vous nous prédisiez que notre curiosité trouverait sa punition en elle-même! Quelle affreuse cohue! Ah! comme nous avons juré qu'on ne nous y prendrait plus!...

— Mais, si cela est... je ne comprends pas! je ne comprends pas! — murmura Olivier en passant sa main glacée sur son front brûlant.

— Cela est pourtant bien simple! — répondit madame Dorcy en se méprenant au trouble du vicomte. — Figurez-vous, que, depuis longtemps, j'étais dévorée du désir d'assister à l'un de ces bals dont on raconte des merveilles. — Je n'osais cependant avouer à personne ce désir un peu excentrique, lorsqu'une ancienne camarade de pension, une amie intime dont le mari habite la Provence, vint passer une partie de l'hiver à Paris. — Son mari étant contraint de continuer son voyage jusqu'en Belgique, elle demeura pendant trois semaines chez moi. — Je lui fis part de ma fantaisie, elle ne tarda guère à la partager; et, comme deux folles, nous fîmes la partie d'aller ensemble à l'Opéra, bien masquées, bien encapuchonnées, de façon à n'être reconnues de qui que ce fût! — Maintenant, vous savez reste!...

— Alors, — reprit le vicomte en hésitant, car il ne savait plus que croire, — c'est vous, madame, qui m'avez écrit?

— Ce n'est pas moi, c'est mon amie, qui, dans l'espoir d'empêcher les suites fâcheuses de cette aventure, inventa un innocent stratagème...

— Et c'est cette dame que... — Olivier s'arrêta en regardant tour à tour madame Dorcy et Thévenay; car il allait parler des rendez-vous de la Porte-Jaune, et la présence de son ami le gênait, en lui donnant la crainte de commettre une fâcheuse indiscrétion. — Cependant il voulait à tout prix savoir le mot de l'énigme qui le tourmentait.

— Continuez! monsieur de Pont-Aven! — lui dit gracieusement madame Dorcy.

— En vérité, je ne sais si je dois... — répondit en hésitant le vicomte, tout en adressant à la jeune veuve un signe et un regard qu'elle ne parut comprendre ni l'un ni l'autre.

— Pardon, madame, — dit alors Ferdinand en se levant, — mais j'ai un rendez-vous au Théâtre-Français pour trois heures et demie, et je me vois forcé de prendre congé de vous...

Thévenay avait un double motif pour chercher un prétexte à sa sortie.

D'abord il voyait l'embarras d'Olivier, embarras qu'il attribuait à sa présence, et il désirait le laisser seul avec madame Dorcy, convaincu que, ce faisant, il lui rendrait service.

Ensuite, depuis que la jeune femme lui avait appris qu'elle était l'un des dominos de la nuit en question, il se trouvait fort mal à l'aise. — Situation qu'apprécieront nos lecteurs, en se rappelant que Ferdinand faisait partie des pierrots ébriolés qui avaient mis obstacle à l'entrée des jeunes femmes à l'Opéra.

— Non pas! restez, monsieur Thévenay, — dit vivement madame Dorcy, — M. de Pont-Aven n'a rien de caché à m'apprendre. — D'ailleurs notre aventure se termine là, et il n'y a pas d'autre suite...

— Pas d'autre suite! — s'écria Olivier.

— Pas d'autre, que je sache au moins! — répondit la jeune femme avec un étonnement visible, causé par l'exclamation du vicomte.

— Mais... cette continuation de correspondance?

— Que dites-vous là!... — Auriez-vous donc reçu d'autres lettres?

— Une, chaque semaine, depuis la première que votre amie a daigné m'adresser.

— Impossible, monsieur de Pont-Aven! — Marthe est incapable d'une semblable étourderie!... — D'ailleurs, trois jours après notre escapade, son mari l'emmenait à Marseille où elle est encore...

— Alors, madame, ainsi que je vous le disais... je ne comprends pas.

— Avez-vous ces autres lettres?

— Je les porte toujours sur moi.

— Pouvez-vous me les confier?

— Les voici, madame.

Le vicomte remit à madame Dorcy un paquet contenant environ six à huit lettres.

— Ah! celle-ci est de Marthe! — fit la jeune femme en mettant de côté la première de celles qu'Olivier avait reçues. — Mais les autres ne sont pas d'elle.

— Cependant l'écriture?

— Est assez bien imitée, j'en conviens, et vous pouviez vous y tromper.

— Pensez-vous donc que l'on ait pu contrefaire ainsi l'écriture de votre amie?...

— J'en suis certaine! — Le pastiche est adroit, mais ce n'est pas là son style...

— Diable! — dit Ferdinand qui venait de reprendre un siége, — l'intrigue se complique! Il y a une comédie en trois actes là dedans! — Passons au dénouement!

Olivier restait visiblement atterré sous ces révélations successives, de la vérité desquelles il ne pouvait douter.

Ainsi donc, ses beaux rêves d'amour devaient s'envoler, et, à leur place, il ne trouvait qu'une sotte mystification, — car quel pouvait être le but de la femme qui avait joué près de lui le rôle du domino bleu.

Cependant il fit un effort sur lui-même, et s'adressant encore à madame Dorcy :

— Je vous en conjure! — dit-il avec angoisse, — parlez-moi franchement! — Tout ce que vous m'apprenez est-il donc bien vrai?

— Aussi vrai que nous sommes ici tous trois, monsieur, je vous en donne ma parole d'honneur!

— Pardonnez-moi donc, madame, l'incohérence de mes paroles et l'étrangeté de ma conduite... je souffre beaucoup!

— En effet, vous êtes pâle et agité! — on croirait que vous allez vous trouver mal!... — s'écria vivement madame Dorcy en se levant.

— Ce n'est rien, madame! ce n'est rien! — murmura Olivier en se remettant un peu.

Madame Dorcy était trop femme pour ne pas deviner en partie la cause de la subite souffrance du vicomte.

En digne fille d'Eve, elle aurait bien voulu approfondir le secret qu'elle ne faisait qu'effleurer, mais elle se sentait surtout disposée à secourir ce pauvre cœur, blessé par une désillusion inattendue.

— Voyons! — dit-elle en se rapprochant d'Olivier — raisonnons un peu! — Pour peu que l'on pût contrefaire de cette façon l'écriture de Marthe, il a fallu nécessairement avoir entre les mains sa première lettre... — A qui l'avez-vous confiée, cette lettre?

— A personne, madame, à personne!

— En êtes-vous sûr?

— Comme de mon existence!...

— Voilà qui est étrange!

— Et c'est précisément là ce qui me fait perdre la tête! — s'écria le vicomte en proie à la plus vive agitation, — Aussi, veuillez m'excuser, madame, de vous quitter ainsi brusquement, mais j'ai besoin d'air et de solitude! — Ferdinand aura la bonté de solliciter votre indulgence. — Vous êtes trop charmante, madame, pour ne pas être bonne!

Et le jeune marin, l'œil en feu, la pâleur au front, salua vivement et s'élança au dehors, avant que Thévenay eût eu seulement le temps de songer à le retenir.

— Mais votre ami est fou! — s'écria madame Dorcy.

— Ma foi, j'en ai peur! — répondit Ferdinand, — et je cours après lui pour le surveiller et le confesser.

— Allez vite, je vous y engage, et revenez demain m'apprendre ce qui se sera passé...

— Je vous le promets.

Ferdinand prit son chapeau, descendit précipitamment l'escalier et s'arrêta sur le seuil de la porte cochère pour explorer du regard la rue à droite et à gauche.

Il ne vit rien.

Il parcourut tout le quartier sans être plus heureux.

Véritablement inquiet, il sauta dans un coupé et se fit conduire chez Olivier. — Le concierge lui dit que M. le vicomte n'était pas rentré!

— Mais que diable peut-il être devenu? — se demanda Thévenay. — Puis, après d'inutiles réflexions, il ajouta : — Bah! je reviendrai ce soir savoir de ses nouvelles! — Il est amoureux, donc il doit être heureux! — La preuve, c'est que cela rime, et très-richement encore.

Tranquillisé par ce raisonnement profond, il congédia sa voiture, et il se dirigea vers le *Café des Variétés*, où, en sa qualité d'auteur dramatique encore à peu près inédit, il croyait devoir se montrer assidûment.

## XVII

### Aly.

Pendant que les scènes différentes que nous venons de raconter dans les précédents chapitres se passaient presque simultanément chez madame Dorcy et chez Maryland, une calèche découverte, gros bleu, rechampie de blanc, attelée de deux chevaux anglais, trois quarts de sang, et conduite par un cocher à perruque poudrée et à livrée aristocratique, dessinait un quart de cercle autour de l'arc-de-triomphe de l'Etoile, et, franchissant la barrière, ralentissait son allure pour descendre l'avenue des Champs-Elysées.

Fernanda, à demi-couchée sur les coussins de reps blanc, son king'-charles devant elle, un gigantesque bouquet de violettes et de camélias à ses côtés, répondait par un léger signe de tête ou par un petit geste de la main, d'une impertinence charmante, aux nombreux saluts des cavaliers qui la croisaient ou la dépassaient.

Après quelques jours de mauvais temps, le soleil avait reconquis son empire, et, depuis le matin, un vent nord-est assez vif chassait les gros nuages et permettait aux rayons dorés du *blond Phœbus*, — passez-nous cette classique réminiscence, — de vivifier par leur chaleur bienfaisante les efforts de la nature entière qui venait de briser sa coque hivernale.

Les Champs-Elysées regorgeaient de brillantes voitures, qui, — forcées de prendre le pas, — se coupant, — s'enchevêtrant, — s'accrochant quelquefois, — se croisant en tous sens, — offraient aux regards émerveillés des badauds et des provinciaux une réunion de toilettes étourdissantes, — de minois provoquants, — de têtes antiques et respectables de douairières, — de frais profils de jeunes filles, — et surtout (en majorité là comme ailleurs) de femmes entretenues, plâtrées de blanc et de rouge, — pastels miroitants, tirant l'œil, et dans lesquels rien n'est naturel, — depuis les hanches de crinoline jusqu'aux nattes de la chevelure, — depuis la pose affectée (caricature de la grande dame) jusqu'au sourire s'épanouissant sur des lèvres parfumées et carminées — (*procédé Guerlin*). — Vivantes incarnations de ce mot spirituel du spirituel et profond Gavarni : — *Le dessus est plus beau que le dessous, mais aussi c'est plus cher !*

Les cavaliers, le cigare aux lèvres, — le lorgnon à l'œil, le stick à la main, laissant lâches les rênes de leur *hack* à la longue encolure, aux jambes fines et au pas allongé, lançaient çà et là des regards de sultans sur les houris du sérail parisien, qui se pressaient autour d'eux, — et leur jetaient parfois un salut du bout de leur canne, mais sans porter la main au chapeau, par suite de l'introduction des modes anglaises, qui, du peuple jadis le plus poli de la terre, s'efforcent de faire, — et y réussissent malheureusement! — une réunion de gens aux dehors impertinents et grossiers, tout à fait dignes de nos voisins d'Outre-Manche, chez lesquels l'impolitesse suprême est regardée comme le comble du savoir-vivre.

Sur les bas-côtés, les promeneurs se coudoyaient, tandis que quelques intrépides, — de ces individus toujours prêts à devancer la mode, — s'étalaient sur deux ou trois chaises, fumant force panatellas de la régie, le binocle sur le nez, en se donnant beaucoup de peine pour affecter des airs régence et attirer l'attention des beautés vénales qui défilaient devant eux.

Gentilshommes de contrebande, dont le blason consiste en un carnet de commis d'agent de change, et qui, en voulant ramener les modes d'une autre époque, ne s'aperçoivent pas qu'ils ne produisent qu'une pâle et grossière caricature du siècle passé.

Lorsque la calèche de Fernanda arriva à la hauteur de la rue de l'Oratoire-du-Roule, elle fut croisée par le phaéton du baron de Lycenay, qui, perché sur le double coussin de la banquette, conduisait lui-même, ayant à sa gauche l'agent de change Chambry.

En apercevant sa maîtresse, Edgard fit retourner ses chevaux, et vint se ranger côte à côte avec la calèche de Fernanda.

Les deux voitures marchant au pas, la conversation s'engagea.

— Comme vous venez tard, mon ami! — dit Fernanda d'un ton de reproche.

— Ma chère, je sors de la Bourse, et c'est à cette circonstance que vous devez la bonne fortune de voir Chambry à mes côtés.

— Savez-vous, mon cher financier, — continua Fernanda en s'adressant à l'agent de change, — que vous devenez plus rare que les beaux jours? — Au moins faut-il espérer que vous nous reviendrez avec eux?

— Mille fois trop aimable, belle dame! — répondit Chambry. — Un monde d'affaires m'a écrasé depuis une quinzaine! — Oh! nous avons eu une rude liquidation!

— Je vous crois, aussi ne vous gronderai-je pas; seulement il n'en est pas de même de M. de Lycenay, et, puisque vous êtes près de lui, faites-moi le plaisir de lui adresser une verte semonce de ma part.

— A moi? — fit Edgard en se penchant sur son siége.

— Et pourquoi donc?

— Parce que, ce matin, Janisset m'a apporté une délicieuse parure d'émeraudes.

— Ne vous a-t-elle pas fait envie, hier, en passant devant son magasin?

— Sans doute! mais je ne vous l'avais pas demandée.

— Si vous me l'eussiez demandée, ma chère, je n'eusse accompli qu'un simple devoir en vous priant de l'accepter, tandis que je voulais avoir le mérite d'une galanterie.

— C'est donc pour cela que vous m'avez fait passer l'ordre de vendre vos *Grand-Central*? — demanda Chambry à voix basse.

— Chut! — fit vivement le baron.

— Mon bon Edgard! — disait Fernanda, — vous êtes bien décidément un parfait gentilhomme!

— Je le crois palsambleu bien! — s'écria une voix joyeuse à la droite de la calèche.

C'était Charleval qui caracolait à la portière.

— Ah! vous voilà, Félix! — Vous venez du bois?

— Oui, reine du cœur de mon ami! — Je cours après vous depuis deux heures!

— Après moi?

— Sans doute! — J'ai déposé deux cartes à votre hôtel et chevauché le bois dans ses moindres allées à votre intention! — Enfin, vous voilà! le ciel me récompense de mes peines!

— Que me vouliez-vous donc?

— Vous enlever à la barbe et aux moustaches de mon illustre ami, ci-présent!

— Un rapt! Je m'y oppose! — dit Fernanda avec enjouement.

— Bah! laissez-vous faire. — D'ailleurs, j'ai la permission du baron, n'est-ce pas, Lycenay?

— Tu as plein pouvoir.

— Vous le voyez, ô belle victime! Résignez-vous!

— C'est donc un complot?

— Un complot infernal!

— Dans le but de...

— De dîner aux Frères-Provençaux. — Edgard accepte, — Chambry accepte, — tout le monde accepte!

— Vous ne pouvez refuser!

— J'ai un peu de migraine...

— Cela se passera à table.

— Je suis fatiguée...

— Nous ne veillerons pas tard.

— Je ne suis pas habillée...

— Vous n'en êtes que plus jolie!

— La toilette me va donc mal, à votre gré?

— Ah! je vous fais un compliment, — vous me répondez par une horrible méchanceté! — Il y a insulte, il doit y avoir réparation! — Je vous préviens que je n'en accepte pas d'autre que celle de vous posséder ce soir parmi mes convives...

— Vous le voulez, Edgard?

— Je ne le veux pas, je vous en prie.

— Allons, messieurs! — Vous êtes trop aimables pour que je puisse refuser...

— Vivat! — s'écria Charleval. — Chambry, nous comptons sur vous!

— Volontiers.

— Alors, je prends les devants et vais veiller aux apprêts du festin. — Edgard, tu presseras les retardataires!

Une heure après, quinze convives, — hommes et femmes, — étaient assis autour d'une table splendidement servie dans un des salons des Frères-Provençaux.

Ce dîner, de même que le souper auquel nous avons fait assister nos lecteurs, fut stéréotypé sur tous les repas du même genre, cent fois décrits dans cent romans...

Aussi, comme il n'offrit aucun caractère particulier, nous nous bornerons à dire que les cris y furent bruyants, — les mots cyniques nombreux, — et l'esprit à peu près nul.

Nous ne prétendons point établir par là que tous les convives fussent arrivés au même degré d'idiotisme, — non, — il y avait certainement dans cette réunion des natures intelligentes, mais nous voulons parler de l'absence complète de cet esprit fin, railleur, de cet esprit de bon goût, qui brillait dans les soupers du dix-huitième siècle, — de cet esprit éminemment français auquel la guillotine de 93 a tranché la tête, — esprit qui avait commencé à renaître avec le siècle actuel, au milieu des débris semi-aristocratiques du Directoire, mais qui a disparu, comme les derniers carlins, avec la révolution de juillet.

Malgré cela, et peut-être à cause de cela, les gentilshommes et les pécheresses invités par Charleval déclarèrent s'être prodigieusement amusés.

A neuf heures, Fernanda se fit ramener chez elle par Edgard.

Le baron resta quelques minutes, — puis, la migraine de sa maîtresse faisant de rapides progrès et exigeant un calme absolu, il se fit conduire au Club, où il s'attabla bientôt devant un whist formidable.

A peine la porte de l'hôtel se refermait-elle derrière la voiture de Lycenay, que Fernanda sonna vivement et que sa camériste parut à son appel.

Cette camériste était une femme de trente-cinq à quarante ans, grande et maigre, plus grêlée qu'Arnal et très-dévouée en apparence à sa maîtresse dont elle flattait fort servilement tous les vices, pour le plus grand profit de ses gages.

— Madame Labit est-elle là? — demanda Fernanda.

— Oui, madame. — Il y a une bonne heure qu'elle attend dans le cabinet de toilette.

— Bien! — Mets des lumières sur cette table, dis à Aly d'apporter tout ce qu'il faut pour écrire, et fais entrer madame Labit. — A propos, — continua Fernanda pendant que la femme de chambre allumait un candélabre et le plaçait sur un guéridon de Boule, — depuis qu'Aly est à mon service, on n'a pas eu à se plaindre de lui?...

— En aucune façon. — Il est exact, — alerte, — intelligent. — C'est un vrai trésor que nous avons trouvé là! — Je crois que, dès à présent, on pourrait compter sur sa discrétion...

— Nous verrons plus tard. — Ah! tu donneras l'ordre à Jérôme d'atteler le coupé pour dix heures moins un quart. N'oublie pas de me préparer une toilette dans ma chambre à coucher.

— Tout est déjà prêt, madame.

— Alors, va! je n'ai plus besoin de toi.

La camériste sortit, et Aly, le singulier heiduque que Lycenay avait remarqué quelques jours auparavant, entra, apportant ce qu'avait demandé sa maîtresse.

Son costume, chamarré de couleurs éclatantes, faisait ressortir son teint bistré et l'expression intelligente de sa physionomie.

Il déposa sans bruit, sur la table, les objets dont il était chargé, et, saluant à la manière orientale, il se dirigea vers la porte sans prononcer une parole.

Au moment où il franchissait le seuil, madame Labit venait de faire son entrée.

Nous croyons avoir donné déjà un portrait fort détaillé de l'associée de Fernanda, et nous nous abstiendrons de crainte de tomber dans les redites.

— Bonjour, ma belle! — dit-elle familièrement en tendant la main à la maîtresse du baron de Lycenay. — Cela va-t-il toujours comme vous voulez?

— Merci, ma chère! — répondit Fernanda en s'asseyant près du feu.

— Je vous apporte les comptes du mois.

— Les affaires marchent-elles?

— Ça a repris un peu. — Voulez-vous que je commence?

Madame Labit, en disant ces mots, avança un fauteuil près de la table, s'y installa carrément, et, sortant un rouleau de papier de sa poche, elle le tourna en sens inverse sur ses genoux, afin de l'ouvrir plus facilement.

— Nous disons, — continua-t-elle, — *Mars* 18'5...

— Attendez! — interrompit Fernanda en se levant.

Madame Labit s'arrêta.

La jeune femme prit un flambeau sur la cheminée, alluma la bougie au candélabre enflammé, et se dirigea vers une porte du boudoir.

La pièce dans laquelle se passe la scène que nous allons raconter avait deux sorties : — l'une à droite, sur le grand salon qui communiquait lui-même à l'antichambre, — d'une part, — et de l'autre avec le cabinet de toilette par une issue dérobée; — l'autre, sur un petit salon de travail donnant également dans le cabinet de toilette, et dans la chambre à coucher par une seconde ouverture.

Il résulte de ces dispositions, — nos lecteurs le comprendront aisément, — que le cabinet de toilette était adossé au boudoir, et séparé seulement de lui par une mince cloison.

Fernanda, sa bougie à la main, entra d'abord dans le grand salon, le parcourut du regard, et, se dirigeant vers la porte ouvrant dans l'antichambre, elle donna un tour de clef à la serrure de cette porte.

Puis, passant dans le cabinet de toilette parfaitement désert, elle ferma la première porte en dedans, — traversa le cabinet dans sa largeur, — ferma la seconde porte en dehors, et, poussant le verrou de la chambre à coucher, elle rentra par le salon de travail dans le petit boudoir.

— Là! — dit-elle en replaçant le flambeau sur la tablette de la cheminée, — nous sommes bien seules! Commencez!

A peine Fernanda avait-elle refermé la seconde porte du cabinet de toilette, que les rideaux de toile de Perse, enveloppant de leurs plis une baignoire placée à l'angle de cette pièce, s'agitèrent, se soulevèrent, et donnèrent passage à un homme blotti, pendant la ronde de la maîtresse de la maison, au fond de la cuve de marbre vert.

Cet homme, se dressant à demi, resta durant quelques secondes sans sortir entièrement de sa cachette, — puis enjambant lestement le rebord de la baignoire, il se dirigea sur la pointe des pieds vers la cloison du fond.

Cet homme était Aly, que nous avons déjà vu à l'œuvre dans ce même cabinet, et qui, comme la première fois, décrochant une branche-candélabre, appliqua son oreille à l'ouverture préparée.

## XVIII

### Comptes d'usurier.

— Nous disons, — reprit madame Labit en ouvrant son cahier, quarante-deux mille cinq cents francs prêtés dans le courant du mois, ainsi que j'en vais justifier par le détail qui suit :

« 1° Au vicomte de Rieux :

« Deux cents louis en argent.

« Un mouchoir de poche de trois louis coté quatre cents francs.

« Une pelisse de velours, garnie de fourrure, de six cents francs, — deux mille six cents francs.

« Un cachemire acheté aux ventes du Mont-de-Piété quatre cents francs, — mille huit cents francs.

« Total : huit mille huit cents francs, représentés par des lettres de change acceptées à trois mois.

— Il me semble que vous vous mettez bien à découvert avec de Rieux ? — fit observer Fernanda.

— Pas trop. — Il ne nous doit que cent cinquante louis payables fin courant. — La famille est riche.

— Oui, mais le père a menacé de ne plus payer, et il faudrait attendre trop longtemps. — Le bonhomme est encore solide !

— Si le père ne paye pas à première réquisition, on mettra le jeune homme à Clichy. — Ça fera délier les cordons de la bourse paternelle.

— Je sais bien, mais le moyen est désagréable. — Evitons les procès...

— Bon ! on enrayera.

— Je vous y engage.

— Maintenant, nous avons :

« A Mignard, le neveu du commissaire-priseur, une valeur de trois mille cinq cents francs contre laquelle je lui ai remis en deux fois mille neuf cents francs.

— Après?

— Au petit Hector de Bracy, deux cent cinquante louis sur son billet payable à six semaines et montant à huit mille francs.

— Ensuite?

— Une somme de vingt-deux mille trois cents francs, prêtée par fractions à des jeunes gens que vous ne connaissez pas ! Ce n'est pas de votre monde. Des fils de marchands enrichis qui font des bêtises pour des actrices, mais c'est bon ! c'est excellent ! Ça payera, je vous en réponds ! Voulez-vous voir le détail?

— Oui, donnez !

Madame Labit passa son cahier à Fernanda, qui l'examina attentivement, puis, le lui remettant :

— C'est tout ? — demanda-t-elle.

— Mon Dieu ! oui, — c'est assez gentil ! quarante-deux mille cinq cents francs d'affaires dont la plus longue échéance est à trois mois et qui nous ont coûté dix-neuf mille deux cent quatre-vingts francs de déboursés. — Est-ce que vous vous plaignez du bénéfice ?

— Non ! — Passons aux rentrées !

— Elles se sont assez bien faites. — Voici douze mille cent trente-huit francs que je vous rapporte, n'en ayant pas le placement ce mois-ci.

— Mettez cela dans le nécessaire qui est sur ce petit meuble. Bien ! — A propos, avez-vous prélevé votre part ?

— Oui ! le compte est au bas du papier. Voyez !

— Très-bien ! — dit Fernanda en remettant le rouleau à madame Labit, — maintenant donnez-moi un reçu de ces valeurs.

Que nos lecteurs ne nous taxent pas d'exagération ou de fantaisie ; qu'ils ne croient pas que le commerce que nous mettons sous leurs yeux soit un produit fantastique de notre imagination de romancier.

Nous affirmons que tout ce qui précède est de la plus exacte vérité, et que cette usure clandestine est pratiquée par un grand nombre de femmes auxquelles elle procure un double résultat.

Il est à notre connaissance que plusieurs filles entretenues, fort célèbres, et quelques actrices très-vantées pour leur beauté, se livrent, de concert avec un associé prête-nom, à cette honorable industrie.

— Oh ! si nous soulevions les masques, que de pauvres jeunes gens s'étonneraient en apprenant que la somme qu'ils se procurent à des intérêts phénoménaux pour captiver les bonnes grâces d'une déesse de coulisses ou d'une divinité du quartier Bréda, est souvent tirée du portefeuille de cette même femme aux pieds de laquelle ils la déposent, et qui rentre ainsi, en quelques heures, dans l'argent avancé, plus l'escompte et la commission que paiera la lettre de change en venant doubler le capital.

Ce qu'il y a de fort original, c'est que c'est dans les coulisses d'un de nos plus gais théâtres de vaudeville que cette manière ingénieuse de faire valoir ses fonds a pris naissance et s'est développée.

Honneur au génie commercial de l'ex-ingénue qui a le droit de revendiquer le brevet d'invention, — *sans garantie du gouvernement,* — bien entendu !...

— Maintenant, ma chère, que les affaires sérieuses sont coulées à fond, — reprit madame Labit en remettant à Fernanda le reçu qu'elle venait de faire, — il faut que je vous apprenne une fière nouvelle !

— Laquelle donc ?

— Le baron de Lycenay est venu chez moi !

— Quand cela?

— Pas plus tard que ce matin !

— Se douterait-il ?...

— De rien, ma belle !

— Alors que voulait-il donc ?

— Parbleu ! ce n'est pas malin à deviner ! Il voulait de l'argent. — C'est d'Aubignée qui me l'adressait...

— Quoi ! il en est là ?

— Comme vous voyez ! — Mauvaise affaire ! — Faut me flanquer cet homme-là à la porte...

— Vous ne lui avez rien promis ?

— Pas un rouge liard ! — Il voulait vingt mille francs ! plus que ça de monnaie ! — Il paraît, ma petite, que vous l'avez mené rondement.

— Que lui avez-vous répondu ?

— Que je ne savais pas si je pourrais faire l'affaire, et que je le priais de repasser dans deux jours. — Je voulais vous consulter avant tout. — Que faut-il faire !

— Rien ! — Ne prêtez pas, nous perdrions !

— Il est donc complètement fini?

— Parbleu !

— Cependant on pourrait, je crois, lui accorder un peu de crédit : sa femme est riche.

— Sans doute, mais, comme dit le proverbe : *usons, n'abusons pas.*

— Vous avez peut-être quelque chose à faire rentrer ?

— Justement.

— Ah ! bigre ! dites-le donc tout de suite ! — Qu'est-ce que c'est ?

— Vous savez bien, il y a deux mois, quand Edgard

a commencé à se trouver gêné et que j'ai fait, devant lui, donner l'ordre à Chambry de vendre la rente.

— Que je faisais racheter par un homme à moi, parbleu! C'était même joliment joué!

— Eh bien! il a voulu me faire des billets.

— Que vous avez acceptés?

— Après quelques difficultés...

— A combien montent-ils, ces billets?

— Dix lettres de change de dix mille chacune!

— Mazette! — Cent mille francs! — Un joli denier! — C'est affaire à vous! — Quand est-ce payable?

— Quand je voudrai, les lettres de change sont en blanc.

— Fichtre! faut *laver* cela le plus tôt possible! — Croyez-moi!

— Je suis de votre avis et j'ai même pensé aux moyens à employer.

— J'écoute.

— Vous allez prendre ces lettres de change.

— Bien!

— Vous les passerez à l'ordre de quelqu'un.

— J'ai votre affaire! — Un gueux qui roule sur l'or, — une canaille de mes amis, qui était clerc de notaire il y a six ans et qui, maintenant, a fait fortune.

— Comment l'appelez-vous?

— Le Pontevin. — Il demeure sur le boulevard des Italiens. — Ça met des bottes vernies et des gants paille et je l'ai connu sans souliers. — Mais, dame! c'est adroit, rusé, effronté et voleur comme il n'y en a pas! — Il achète les mauvaises créances et fait l'usure en cas de besoin, mais pas beaucoup, attendu que jadis il a frisé la correctionnelle pour ça! — Enfin, c'est ce qu'il nous faut! — Il fera mettre deux ou trois signatures avant la vôtre, ou plutôt avant la sienne, car, puisque les effets sont en blanc, vous n'avez pas besoin de paraître là dedans.

— C'est ainsi que je l'entends.

— Oui. Il faut éviter ça, en cas de procès. — Les avocats sont si mal élevés! Quand une femme a des billets et qu'il y a dessus *valeur en marchandises*, ils se permettent un tas de mauvaises plaisanteries qui amusent le public. — Je sais bien que cela pose quelquefois une femme, mais vous, ma chère, vous n'avez pas besoin d'être posée de cette façon-là!

— Voici les effets! — dit Fernanda en ouvrant un des tiroirs de la table et en y prenant dix feuilles de papier timbré, sur lesquelles on lisait la signature du baron de Lycenay.

— C'est bien en règle! — A présent, à quelle date faut-il les faire tirer?

— Mais... nous sommes le 22 avril... mettez-les au 5 mai.

— Vous aurez donc rompu avant?

— Probablement, et puis, qu'importe?

— Tiens! c'est que, dans le cas contraire, le baron pourrait vous dire des choses désagréables.

— J'ai prévu cela. — Voici vingt mille francs de lettres de change signées par moi. — Vous les mettrez avec les autres, et si, à l'échéance, Lycenay ne paie pas les siennes, vous nous poursuivrez tous les deux. — De cette façon, j'aurai une réponse toute prête, si Edgard me reproche d'avoir négocié ses valeurs : — *la triste nécessité!* — et la preuve, c'est que non-seulement je me serai servie des siennes, mais encore j'aurai été contrainte à faire usage de ma propre signature. — Edgard ne pourra rien me reprocher ni rien demander à une femme poursuivie comme lui!...

— C'est joliment trouvé cela! — Mazette! — Quelle force!...

— Je suis aise que vous soyez de cet avis. — Prenez donc tous ces papiers, et donnez-moi des contre-lettres.

— C'est juste! Vous n'oubliez rien!

Madame Labit prit une plume et une feuille de papier et se mit à écrire; mais comme c'était une personne fort intelligente et pouvant parfaitement suivre deux occupations à la fois, elle continua, tout en faisant courir sa plume avec dextérité, la conversation intime dont elle était loin d'avoir épuisé le sujet.

— Ah! — dit-elle, — j'ai oublié la note des dépenses du mois passé, mais je vous l'enverrai demain.

— Sont-elles fortes?

— Assez gentilles. — Dame! nous avons eu des extra, par rapport à l'affaire qui vous occupe! — D'abord, j'ai donné mille francs à la femme de chambre de madame de Nerval, afin qu'elle reçût une lettre de son pays qui y nécessitât sa présence, et qu'elle mît provisoirement quelqu'un à sa place auprès de sa maîtresse.

— C'était convenu.

— Et êtes-vous contente de la femme que j'ai envoyée là?

— Enchantée! — Chaque soir, j'ai un rapport détaillé sur ce qui s'est passé chez madame de Nerval, et pas un mot ne s'y dit que je ne sois instruite...

— Très-bien! — Maintenant, il y a le cocher, vous savez? — Ce sont encore quelques louis par-ci, par-là, suivant ce qu'il me répète. — Enfin, cela marche de ce côté, n'est-ce pas?...

— Admirablement!

— Bon! voici votre lettre. — Et Cerny, que fait-il?

— Peu de choses, mais néanmoins il avance. — Depuis que Maxime et la veuve ne vont plus là-bas, il est le confident en faveur. — J'ai bon espoir également de ce côté-là.

— Bravo! Il ne reste que le petit marin.

— Oh! celui-là est pris, je vous en réponds.

— Je le crois sans peine!... Qui est-ce qui pourrait vous résister, quand vous voulez vous donner la peine de plaire? — Je suis sûre que le grand saint Antoine lui-même descendrait sur la terre, que vous sauriez le prendre tout comme un autre! — Ah! que les hommes sont jobards! — Enfin, c'est une fière idée que je vous ai donnée, de vous servir de la lettre du domino bleu, dont le vicomte vous avait raconté l'histoire, quand il a cherché à vous faire la cour pour vous brouiller avec le baron!

— Oui, votre conseil était bon, et il me servira! — Grâce à lui, je donne, d'une part, une bonne leçon à ce petit niais d'Olivier qui voulait se jouer de moi, et, de l'autre, j'attire une terrible vengeance sur la tête de M. de Santeuil!

— Comment cela?

— Vous verrez plus tard. — Ce n'est pas encore mûr.

— Alors, attendons! — C'est égal, pour une seule nuit que nous l'avons tenue, cette lettre, le père Girardé en a joliment profité. — L'écriture des autres était à s'y méprendre! — Il ne se doute de rien, le marin?

— De rien, je vous l'affirme!... — Mais, ma chère, il faut que je me hâte! — Neuf heures trois quarts! — Je n'ai que le temps de m'habiller!

Et Fernanda, allant vivement ouvrir la porte de la chambre à coucher, appela :

— Brigitte! Brigitte!...

— Me voici, madame! — répondit la femme de chambre.

— Cours ouvrir les portes du salon et celles du cabinet de toilette et reviens bien vite m'habiller dans le boudoir.

— Vous allez à Ville-d'Avray, ce soir? demanda madame Labit en voyant rentrer Fernanda.

— Oui, ma chère. — Je dois y être à onze heures!

En ce moment, un violent coup de cloche annonça que quelqu'un pénétrait dans la cour de l'hôtel.

— Qui peut venir? — se demanda Fernanda à voix haute.

— Le baron peut-être! — répondit madame Labit.

— C'est possible! — Allez vite prévenir Brigitte de répondre que je dors et qu'on ne peut me déranger.

Madame Labit sortit, et revint presque aussitôt.

— Qui était-ce? — fit Fernanda.

— Un commissionnaire avec une lettre.

— Voyons!

— Un papier sale et gras! — Pas grand'chose!

Fernanda décacheta l'épître, et, la parcourant d'un coup d'œil, laissa échapper une exclamation.

— Qu'y a-t-il? — demanda madame Labit avec curiosité.

— Lisez! — répondit Fernanda en lui tendant la lettre, — c'est du groom de M. de Pont-Aven.

— Ah! celui qui nous a remis la missive du domino? Voyons cela!

Et elle lut:

« *Madame,*

« *Mon maître a été aujourd'hui chez une dame nommée madame Dorcy, et il paraît que c'est elle qui était à l'Opéra en domino bleu. — Monsieur est rentré furieux, et comme il parlait tout seul dans sa chambre, je me suis caché et j'ai entendu, c'est ce qui fait que je puis vous prévenir de ce fait. — Monsieur est monté à cheval à quatre heures. — Il n'a pas voulu que moi ou Jean allassions avec lui, et il a dit qu'il ne savait pas à quelle heure il rentrerait. — Recevez, madame, etc...* » — Tiens! tiens! tiens! mais il n'est pas trop bête, ce garçon-là! Eh bien! la mèche est éventée! C'est contrariant.

— Pas plus qu'autre chose!

— Comment! cela ne vous fait rien?

— Cela me fait grand plaisir! — J'aime les situations nettes! — Ah! il sait que ce n'est pas le véritable domino bleu qui lui donne des rendez-vous! — Eh bien! il ignore encore la moitié du secret, puisqu'il ne me connaît pas! — Je lui apprendrai le reste ce soir! — Aussi bien ce masque me fatiguait.

— Vous allez donc toujours là-bas?

— Plus que jamais, ma chère!

— Mais ce jeune homme est capable de vous malmener!... il est furieux, dit le groom.

— Ce jeune homme, ma chère amie, ce jeune homme sera dans deux heures à mes pieds, et il me suppliera à genoux de ne pas repousser ses ardentes prières!

Et Fernanda, radieuse d'audace et de confiance en sa beauté souveraine, sonna vivement Brigitte, qui entra portant sur ses bras une délicieuse robe de couleur paille.

— Appelle Rosine! — lui dit la jeune femme, — que l'on me donne une autre toilette, une robe pompadour décolletée, ornée de dentelles d'Angleterre et de flots de rubans! — Des souliers de bal, — un bouquet, — un éventail, — des bijoux!... — Toi, pendant ce temps, coiffe-moi! — Un camélia, une guirlande, tout ce que tu voudras dans mes cheveux! — Ma bonne Labit, aidez-la un peu, ou nous n'en finirons pas ce soir!

Et Fernanda, s'étant assise devant une haute glace de Venise qui lui permettait de se voir des pieds à la tête, — les deux femmes s'empressèrent autour d'elle, tandis que Rosine, la seconde soubrette, se hâtait d'apporter la robe demandée.

FIN DE LA DEUXIÈME SÉRIE.

# MADEMOISELLE LA RUINE

TROISIÈME SÉRIE.

PAR ERNEST CAPENDU.

## DEUXIÈME PARTIE.

## LE SYSTÈME DE DOM BAZILE.

— SUITE —

### XIX

Où le vicomte de Pont-Avén court après le mot de l'énigme et ne le rencontre pas.

En quittant la maison de madame Dorcy, Olivier, en proie à une agitation qu'il ne pouvait dominer, se mit à marcher rapidement dans la direction du boulevard, sans avoir conscience de ce qu'il faisait.

En traversant la rue Drouot, il aperçut un coupé de louage dont le cocher, en quête d'une pratique, faisait des signes provoquants aux passants et aux promeneurs.

Le vicomte arrêta cette voiture, ouvrit la portière et monta.

— Où allons-nous, mon maître? — demanda l'automédon en se courbant sur son siége.

— A Ville-d'Avray!

— Plus que ça de ruban de queue! Excusez! C'est dix francs, vous savez, bourgeois?

— Brûle le pavé! vingt francs si tu arrives en moins d'une heure!

— Quatre lieues en une heure! merci, je crèverais ma bête pour vingt francs!...

— Eh bien! cinq louis, dix louis! va, marche donc!...

— Dix louis! ça y est! convenu. Eh hop! la Voltigeuse, en avant! — s'écria le cocher en faisant pleuvoir une grêle de coups de fouet sur la maigre échine de la chétive haridelle.

Par bonheur pour le vicomte, le pauvre cheval était un reste de pur sang, — type des vicissitudes de l'existence chevaline, qui, d'une mangeoire de marbre et des brancards d'un élégant tilbury, était descendu au sac d'avoine à demi rempli et à la limonière d'un véhicule affreux et sale. — Mais c'était un de ces nobles animaux qui conservent leur ardeur jusqu'au dernier soupir, et qui meurent à la peine avec une vaillance digne d'un meilleur sort.

Le coupé partit donc au grand trot par le boulevard des Italiens.

— Oh! — pensait Olivier en sentant sa tête se calmer peu à peu par l'effet de la rapidité de la course, — oh! je découvrirai ce que signifie ce mystère! — Cette femme se jouait de moi, je ne puis en douter... — Comment expliquer le but de ce déguisement? — je m'y perds! — N'importe! — elle m'a trompé, indignement trompé... — Tout ceci est une mystification ourdie par quelqu'intrigante!... — Et ces lettres? — comment cette femme a-t-elle pu se procurer la première, la seule véritable, pour en imiter si fidèlement l'écriture! — Oh! je saurai ce que cela veut dire, je le saurai! et s'il y a un homme mêlé dans cette aventure... malheur à lui! je le tuerai sans miséricorde! — Comme elle était belle et gracieuse hier, cependant!... — Sa voix avait une douceur émue, un charme indéfinissable! — Oh! l'infernale coquette! — c'est que je l'aime... je l'aime comme un fou! — Et se faire un jeu des battements de mon cœur... — Qui est-elle, mon Dieu! qui est-elle? — Ah! c'est la Providence qui m'a conduit chez madame Dorcy... — Mais ce rendez-vous, irai-je? — Oui, j'irai! — je la confondrai, cette femme... — je lui dirai que sa conduite est indigne! — Et pourtant... elle doit être si charmante!... — Trois heures à peine! — Encore une éternité à attendre jusqu'à ce soir...

Le vicomte en était là de son monologue lorsqu'un craquement brusque, accompagné de jurons énergiques, se fit entendre tout à coup, et le coupé, qui atteignait en ce moment la place de la Concorde, s'abattit sur le côté.

Un essieu venait de se briser.

Olivier sortit lestement par la portière libre et sauta au milieu d'un rassemblement de curieux, ameutés avec cette promptitude que l'on ne remarque qu'à Paris.

Le cheval était tombé et le cocher, lancé en avant par la violence de la secousse, avait été rouler sur l'asphalte du trottoir.

Le pauvre diable se releva tout endolori et, en voyant le triste état dans lequel était sa voiture, il se mit à pousser les hauts cris.

— Eh! ne te désole donc pas, Christophe! — lui dit un camarade qui aidait à dételer et à relever le cheval, — c'est pas de ta faute. Ton bourgeois paiera le raccommodage!

— J'ai plus de bourgeois, — répliqua le cocher gémissant. — C'est à moi la voiture! — Je l'avais achetée il y a quinze jours! — Cré coquin de sort! me voilà à pied! Ah! ma pauvre femme et mes pauvres enfants!

— Combien estimez-vous le dégât? — demanda Olivier, touché de la douleur du cocher.

— Dam! monsieur, ça me coûtera bien une pièce de vingt-cinq francs et puis un grand jour de perdu!

— Tenez, voici cinq louis, êtes-vous content?

Le cocher, amplement dédommagé et consolé, accabla le jeune homme de remercîments et de bénédictions, tandis que ses camarades lui enviaient son accident et proposaient au vicomte une foule de véhicules.

Mais Olivier, dont cet événement inattendu avait modifié les résolutions, les remercia du geste, et, traversant les Champs-Elysées, se dirigea vers sa demeure.

Confiant dans le bon sens de son fidèle quartier-maître, il avait résolu de tout lui raconter et de lui demander conseil.

Malheureusement Margat venait de sortir depuis un quart d'heure à peine.

Olivier se renferma dans sa chambre, qu'il se mit à parcourir à grands pas.

C'était une nature ardente, passionnée, incapable de dissimulation, que celle du jeune marin, aussi se laissait-il emporter par la fougue de son caractère et, au milieu du désordre des réflexions qui se heurtaient dans sa tête, il ne s'apercevait pas qu'il parlait à voix haute.

Des phrases entières sortirent de ses lèvres et bientôt ses pensées se transformèrent en un nouveau monologue.

Or, Baptiste, payé largement par Fernanda pour espionner son maître, Baptiste, qui, jadis, avait profité du sommeil du vicomte pour s'emparer de la lettre du domino bleu et pour la remettre à l'adroite pécheresse, Baptiste, — disons-nous, — à l'affût de ce qui se passait, avait entendu les paroles échappées au trouble du jeune homme, et il en avait tiré la facile conclusion expliquée par la missive qu'il adressa le soir même à Fernanda, missive dont nos lecteurs ont pris connaissance dans le précédent chapitre.

Au bout d'une heure de solitude et d'impatience mal contenue, Olivier ne put se décider à attendre davantage.

Sentant qu'il lui serait impossible de rester dans l'inaction jusqu'à onze heures du soir, il donna l'ordre de seller un cheval et, défendant qu'on le suivît, il se mit à galoper sur la route de Ville-d'Avray.

Il était alors cinq heures du soir.

Arrivé à Saint-Cloud, il conduisit sa monture à l'hôtel de la *Tête-Noire*, il s'assura qu'on ne la laisserait manquer de rien, et il monta à pied la côte qui aboutit presque en face de la Porte-Jaune.

La nuit commençait à tomber lorsqu'il s'arrêta à l'angle de cette route et du petit sentier où il avait coutume de quitter sa voiture.

Il réfléchit pendant quelques instants, puis, semblant avoir pris un parti décisif, il se dirigea vers la petite porte qu'il heurta inutilement avec violence et à plusieurs reprises.

Bien convaincu qu'il ne pourrait même l'ébranler, il fit le tour du jardin en côtoyant la muraille.

De l'autre côté, et située sur la route même de Saint-Cloud, se dressait une belle grille de style Louis XV.

Des volets de bois peint, placés derrière les barreaux, empêchaient la vue de plonger dans l'intérieur de la propriété, mais cette grille donnait évidemment accès dans le jardin.

La petite porte de la ruelle n'était qu'une issue dérobée.

Olivier sonna résolûment.

Personne ne vint lui ouvrir.

Il sonna de nouveau. — Même silence.

Enfin, après un demi-quart d'heure d'attente inutile, et comme son impatience grandissait avec les obstacles, il abandonna la petite porte et rentra dans la ruelle.

La nuit était presque complètement descendue.

Il ôta son paletot, il jeta son chapeau à terre, et, avec l'agilité d'un marin, il s'accrocha aux inégalités de la muraille, il s'aida des pierres saillantes, et il arriva promptement au faîte.

D'un bond il fut dans l'intérieur du jardin.

Il courut à la porte du pavillon, elle était solidement fermée.

Il se dirigea vers l'habitation principale, les portes et les fenêtres étaient également et parfaitement closes.

Partout régnaient la solitude et le silence.

A coup sûr, la maison était déserte.

Après de longues explorations inutiles, qui ne lui révélèrent aucun indice propre à éclairer ses doutes à l'endroit de la mystérieuse inconnue, il se décida à sortir du jardin en franchissant de nouveau le mur.

Une seule habitation était voisine, c'était celle dont la clôture encadrait de l'autre côté le petit chemin.

La grille de cette propriété donnait sur l'avenue du Haras.

Le vicomte, espérant obtenir là quelques éclaircissements sur les habitants de la maison déserte, s'approcha du pavillon du concierge, et, collant son œil aux fentes des persiennes, il aperçut de la lumière.

Aussitôt il sonna avec force.

Les aboiements furieux d'un boule-dogue lui répondirent seuls d'abord, puis enfin des pas traînants firent crier le sable de l'allée, et une sorte de jardinier-concierge ouvrit la porte en demandant d'un ton bourru :

— Quoi que vous voulez?

— J'ai besoin de quelques renseignements que vous pourrez sans doute me donner facilement, — répondit Olivier, tout en glissant une pièce de cinq francs dans la main du paysan.

Celui-ci, de sa main gauche, ôta vivement sa casquette, tandis que la droite enfouissait dans la poche de sa veste la pièce de monnaie, gâteau de miel offert à un cerbère en veste de droguet.

— Veux-tu te taire, Sultan! — cria-t-il au chien qui continuait à hurler, puis, se retournant vers le vicomte, il reprit : — Je suis prêt à vous servir, monsieur, si j'en étais capable!

— Vous connaissez la maison voisine? — celle qui est là, tout à fait en face.

— Oh! oui, que je la connais!

— A qui appartient-elle?

— A un monsieur de Versailles.

— Il l'habite?

— Non! non! il la loue!

— Et quel est le locataire?

— Le locataire d'à présent?

— Oui.

— Pas celui qui est parti l'été dernier?

— Non! celui qui habite en ce moment.

— Je ne sais pas.

— Comment, vous ne savez pas qui habite cette maison?...

— Dam! non! puisqu'il n'y a personne dedans.

— Comment il n'y a personne?

— Vous voyez bien! — Tout est fermé. — Il n'y a pas un chat depuis le départ de l'Anglais.

— Quel Anglais? — demanda Olivier avec impatience.

— Eh bien! l'Anglais qui y demeurait l'été dernier avec ses domestiques et son chien. — Une bête superbe, qui, un jour que Sultan voulait lui prendre un os...

— Je ne vous parle pas de l'année dernière, — interrompit le vicomte, — je vous parle de maintenant. — Quel est le locataire actuel?

— S'il y en a un, il n'est pas encore venu! — Oh! c'est pas étonnant, — la saison est en retard, — à preuve que les haricots...

— Répondez-moi, je vous en prie!... — Cette maison est-elle à louer ou ne l'est-elle pas?

— Je n'en sais rien. — Cependant, il y a un mois, il y avait un écriteau, — même qu'on avait mis dedans un portier pour la faire voir, au lieu de me donner les clés à moi!

— Et depuis?

— L'écriteau a été décroché un matin.

— Et le portier?

— Il est parti, et personne ne l'a regretté.

— Sait-on pourquoi?

— Parce que c'était un Normand, un grigou, un...

— Ce n'est pas cela que je vous demande.

— Quoi que c'est donc?

— Pourquoi on a ôté l'écriteau?

— Je ne sais pas!

— Et le portier était-il de ce pays?

— Non! c'était un Normand que je vous ai dit, et il est retourné chez lui à c't'heure!

— Vous ne savez rien autre chose?

— Dam! non, monsieur.

Il était évident que le jardinier disait vrai, car, pour un écu, il eût livré volontiers les secrets de la confession.

Olivier tournait déjà sur lui-même pour se retirer, lorsqu'il se frappa tout à coup le front et revint vivement sur ses pas.

— Dites-moi encore, — demanda-t-il, — le propriétaire de cette maison a-t-il une femme, une fille, une sœur, une nièce?

— Ah! que non! — répondit le paysan avec un gros rire. — C'est un vieux garçon qui a bien soixante ans, et pas de parents; et puis, c'est sa bonne qui ne laisserait pas approcher les héritiers! — Faut voir comme elle le garde à vue!...

— C'est bien, merci!

— A votre service, monsieur!

Olivier s'éloigna rapidement, et le concierge, après l'avoir suivi des yeux, referma tranquillement la porte.

Le vicomte regarda sa montre. — Huit heures et demie allaient sonner.

Encore deux heures et demie d'attente.

Il s'enfonça dans le parc.

Le temps était beau et le froid assez vif; mais le vent du nord, qui baignait les tempes du jeune homme, rendait un peu de calme à son cerveau brûlant.

Marchant au hasard, il réfléchissait à la situation et il repassait dans son esprit tous les incidents relatifs à la mystérieuse aventure du domino bleu.

Pendant un moment, il douta de la véracité de madame Dorcy, — mais ce moment fut court.

Il devait ajouter foi aux paroles claires et précises de la jolie veuve. — Cela était lumineux comme le soleil.

L'idée qui le dominait était celle qu'il avait été le jouet d'une odieuse mystification.

Il croyait avoir eu affaire à quelque habile comédienne, et son amour-propre, vivement blessé, le poussait à ne pas accepter plus longtemps un rôle ridicule.

D'un autre côté, il lui répugnait d'accabler une femme, quelque indigne que fût cette femme, — aussi repoussa-t-il sa pensée première, qui avait été d'entrer brusquement en matière, et, dès le début, d'aller droit au fait.

Il résolut d'agir avec ruse, lui aussi; d'attendre l'événement, de se tenir sur ses gardes, et de voir jusqu'où on s'était proposé de le conduire.

— Au moins, — se dit-il, — en agissant ainsi, je dominerai la situation: et, si je m'étais trompé, si cette femme avait réellement droit à mes égards, à mon amour; — si enfin ce que je regarde comme une mystification n'avait été qu'une légère supercherie de sa part, eh bien! je ne me serais pas créé des regrets cuisants et éternels! — Elle est si jolie, cette femme!...

Comme on le voit, il y avait une énorme distance entre la colère qui dominait le vicomte au moment de sa sortie de chez madame Dorcy, et la mansuétude presque complète de ses dispositions actuelles.

C'est que, peu à peu, toutes les séductions de l'habile enchanteresse étaient revenues l'une après l'autre dans les souvenirs du jeune homme, — c'est qu'il était amoureux, et qu'il aurait volontiers sacrifié une grande part de sa fortune pour voir renaître ses illusions.

Dix heures et demie sonnaient à l'église de Ville-d'Avray, lorsqu'il reprit la route de la Porte-Jaune.

En arrivant dans la ruelle, son cœur battait avec force et toutes ses irrésolutions avaient reparu.

Qui pourra jamais expliquer les mystères du cœur de l'homme? — qui pourra explorer les abîmes de cette mer insondable?

Olivier voyait presque avec peine arriver le moment tant désiré de se trouver en présence de la belle inconnue.

S'il avait pu, certes, il eût reculé ce moment!

C'est qu'il craignait de voir se briser son amour, de voir s'effeuiller la couronne presque divine qu'il s'était plu à placer sur la tête de cette femme dont il avait fait l'ange chéri de ses plus doux rêves!

Un quart d'heure s'écoula dans le plus profond silence.

Déjà Olivier se reprochait son excursion de la soirée.

Il craignait d'avoir été vu. — Il craignait que l'interrogatoire qu'il avait fait subir au concierge de la maison voisine n'eût été révélé par hasard, et que, dans l'un ou l'autre de ces deux cas, il n'eût mis en défiance sa mystérieuse hôtesse.

Enfin, un léger bruit se fit entendre.

Le claquement d'une clé tournant dans la serrure retentit à son oreille, et la petite porte s'entr'ouvrit.

Comme de coutume, Brigitte, consciencieusement voilée, conduisit le jeune homme jusqu'à l'entrée du pavillon.

Olivier entra d'un pas tremblant : le petit salon était vide.

Cette circonstance rendit le jeune homme heureux.

Il était enchanté d'avoir quelques secondes à lui pour se remettre avant l'arrivée de l'inconnue.

Ce temps fut court d'ailleurs. — Fernanda, le visage toujours masqué, parut presqu'aussitôt.

Elle était resplendissante de parure et de beauté.

Le corsage décolleté de sa robe mettait en valeur la pureté de lignes et le modelé voluptueux de ses épaules de déesse, et laissait deviner, en les voilant à demi, les fermes rondeurs de sa gorge et la finesse d'attache de ses bras de marbre rosé.

Des étoiles de diamant rayonnaient dans sa chevelure splendide.

Son petit pied, emprisonné dans un élégant soulier de satin blanc, dépassait à demi les plis soyeux de sa jupe.

Elle resta un moment immobile devant Olivier, prête à parler, mais, comme la Vénus antique, voulant d'abord être vue...

*..... Sed cupit ante videri!*

Le jeune homme ébloui, sentit son ressentiment se fondre comme une vapeur matinale aux feux du soleil de juillet, et, lorsque Fernanda lui tendit sa main fine aux fossettes mignonnes, il la porta avidement à ses lèvres.

Si la mystification était réelle, il ne pouvait du moins s'empêcher d'avouer qu'elle avait revêtu une forme pleine d'irrésistibles séductions!...

## XX

### Une grande comédienne.

— Ne vous étonnez pas de me voir en costume de bal, monsieur le vicomte! — dit la ravissante créature en faisant asseoir Olivier auprès d'elle. — J'avais ce soir je ne sais quelle folle envie de toilette, et, à cette fantaisie, je n'ai pas su résister! — Puis, on passe souvent des heures entières devant son miroir pour le seul plaisir d'éclipser des rivales et de séduire des indifférents! N'est-il pas cent fois plus excusable de sacrifier un tant soit peu à la coquetterie pour plaire à un ami?

Olivier s'inclina sans répondre.

Il sentait que, s'il parlait, il ne serait pas maître de dominer son émotion, et il s'efforçait, mais en vain, de ranimer sa colère expirante.

— Qu'avez-vous donc, mon ami? — demanda l'enchanteresse avec une naïveté parfaitement jouée.

— Je n'ai rien, madame! — Je suis bien heureux d'être auprès de vous, voilà tout...

— Alors, ce bonheur a une expression un peu lugubre!...

— Est-on le maître de dominer les sensations étranges qui parfois s'emparent du cœur sans aucun motif apparent?

— Vous avez raison. — Je dois vous avouer même que votre tristesse me fait plaisir, car elle me prouve qu'il y a entre nous de secrètes sympathies. — Moi aussi, je suis un peu triste... — Il est vrai que j'en connais la raison...

— Et cette raison, est-elle encore un secret?

— Presque...

— Alors, je n'insiste pas.

— Vous faites bien, car rougir devant vous, me mettrait au supplice!

— Oh! le supplice ne serait pas bien cruel! — répondit Olivier avec un peu d'ironie, — car votre masque cacherait votre rougeur.

— Elle n'en existerait pas moins!

— Mais à quel propos, madame, pourriez-vous donc rougir devant moi?

Un silence suivit cette question du vicomte.

— Ne me le demandez pas! — Ou plutôt si! demandez-le-moi! — s'écria Fernanda en se levant avec un mouvement fébrile. — Demandez-le-moi, Olivier! Exigez que je vous dise tout, car je ne puis continuer à vivre ainsi! — Vous êtes bon, vous êtes loyal, vous m'aimez, j'ai honte de vous tromper davantage!

— Me tromper! murmura Olivier tout palpitant.

— Oui! je vous trompe! Oui! je joue vis-à-vis de vous une comédie coupable! mais ne me reprochez rien! — ne m'accablez pas! — je suis assez cruellement punie!

— De grâce, parlez! dites-moi tout! — s'écria le vicomte en saisissant la main de la pécheresse. — Vous ne savez pas de quel prix sont vos paroles pour mon pauvre cœur brisé et malheureux! — Parlez! je vous en supplie à genoux! — Vous m'avez trompé, dites-vous? — Comment? — En quoi? — répondez, au nom du ciel!

— Oh! mon Dieu! mon Dieu! Comment lui avouer?... — balbutia Fernanda, comme si elle se parlait à elle-même.

— En me disant la vérité, rien que la vérité!... Le doute me torture la tête et me déchire le cœur, car je vous aime! je vous aime!... et ce serait cruel de vous jouer de mon amour!

— Vous m'aimez, Olivier! — vous m'aimez? — Est-ce donc bien vrai?

— Oh! je vous le jure! — s'écria le jeune homme avec un accent tellement énergique et tellement sincère, qu'il était impossible de douter que ces paroles fussent l'expression de sa pensée.

Le vicomte, en ce moment, sentait son cœur battre plus joyeusement dans sa poitrine. — Il venait pour accuser et l'on s'accusait devant lui.

Donc cette femme n'était pas la comédienne qu'il avait supposée, — c'était une âme pure et loyale, puisqu'elle ne pouvait soutenir plus longtemps le rôle de mensonge qu'elle avait accepté d'abord, et que, d'elle-même, sans y être contrainte, elle voulait avouer la vérité tout entière.

— Vous m'aimez! — répéta Fernanda en serrant avec passion les mains du vicomte. — Eh bien! moi aussi, je vous aime! et c'est là mon excuse!

— Ainsi, ces paroles qui avaient déjà retenti à mon oreille n'étaient donc pas le résultat d'une illusion délicieuse?... — C'était donc vrai? — Chère Carmen, vous m'aimez et vous tremblez cependant à l'idée de me confier le secret de votre conduite? — Oh! parlez sans crainte! quelle faute pourriez-vous avoir commise qu'un tel aveu ne dût effacer?

— Vous me pardonneriez donc, même si je n'étais pas cette femme que vous avez cru voir en moi?

— Vous êtes la femme que j'aime!... — vous êtes la maîtresse de mon âme et de ma vie! — Que parlez-vous de pardon!

— Eh bien!...

— Eh bien?

— Ecoutez-moi, mon ami, écoutez-moi; et si, après m'avoir entendue vous ne vous rétractez pas; — si, après avoir arraché ce masque qui vous cache mes traits, vous me répétez encore ces paroles enivrantes, oh! je vous le jure! je serai la plus fière et la plus heureuse des femmes!

Olivier ne répondit pas; mais, s'asseyant sur un coussin aux pieds de la grande comédienne, les mains dans les siennes, les regards sur les siens, il attendit.

Fernanda sembla se recueillir pendant un instant pour calmer son agitation, puis elle commença :

— Lors de votre arrivée à Paris, il y a quatre mois passés, vous étiez blessé, monsieur le vicomte, blessé et très-souffrant. — A cette époque vous sortiez peu, et je n'eus l'occasion de vous voir que deux fois aux Champs-Elysées. — Je ne sais quel entraînement me poussait à m'occuper de vous, toujours est-il qu'à votre insu je fis prendre des informations sur le jeune homme dont le visage pâle avait si vivement attiré mes regards. — Je vous l'avoue, ignorant ce que vous pouviez être, je craignais de laisser naître dans mon cœur une passion funeste, et j'espérais recevoir, sur votre compte, des renseignements tels, qu'ils vinssent détruire l'influence bizarre qui me dominait. — Oui, j'espérais vous savoir joueur, débauché, *viveur*, comme tant d'autres qui se parent de ce titre, — j'espérais, en un mot, vous trouver indigne de mon affection. — Je me trompais. — Ce que j'appris ne fit qu'augmenter le mal, bien loin de le prévenir...

— Madame! — interrompit Olivier.

— Ne m'interrompez pas, monsieur le vicomte. — Je vous dis toute la vérité. — A partir de ce moment, je restai quelque jours sans vous voir... Mais, ma résolution d'éviter les promenades dans lesquelles je pouvais vous rencontrer, ne put lutter contre les entraînements de mon cœur. — Je vous revis. — Chaque jour, je suivais attentivement sur votre visage les progrès de la convalescence. — Enfin, vous parûtes à cheval. — Que vous dirai-je? — Je m'habituai insensiblement au bonheur de vous rencontrer; et vous, qui passiez insouciant près de ma voiture sans daigner laisser tomber sur moi un regard, vous devîntes l'unique objet de toutes mes pensées...

— Eh quoi! — s'écria Olivier, — je passai près de vous sans vous voir! sans vous remarquer! sans vous aimer!... — Non! c'est impossible! vous vous cachiez donc à mes yeux?...

— Peut-être... — Néanmoins, pour être juste, je dois avouer que deux ou trois fois vous avez fait pirouetter votre cheval pour revenir me lancer un coup d'œil...

— Vous voyez bien!

— Oui, mais alors, m'eussiez-vous parlé, j'eusse refusé de vous entendre, de même qu'alors je détournais mes regards pour ne pas rencontrer les vôtres.

— Pourquoi? mais pourquoi donc?...

— Vous le saurez bientôt... hélas!

— Oh! continuez, je vous en supplie...

— Un jour! et ce moment sera toujours présent à ma pensée! — un jour, le hasard nous fit trouver face à face dans le même salon... nous dansâmes ensemble!...

— Ensemble!... Mais, où donc?

— Tout à l'heure, je vous l'apprendrai. — Mon secret fut sur le point de m'échapper. — Le trouble qui m'agitait me permettait à peine de vous répondre, et vous, froid, impassible, vous ne vous aperceviez de rien! Malheureusement, il n'en était pas ainsi de tout le monde... — Un homme qui depuis longtemps m'avait poursuivie de son amour, un homme dont l'œil inquiet et soupçonneux ne me quittait pas, devina bien vite ce qui se passait dans mon âme!... — Lorsqu'après vous avoir quitté, je revins à ma place, il s'approcha de moi. — Vous aimez le vicomte de Pont-Aven, — me dit-il. — Je restai muette. — Vous l'aimez, — continua-t-il, — et bientôt il connaîtra cet amour, — que vous lui aurez révélé vous-même; — mais rappelez-vous que, si cela arrive, ce que je lui apprendrai à mon tour l'éloignera de vous à jamais, ou, s'il reste incrédule, je le tuerai! — Maintenant, agissez à votre guise!

— Quel était cet homme? — s'écria Olivier.

— Celui dont je vous ai déjà parlé.

— Oh! vous me direz son nom, cette fois! — Il le faut! — Je le veux!...

— Laissez-moi continuer...

La jeune femme garda le silence pendant quelques instants, caressant de sa petite main les cheveux d'Olivier, dont la tête reposait presque sur ses genoux, puis elle reprit :

— Ces paroles m'anéantirent. — Je courbai la tête et je m'enfuis, bien décidée à ne jamais vous revoir. — Hélas! le pouvais-je? Au risque d'attirer la foudre sur nos têtes, je cherchais un moyen de vous rencontrer loin du monde, mystérieusement, et sans vous donner de moi une opinion qui vous autorisât à me traiter légèrement. — Sur ces entrefaites, l'histoire de vos deux dominos parvint à mes oreilles. — Oh! — pensai-je, — que ne suis-je à la place de l'une de ces deux femmes? — Une idée soudaine m'illumina. — Je résolus de profiter de cette circonstance toute fortuite, et, appelant à mon aide un moyen bien vulgaire mais toujours infaillible, je payai l'un de vos domestiques pour le décider à vous dérober et à me confier la lettre que vous aviez reçue!...

— Un domestique?... — Baptiste, sans doute? — s'écria Olivier.

— Le chasseriez-vous donc!... — Sans lui, vous ne seriez pas ici.

— Oh! vous avez raison... et sa faute me rend trop heureux!

— J'étudiai l'écriture, — poursuivit Fernanda, — je la décalquai et j'essayai, dès le lendemain, de vous tromper. — Toutes les écritures de femmes se ressemblent; je parvins aisément à mon but... — Je voulais d'abord que tout se bornât au mystérieux plaisir d'une correspondance avec vous, puis j'en arrivai à me dire, que, bien masquée et dans une maison inconnue, je pouvais vous voir sans danger. — Je succombai à la tentation... — Je vous reçus il y a huit jours dans ce pavillon, puis hier... puis aujourd'hui!...

— Et maintenant, tous les jours, n'est-ce pas?

— Exigeant!

— Oh! oui, exigeant! bien exigeant, je l'avoue, car je voudrais ne plus vous quitter.

— Vous en êtes presque le maître!...

— Que dites-vous?

— Je dis que vous avez entendu seulement la moitié de ma confession, et qu'il faut que je l'achève. — Olivier, vous me pardonnez, n'est-ce pas, d'avoir employé la ruse pour vous attirer près de moi?... — Dites-moi que vous me pardonnez!...

— Je vous aime! Carmen... je vous aime! c'est la seule réponse que je puisse vous faire! — L'amour n'est-il pas le pardon...

— Oui, vous m'aimez, et cependant je vous ai répété les paroles de l'homme qui me défendait de vous faire connaître mon amour, et vous savez que cet homme a juré qu'il saurait vous contraindre à renoncer à moi!

— Jamais!

— S'il vous disait pourtant que vous devez me mépriser?

— Ce serait une infâme calomnie, qu'il devrait me payer bien cher!

— Mais... si ce n'était pas une calomnie?

— Que dites-vous? mais c'est impossible!

— Supposez cependant que cet homme dise la vérité...

— Non! non! je ne le puis! Ne me torturez pas ainsi.

— Répondez, Olivier... répondez, mon ami.

— Vous le voulez?

— Je vous en prie.

— Eh bien! — s'écria le jeune homme en se relevant, — si cet homme n'avait pas menti, je lui répondrais : — Ce que vous dites peut être vrai, mais c'est l'action d'un lâche de jeter de la boue au visage d'une femme, et, si coupable qu'elle ait été, puisqu'elle aime réellement, son amour la relève. — Puis, à vous, madame, je dirais en vous tendant la main : — Appuyez-vous sur ce bras que je vous offre. — Vous m'aimez, et moi aussi je vous aime! — Je vous pardonne votre passé et chacun doit vous le pardonner comme moi. — Je vous estime et je saurai contraindre à l'estime quiconque s'approchera de vous! — La virginité de l'âme ne vaut-elle pas celle du corps? — Un amour pur et profond n'est-il pas un feu qui purifie toutes les souillures? — Venez et soyez sans crainte! vous êtes sous l'égide de mon honneur! Portez haut la tête, car personne n'a le droit désormais de vous la faire courber!

En prononçant ces mots, Olivier était magnifique d'ardeur et de noblesse.

Une auréole de passion généreuse entourait son front.

Aussi Fernanda, malgré la sécheresse de son âme, fut-elle frappée d'un sentiment d'admiration profonde pour cette nature si puissante qui savait si bien pardonner, et ce fut avec une émotion véritable qu'elle répondit :

— Eh quoi! vous répondriez cela! — Vous agiriez vraiment ainsi?

— Je suis prêt à le faire, madame, en présence du monde entier, si vous m'aimez comme je vous aime!

— Oh! oui, je vous aime! — murmura la pécheresse, — en abandonnant sa taille souple aux bras amoureux du vicomte, qui la pressait ardemment contre sa poitrine. — Oh! oui, je vous aime! quoique je sois indigne de vous!

— Ne dites pas cela! ne le répétez pas, je vous en supplie!

— Je dois le dire, au contraire, hélas!... et le répéter, — reprit la jeune femme en se reculant un peu. — Je dois le dire, Olivier; — mais si Dieu me donne la force de m'accuser, il me donne aussi le droit de me défendre! — Sachez donc que, si je suis tombée dans l'abîme où tant d'autres ont roulé avant moi, si enfin je suis aujourd'hui une femme perdue et méprisable, je puis en rejeter la faute et la honte sur celui qui, abusant de ma jeunesse et de mon inexpérience, m'a jetée dans cette route fatale et glissante où je n'ai pas pu m'arrêter... — sur celui qui, se faisant un jeu de mes larmes et de mes douleurs, m'a, pauvre jeune fille innocente, lancée dans le monde infâme des courtisanes; — sur l'homme qui, acharné à ma perte parce que, devenue femme, j'ai repoussé cet amour odieux dont il voulait m'infliger de nouveau le supplice, a craint qu'une passion pure et sincère ne m'arrachât du précipice; — sur l'homme qui voulait m'empêcher de vous aimer, Olivier, et d'être aimée de vous!

— Mais cet homme, cet homme! quel est son nom? — demanda le vicomte avec impétuosité.

— Eh! que m'importe maintenant cet homme, puisque tu m'aimes! — continua l'enchanteresse en jetant ses beaux bras autour des épaules du marin et en ne repoussant plus qu'à demi les lèvres brûlantes qui cherchaient les siennes. — Oui, tu m'aimes, n'est-il pas vrai? — J'oublie tout ce que j'ai souffert, tout ce que l'on m'a fait souffrir!...

— Mais je n'oublie pas, moi! Je ne puis oublier, madame, il me faut le nom de cet homme!

— Je vous en supplie, ne le demandez pas!

— Oh! je veux le savoir!... je le saurai!...

— Olivier! de grâce!... si vous m'aimez!...

— Si vous m'aimez à votre tour, vous ne me cacherez pas plus longtemps ce nom! — Quoi! voulez-vous donc que je pense à chaque minute, à chaque seconde, qu'il est un homme devant lequel vous tremblez, vous qui êtes ma souveraine et mon ange bien-aimé! — Qu'il est un homme qui peut, dans sa colère infâme, faire pâlir ce front qui se presse contre mes lèvres, — insulter celle qui désormais m'appartient! — Cette pensée serait un supplice éternel, une torture insoutenable! Et, plutôt que de l'accepter, j'aimerais mieux ne jamais vous revoir et ne vous avoir jamais vue!.....

— Eh bien!...

— Parlez! parlez! ce nom!

— Vous le voulez?

— Je l'exige, car si vous me le cachez plus longtemps, je croirai que vous aimez encore celui qui le porte!

— Oh! — s'écria Fernanda avec une horreur admirablement jouée. — Puis, comme écrasée par la lutte, elle cacha sa tête charmante sur la poitrine du vicomte et elle murmura d'une voix basse et entrecoupée :

— C'est le comte Maxime de Santeuil.

— Le comte de Santeuil! — s'écria Olivier en reculant malgré lui, tant il s'attendait peu à entendre prononcer ce nom à la suite d'une accusation de déloyauté et d'infamie.

Fernanda n'ignorait point quelle profonde estime le jeune homme ressentait pour Maxime, et elle comprit en ce moment la difficulté de sa tâche, — mais le combat était engagé, il fallait vaincre ou renoncer à tout jamais à la victoire, car cette nuit devait être, ou la dernière de ses entrevues avec Olivier, ou la première de l'esclavage du vicomte.

Aussi rassembla-t-elle ses forces pour continuer le combat, et pour conquérir, si faire se pouvait, un avantage décisif.

Au reste, elle allait avoir dans l'action deux bien puissants auxiliaires : l'amour d'Olivier et sa propre beauté!

— Vous doutez, n'est-ce pas? — reprit-elle après un silence. — Vous pensez que je calomnie?...

— Non!... Mais M. de Santeuil! — la réputation la mieux méritée, disait-on, de loyauté, de courage et d'honneur!

— Eh! vous voyez bien que vous ne me croyez pas!

— J'espère encore, je l'avoue, que vous vous abusez vous-même en accusant Maxime.

— Je m'abuse, dites-vous? — Eh bien! écoutez-moi donc, écoutez-moi de nouveau, et puisqu'il le faut, vous saurez tout! — Il y a huit ans, — j'en avais quinze à peine, — j'habitais auprès d'une vieille parente, ma seule famille, hélas! un petit village des environs de Tours. — Sans fortune, mais cependant sans misère, nous vivions toutes deux, elle heureuse de me voir grandir sous ses yeux, moi insoucieuse de l'avenir, contente du présent, joyeuse du chant des oiseaux et du parfum des fleurs. — Un jour, — et mon malheur commença à partir de ce jour, — un jeune homme frappa à la porte de notre petite maison. — C'était un chasseur égaré, mourant de faim et de fatigue... Sur l'ordre de ma tante, je m'empressai de lui offrir une partie de nos provisions. Il mangea gaiement, tout en me regardant avec une fixité qui parfois me faisait rougir... En nous remerciant de notre hospitalité, avec les formes de la plus exquise politesse, il se nomma, et il demanda à ma tante la permission de nous visiter lorsque la chasse le conduirait du côté de notre demeure. — Ce jeune homme était le comte de Santeuil, le neveu de M. de Senneville, l'un des plus riches propriétaires des environs. — Ma tante ne crut pas devoir lui refuser ce droit de visite qu'elle considérait comme une simple question de convenance. — Hélas! j'étais bien loin de deviner alors tout ce que la présence de cet homme m'apportait de malheur pour l'avenir, et pourtant mon cœur se serra en entendant ma tante lui répondre qu'il serait toujours le bien-venu.

Fernanda porta son mouchoir à ses yeux, comme pour essuyer des larmes absentes.

— Continuez! continuez! — murmura Olivier en lui prenant la main.

— Quelques jours après, il revint nous voir! — reprit la jeune femme, — à partir de ce moment, ses visites furent fréquentes. — Il continuait à attacher sur moi ses regards ardents qui me troublaient jusqu'au fond de l'âme; mais il m'adressait rarement la parole. — Un soir, pourtant, un soir, ma tante, fatiguée, reposait dans sa chambre; j'étais seule à travailler dans un petit salon du rez-de-chaussée. — Le comte de Santeuil entra doucement. — Une servante, achetée par lui, l'avait introduit sans me prévenir. — M. de Santeuil vint à moi. — Un cri de surprise s'arrêta sur mes lèvres. — M. de Santeuil me prit la main et se mit à me parler d'amour. — Muette de stupeur, et craignant d'alarmer ma tante, je l'écoutais sans lui répondre. — Il prit mon silence pour un aveu, et il voulut m'attirer à lui. — Toute mon énergie me revint alors. — Je le repoussai avec indignation, et je m'enfuis dans ma chambre. — Il revint le lendemain. — Je le menaçai de tout raconter à mon unique protectrice, et il passa huit jours sans oser revenir. — Je le croyais à jamais parti, lorsqu'un soir, dans les mêmes circonstances que la première fois, je le retrouvai près de moi. — Oh! cette fois, je n'hésitai plus, et j'appelai ma tante à mon aide... — La pauvre femme accourut, et elle chassa honteusement le comte de Santeuil. — Nous fûmes un mois sans entendre parler de lui. — Peu à peu, la terreur qu'il m'inspirait s'effaça de mon âme en même temps que son souvenir, et je me pris à sourire de nouveau, et à retourner à mes oiseaux et à mes fleurs. — Ma tante tomba malade. — Je lui prodiguai mes soins. — Une nuit, pendant que je la veillais, je me sentis un peu d'appétit et je demandai à la servante de me servir un frugal repas... — Hélas!... M. de Santeuil avait tout préparé d'avance pour la réussite de ses infâmes projets! Il se tenait à l'affût des événements, et, à peine avais-je trempé mes lèvres dans le vin que l'on venait d'apporter, que je sentais un sommeil invincible s'emparer de moi...

— Un narcotique! — s'écria Olivier. — Ah! le misérable!...

— Vous avez deviné. — Je luttai d'abord, et, croyant que le grand air dissiperait mon engourdissement, je me traînai jusqu'à la porte du jardin. — A peine étais-je sur le seuil que je tombai presque évanouie, et je sentis, comme dans un rêve pénible, une main saisir les miennes, deux bras me soulever et un homme m'emporter rapidement vers la Loire. Le lendemain, je me réveillai à Paris, dans les bras de M. de Santeuil! J'étais déshonorée! J'étais à jamais perdue!

— Oh! c'est horrible! dit le vicomte en se levant avec une agitation fébrile.

— Je criai, — je suppliai, — je pleurai, — M. de Santeuil essaya de me calmer en jurant qu'il m'aimerait toujours. — Je refusai de l'écouter. — Alors une fièvre terrible, résultant du narcotique et des émotions qui m'accablaient, s'empara de moi. — Le délire noya ma raison, et je demeurai près d'un mois entre la vie et la mort. — Quand je revins à la santé et à la force, j'écrivis en toute hâte en Touraine. — Je reçus une prompte réponse. — Ma pauvre tante, croyant à un abandon volontaire, était morte en me maudissant, et en laissant le peu qu'elle possédait aux pauvres du pays. — Je me trouvais donc seule, sans ressources, sans appui, à la merci du comte de Santeuil. — Que vous dirai-je, Olivier? je cherchai à fuir et j'y réussis, — malheureusement je fis de mauvaises connaissances qui me rejetèrent plus avant dans le gouffre d'où j'aurais voulu sortir... — Depuis ce moment, ma vie ne fut plus qu'une longue suite de scandales, dans lesquels je cherchais l'oubli que je ne pouvais trouver. — Mon cœur resta sec et froid jusqu'au jour où je vous rencontrai. — Il me sembla alors que, si je vous aimais, c'est que Dieu avait enfin pris pitié de mes souffrances et qu'il m'envoyait cet amour comme un gage de son pardon... — Oh! Dieu ne pouvait agir plus miséricordieusement, puisqu'il m'a permis d'entendre les paroles que vous avez prononcées tout à l'heure!

— Et que je répète, chère bien-aimée! — s'écria le vicomte. — Oui, mon amour vous fera oublier tout ce que vous avez souffert!... Vous m'aimez! Il n'y a plus pour vous que bonheur ici-bas! — Mais ce Santeuil a-t-il donc continué à vous poursuivre?

— Dès que j'eus disparu de chez lui, il fit tout au monde pour me rejoindre. — Cependant je pus, pendant quelques mois, me cacher en Allemagne. — Alors, croyant sans doute que j'étais perdue à jamais pour lui, il partit lui-même et resta six années absent. — Un jour, il y a deux mois, je me trouvai tout à coup en face de mon persécuteur! — A sa vue, je sentis un froid glacial descendre jusqu'à mon cœur, car cet homme, c'était le mauvais ange qui venait se placer entre vous et l'amour que vous m'inspiriez déjà... — Les obsessions de Maxime recommencèrent. — Mais alors je n'étais plus la faible jeune fille si facile à épouvanter. — Je lui fis refuser ma porte. — Il trouva cependant moyen de me revoir, et, je vous l'ai dit, en devinant ma passion naissante, il me défendit de vous l'avouer jamais.

— Oh! cet homme! Je tuerai cet homme! s'écria Olivier avec rage.

— Mon ami!... je ne veux pas que vous exposiez votre vie!... — Je vous le défends! — entendez-vous, Olivier! je vous le défends!

— Tout ce que vous venez de me dire est-il bien vrai?

— Je vous le jure!

— Alors, moi aussi, je vous le jure, je vous vengerai!

— Olivier! Olivier! tu m'aimes donc encore, malgré tous mes aveux?

— Si je t'aime! Oh! sur cette croix portée par mon père, je fais serment de t'aimer toujours?

— Oh! merci, merci! mon Dieu! — s'écria Fernanda avec l'expression d'une joie délirante, — que m'importent maintenant mes tortures passées, que m'importent et l'opinion et le mépris du monde! — En face de cet amour, mon passé n'existe plus et je le jetterai loin de moi avec ce masque qui pèse à mon visage. — Oh! mon Olivier, mon ami! répète-moi de nouveau que tu m'aimeras toujours, et arrache ce masque qui te cache mes traits, car, maintenant, je suis à toi, je t'appartiens tout entière!

Le jeune homme porta une main tremblante sur le loup de satin noir.

Fernanda, — le corps renversé en arrière sur le bras gauche du marin, qui sentait frémir et se cambrer cette taille si souple et si fine, — sa jolie tête appuyée sur sa poitrine palpitante, ses deux bras enlacés autour de son cou, semblait vaincue par l'amour.

Les yeux d'Olivier brillaient d'ardeur et de désir; il se pencha, tout en soulevant le masque, et il posa ses lèvres brûlantes sur celles de la sirène qui s'élançait à lui, puis, d'un mouvement rapide, il enleva tout à fait le masque.

La jeune femme se redressa. — Olivier poussa un cri de surprise.

— Fernanda! — murmura-t-il en reculant.

— Oui! Fernanda, qui t'aime comme elle te l'a dit!

— Fernanda! — répéta le vicomte avec une sorte de stupeur et ne pouvant en croire ses yeux.

Olivier chancelait sous le coup qu'il venait de recevoir, — peut-être doutait-il, — peut-être son amour allait-il s'enfuir à jamais.

Fernanda comprit que le moment était décisif et résolut de triompher à tout prix de l'hésitation du vicomte.

Par un geste habilement déguisé, elle détacha l'une des épingles de sa coiffure, afin que le poids de ses cheveux suffît à les faire se dérouler dans toute leur splendide opulence sur ses épaules nues.

Puis, portant son mouchoir à ses yeux, elle sembla prête à succomber sous le poids de ses propres émotions.

Enfin, relevant la tête avec énergie, elle s'approcha du vicomte :

— Olivier! — s'écria-t-elle, — me comprends-tu, maintenant? — Devines-tu pourquoi cet amour si longtemps enfermé dans mon cœur ne pouvait se faire jour? — Pourquoi je t'ai repoussé lorsqu'il y a deux semaines tu me parlais d'une passion que tu ne ressentais pas? — La maîtresse du baron de Lycenay pouvait-elle répondre à tes paroles? — N'eût-ce pas été blasphémer l'amour pur que tu m'as inspiré que d'en écouter les expressions dans cet hôtel où un autre avait le droit de parler en maître? — Non! — Je t'aime, vois-tu! je t'aime à renoncer à tout pour toi! — Je t'aime comme jamais femme n'a aimé! — Tu me repousses, n'est-ce pas? tu ne veux plus de mon amour? Oh! comme cet instant me punit de toutes mes fautes! — Olivier, ce masque était mon sauveur! Tu te repens de tes paroles? ton cœur se reproche d'avoir battu pour moi! — Oh! ne me maudis pas! vois, je suis à tes pieds! Pardonne-moi, Olivier! pardonne-moi et crois surtout que je t'aime de toute mon âme.

Et Fernanda, admirable de beauté, d'ardeur, de passion voluptueuse, se laissa tomber aux pieds d'Olivier, dans l'attitude touchante de la Madeleine agenouillée.

Qui donc aurait pu résister à tant de charmes et de séduction?

Qui donc, à trente ans, n'aurait pas senti frémir tout son être au contact de ce corps adorable qui se courbait comme un roseau fouetté par le vent d'orage?

Qui donc enfin serait resté froid et impassible, et aurait eu le courage de fuir devant la tentation?

Nous aimons à croire pour Joseph, de pudique mémoire, que madame Putiphar était moins belle que Fernanda, et nous plaindrions sincèrement ceux de nos lecteurs qui n'auraient pas pour le vicomte de Pont-Aven un fond d'inépuisable indulgence.

Bref . . . . . . . . . . . . . . . .

Et pour sortir de cette situation qui commence à nous embarrasser fort, nous demanderons à M. Th. Gautier

la permission de placer à la fin de ce chapitre une strophe de son charmant poëme d'*Albertus :*

Que ne fait-on pas dire à cet honnête point?
Jamais comme immoral Bazile ne le biffe?
Il est l'hiéroglyphe
De ce qui ne l'est guère ou point!

## XXI

Où il est prouvé qu'il n'y a pas que les gens vertueux qui aiment à voir lever l'aurore.

Cinq heures du matin sonnaient à l'horloge du château de Saint-Cloud, au moment où Olivier, réveillant les garçons de l'hôtel de la Tête-Noire, faisait seller son cheval et reprenait la route de Paris.

Deux femmes se tenaient dans le petit pavillon octogone.

L'une d'elles, enveloppée dans une large pelisse de fourrures, était Fernanda ; — l'autre, occupée à attiser le feu dans la cheminée de marbre rouge, était madame Labit.

— Mazette! — dit cette dernière en s'installant dans une chauffeuse, — je ne voulais pas vous croire, mais maintenant il n'y a plus à douter! — C'est vrai que ce petit marin est amoureux fou! — Il ne vous a pas seulement adressé un reproche, et il a cru à tout ce que vous lui avez dit! — Sapristi!... — Savez-vous que vous auriez dû entrer au théâtre! Vous auriez enfoncé Rachel et toutes les autres! — Eh bien? Santeuil n'a qu'à se tenir ferme!

— Oui, ma vengeance est entre bonnes mains.

— Je crois bien! — Ah çà! voyons! entre nous, nous pouvons dire la vérité. — Est-ce vrai que Maxime vous a aimée autrefois?

— C'est de la plus exacte vérité!

— C'est une chance, savez-vous! — cela fait marcher l'affaire toute seule, et il ne pourra pas nier tout dans ce que lui dira le vicomte...

— Maxime ne niera rien, car je n'ai rien inventé...

— Pas possible! — C'est donc vrai que, sans lui, vous seriez peut-être mariée à un avoué ou à un négociant quelconque?

— Probablement.

— Et il vous a plantée là, comme ça, après deux ans?

— Il y a un secret entre nous, et, ce secret, il le taira!... Il se battra si Olivier le provoque, mais il ne parlera pas, je vous en réponds!

— Qu'est-ce que c'est donc que ce secret?

— Vous êtes trop curieuse, ma chère.

— Suffit! on ne demande rien!

Un silence suivit ces mots, silence pendant lequel Fernanda paraissait s'absorber dans une rêverie profonde.

— Ah çà! ma petite, — dit tout à coup sa compagne en se levant et en allant à elle, — qu'est-ce que vous avez donc? Vous semblez tout chose!

— Je pense à l'avenir.

— Le fait est que vous voilà avec deux amoureux sur les bras.

Fernanda haussa les épaules.

— Oh! je sais que ce n'est pas embarrassant! — continua madame Labit. — Mais vous craignez peut-être que le vicomte réfléchisse, et qu'il n'aille pas chercher querelle à Santeuil?

— Au contraire! — répondit vivement la courtisane.

— Alors vous avez peut-être peur que, s'il y a un duel, le marin ait le dessous! — Dame! c'est possible!

— Ne dites pas cela!

— Pourquoi donc? — Vous connaissez le proverbe : *Qui ne risque rien n'a rien!*

— Pauvre Olivier! comme il m'aime! — murmura Fernanda.

— Tiens! tiens! tiens! — C'est donc de ce côté-là que le vent souffle? — Il faut prévenir son monde! — Est-ce que vous en tenez pour le petit?

— Écoutez, ma chère, — dit Fernanda en se levant, — je ne sais ce qui se passe en moi... mais, j'ai peur de sentir battre mon cœur!

— Ah! bah! — Quelle bêtise!

— Bêtise ou non! je crains d'aimer...

— Fichtre! ce ne serait pas le plus beau de votre affaire! — Il n'est pas riche, ce jeune homme! — Une vingtaine de mille francs de rentes! — Il n'y aurait pas seulement de quoi payer votre écurie! — Il faut ajouter, cependant, qu'on a le droit de croquer le capital, et, comme ce petit Pont-Aven est parfaitement toqué, cela ne serait pas difficile.

— Je ne voudrais pas recevoir d'Olivier un cadeau de dix louis!...

— Ah! ma pauvre chère belle! qu'est-ce que vous me racontez là? — Vous allez suivre une mauvaise route! Prenez garde!

— Ne suis-je pas riche! et si le vicomte m'aimait assez pour oublier le passé, comme il le dit... pour...

— Vous épouser? — C'est cela! — Voilà la chose! — Toutes les femmes ont cette manie-là maintenant! — Mais dites donc un peu! si vous l'aimez, ce petit, si vous voulez en faire votre mari pour de vrai devant un maire quelconque, avec une écharpe sérieuse, vous avez peut-être tort de l'embarquer dans l'affaire Santeuil.

— Il le faut! — Tant que Maxime vivra, la réalisation d'un tel projet est impossible!... — Olivier tuera Maxime! Quelque chose me le dit, et alors...

— Alors!... en avant la publication des bans! — Ce serait un gentil dénouement, quoique j'en connaisse un plus agréable encore.

— Lequel?

— Dame! on ne sait pas! — Admettez que la femme du baron vienne à s'en aller. — Elle lui laisse un joli magot, quelque chose comme cinquante mille écus de rente en bonnes terres. — Reste l'enfant, mais il paraît qu'il est délicat. — Or, Lycenay veuf, amoureux et jobard comme il l'est, cela ferait un mari à ne pas jeter aux orties!... — Qu'est-ce que vous en pensez?...

— Je pense que madame de Lycenay se porte bien...

— Voilà le guignon... Cependant faudrait voir...

— Qu'est-ce que vous dites donc?

— Rien! une idée! n'en parlons plus... Dame! vous savez, le hasard est un *grand maigre*...

Fernanda ne voulut pas comprendre l'odieuse pensée de l'infernale créature.

— Je préférerais Olivier! — reprit-elle au bout d'un instant.

— Il me semble que l'un n'empêcherait pas l'autre! — dit en riant madame Labit. — Eh mais! j'y pense, — ajouta-t-elle en changeant de ton. — Si Santeuil allait refuser de se battre?

— Oh! je ne crains pas cela. — Il se battra! — Trop bien, peut-être...

— Alors, encore une fois, empêchez le marin d'aller lui chercher querelle!

— Je te répète qu'il le faut! — Olivier, vainqueur ou blessé, m'appartient tout entier. — Il ne me restera à lutter que contre le comte d'Ornay, qui, probablement, viendra se jeter à la traverse de mes plans, mais nous verrons alors! — Pour le présent, le vicomte me vengera de Maxime que cet imbécile de Lycenay n'a pas eu l'idée de provoquer! — Oh! comme un duel entre ces deux hommes simplifiait les choses!... — Berthe était déshonorée, et Maxime contribuait lui-même à ce déshonneur!

— Oui! c'eût été bien beau! — répondit madame Labit, — mais est-ce qu'il n'y aurait pas moyen de rarranger cela?

— C'est à cela que je pense, car, de cette façon, Olivier n'aurait pas besoin de se battre!

Après ces derniers mots, Fernanda se replongea dans ses réflexions que madame Labit ne jugea pas à propos de troubler, car, s'arrangeant le mieux possible près du feu, afin de combattre le froid que le lever du jour rendait plus vif, elle ferma béatiquement ses paupières éraillées et ne tarda guère à s'endormir d'un sommeil aussi profond que si sa conscience eût été tranquille ou muette.

Au bout d'une heure et demie à peu près, elle se réveilla.

Fernanda n'avait pas changé de place et d'attitude; seulement, un pâle sourire effleurait ses lèvres.

— Je crois que j'ai trouvé ce que je cherchais, — murmura-t-elle. — Allons, ma vengeance sera complète, et Olivier n'aura rien à craindre.

— Dites donc, Fernanda, la voiture doit être arrivée? — fit madame Labit en ajustant sa toilette. — Partons-nous?

— Voyez si Brigitte est là.

— Me voici, madame, — répondit la femme de chambre qui venait d'entrer. — Les chevaux attendent...

— Bien! venez, ma chère! — reprit Fernanda; et, s'enveloppant dans sa pelisse, elle traversa le jardin, suivie des deux femmes, pour aller retrouver sa voiture qui l'attendait dans l'avenue de Saint-Cloud.

§

Autant, la veille, le vicomte de Pont-Aven pressait sa monture pour gagner la Porte-Jaune, autant, en retournant vers Paris, laissait-il à son cheval liberté entière de faire la route à sa guise.

Des réflexions de tout genre se succédaient dans son esprit et tourbillonnaient dans son cerveau.

En effet, si l'on se rappelle la situation morale dans laquelle il se trouvait en sortant du salon de madame Dorcy, la colère qui le dominait en arrivant à Ville-d'Avray, et enfin le résultat de son rendez-vous avec la mystérieuse inconnue, résultat qui avait eu pour but principal de faire de lui, vicomte de Pont-Aven, l'amant de la maîtresse du baron de Lycenay et l'ennemi du comte de Santeuil, on comprendra sans peine que le jeune marin eût besoin de mettre un peu d'ordre dans ses idées.

En présence de la pécheresse, — sous l'empire de la passion qu'avait su lui inspirer le prétendu domino bleu, en proie à la surexcitation des sens qu'avait fait naître en lui la beauté souveraine de la dangereuse créature, le vicomte avait ajouté une foi aveugle à ses paroles.

Fernanda, dans sa rouerie infernale, avait agi avec une merveilleuse adresse, et tout s'était réuni pour compléter la persuasion du jeune homme.

Olivier, qui, jusqu'alors, ne s'était trouvé que cinq ou six fois en présence de la maîtresse du baron, — Olivier, qui avait cherché à lui inspirer un caprice momentané, dans l'espoir de contribuer à la bonne action entreprise par Maxime, — Olivier, disons-nous, n'avait vu en elle qu'une femme galante, belle, séduisante, il est vrai, mais faisant partie de cette classe de créatures sans âme et sans cœur dont l'amour vénal est à la portée de toutes les bourses bien garnies. — Faciles Danaés des Jupiters contemporains.

Cette fois, il s'était trouvé en face d'une femme qui exprimait avec noblesse des sentiments élevés, — qui, sans se faire d'illusions sur sa position présente, semblait regretter amèrement un passé de honte et d'erreurs, et c'était l'amour, inspiré par lui à cette femme, qui lui avait fait secouer ainsi la fange attachée jusqu'alors à ses ailes d'ange déchu.

Olivier était trop noble et trop bon, il connaissait trop peu le monde, il avait trop d'illusions pour deviner une ruse sous ce repentir apparent.

Puis son amour-propre se sentait délicieusement flatté par la pensée d'avoir su faire battre ce cœur si longtemps mort et glacé.

Comme tous les hommes, il se persuada sans peine qu'il était aimé, car auprès de la fatuité absolue et sans limites du *sexe fort*, à cet égard, qu'est-ce que la vanité des femmes?

Aussi ne vit-il plus dans Fernanda la fille entretenue, la maîtresse du baron, celle qui ruinait froidement Lycenay, — non! — Il vit en elle une pauvre créature, jetée par une main criminelle dans une route infâme; une jeune fille, perdue par un homme sans foi et sans honneur, et qui avait cherché l'oubli de ses fautes au milieu du tourbillon des plaisirs; une femme, enfin, que lui, Olivier, pouvait arracher de l'abîme en la laissant s'appuyer sur son bras.

Une seule pensée amenait par instant un éclair de doute dans son âme, — cette pensée était relative au comte de Santeuil.

Il avait pris Maxime en si haute estime, pour les nobles qualités qui distinguent le comte, qu'il ne pouvait admettre l'alliance de cette nature si loyale et si brave avec l'infamie dont l'accusait Fernanda.

Puis, n'est-ce pas ce même Maxime qui avait poussé Olivier à tenter la conquête de la courtisane?

Il est vrai qu'Olivier n'avait pas réussi, — il est vrai que le comte de Santeuil agissait peut-être de cette façon dans l'espoir d'éloigner Lycenay de sa maîtresse, — non pour rendre à Berthe son mari bien-aimé, mais pour l'écarter de la femme qu'il poursuivait lui-même avec tant d'acharnement.

Enfin, Fernanda lui avait affirmé l'odieuse conduite de Maxime.

Quel intérêt avait-elle donc pour agir ainsi si elle avait dû inventer une fable?

N'était-ce pas le vicomte qui lui avait arraché ce secret qu'elle ne voulait point avouer?

Elle était si belle, cette femme, elle semblait si aimante, qu'un cœur capable d'un tel amour, qu'une âme cachée dans un corps si parfait, ne pouvaient enfanter des pensées coupables!...

Ce fut sur cette conclusion déplorable, et avec la ferme résolution d'exiger de M. de Santeuil l'explication de sa conduite et de venger Fernanda, que le jeune marin rentra dans son appartement de la rue d'Astorg.

Sur la porte même de la maison, il trouva maître Margat, qui fumait sa pipe en maugréant à cœur joie.

— Tonnerre de Brest! — s'écria le digne quartier-maître en apercevant le vicomte, — en v'là encore une bordée de longueur que vous avez courue, mon lieutenant! — Tron de l'air! — Vous avez donc eu vent debout toute la nuit, que vous ne mouillez en rade que ce matin?

— Est-ce que tu étais inquiet? — demanda Olivier en mettant pied à terre et en montant l'escalier en compagnie du quartier-maître.

— Ne m'en parlez pas! — J'avais le cœur chaviré de ne pas vous voir!

— Mon vieux matelot! — répondit le vicomte en entrant dans sa chambre et en commençant sa toilette. — Tu seras donc toujours le même? — Tu te tourmenteras toujours mal à propos à cause de moi?

— Tonnerre de Brest! — après qui voulez-vous donc que je me tourmente, mon lieutenant? — Encore si vous aviez été entre quatre planches sur une vague, je m'aurais dit : — *A pas peur, mon lieutenant sait gouverner droit!* — Mais quand vous vous *pomoyez* sur votre cheval, j'ai moins de confiance que de vous voir les *tire-veilles* à la main, pendant un grain carabiné!

Margat avait les chevaux en horreur.

— Eh bien! me voilà! — reprit le vicomte, — tu es content, maintenant?

— Vous venez encore de faire un quart dans le jardin en question, pas vrai!

— Précisément!

— Je m'en doutais; aussi, si dans une heure vous n'aviez pas accosté, je filais l'écoute et je mettais le cap sur la cabine du comte de Santeuil, dont je viens de relever le gisement à cet effet...

Margat montrait une carte du comte qu'il avait prise dans une coupe sur la cheminée.

— Tu allais chez M. de Santeuil? — s'écria Olivier très-étonné.

— Un peu.

— Et pourquoi faire?

— Pour savoir de vos nouvelles.

— Comment cela? — Tu me dis que tu me supposais à Ville-d'Avray, et tu allais demander de mes nouvelles chez M. de Santeuil?

— Je m'entends!

— Voyons! explique-toi. — Je ne comprends pas...

Et Olivier, très-intrigué par cette circonstance fortuite, se rapprocha du marin.

— Ah! c'est que vous ne savez pas, mon lieutenant? c'est une rencontre que j'ai faite hier et dont j'ai oublié de vous parler...

— Laquelle, donc?

— Pour lors, hier, pendant que vous étiez dans ce jardin ousque vous avez de l'agrément, que je pense, je me suis trouvé bord à bord avec un particulier qui flânait tout autour...

— Autour du jardin de la Porte-Jaune?

— Et sans se gêner, encore, même qu'il manigançait l'idée de se faufiler à votre suite, lorsque je l'ai hélé, et qu'il s'a retourné. — Pour lors, devinez qui que je reconnais?

— Qui cela?

— La peau jaune à M. Maxime; — vous savez, l'Indien de Pondichéry, celui dont le satané nom ne me revient jamais.

— En es-tu sûr? — demanda Olivier avec feu.

— Sûr et certain, à preuve que je lui ai parlé, qu'il voulait me faire taire, et qu'il a fini par me reconnaître.

— Et que faisait-il là?

— Je vous dis qu'il voulait savoir qui était là-dedans, car, quand je lui ai appris que c'était vous en personne naturelle : — *Suffit!* — qu'il a fait, — *en v'là assez! — j'ai plus besoin d'entrer*.

— Lui as-tu demandé pourquo voulait connaître la personne qui venait d'arriver?

— Ma foi, non! — Ça m'était bien égal. — Seulement, il m'a dit qu'il fallait pas répéter que je l'avais vu là; que, si je le narrais, ça ferait de la peine à son maître, et un tas de bêtises auxquelles je n'ai rien compris!

— Oh! pensa Olivier, — Fernanda disait vrai! — Ce Santeuil l'espionne. — Il l'aime encore. — Il la poursuit! — Cet homme est décidément son mauvais génie!... — Mais malheur à lui! il me trouvera sur sa route!

Puis, s'adressant vivement à Margat, il lui demanda :

— Où sont les pistolets qui me viennent de mon père?

— Ceux que l'amiral a pris à un officier anglais en sautant à l'abordage de *la Britannia?*

— Oui!

— Ils sont là, mon lieutenant.

— Eh bien! mon vieil ami, tu vas les prendre, les visiter, les nettoyer, et tu t'amuseras à fondre des balles de calibre.

— Tiens, est-ce que vous allez au tir?

— Peut-être! — répondit le jeune homme.

§

Une heure après, Olivier envoyait Baptiste chez le comte de Santeuil pour lui faire demander à quelle heure il pourrait le recevoir.

Maxime fit répondre que, ne comptant pas sortir de la journée, il était à la disposition de M. de Pont-Aven à quelqu'heure qu'il plût à ce dernier de lui rendre visite.

## XXII

### Une femme adorable.

Le comte de Santeuil, arrivé depuis deux mois à Paris, comme nos lecteurs le savent, s'était promptement installé, cependant, dans un charmant hôtel entre cour et jardin; hôtel situé rue des Ecuries-d'Artois, dans le faubourg Saint-Honoré.

Maxime avait une passion, c'était celle du luxe intérieur; — aussi avait-il sacrifié une partie de son temps et de ses économies, — économies faites pendant la durée de ses longs voyages, — à meubler avec un goût exquis son délicieux réduit de garçon.

Ses écuries étaient admirablement tenues, et ses domestiques avaient le style irréprochable des gens de grande maison.

Parmi ces derniers, un seul, par faveur spéciale, jouissait de la confiance absolue de son maître.

Maxime connaissait trop bien cette gent fausse, envieuse, rampante, pétrie de défauts et dénuée de toutes qualités, que l'on nomme les valets de pied, les valets de chambre, les cochers, les grooms, etc., pour ne pas professer à son endroit absolu le mépris qu'elle mérite, et surtout pour compter jamais sur son dévouement, en quelque circonstance que ce dévouement dût se manifester.

Il payait généreusement, — il ne souffrait jamais une négligence dans le service, — il ne supportait pas une réplique et il exigeait l'obéissance stricte et passive.

Aussi était-il presque bien servi.

Un seul de ses gens, avons-nous dit, jouissait de sa confiance : celui-là était un homme de haute taille, aux grands yeux noirs, aux sourcils arqués, à la physionomie intelligente et à la peau cuivrée, telle que l'on ne la trouve que dans un autre hémisphère.

C'était l'Indien qu'il avait arraché aux griffes sanglantes du tigre, et qui depuis ce moment n'avait jamais pu se résoudre à quitter son héroïque sauveur.

Cet homme se nommait *Ahmed-Hadjémi*.

Sans attribution spéciale dans la maison du comte, se tenant toujours en dehors du cercle des autres domestiques, il veillait à tout, il ne laissait rien passer de ce qui lui paraissait peu convenable pour son maître, et il avait pour lui la passion du chien, passion aveugle et inaltérable, qui lui aurait fait braver tous les dangers, accomplir les actes les plus impossibles, pour mériter un sourire de Maxime, — une seule parole de bonté.

Santeuil avait apprécié cet attachement sans bornes à sa juste valeur, et il avait en Ahmed-Hadjémi une confiance illimitée, — nous le répétons.

Les autres valets, jaloux de la ferveur de l'Indien, blessés du dédain qu'il leur cachait mal, avaient d'abord préparé sournoisement une série de mauvais tours qu'ils comptaient lui jouer successivement.

Par malheur pour eux, Ahmed n'était rien moins que patient.

D'une nature sèche, maigre et nerveuse, il n'annonçait pas, à première vue, l'une de ces forces brutales qui en imposent si bien aux masses; mais s'il n'avait pas les bras et l'encolure de maître Margat, il était leste comme une panthère, agile comme un jaguar, et prompt à frapper son ennemi comme un Indien, c'est tout dire.

Aux sarcasmes, il répondit par le mépris; — aux insultes, son regard brilla de colère; aux voies de fait, il tira de son sein un poignard javanais qui ne le quittait jamais, et, se précipitant sur son adversaire, qu'il enlaça à la façon des serpents, il l'aurait infailliblement tué, si Santeuil, prévenu à temps, ne fût intervenu lui-même.

Or, le domestique si maltraité était un palefrenier, espèce de colosse qui avait acquis la réputation méritée d'un lutteur émérite.

Depuis cette petite scène de famille, Ahmed s'était vu l'objet des plus grands égards et de toutes sortes de déférences.

Les mauvais tours en étaient restés là, et, si on détestait l'Indien on le craignait encore plus, ce qui constituait, certes, la meilleure position qu'un homme puisse envier au milieu de ses semblables.

De plus, le comte de Santeuil avait nettement déclaré, de ce ton froid et imposant qu'il savait si bien prendre, que ceux d'entre ses domestiques qui ne pourraient s'entendre avec Ahmed feraient bien de demander leur compte, par la raison qu'il changerait sa maison tout entière plutôt que de donner jamais tort à son fidèle serviteur.

Le comte n'ayant pas l'habitude de répéter deux fois la même chose, les valets se l'étaient tenu pour dit et pour bien dit.

§

Le jour où nous pénétrons dans l'hôtel de la rue des Ecuries-d'Artois, Maxime, assis devant un magnifique bureau en ébène, de style Louis XIII, était occupé à classer des aquarelles, des gouaches, des dessins et des lavis, — souvenirs de ses pérégrinations, — et à repasser les annotations placées au bas de chacun d'eux, indiquant soit le nom du site qu'ils représentaient, soit un souvenir personnel s'y rattachant.

Il fumait, dans une pipe arabe, de ce délicieux tabac du Sinaï que connaissent seulement ceux qui ont parcouru la Palestine et les rives de la mer Morte.

Depuis deux heures environ, il était enseveli dans ce travail, voyageant par la pensée et parcourant encore une fois les bords du Gange et les côtes de Coromandel, lorsqu'un coup frappé discrètement à la porte le tira de sa rêverie.

— Entrez ! — dit-il.

La porte s'entr'ouvrit aussitôt, et un valet de chambre costumé de noir et poudré à blanc pénétra sans bruit dans la bibliothèque.

Il s'approcha de Maxime, salua, et lui tendit un plateau de vermeil sur lequel le comte prit une carte de visite.

— Cette dame est là ? — demanda-t-il vivement après avoir jeté les yeux sur la carte.

— Oui, monsieur le comte. — Cette dame attend au salon...

— Dites-lui que je vais à l'instant même avoir l'honneur de la rejoindre...

— Et pourquoi donc ne pas me recevoir ici ? — demanda gaiement madame de Nerval, dont la gracieuse figure apparut sur le seuil de la porte.

Que de bonté, madame ! venir ainsi chez moi ! — s'écria Maxime avec une joyeuse émotion.

— Il faut bien que je vienne, puisque voilà deux jours que l'on ne vous a vu ! — Et puis, je veux être franche... on dit tant de merveilles de votre hôtel, que e n'ai pas su résister à la curiosité qui me dévorait...

— Bienheureuse curiosité ! — Je la bénis du fond du cœur ! — répondit le comte en faisant signe au valet de chambre de se retirer. — Mais permettez-moi de vous conduire au salon. Il y a dans cette pièce une atmosphère de tabac que je suis vraiment honteux de vous laisser respirer.

— Ma foi ! vous avez tort. Cette odeur est fort agréable, et, à moins que cela ne vous dérange... je serais heureuse de rester dans ce cabinet... — Il est charmant !

Maxime s'inclina et s'empressa d'offrir un siége à la jolie visiteuse. — Mais Aurélie, en sa qualité de femme, parcourut d'abord avidement les moindres détails de la pièce, s'arrêtant devant les tableaux, contemplant les trophées d'armes, s'extasiant devant les richesses de tous genres qui couvraient les murailles et chargeaient les meubles, et se faisant expliquer par le comte l'usage et l'origine des objets inconnus qui frappaient ses regards.

Maxime, avec la patience d'un cicérone et l'intelligence d'un amateur, répondait à chaque question, et avait pour chaque sujet quelque historiette intéressante.

Nos lecteurs s'étonneront sans doute de voir une femme jeune, jolie, veuve, et appartenant au meilleur monde, rendre ainsi une visite imprévue à un homme jeune aussi, et de plus, célibataire.

Cette visite choque évidemment toutes les habitudes de retenue que la société impose aux femmes, aussi nous hâterons-nous d'expliquer en quelques mots une semblable démarche.

Madame de Nerval, nous le savons, était une veuve fort spirituelle, vive, un peu légère de tête, excellente de cœur et d'une conduite irréprochable.

C'était la femme honnête dans la plus chaste et la plus charmante acception du mot.

Honnête sans pruderie, sans prétention, sans se targuer de son honnêteté pour manquer d'indulgence à l'endroit de celles de ses amies auxquelles le monde reprochait quelque faiblesse.

Elle était honnête, parce que sa nature pure, candide et franche, n'eût jamais pu se résoudre à tromper qui que ce fût, parce que son cœur haut placé n'aurait jamais admis un amour indigne d'elle, et qu'étant veuve, riche et libre, à qui aurait demandé et obtenu son cœur elle aurait offert en même temps sa main.

Mariée jeune à un homme deux fois plus âgé qu'elle, ainsi que nous le savons, lancée dans un monde de plaisirs et d'élégance, monde rarement aussi moral qu'il voudrait en avoir l'air, entourée dès son entrée dans ce monde d'une multitude d'adorateurs que lui attiraient son esprit et sa beauté, elle avait su accueillir tous les compliments, recevoir tous les hommes, sans dévier, si peu que ce fût, de la ligne du strict devoir.

Elle avait vécu pendant dix ans près de son mari sans que la calomnie eût trouvé moyen de mordre sur elle.

Aussi, le général de Nerval, homme d'infiniment d'esprit et de tact, avait-il eu pour sa femme l'affection la plus tendre, l'estime la plus vraie, et la reconnaissance la plus sincère pour la noble façon dont elle avait su porter son nom et faire respecter la vieillesse de son mari sexagénaire.

Veuve, et jouissant d'un revenu magnifique, elle avait vu la foule des adorateurs et des courtisans se doubler autour d'elle, mais elle comprenait que la plupart de ces hommes, dans leurs odieux calculs, recherchaient moins sa personne que les deux millions qu'elle apportait en dot.

D'un autre côté, aucun de ceux qui l'aimaient sincèrement et pour elle-même n'avaient eu le don de lui plaire.

De tout cela il résultait que, depuis cinq ans qu'elle était veuve, elle avait successivement éconduit quantité d'amoureux et de prétendants.

Elle attendait pour unir son existence à celle d'un second mari, qu'elle rencontrât un homme digne de son amour et dont le caractère et les goûts lui donnassent de sérieuses garanties pour le bonheur à venir.

Forte de sa conduite irréprochable et de ses intentions toujours pures, elle s'était débarrassée peu à peu de certaines entraves dont la société, dans son jalouégoïsme, s'est plu à lier la liberté individuelle des femmes jeunes et privées de l'égide d'un mari.

Elle riait souvent elle-même de ce qu'elle nommait ses *excentricités*, et si, par hasard, quelque vieille amie lui faisait d'amicales remontrances sur ces petites étourderies, elle répondait gaiement :

Ma chère, si le monde me blâme, j'en suis fâchée pour lui ; s'il veut me cloîtrer, il a tort, car je ne m'y prêterai jamais. — Enfin, s'il interprète mal mes actions, j'en rougirai non pour moi, mais pour lui. — Je ne médis de personne, — je suis fort indulgente ; or, je n'exige même pas la réciprocité. — Qu'on ne voie dans ce que je fais que ce que je fais réellement. — Si je ne puis pas obtenir qu'on me juge d'une manière impartiale, eh bien ! j'en prendrai mon parti, voilà tout !

Et madame de Nerval continuait à agir à sa guise, à aller, à venir, à faire tout ce que bon lui semblait, sans plus se préoccuper des autres ni de l'opinion générale.

Aussi le monde qui, par hasard, est doué parfois d'un certain bon sens, avait-il fini par accepter la jolie veuve telle qu'elle voulait être, et, ne trouvant pas le plus petit fait à articuler qui pût porter atteinte à sa réputation sans tache, il s'était contenté de lui décerner l'épithète d'*originale*.

De plus, Aurélie avait toujours décliné l'honneur d'être dame de charité ou patronesse de bals au profit des réfugiés polonais, hongrois, espagnols napolitains et *tutti quanti*.

Elle faisait le bien elle-même, elle avait ses pauvres, et elle ne portait pas le moindre intérêt aux révolutionnaires, à quelque pays qu'ils appartinssent.

Et maintenant, grâce aux explications qui précèdent, nous espérons que nos lecteurs n'auront pour madame de Nerval pas d'autre opinion que celle qu'elle mérite, en la voyant arriver inopinément chez le comte de Santeuil, surtout si nous ajoutons qu'elle y venait pour la première fois, — que le caractère sérieux de Maxime le plaçait en dehors des hommes de son âge, et qu'enfin, prenant un intérêt commun au sort de la pauvre Berthe, des rapprochements continuels devenaient nécessaires entre eux.

Santeuil était resté deux jours sans aller voir madame de Nerval, et Aurélie, curieuse, avait hâte de courir aux nouvelles.

Ajoutons cependant que le cœur de la jeune veuve, demeuré jusqu'alors insensible, éprouvait de secrètes et vives sympathies pour la noble et belle nature du comte.

Sans deviner clairement ce qui se passait en elle-même, Aurélie avait grand plaisir à se trouver auprès de Maxime, et, dans son inexpérience de femme, n'ayant jamais aimé, elle laissait volontiers se manifester cette satisfaction lorsque Maxime se présentait chez elle.

De son côté, M. de Santeuil, dénué de toute fatuité, s'apercevait néanmoins de l'affection qu'il inspirait à la charmante femme, affection qu'il partageait entièrement ; mais il mettait ce sentiment réciproque sur le compte de l'estime et de l'amitié dont ils étaient si dignes l'un et l'autre, et surtout sur celui de leur dévouement mutuel à madame de Lycenay.

Sans qu'ils s'aimassent encore d'un amour bien passionné, il régnait entre eux un sentiment vague plus fort que l'amitié, et dont ils ignoraient l'existence tout en subissant l'effet et en y trouvant un charme étrange.

Un mot, un hasard, le moindre incident, pouvait tout à coup leur révéler la vérité et leur faire voir clair dans leurs cœurs.

Cet incident arriverait-il ? — Nous l'ignorons encore.

Toujours est-il que, sans analyser ce qui se passait en eux-mêmes, ils se préoccupaient exclusivement du malheur de Berthe, et leur générosité, étouffant l'égoïsme inné de la nature humaine, concentrait leurs pensées et leurs efforts sur la réussite de leur projet, — projet dont le but était, comme nous le savons d'arracher Edgard aux griffes roses de Fernanda, pour l'amener repentant aux pieds de sa femme.

Maintenant, et ceci dit pour la clarté de ce qui va suivre, reprenons la conversation au point où nous l'avons interrompue.

## XXIII

### Mine contre mine.

— Vous n'avez pas de nouvelles nouvelles ? — demanda madame de Nerval en prenant le siége que lui offrait Maxime, après avoir satisfait complètement sa curiosité à l'endroit des objets d'art qui tapissaient la bibliothèque.

— Pas encore ! — répondit M. de Santeuil en s'asseyant à côté de la jolie visiteuse.

— Et votre Ahmed est toujours là-bas ?

— Toujours ! — Je me félicite à chaque instant de l'heureuse idée qui m'est venue de l'installer chez cette femme en qualité d'heiduque...

— Comment donc vous est-elle venue, cette idée ingénieuse ?

— Oh ! je ne dois pas m'attribuer les honneurs de l'invention...

— Bah ! Qui donc en peut revendiquer le mérite ?

— Ahmed lui-même.

— Il savait donc tout ?

— Devant lui, j'ai l'habitude de penser tout haut.

— Vous êtes bien heureux d'avoir de tels serviteurs !...

— Oh ! mon brave Indien n'est pas un serviteur !... c'est mieux que cela ! — mieux qu'un ami ! — c'est le dévouement fait homme ! l'affection et la fidélité incarnées !...

— Enfin, comment a-t-il conçu le plan qu'il réalise en ce moment ?

— Voici : le lendemain des courses de la Marche, vous le savez, nous étions désolés tous deux du mauvais état de nos affaires... — Fernanda semblait deviner par avance tous nos projets, et se faire un jeu de les mettre à néant ! — Ne sachant plus quel parti prendre, je me désolais seul en me promenant à grands pas dans ma bibliothèque. — Ahmed était accroupi sur cette natte que vous voyez, — il fumait gravement, sans presque que je me doutasse de sa présence. Je parlais haut, exhalant ma mauvaise humeur, lorsque tout à coup Ahmed se dressant devant moi, posa son doigt sur mon bras : — Maître ! me dit-il. — Que veux-tu ? — lui répondis-je avec un peu d'impatience. — Maître ! vous souffrez, vous êtes malheureux ; si votre pauvre chien fidèle ne vous est plus bon à rien, il faut le chasser ou le tuer ! — Que veux-tu, mon brave Ahmed ! si je souffre, ce n'est pas ta faute, et, malheureusement, tu n'y peux rien. — Peut-être ! fit-il de sa voix grave et douce. — Comment cela ? lui demandai-je vivement. — Maître! depuis que vous êtes à Paris, je connais le projet qui vous occupe. Vous ne vous cachez pas devant votre serviteur. Ce que vous m'avez dit, je l'ai deviné; ce que je n'ai pu deviner, j'ai cherché à l'apprendre, et je l'ai appris. Aujourd'hui je sais tout, aussi bien que vous-même. Aujourd'hui, vous avez besoin de votre Indien, me voilà!

— Mais c'est un trésor qu'un pareil homme! — s'écria Aurélie.

— Comme vous le dites, madame, c'est un trésor, et tous les diamants des mines de Golconde, — tous les millions des maisons Mirès ou Rothschild ne sauraient le payer.

— Continuez donc, cher comte, vous m'intéressez au plus haut point. — En vous entendant parler, il me semble lire une légende merveilleuse des *Mille et une Nuits*.

— Je demeurai surpris de la perspicacité d'Ahmed; mais lui, sans s'émouvoir, me raconta mot pour mot la situation présente de Berthe et de son mari. — Il avait dit vrai, rien ne lui était inconnu. — Et que penses-tu de tout cela? — lui dis-je alors. — Je pense, me répondit-il, que la maîtresse de M. le baron a des domestiques à elle dans votre hôtel et dans celui de madame de Nerval, et que c'est ainsi qu'elle devine vos plans. — C'est aussi mon avis, mais comment découvrir ceux de nos gens dont nous devons nous défier? — C'est bien simple. Laissez-moi remplir chez cette femme l'office que font ceux qu'elle paye chez vous et chez madame de Nerval. Avant vingt-quatre heures, vous connaîtrez les espions. — J'avoue que cette espèce de police me répugnait fort, mais Ahmed triompha de ma délicatesse à cet égard. Il s'agissait d'opposer la ruse à la ruse, et surtout de rendre le bonheur à ma pauvre cousine. Je consentis donc et lui donnai carte blanche.

— Vous fîtes admirablement bien.

— D'ailleurs, j'étais convaincu que personne n'agirait mieux qu'Ahmed dans une semblable occasion. — Je connais fort peu d'hommes doués d'une intelligence plus développée. — C'est la sagacité du sauvage, — la perspicacité de l'enfant des forêts vierges, — la patience de l'araignée, — la ruse de la panthère, — l'adresse du serpent pour enlacer son ennemi.

— Mais c'est un homme terrible que votre Ahmed! — Vous me faites frissonner.

— C'est un homme terrible dans sa haine, car il attendra vingt ans, s'il le faut, pour frapper à coup sûr; — mais il a la fidélité du chien quand il aime. — Puis, cette manière d'agir rentrait tout à fait dans les habitudes de son pays natal. — Notre police n'est qu'une plaisanterie organisée comparée à celle que font les Indiens pour leur propre compte. — Je vous l'ai dit : je le laissai agir à sa guise. — Il prit cent louis, et, le jour même, à l'aide de je ne sais quel stratagème et en achetant la discrétion des intéressés, il fut installé chez Fernanda. — Le soir, vous le savez, il m'envoyait le double du rapport adressé à la maîtresse du baron par la misérable femme qui remplace votre camériste.

— Et que j'aurais même mise à la porte sans plus tarder, si vous ne vous y étiez opposé si vivement.

— Sans doute! — Ne devions-nous pas laisser toute sécurité à notre ennemie? — Le lendemain, nous sûmes qu'il fallait nous défier également de votre cocher, du mien et de mon valet de chambre, celui-là même qui m'a remis votre carte il n'y a qu'un instant. — Grâce à ces avis, nous pûmes prendre nos précautions et tromper à notre tour, ce qui fait que, dans ce moment, Fernanda croyant connaître nos véritables intentions fait buisson creux et prend le change, comme on dit en terme de vénerie.

— Savez-vous que cette guerre d'intrigues est prodigieusement amusante, et que si le bonheur de notre amie ne s'y trouvait mêlé, j'aurais un véritable plaisir à la voir se prolonger! — A propos, ne m'avez-vous pas dit que M. de Pont-Aven se trouvait aussi mêlé là-dedans?

— Oui! — Fernanda, presque chaque jour, se rend masquée au pavillon de la Porte-Jaune, où le pauvre vicomte croit probablement rencontrer une femme parfaitement éprise. — Au reste, Fernanda a peut-être une fantaisie amoureuse : ces sortes de créatures y sont parfois sujettes.

— Mais il faudrait prévenir ce pauvre garçon.

— Impossible de le faire sans lui révéler nos moyens d'action, et songez que nous ne pouvons risquer une inconséquence ou une indiscrétion. Le bonheur de Berthe en dépend.

— Ahmed a dû la suivre à la Porte-Jaune et vous dire ce qui s'y passait.

— Il le voulait, je le lui ai défendu.

— Pourquoi?

— Parce que d'abord c'était s'exposer inutilement, attendu qu'Olivier est un jeune homme brave et loyal, dont nous n'avons rien à redouter, puis qu'ensuite je voulais bien consentir à retourner contre Fernanda ses propres armes, mais qu'il me répugnait outre mesure de faire espionner le vicomte de Pont-Aven. — Songez à tout ce qu'il aurait été en droit de me dire s'il avait pu jamais se douter d'un tel procédé de ma part. — Non! c'était impossible!

— Je vous comprends! Vous avez bien fait encore.

— Et que savez-vous de nouveau, vous, madame?

— Moi, rien, puisque je viens aux nouvelles. — J'ai reçu, comme toujours, une lettre de Berthe. — Hélas! maintenant, nous en sommes réduites aux correspondances. — Oh! je ne suis pas vindicative, mais j'aurai grand'peine à pardonner au baron de Lycenay l'affront qu'il m'a fait et tout le chagrin qu'il me cause...

— Le malheureux est fou!

— Oui, je le crois fou, et c'est pour cela que je ne lui en veux pas trop.

— Que vous dit Berthe?

— Voici sa lettre. — Vous voyez, rien de nouveau. La situation ne change pas.

— Pauvre femme! fit Maxime en rendant la lettre à madame de Nerval. — Oh! si les morts, comme je n'en doute pas, veillent sur nous du haut du ciel et savent ce qui se passe sur la terre, comme son père et sa mère doivent souffrir!

— Espérons que, s'ils voient le présent, plus heureux que nous ils lisent aussi dans l'avenir, et qu'alors ils sentent se calmer leurs douleurs, car nous réussirons, n'est-ce pas!

— Je n'en veux pas douter.

— Et votre Ahmed? Que vous a-t-il fait savoir depuis notre dernière entrevue?

— Rien! — Il paraît que Fernanda se repose, ou plutôt qu'elle attend que nous agissions. — Au reste, je n'ai pas vu Ahmed depuis plus de vingt-quatre heures, ce qui commence à m'étonner un peu, car, d'ordinaire, il vient chaque matin me donner des renseignements.

— Peut-être aura-t-il été surpris...

— Impossible. — Vous ne le connaissez pas!

— Que pensez-vous, alors?

— Qu'il se passe quelque chose de grave, et qu'il ne veut ou ne peut quitter la piste dans la crainte de la perdre.

En ce moment, on gratta à la porte.

— Ah! — dit Maxime, — le voici!

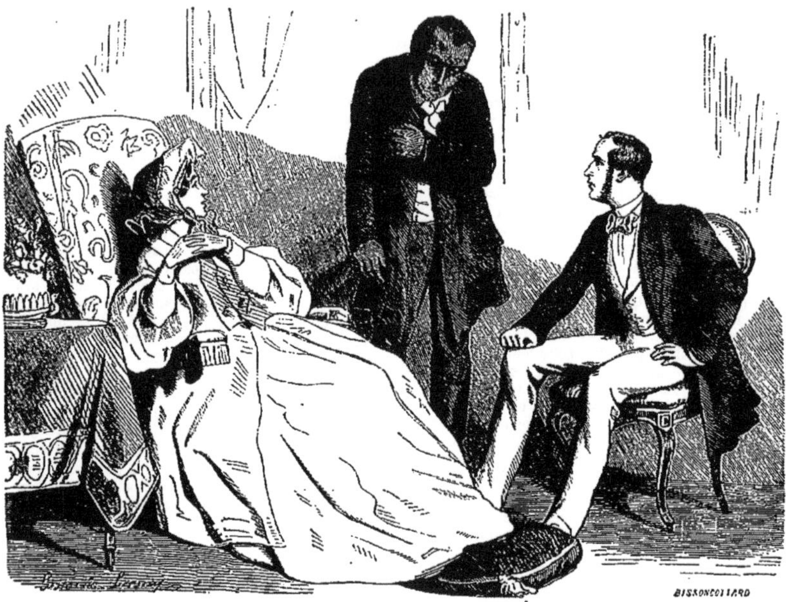

En effet, la porte s'ouvrit, et l'Indien parut sur le seuil. — Il avait dépouillé le riche costume d'heiduque que nous lui avons vu porter chez la pécheresse, il était vêtu d'un ample paletot.

En apercevant madame de Nerval il s'arrêta, et il interrogea le comte du regard.

— Entre! — dit celui-ci, — entre, mon brave Ahmed! Madame de Nerval te connaît et elle permet que tu parles devant elle, d'autant plus volontiers que, si j'en juge par ta physionomie, tu dois avoir quelque chose d'important à nous apprendre.

— Oui! oui! parlez vite, mon ami! — fit Aurélie avec empressement.

Ahmed, sans répondre, alla ouvrir la porte par laquelle il venait d'entrer, et s'assura que le salon qui précédait était bien désert, puis, tranquillisé sur ce point, il revint près de son maître.

La bibliothèque était renfermée entre les deux gros murs qui formaient l'angle de l'hôtel, et donnant du troisième côté sur la cour, personne ne pouvait s'en approcher que par le premier salon.

— Maître, — dit Ahmed en s'inclinant, — j'ai en effet de grandes nouvelles à vous apprendre.

— Lesquelles?

— D'abord, hier soir, madame Labit est venue rue de Londres, et j'ai entendu sa conversation avec Fernanda.

— Qu'as-tu appris?

— Que le baron de Lycenay devait cent mille francs à sa maîtresse, représentés par des lettres de change qu'il a acceptées en blanc.

— Cent mille francs! — s'écria madame de Nerval avec stupeur.

— C'est un fait assez commun, — dit froidement Maxime, — que de voir les femmes de cette sorte faire souscrire des valeurs à leurs amants lorsque la caisse de ces derniers commence à s'épuiser. — Ces lettres de change sont-elles donc échues?

— Non, maître, Fernanda en a fixé l'échéance à cinq mois, et madame Labit doit les remettre à un nommé Le Poitevin, qui habite le boulevard des Italiens, afin de faire poursuivre. — Craignant d'ailleurs d'omettre quelque chose d'essentiel, j'ai écrit tous les détails de cette affaire. Voici la note.

— C'est merveilleux! — dit Aurélie en s'extasiant sur l'intelligence d'Ahmed.

— Ensuite? — demanda Santeuil.

— Fernanda avait à elle un domestique du vicomte de Pont-Aven, lequel domestique lui a écrit hier que son maître avait découvert dans la journée qu'elle n'était pas le véritable domino bleu dont elle avait pris le costume pour se rendre à la Porte-Jaune.

— Bravo! — s'écria madame de Nerval. — Elle échoue encore de ce côté.

— Je ne crois pas! — répondit l'Indien en secouant gravement la tête.

— Fernanda aura-t-elle donc l'audace de revoir Olivier? — demanda Santeuil avec étonnement.

— Elle l'a revu hier au soir, à Ville-d'Avray.

— Eh bien?

— Elle est rentrée ce matin seulement à six heures, et le vicomte est revenu chez lui à la même heure.

— Ah! ah! — fit Santeuil, tandis que madame de Nerval se détournait pour cacher un sourire. — Pauvre Olivier! — Heureusement pour lui que le ministre de la marine ne lui laissera pas le temps de s'amollir dans les délices de Capoue! — Est-ce tout ce que tu sais?

— Non, maître.

— Quoi donc encore?

— Quelque chose de plus grave!

— Parle vite!

— M. de Cerny fait la cour à madame de Lycenay.

— Cerny! — s'écria le comte en frappant avec violence sur son bureau.

— Mais Berthe ne m'a rien dit de cela! — fit madame de Nerval.

Pour l'intelligence du lecteur, qui peut s'étonner que, depuis huit jours qu'Ahmed était au service de Fernanda, il n'eût pas encore soulevé le voile de ce mystère, il faut dire que de Cerny avait eu deux conférences secrètes avec sa complice.

L'une au bois, l'autre au théâtre.

Fernanda ne voulait pas que le vicomte, en venant trop souvent dans son hôtel, attirât l'attention du baron de Lycenay.

Donc, c'était seulement la veille, sur la demande de madame Labit à l'endroit des entreprises amoureuses de Cerny, qu'il avait été question de cette intrigue, de façon à ce qu'Ahmed pût en avoir connaissance.

D'un autre côté, on se rappelle que Berthe avait promis à son indigne confident le secret absolu sur ses révélations et, depuis qu'elle écrivait à Aurélie, — ne pouvant la voir, — elle n'osait lui faire part des réticences passionnées dont Cerny entremêlait ses protestations de dévouement.

Quoi qu'il en fût, en apprenant ce fait, Santeuil pâlit d'indignation.

— Le misérable! — reprit-il avec emportement. — Oh! je ne laisserai pas Berthe recevoir ses insolentes déclarations!

— Calmez-vous, maître, je n'ai pas fini!

— Qu'y a-t-il de plus?

— Il y a que le domestique du vicomte de Cerny m'appartient depuis cette nuit, et que par lui je saurai à quoi m'en tenir à cet égard. — Bientôt vous serez informé.

— Tu es donc allé chez cet homme?

— Oui et non.

— Comment cela s'est-il passé? — demanda Aurélie.

— Dès que j'eus appris tous ces détails, et dès que Fernanda fut partie pour Ville-d'Avray, je pensai qu'il me fallait sans plus tarder me mettre au courant de la conduite du vicomte. — Aussitôt je changeai de costume et je me rendis chez ce dernier. Il était minuit. — Je payai largement le concierge et, grâce à un double louis, j'appris que le vicomte ne rentrait jamais avant trois ou quatre heures du matin, et que, pendant ce temps, son unique domestique, mauvais drôle s'il en fût, allait s'attabler dans une maison mal famée de la rue Saint-Nicolas-d'Antin. — Muni de ces renseignements, je me dirigeai vers une ignoble taverne, dont, après quelques formalités, on consentit à m'ouvrir la porte. — Le valet était là, installé avec toute sorte de bandits et de filles, et jouant au piquet. — Je n'avais pas de temps à perdre. — Il était une heure du matin, et il fallait qu'avant trois heures cet homme m'appartînt corps et âme. Aussi, au bout de quelques minutes, je lui avais cherché querelle et je lui envoyais en plein visage le contenu d'un verre de bière...

— Joli moyen pour entrer en conversation, — dit Aurélie, ne pouvant s'empêcher de sourire de la singulière idée de l'Indien.

— Il se fâcha, — poursuivit gravement Ahmed ; — nous nous battîmes, je le terrassai et je l'étranglai à moitié!

— Et c'est comme ça que tu en es venu à bout? — demanda Santeuil.

— Oui, maître. — Un homme voulut venir à son secours, je lui fendis la tête d'un coup de bouteille; enfin, après avoir fait face à tous avec avantage, je leur proposai de sceller la paix en leur offrant à boire. — Ils acceptèrent. — En moins d'une heure nous étions tous *bons amis*, et le valet de chambre partant pour retourner chez son maître, je l'accompagnai. — Arrivé près de la porte : — Écoute, lui dis-je, tu as vu tout à l'heure qu'il ne faisait pas bon m'avoir pour adversaire? — Non, parbleu... répondit-il en grimaçant un sourire. — Eh bien! si je sais me battre, je sais aussi récompenser qui me sert. Veux-tu me servir? (En disant cela, je faisais briller quelques pièces d'or devant ses yeux). — Oui, — répliqua-t-il en avançant la main. — Que faut-il faire pour gagner vos jaunets? — Il faut espionner ton maître. — C'est facile! — Il faut surveiller ses moindres démarches, écouter attentivement aux portes quand il vient une visite, le suivre là où il va, décacheter ses lettres, les lire et les copier fidèlement avant de les lui remettre, tu comprends? — Ça me va! — Eh bien! voici dix louis. Chaque semaine tu en auras autant, et tous les soirs tu m'attendras, à une heure du matin, au coin de la rue Joubert, pour me faire ton rapport. Si tu es fidèle, j'augmenterai ton salaire; si tu me trompes, si tu mens, je te briserai les os! Cela te va-t-il toujours? — Parfaitement, répondit-il en empochant les louis. Demain soir, attendez-moi, vous aurez des nouvelles.

— Mais c'est parfait! — dit Aurélie avec joie

— C'est bien, Ahmed, je suis content de toi! tu es un bon serviteur! — fit Maxime en tendant sa main au brave Indien qui la baisa respectueusement.

— Maintenant, maître, — reprit Ahmed, il faut que je rentre à l'hôtel de la rue de Londres. — Voici l'heure à laquelle le baron a coutume de venir.

Maxime lui fit un signe de tête amical, et Ahmed disparut.

— Que pensez-vous de tout cela? — demanda Aurélie lorsqu'elle se vit seule avec le comte de Santeuil.

— Je pense que je ne puis laisser Berthe exposée aux poursuites de ce misérable Cerny.

— Que ferez-vous donc?

— Je n'en sais rien, mais j'agirai.

Madame de Nerval se leva pour se retirer

— Je vous attends demain, n'est-ce pas? — demanda-t-elle à Maxime, qui lui offrait la main pour la reconduire jusqu'à sa voiture.

— Demain, à trois heures, je serai chez vous.

— Adieu donc, cher comte, et bon courage!

Le coupé de madame de Nerval tournait à peine l'angle du faubourg Saint-Honoré, au moment où l'américaine du vicomte de Pont-Aven entrait dans la cour de l'hôtel de Santeuil.

Le jeune marin, un peu pâle, mais résolu, fit remettre sa carte au comte, en le priant de le recevoir immédiatement, si cela lui était possible.

— Eh! mon Dieu! que de façons cérémonieuses! — dit gaiement Maxime en allant lui-même au-devant d'Olivier. — N'êtes-vous pas ici chez vous, mon cher ami? — Entrez donc dans mon fumoir, j'ai précisément d'excellents trabucos à vous faire goûter.

Olivier s'inclina froidement et suivit le comte, étonné de l'abord glacial de son visiteur.

Tous deux s'arrêtèrent dans le fumoir, et Maxime désignant un divan du geste, Olivier prit place sans avoir encore laissé échapper une parole.

## XXIV

### La provocation.

— Qu'avez-vous donc, mon cher Olivier? — demanda le comte de Santeuil avec une affectueuse sollicitude. — Vous semblez sombre et soucieux comme Hamlet! — Vous serait-il arrivé quelque accident désagréable? — Puis-je vous être bon à quoi que ce soit? — Je vous en prie, disposez de ma personne comme de celle d'un ami dévoué!

— Mille grâces, monsieur le comte! — répondit Olivier, fort embarrassé par l'accueil affectueux que lui faisait Maxime.

— Voyons! prenez un cigare et dites-moi quel bon vent vous amène?

— Le désir de vous voir, monsieur, et pas autre chose.

— Ah çà! — fit Maxime en remarquant le ton froid et sec du marin et en se levant, — ou je me trompe fort, monsieur de Pont-Aven, ou vous n'êtes plus le même avec moi.

— Vous ne vous trompez pas, monsieur!

— Pourrai-je au moins vous en demander le motif? — reprit le comte avec un peu de hauteur.

— Ma visite n'a d'autre but que de vous l'expliquer.

— J'écoute, monsieur.

— Monsieur, — commença Olivier avec un léger embarras, — je ne vous cacherai pas que je trouve avec peine des paroles pour formuler ma pensée, quoique néanmoins l'explication que je viens vous demander soit nécessaire, indispensable, et que j'aie la ferme intention de ne pas sortir de chez vous sans l'avoir obtenue...

— Mon cher Olivier, — dit Maxime avec un regard rempli de bienveillance et une expression pleine de bonté, — beaucoup, à ma place, jouiraient de votre embarras et vous laisseraient le soin d'en sortir, moi je ne veux pas agir ainsi. — Vous êtes un bon et aimable garçon, hardi marin et digne gentilhomme, je veux venir à votre secours et vous éviter tout fâcheux préambule. — Voyons! soyez franc! — Vous m'avez toujours témoigné une grande sympathie. — Vous sembliez heureux de mon amitié! — Que diable! on ne change pas du jour au lendemain d'allure et de langage, ainsi que vous le faites, sans avoir une raison plus ou moins sérieuse sur laquelle on s'appuie, — et cette raison, je crois connaître la personne de qui vous la tenez. — On vous a dit du mal de moi, n'est-ce pas?

— Cela est vrai.

— Et ce mal... vous l'avez cru?

— Je l'avoue!... quoique je sois disposé à donner beaucoup pour ne pas le croire plus longtemps.

— Monsieur de Pont-Aven! — s'écria Maxime avec emportement, — à tout autre qu'à vous, savez-vous bien qu'une telle réponse attirerait...

— Quoi donc? monsieur de Santeuil, — fit Olivier en se levant à son tour.

Maxime parcourut rapidement la pièce dans laquelle il se trouvait avec Olivier, puis, après en avoir fait le tour, il s'arrêta devant le vicomte, il le prit par la main, et, le faisant asseoir sur un divan, il lui dit :

— En vérité, nous sommes deux enfants! nous nous emportons et nous ne nous expliquons pas! — Encore une fois, Olivier, qu'avez-vous contre moi?

— J'ai que je vous accuse d'avoir manqué de loyauté envers une femme!

Maxime se contint, mais il pâlit légèrement.

— Tranchons dans le vif! — reprit-il, — je vous estime trop pour ne pas rompre la glace une fois pour toutes et abréger ainsi une conversation pénible pour tous deux, je l'espère. — Soyons nets, clairs et précis dans nos paroles — Je vais vous donner l'exemple de la franchise. — On vous a dit du mal de moi, vous venez de le répéter ; — ce mal vient d'une femme, vous me l'avez appris, — et moi j'ajouterai : *cette femme est Fernanda!*

— Comment le savez-vous? demanda Olivier avec feu.

— Parce que cette femme, qui, pour le malheur de Lycenay, était sa maîtresse depuis dix-huit mois, est la vôtre depuis cette nuit!

— Vous nous faites donc espionner tous deux pour être si bien instruit de ses actes et des miens!...

— Monsieur de Pont-Aven!

— Ah! vous m'avez dit d'être franc et précis dans mes paroles! — Je le suis. — Voyons! Répondez-moi à votre tour, monsieur le comte de Santeuil? — Faites-vous espionner, *oui* ou *non*, la personne dont vous venez de prononcer le nom?

— Que Fernanda m'adresse elle-même cette question, et je vous jure que j'y répondrai!

— Mais vous ne me répondez pas, à moi!

— Il ne me plaît pas de vous en dire davantage, monsieur, — répliqua Maxime avec hauteur.

— Que signifiait donc cette prétendue franchise dont vous faisiez si fort l'éloge il n'y a qu'un instant?

— Elle signifiait qu'entre nous nous devions nous énoncer loyalement, — mais vous n'ignorez pas qu'il existe de certains secrets qu'un homme d'honneur ne peut révéler lorsqu'ils ne lui appartiennent pas tout entiers!

— C'est précisément la révélation de ces secrets que j'exige!

— Que vous exigez?

— Oui, et je ne suis venu chez vous que pour obtenir cette révélation!

— Vous oubliez vraiment, vicomte, que vous n'êtes point à votre bord ici, — que vous ne parlez pas à un inférieur, et que l'homme qui est devant vous est votre égal.

— Je l'oublie si peu, que j'ai l'honneur de vous demander à quel moment vous pourrez recevoir mes témoins?

— C'est donc un duel que vous voulez?

Olivier s'inclina en signe d'assentiment.

— Mais, vous êtes fou, vicomte!

— Monsieur de Santeuil!

— Vous êtes fou, vous dis-je!

— Refusez-vous donc de vous battre?...

— Oui, certes! je refuse, et fort carrément encore!

— Monsieur de Santeuil, je vous avais toujours cru bon gentilhomme, — j'hésitais encore à ajouter foi à ce que l'on m'avait raconté sur votre compte; — mais, maintenant, je ne doute plus.

En disant ces mots, Olivier arrêtait un regard dédaigneux sur Maxime.

Celui-ci, contenant sa colère, se mordit la lèvre inférieure avec tant de violence qu'une gouttelette de sang jaillit.

Dans la provocation du marin, il reconnaissait l'adresse infernale de Fernanda; aussi son noble cœur ne pouvait-il s'offenser des insultes du vicomte.

Il le plaignait, au contraire, et il cherchait un moyen de le ramener à la raison et de le convaincre.

Il fit donc sur lui-même un violent effort pour rester calme, et il reprit :

— Vicomte, vous êtes sous une fâcheuse influence!

— Libre à vous de le penser. — Moi, je ne le crois pas.

— Vous rappelez-vous notre conversation d'il y a deux mois, lorsque, la nuit même qui suivit mon retour à Paris, nous étions tous quatre : — d'Ornay, Chambry, vous et moi, — assis dans un salon du Café-Anglais?

— Je me rappelle cette conversation, monsieur.

— Vous vous souvenez alors de ce que je vous dis sur cette femme dont, aujourd'hui, vous vous faites le champion. — Lucien et Chambry appuyèrent-ils mes paroles?

— Oui.

— Vous-même y ajoutâtes foi, puisque vous vous offrîtes pour m'aider à arracher le baron de Lycenay aux griffes de cette créature!

— Était-ce bien un sentiment honorable qui vous animait en vous faisant parler ainsi?

— Je vous l'affirme.

— Pour que j'y puisse croire à mon tour, il faudrait que vous répondissiez à mes questions!

— Olivier, ne parlez pas comme vous le faites! — vous vous servez d'expressions capables de faire perdre patience à un homme plus patient que moi!

— Eh bien! monsieur le comte, daignez me répondre, je vous en prie! — répondit Olivier, qui, connaissant la bravoure à toute épreuve de Maxime, était touché, malgré lui, de l'extrême douceur qu'il mettait dans ses réponses, et du soin qu'il prenait de ne pas relever des paroles si peu modérées.

— Que désirez-vous savoir ?

— La vérité? — Donnez-moi votre parole d'honneur de me la dire tout entière, et, à mon tour, je vous prierai d'oublier ce qui a pu vous blesser dans mes discours.

— Je vous donne cette parole en tant que vos questions ne concerneront que moi seul.

— Avez-vous été l'amant de Fernanda ?

— Oui ! — répondit Maxime.

— Il y a huit ans, n'est-ce pas ?

— Oui.

— Elle avait seize ans, alors.

— Elle avait seize ans et trois mois.

— Elle habitait la Touraine?

— A deux lieues de Blois, c'est bien cela !

— Près d'une vieille parente?

— Près de sa tante.

— Vous en devîntes amoureux ?

— Hélas! oui.

— Et vous l'enlevâtes ?

— Oui! — répondit de nouveau Maxime, mais cette fois avec un sourire railleur qui fit froncer les sourcils au jeune marin.

— Lorsque vous accomplîtes cet enlèvement, Fernanda était endormie?

— Vous a-t-elle dit cela aussi? — s'écria Maxime avec emportement.

— Qu'elle me l'ait dit ou non, cela est-il vrai? Répondez-moi, monsieur le comte.

— Oui, cela est vrai ! — répondit froidement Santeuil.

— Ainsi, vous avouez tout cela?

— Oui, puisque tout cela est la vérité.

— Vous avouez aussi que vous faites espionner Fernanda en ce moment?

— Oui! — Et Maxime accentua cette affirmation avec une énergie extrême, car il commençait à s'apercevoir qu'Olivier était entièrement sous l'influence de Fernanda, et qu'il serait désormais inutile de chercher à l'y soustraire. — Cependant il fit une dernière tentative, et, saisissant le bras du vicomte : — Olivier, dit-il, je viens de vous parler franchement et sans réticence ; — maintenant j'ignore dans quel but vous m'avez adressé ces questions ; mais écoutez-moi ! — Il y a entre moi et la créature qui vous pousse un secret qu'elle sait bien que je ne veux pas révéler, la misérable femme! — Ce secret m'empêche de vous raconter la vérité tout entière! mais je vous donne ma parole d'honneur, ma foi de gentilhomme, qu'en vous poussant contre moi cette femme vous rend complice d'une infâme action! Et prenez garde, vicomte, prenez garde! En vous engageant dans cette voie, vous y laisserez votre honneur!

— Monsieur de Santeuil! — répondit Olivier avec colère, — je suis bon gardien de mon honneur, et je n'ai besoin des conseils de personne pour le conserver intact!...

— Soit, monsieur de Pont-Aven ! — Agissez comme vous l'entendez. — Je vous ai dit ce que j'avais à vous dire. Qu'en concluez-vous?

— J'en conclus que ce que Fernanda m'a dit, je le tiens pour vrai, — que vous me confirmez dans cette opinion en refusant d'ajouter une explication à vos paroles, puisque vous avouez avoir encore quelque chose à dire! — que ce secret dont vous parlez, je n'y crois pas, — qu'enfin, cette femme, je l'aime! — Oui, je l'aime ! — répéta Olivier en se laissant entraîner à la fougue de sa nature, augmentée encore par la surexcitation de la colère et de la passion. — Je l'aime, et j'entends que chacun la respecte ! — Je l'aime et je tuerai quiconque voudra lui refuser l'estime et la pitié qu'elle mérite!

— Diable! mais c'est une Saint-Barthélemy dont vous menacez le monde entier! — fit Maxime avec ironie, car la colère à son tour commençait à le dominer.

— Je vous défends d'insulter celle que vous avez perdue par votre infâme conduite! — s'écria Olivier, pâle de fureur.

— Assez d'injures! Que voulez-vous enfin? — répondit Maxime.

— Je vous l'ai dit : un duel.

— Un duel!... Eh bien !...

Santeuil s'arrêta encore.

— Non, non ! — dit-il après un silence, — assez de sang pour cette femme ! Je ne me battrai pas!

— Vous ne vous battrez pas ?

— Non !

— Oh ! monsieur de Santeuil ! Je saurai vous y contraindre! Je dirai...

— Vous direz? — interrompit Maxime avec violence. Puis, changeant de ton et croisant les bras sur sa poitrine avec un geste plein de noblesse : — Monsieur de Pont-Aven, — fit-il lentement, — vous ne connaissez pas encore le comte de Santeuil ! — Savez-vous que l'homme qui vous parle a traversé trois fois les déserts de l'Arabie, seul avec quelques Arabes, guerroyant contre les tribus pillardes qui l'assaillaient souvent la nuit? — qu'il a couché sous la tente de Schamyl, et que par distraction, par désœuvrement, il a fait dix-huit mois la guerre contre les Russes, dans les gorges du Daghestan et du Kagmancharie? — qu'il a vu vingt fois la mort face à face sous ses aspects les plus hideux? — qu'il a tué sept tigres dans les jungles de l'Inde, et trois lions sur les rives du Nil; — qu'il s'est battu cinq fois avec insouciance pour des futilités? — Vous ne saviez pas cela, n'est-ce pas ? — Eh bien ! apprenez encore ceci : c'est que, quand le comte de Santeuil dira tout haut qu'il ne veut pas se battre, le monde, qui le connaît bien, répondra qu'il a raison !

— Vous oubliez qu'il est des insultes telles qu'un homme, quelque brave qu'il ait été, ne peut les laisser passer cependant sans être mis au ban de la société !

— Olivier! — s'écria Maxime devenu affreusement pâle, — songez-vous à ce que vous dites?

— J'y songe si bien que je vous donne ma parole d'honneur, moi, de vous frapper au visage si vous ne vous battez pas!

Maxime, déjà si pâle, devint blanc comme le mouchoir qu'il serrait dans sa main crispée.

— Voulez-vous donc la mort de l'un de nous? — murmura-t-il.

— Oui! — répondit Olivier avec rage, car le bouillant jeune homme en était arrivé à un tel point d'exaspération qu'il sentait sa tête s'égarer.

— C'est bien, monsieur de Pont-Aven ! — reprit le comte avec calme. — Je me battrai.

— Enfin !... — Mes témoins seront chez vous ce soir, et demain...

— Oh ! permettez ! — interrompit Santeuil. — Je me battrai, soit, mais non pas demain, non pas après-demain...

— Quand donc, alors?

— Dans quinze jours !

— Est-ce une raillerie ?

— Nullement! — Un duel entre nous est chose

grave. — Nous sommes trop braves tous deux, et vous paraissez trop désireux de connaître la couleur de mon sang, pour qu'une rencontre ne soit pas mortelle pour l'un de nous! — Or, je ne m'appartiens pas en ce moment; j'ai à accomplir une mission qui me défend d'exposer mes jours avant d'avoir achevé ma tâche. — Le terme de cette tâche, je vous le promets, ne dépassera pas quinze jours. Nous sommes aujourd'hui le 23 avril, le 8 mai donc je serai à vos ordres. Oh! n'insistez pas, ma résolution est inébranlable!

— Le 8 mai, alors? — reprit Olivier.

— Le 8 mai! D'ici là, vous pouvez m'envoyer vos témoins...

Et Maxime, se levant, indiqua par un geste qu'il considérait l'entrevue comme terminée.

Olivier le salua avec hauteur, et, remontant dans sa voiture, il se dirigea vers la rue d'Astorg.

Là, il s'enferma dans son cabinet de travail.

Le jeune marin était mécontent de sa journée. — Il sentait instinctivement qu'en provoquant Santeuil il avait fait une mauvaise action, — puis ce délai de quinze jours venait encore exciter son irritation nerveuse. — Il aurait voulu se battre tout de suite; néanmoins, il sentait qu'il ne pouvait contraindre Maxime à se rendre plus tôt sur le terrain.

Enfin, le souvenir de Fernanda vint chasser son mécontentement, et l'espoir de la revoir le soir même fit naître un sourire sur ses lèvres.

Dans la mauvaise route où il s'était engagé, il avait besoin de satisfaire sa passion par la vue de celle qui l'avait fait naître. — Il sentait un mystère impénétrable au milieu de la lumière que Fernanda s'était efforcée de jeter sur sa vie. Ce mystère, il n'y voulait pas songer, et, près de la séduisante pécheresse, il oubliait tout pour ne songer qu'à son amour.

Il résolut donc de lui écrire pour l'informer de ce qui s'était passé entre lui et Maxime, et pour lui rappeler qu'à onze heures elle devait être à Ville-d'Avray.

Fernanda, jouant à merveille la délicatesse, avait refusé de le recevoir dans l'hôtel acheté par Lycenay.

La lettre écrite, et n'ayant plus confiance en ses domestiques, il appela Margat et le pria de lui rendre le service de porter lui-même cette missive rue de Londres, et de la remettre en mains propres.

Le quartier-maître se chargea volontiers du message et partit d'un pied léger pour aller l'accomplir.

## XXV

Qui montre au lecteur une succursale du fameux cabinet où M. de Sartines, lieutenant de police de Sa Majesté Louis XV, prenait connaissance des lettres des bien-aimés sujets du monarque.

Lorsque maître Margat arriva devant l'hôtel de Fernanda, il s'arrêta pendant un instant pour en admirer la façade; puis, pensant, d'après l'extérieur de l'édifice, qu'il allait pénétrer chez quelque grand personnage, il brossa les revers de sa veste avec sa manche, arrangea coquettement son chapeau, ôta sa chique de sa bouche, la roula précieusement dans un morceau de papier, mit le tout dans sa poche, puis, le nez au vent, le pas assuré, il pénétra dans la cour.

— Eh! mon brave homme! — lui cria le concierge en sortant de sa loge, — où donc allez-vous? — Vous vous trompez probablement.

— De quoi, l'ancien? — répondit Margat en s'arrêtant. — C'est donc pas ici la rue de Londres?

— Si fait!

— Numéro 12?

— Vous y êtes.

— Ousque demeure madame Fernanda?

— C'est bien cela.

— Vous voyez pour lors que je ne fais pas fausse route et que le relèvement était exact. — Vous êtes peut-être bien un des domestiques de l'endroit?

— Vous avez deviné juste.

— Pour lors, filez de l'avant, je vous suis en douceur, et allez prévenir cette dame que j'ai à lui parler.

— Vous avez quelque chose à lui remettre?

— Tu l'as dit!

— Est-ce une lettre?

— Un peu, mon vieux! — Voilà le chiffon.

— Donnez, je vais la faire porter.

— Minute! c'est moi qui vais la porter soi-même... — File de l'avant, que je te dis!

— Mais vous croyez donc que l'on parle à madame comme cela?

— Un peu que je le crois!

— De quel part venez-vous?

— Ça ne te regarde pas! — répondit brusquement le marin, que les questions du concierge commençaient à agacer visiblement.

— Alors, adressez-vous à M. Saint-Jean, le valet de pied qui est sous le vestibule. — Tenez, le voici justement qui sort.

En effet, un grand laquais à la livrée verte et argent se promenait majestueusement sous les colonnes du péristyle.

— Ohé! de l'habit couleur cornichon! — cria Margat, — laisse arriver un peu par ici.

Le valet de pied, convaincu que ce ne pouvait être à lui que l'on osât s'adresser avec aussi peu de respect, ne daigna pas tourner la tête.

— Est-ce que tu es sourd, grand escogriffe? — continua Margat avec colère et en escaladant vivement les marches du perron. — C'est à toi que je parle, entends-tu?...

— A moi? — fit le valet avec dédain.

— Eh! oui. Allons, va dire à ta maîtresse que Margat, quartier-maître en congé, a deux mots à lui larguer dans le pertuis de l'oreille!

Au lieu de répondre, le laquais se mit à rire bruyamment.

— Tonnerre de Brest! — s'écria Margat. — Est-ce que tu te moques de moi? — Et le digne quartier-maître, dont la nature méridionale n'était nullement encline à la patience, saisit de sa large main le valet de pied, lui fit faire une pirouette, et le collant contre le mur : — Prends garde, — dit-il, — avec ta face de vent debout! — C'est que le grain monte vite là-dedans! — Et il se frappa sur le front.

— Dominique! Joseph! — cria Saint-Jean étourdi. — A l'aide!

— Qu'y a-t-il? — demandèrent deux nouveaux domestiques en se présentant.

— C'est ce drôle qui ose me molester! — fit le valet

en reprenant contenance à la vue du renfort qui lui arrivait.

— Il faut le mettre à la porte! — dit Dominique.

— Me mettre à la porte? — Est-il bête encore, celui-là! — Puisque je vous dis que j'ai une lettre à remettre à cette dame!

— Donnez-la, votre lettre.

— Je veux la porter moi-même.

— On n'entre pas.

— Ah! on n'entre pas! — Eh bien! vous allez voir comme ça se joue! — Une fois, deux fois, trois fois, vous ne voulez pas me laisser passer? — Alors, gare là-dessous!

Et le quartier-maître, saisissant un valet de chaque main, les choqua l'un contre l'autre à leur briser les os; puis, ouvrant les doigts, il les envoya rouler au fond de l'antichambre, comme s'ils eussent été lancés par une catapulte.

Quant au troisième, il le prit délicatement par la ceinture du pantalon et par le collet de l'habit, et, l'enlevant aussi facilement qu'un paquet, il le jeta dans la cour.

Alors, se dirigeant vers la porte du fond, il l'ouvrit d'un vigoureux coup de pied et pénétra carrément dans le salon en poussant un : *Hum!* sonore.

— Mon Dieu! que se passe-t-il? — s'écria Brigitte en accourant au bruit...

— Ne faites pas attention! — répondit tranquillement Margat; — c'est ces deux cornichons que je bousculais pour entrer.

— Que voulez-vous?

— Remettre une lettre à madame Fernanda.

— Qui vous envoie?

— Le vicomte de Pont-Aven, mon lieutenant.

— Ah! suivez-moi, en ce cas...

— Là! — dit le quartier-maître, — je savais bien que je finirais par entrer. — Et il suivit Brigitte.

Arrivés à la porte du cabinet de toilette, Brigitte demanda :

— Voulez-vous me donner cette lettre?

— Non, je veux la remettre moi-même.

— Alors, attendez un instant.

Elle entra dans la pièce voisine, et, reparaissant aussitôt :

— Venez, dit-elle.

Margat ôta son chapeau et franchit le seuil.

Fernanda terminait sa toilette pour aller à l'Opéra. Une femme de chambre attachait les dernières épingles.

— Tonnerre de Brest! — s'écria Margat en s'arrêtant tout à coup et en examinant la jeune femme avec attention. — Ousque je vous ai vue? — Je vous connais pour sûr. Ah! j'y suis, c'est le jour des courses! — Vous reluisiez comme un sabre d'abordage qu'on vient d'affiler! — Vous aviez un tas de breloques, de chaînes, de biblots, qui brillaient pire que des *escarbouques*, que j'en ai eu la berlue pendant un quart d'heure. — Ah! tron de Diou! tout de même que les mistrals de Marseille me démâtent si j'ai jamais vu une corvette plus finement gréée et mieux effilée! — C'est pas pour vous faire un compliment, mais toutes les mulâtresses de la Jamaïque et du Port-au-Prince ne sont pas dignes de dénouer les cordons de vos souliers! — Tonnerre de Brest! mon lieutenant est un peu heureux, que je dis! — Et Margat fit claquer bruyamment sa langue contre son palais.

Fernanda sourit en écoutant le quartier-maître.

Elle était flattée de l'effet que sa beauté rayonnante produisait sur cette nature naïve.

— Vous venez de la part du vicomte de Pont-Aven? demanda-t-elle gracieusement.

— Oui, ma commandante! — répondit Margat en lui remettant la lettre.

— Merci! — fit la pécheresse en la parcourant du regard. — Puis se tournant vers Brigitte, elle ajouta : — Conduis ce brave marin dans la salle à manger, et fais-lui donner quelques rafraîchissements pendant que je vais préparer la réponse.

— Tonnerre de Brest! vous êtes bien honnête, et c'est pas de refus, — riposta le quartier-maître.

Brigitte conduisit Margat à l'office et s'empressa d'exécuter les ordres de sa maîtresse, pendant que celle-ci, assise devant un délicieux bureau de marqueterie, répondit quelques lignes à l'amoureux officier.

— Sacrebleu! — se disait à lui-même le digne Margat tout en trempant un biscuit dans un verre de xérès, — c'est vrai qu'elle est bigrement bien astiquée et crânement suifée, la particulière, et je ne m'étonne plus des stations qu'il faisait dans le petit pavillon là-bas, mon lieutenant. — Tonnerre de Brest! Quel aménagement numéro un il y a dans cette cassine! — C'est presque aussi beau que l'appartement d'un amiral à bord d'un trois-ponts! — Avec tout ça, je n'y comprends plus grand'chose, et j'ai la boussole avariée, pour sûr! — L'autre jour, c'était bien cette gaillarde-là qui jabottait avec le grand escogriffe à qui que je dois un arriéré de paie pour avoir mécanisé mon lieutenant. — Pour lors, elle avait l'air de dire qu'elle se fichait de mon officier, comme moi d'un mousse, et au jour d'aujourd'hui voilà qu'elle l'adore! — Tron de Diou! mulâtresse, négresse ou peau blanche, il paraîtrait voir que c'est toujours la même chanson! — Si je racontais çà à M. Olivier? — Non, ça serait une bêtise. — Il est amoureux et je lui ferais de la peine! — Ah çà! pourquoi donc que l'Indien pain d'épice à M. Maxime se trouvait là-dedans? — Tout ça n'est pas des plus clairs! — Il y a de la brume et peut-être du grain derrière; mais, à pas peur! — Je jetterai le plomb de sonde au milieu du gâchis, pour voir un peu quel fond il rapporte et, si les ancres chassent, c'est Margat qui vire au cabestan, qui vient à pic et qui dérape! — Ce vin-là est assez bon, c'est dommage qu'il ne soit pas un brin plus sec! C'est trop sucré, cela vous altère!

Le marin en était là de son monologue et achevait son sixième verre de xérès, lorsque Brigitte vint lui remettre la réponse de Fernanda.

Margat la serra précieusement dans sa poche, à la place de sa chique, qu'il ôta du papier et remit dans sa bouche; puis, demandant une allumette à la femme de chambre, assez scandalisée du sans-gêne du quartier-maître, il alluma sa pipe, salua en portant la main droite au chapeau, et, les deux mains dans la ceinture de son pantalon, il traversa majestueusement l'antichambre.

Les valets de pied le regardèrent passer en grommelant, mais sans oser témoigner autrement leur rancune; ce dont ne semblait nullement préoccupé maître Margat, lequel gagnait la cour en sifflant la brise.

Quant à l'heiduque Aly ou à l'Indien Ahmed, puisque nous savons maintenant que ces deux personnages ne forment qu'un seul et même individu, il avait reconnu Margat dès son entrée dans l'hôtel; mais, craignant la suite d'une rencontre avec le marin, il s'était prudemment tenu à l'écart pendant tout ce qui précède.

Lorsque Brigitte rentra dans le boudoir, elle trouva sa maîtresse assise devant son bureau et écrivant encore.

Cette fois, la nouvelle lettre était adressée à M. de Cerny.

En notre qualité de romancier auquel rien ne peut échapper, nous allons nous pencher sur l'épaule de la jolie sirène et donner à nos lecteurs connaissance de son style épistolaire.

Voici ce que nous lisons :

« Mon cher vicomte,

« Il faut, — vous m'entendez, — il faut à tout prix « que vous puissiez m'envoyer demain une lettre adres« sée à vous par madame de Lycenay. — Compromet« tante ou non, j'ai besoin de cette lettre sans plus tar« der. — Je compte sur votre intelligence pour l'obte« nir, et un peu aussi sur ce que vous avez à solder, « dans deux jours, une lettre de change qui vous tra« casse fort, et dont les fonds sont là dans mon néces« saire. — Je crois que le montant en est de deux mille « quatre cents francs. — C'est bien peu, j'en conviens, « pour la valeur inestimable d'une missive de l'ange « adoré; mais enfin, si peu que ce soit, je vous l'offre. « — Acceptez de bonne amitié, et venez demain à qua« tre heures m'apporter cette épître. Je vous attendrai « seule chez moi.

« Si cependant, — par l'effet d'un heureux hasard, « — vous étiez à même de me laisser prendre plus tôt « connaissance d'une aussi charmante correspondance « que celle que vous devez vous efforcer d'entretenir « en ce moment, vous me trouverez à l'Opéra, loge de « balcon numéro 12, pendant les troisième et quatrième « actes des *Huguenots*.

« Je serai même heureuse de vous conserver une « place.

« Bien à vous,

« FERNANDA.

« Lundi, 23 avril. »

— Là ! — fit-elle en glissant la feuille pliée sous une enveloppe rose, et en approchant un bâton de cire d'une bougie allumée. — Grâce à la lettre de la baronne, je saurai bien contraindre enfin Edgard à se battre avec Maxime, et Olivier me restera pour l'avenir! — Madame la vicomtesse de Pont-Aven ! Le titre sonne assez bien! — Qu'en penses-tu? Brigitte.

— Je pense que ce nom-là et cent mille livres de rente, ça vous irait comme un gant.

— Eh bien! ma chère, nous verrons peut-être à glisser la main dans ce gant dont tu parles. — Il me semble que mes doigts sont assez mignons pour y entrer! — continua-t-elle en agrafant un bracelet d'émeraudes sur son poignet délicat. — Maintenant, fais venir Aly! je veux essayer ce garçon et savoir s'il est aussi intelligent que tu le dis.

Brigitte frappa sur un timbre. — Aly parut aussitôt.

Sans ouvrir la bouche, sans prévenir de sa présence par un signe, il se tint debout et silencieux à l'entrée du boudoir.

— Approche ! — lui dit Fernanda.

L'Indien obéit.

— Sais-tu où demeure le vicomte de Cerny?

— Oui, maîtresse! — 30, rue de la Chaussée-d'Antin.

— C'est cela! — Tu vas lui porter cette lettre; mais écoute-moi bien : — Tu ne dois la remettre qu'à lui-même, et il faut qu'il l'ait ce soir.

— S'il n'est pas chez lui, j'irai au club; — s'il n'est pas au club, j'irai rue Notre-Dame-de-Lorette, chez mademoiselle Rosalba.

— Comment donc es-tu si bien informé des habitudes du vicomte? — demanda Fernanda avec un profond étonnement.

— Un bon serviteur ne doit rien ignorer de ce qui peut intéresser ses maîtres! — répondit Aly en s'inclinant.

— Et comment sais-tu que la conduite du vicomte de Cerny peut m'intéresser?

— Quand il vient, madame le reçoit presque toujours seule, à ce que disent les autres domestiques; car, moi, je ne l'ai vu qu'une seule fois depuis que je suis à l'hôtel.

— Ah ! — fit Fernanda avec plus d'étonnement encore, — tu parais intelligent. — Es-tu dévoué?

— Madame connaît le proverbe arabe, — répondit l'Indien en éludant la question : — *Entendre, c'est obéir !*

— Oui ! — mais parler quand on a entendu?

— Un bon serviteur a une bouche qui ne lui appartient pas. — Elle appartient à son maître.

— De mieux en mieux, — continua Fernanda; puis, se retournant vers Brigitte : — Tu ne m'avais pas trompée, on peut se servir de cet homme! — Dis-moi, Aly! es-tu content de tes gages?

— Je ne sers pas pour de l'argent, maîtresse !

— Et pourquoi sers-tu donc?

— Parce que vous êtes belle, et qu'il me plaît d'être votre esclave !

— Etrange original ! — dit la pécheresse en s'adressant encore à Brigitte. — Ce n'est pas en Europe que nous sommes habitués à de semblables réponses. — C'est bien ! — continua-t-elle en se tournant vers Aly. — Exécute fidèlement mes ordres, et j'aurai confiance en toi !

Aly s'inclina profondément et sortit.

Une heure après, Fernanda, renversant une chaise pour attirer l'attention des spectateurs, faisait son entrée dans sa loge.

Le baron de Lycenay l'accompagnait.

Au moment où *Nevers-Mario*, tout de blanc habillé, à l'encontre de l'infortunée veuve de Malborough, défilait en conduisant *Valentine-Cruvelli* à l'autel, et où les seigneurs et les dames de la cour, — à trois francs par représentation, — s'inclinaient gracieusement devant les nobles époux, la porte de la loge s'ouvrit, et Cerny, accompagné de Charleval, serra les mains de Fernanda et du baron.

En saluant la jeune femme, le vicomte lui fit un petit signe d'intelligence.

Pendant l'entr'acte suivant, Lycenay et Félix allèrent faire une visite dans la loge du club, et Cerny resta seul près de Fernanda, qui s'était levée pour s'asseoir dans le petit salon du fond.

— Vite ! — dit-elle. — Avez-vous reçu ma lettre?

— Et je vous apporte la réponse.

— Déjà?

— Etes-vous mécontente de ma promptitude à vous obéir?

— Je suis enchantée ! — Comment êtes-vous parvenu à entamer une correspondance avec cette petite prude?...

— Oh ! cela n'a pas été sans peine, mais j'ai employé un habile stratagème !

— Lequel?

— Ne pouvant parvenir à vaincre ses rigueurs à l'endroit de mes protestations amoureuses, j'ai pensé assez judicieusement que ce qu'on refusait d'entendre, on le lisait. — Or, pour arriver à faire recevoir mes lettres, j'ai prétexté des motifs sérieux d'occupation, et je suis resté deux jours entiers sans donner de nouvelles. —

Le troisième jour, la pauvre enfant brûlait du désir de connaître la conduite de son mari, dont je lui rends compte quotidiennement, ainsi que vous le savez, — ce qui la fait pleurer souvent, mais ce qu'elle désire toujours. — Elle espère un accident imprévu qui lui rendra Edgard, — car elle l'adore plus que jamais!...

— Tant mieux! — interrompit Fernanda avec un sourire cruel. — Ensuite?

— Donc, comme je vous le disais, — et fatuité à part, — elle m'attendait avec la plus vive impatience, et j'ai subi une délicieuse gronderie pour mon absence trop prolongée!

— Très-bien!

— Alors il a été convenu entre nous que, lorsque je ne pourrais venir, j'écrirais.

— Bravo! Mais, répondit-elle?

— A la première épître, je n'ai rien reçu; aujourd'hui il en a été différemment.

— Vous avez une lettre?

— Oui!

— Donnez donc vite!

— La voici.

— Oh! vous êtes charmant, et je tiendrai toutes mes promesses!

En disant ces mots, Fernanda arracha plutôt qu'elle ne prit une toute petite lettre que le vicomte venait de sortir de la poche de son gilet.

La pécheresse la déplia vivement, et, la mettant sous l'abri de son mouchoir dans la crainte d'une brusque entrée du baron, elle lut avidement ce qui suit :

« Monsieur le vicomte,

« Merci de votre lettre et de tous les soins que vous « prenez pour me consoler dans mes chagrins. Demain, « ainsi que vous me le demandez, je serai chez moi à « trois heures, et, dans la solitude complète où je me « trouve, personne ne viendra nous troubler.

« Si ce que vous me dites est vrai, le bonheur, que « je croyais perdu à jamais, peut encore renaître pour « moi.

« Venez donc, et à demain.

« BERTHE. »

— Cela est merveilleux!... — s'écria Fernanda avec joie. — Que lui avez-vous donc écrit pour obtenir un semblable résultat?

— Je lui ai affirmé ce que vous m'aviez autorisé vous-même à lui dire : Que vous quittiez Edgard pour le petit Pont-Aven, et que je lui en donnerais des preuves.

— Ah! je comprends! — Elle espère désillusionner son mari sur mon compte. — Pauvre sotte! — C'est le plus grand service qu'elle puisse me rendre, car, maintenant, je désire vivement qu'Edgard m'abandonne, et... cela ne sera pas long!

— Qu'allez-vous faire de cette lettre? — demanda Cerny avec un peu d'inquiétude.

— Rien, mon cher vicomte. — Je désire commencer ma collection, voilà tout. — Mais veuillez ouvrir la loge, voici le baron qui frappe au carreau.

A dix heures précises, Fernanda fit demander sa voiture, et ne voulut pas permettre qu'Edgard la reconduisît.

— C'est inutile, mon ami, — lui dit-elle doucement. — Restez avec vos amis. — Je me sens un peu fatiguée et je rentre de bonne heure, mais je ne veux pas que vous vous dérangiez pour moi. — Surtout, n'oubliez pas que, demain, je vous attends à une heure, et, comme il y a longtemps, cher Edgard, que nous n'avons passé une bonne journée ensemble, je ferai fermer ma porte à tout le monde. — Vous me promettez de venir?

— Doutez-vous de mon exactitude lorsque vous me promettez un si doux espoir? Autant vaudrait douter de mon amour!

— A demain! — répéta Fernanda en s'élançant dans sa voiture et en se retournant pour tendre la main au baron.

— A demain! — répondit Lycenay en baisant la petite main qu'on lui offrait.

La voiture partit rapidement.

— Charmante et excellente créature! — pensait Edgard en remontant l'escalier du théâtre. — Comme elle m'aime! — Elle préfère rentrer seule parce qu'elle me voit entouré d'amis dont la société me plaît. — Je suis certain qu'elle n'est partie si vite que pour me laisser libre, tant elle craint d'entraver mes plaisirs! — Adorable femme! pleine de bonté et de tendre délicatesse! — Oh! elle est digne de tout mon amour!!!...

. . . . . . . . . . . . . . . . . .

Le coupé de Fernanda franchit en quelques minutes la distance qui sépare la rue Lepelletier de la rue de Londres.

En posant le pied sur le perron de son hôtel, la pécheresse donna l'ordre de ne pas dételer, et, précédée d'Aly qui éclairait sa marche, elle rentra dans le petit boudoir, qui était, comme nous le savons, sa pièce de prédilection.

Congédiant d'un geste l'Indien et Brigitte qui était accourue, elle s'assit devant son bureau et se remit à relire la lettre de Berthe.

— Je l'aurais payée un million qu'elle ne serait pas plus compromettante! — s'écria-t-elle après avoir achevé sa seconde lecture. — Oh! cette fois, elle est perdue, et Maxime aussi! — Allons, tout me réussit! — Je suis décidément née sous une heureuse étoile!

Tandis qu'elle parlait ainsi, son visage s'éclairait d'une joie sinistre, et son regard brillait du feu sombre de la vengeance prochaine.

Si Olivier l'eût vue ainsi, bien certainement il eût compris toute la profonde méchanceté de cette femme qu'il appelait un ange calomnié!

Malheureusement le jeune marin était alors sur la route de Ville-d'Avray, impatient du bonheur que lui promettait son rendez-vous de nuit.

— Il faut écrire à Maxime, maintenant! — continua Fernanda en prenant une feuille de papier dans un coffret de bois de rose. — Puis, trempant le bec d'une plume dorée dans un encrier de vieux Sèvres, elle traça rapidement ces mots :

« Monsieur le comte,

« Connaissant votre pieux attachement pour votre « vertueuse cousine, je m'empresse de vous envoyer « ce petit billet qui est arrivé entre mes mains.

« J'espère que, maintenant, vous ne douterez plus « de mon affection pour vous et de la conduite exem- « plaire de l'ange en question.

« Votre dévouée servante,

« FERNANDA. »

Cette lettre écrite, elle y enferma le billet que lui avait remis le vicomte de Cerny, et, cachetant le tout, elle ajouta sur la suscription, qui portait le nom du comte de Santeuil, ce mot *personnelle*, puis elle sonna Brigitte.

— Donne-moi une pelisse, un cachemire, ce que tu trouveras! — dit-elle.

— Madame ne change pas de toilette?

— Non! je n'ai pas le temps.

Fernanda s'enveloppa dans un grand châle, et traversant ses appartements, elle monta en voiture, tenant toujours la lettre qu'elle venait d'écrire.

— Saint-Jean, — dit-elle au valet de pied, qui, le chapeau à la main, attendait ses ordres debout auprès de la portière du coupé, — faites toucher rue des Ecuries-d'Artois; vous arrêterez à quelques pas de l'hôtel de Santeuil, vous descendrez et vous demanderez le valet de chambre du comte.

— Oui madame.

— Vous lui direz qu'une dame désire lui parler immédiatement et vous l'amènerez. Vous comprenez bien?

— Parfaitement, madame.

— Partons, alors.

Un quart d'heure ne s'était pas écoulé, lorsque le valet de chambre du comte de Santeuil, — que celui-ci savait appartenir à Fernanda, — s'approchait du coupé stationnant à quelque distance de l'hôtel.

— Madame m'a fait l'honneur de me demander? — dit-il en reconnaissant Fernanda.

— Oui, Justin. — Votre maître est-il chez lui?

— Non, madame, — il n'a pas dîné à l'hôtel.

— Il rentrera ce soir?

— Sans aucun doute, madame, — je l'attends.

— Voici une lettre fort importante qu'il faut lui remettre à son arrivée.

— Je n'y manquerai pas, madame.

— Rien de nouveau ici?

— Rien que je sache, si ce n'est que madame de Nerval est venue ce matin.

— La veuve! — Peste! Est-elle donc éprise de votre maître!

— Je n'en sais rien, madame.

— Il faudra le savoir, Just

— Je tâcherai, madame.

— Et vous réussirez... — Vous êtes intelligent. — Tenez, voici cinq louis! — N'oubliez pas ma recommandation à l'égard de cette lettre.

— Madame peut compter sur moi.

— Très-bien! — Saint-Jean, à la Porte-Jaune, et brûlez le pavé! — Ah! — pensa Fernanda, tandis que les chevaux montaient au grand trot l'avenue des Champs-Elysées. — Ah! je suis tranquille, Maxime passera une mauvaise nuit, et demain, à trois heures, il surprendra Cerny chez sa cousine! — Edgard sera chez moi et je le tiendrai en haleine jusqu'au moment du lancer! — Tout me seconde, et mes plans réussissent que c'est miracle!... Berthe la vertueuse, honteusement déshonorée par un éclat! Edgard tuant Maxime ou étant tué par lui! Olivier à l'abri des chances d'un duel, car Maxime vainqueur est obligé de fuir ou mis en prison. — J'y veillerai! — Et moi libre et riche! — Oh! ma vengeance est assurée et sera complète. — Maintenant, il me faut devenir vicomtesse, et, si j'en crois les regards d'Olivier et les madrigaux de mon miroir, cela ne sera pas aussi difficile que l'on pourrait le supposer!...

## XXVI

### Le triomphe du mal.

Le lendemain du jour où le vicomte de Pont-Aven avait provoqué le comte de Santeuil, au moment où le baron de Lycenay, seul avec sa maîtresse dans l'hôtel de la rue de Londres, prodiguait à Fernanda les serments d'un éternel amour, le vicomte de Cerny, le regard rayonnant d'espoir, la barbe mieux roulée encore que de coutume, remettait sa carte au valet de pied de madame de Lycenay, et, après quelques minutes d'attente, était introduit dans le petit salon-oratoire que nos lecteurs connaissent déjà.

— Je vous attendais avec une mortelle impatience, monsieur le vicomte! — dit Berthe en le voyant entrer.

— Ne m'accueillez point avec de telles paroles, madame, si vous ne voulez pas que je me rappelle ce que mon cœur ne peut oublier! — répondit Cerny, tandis que Berthe, rougissant un peu, retirait vivement sa main qu'il avait saisie pour la porter à ses lèvres.

— Vous m'avez écrit hier que vous aviez un moyen certain de forcer Edgard à abandonner cette horrible vie qu'il mène depuis si longtemps? — murmura la jeune femme en prenant un siége et en désignant du geste une place au vicomte

— Oui, madame.

— Et ce moyen?

— C'est de faire luire enfin la vérité à ses yeux, et de le rendre témoin de la trahison de cette créature pour laquelle il abandonne tant de grâce et de beauté...

— Comment faire pour atteindre ce but?

— Oh! le chemin est facile à suivre, et je l'ai exploré d'avance!

— Parlez vite!

— Je vous ai dit, n'est-ce pas, madame, que cette femme, cette Fernanda, n'avait jamais aimé votre mari?...

— Mon Dieu! mais alors pourquoi le retient-elle ainsi?

— Je craindrais de blesser votre chaste délicatesse en vous expliquant plus clairement les motifs qui l'ont fait agir à cet égard. — Comptez seulement sur la vérité de mes assertions, quelque étranges qu'elles vous paraissent; — je vous le répète, cette femme n'aimait pas le baron de Lycenay.

— Eh bien?

— Aujourd'hui elle aime quelqu'un, ou du moins elle est fatiguée de sa liaison avec Edgard, — liaison qui dure depuis un siècle! — dix-huit mois! — Ces dames ne sont pas habituées à une fidélité aussi prolongée! — Encore une fois, — continua Cerny en changeant de ton et en s'efforçant de donner à sa voix une expression mélancolique, — encore une fois pardonnez-moi, madame, d'être obligé d'entrer avec vous dans des détails tristes et blessants!... mais vous l'exigez! — Oh! s'il m'était permis de parler selon mon cœur, de vous exprimer tout ce qu'il renferme de respectueux amour...

— Monsieur de Cerny, — interrompit Berthe avec une douce dignité, — vous me parliez de mon mari! — Songez que votre amitié doit éclairer ma route. — Continuez donc, je vous en prie, sans plus vous inquiéter de ce que mes oreilles sont obligées d'entendre. — Vous disiez que cette femme en aimait un autre, mais alors elle trompe Edgard?...

— Sans doute!

— Et pour qui donc? qui peut-elle lui préférer?

— Un jeune homme que vous ne connaissez pas. — M. le vicomte de Pont-Aven!

— Ce nom ne m'est point étranger!

— C'est celui d'une ancienne famille bretonne, porté par un officier de marine, un de ces muguets, — comme disent nos pères, — dont le seul mérite est celui de plaire à une certaine classe de femmes.

— Avez-vous des preuves de cette trahison?

— Pas encore, mais je puis en avoir, et, si vous voulez me seconder, elles seront promptement en notre pouvoir.

— Oh! je suis prête... que dois-je faire?...

— Cela est difficile à vous expliquer. — Il faudrait d'abord que je fusse certain que vous ayez en moi la confiance que je mérite...

— Mais... — répondit Berthe avec un léger embarras, — je suis loin de me méfier de vous, vous le savez...

— Sans doute: — cependant, de ce sentiment à la confiance dont je vous parle, il y a une distance énorme que je donnerais ma vie pour vous voir franchir!

— Veuillez vous expliquez! que faut-il faire?

— Sachez donc, madame, que cette Fernanda, — créature adroite s'il en fut, — ne reçoit pas le vicomte de Pont-Aven dans son hôtel de la rue de Londres. — Elle lui donne rendez-vous presque chaque nuit à la Porte-Jaune, entre Saint-Cloud et Ville-d'Avray; — du moins voilà ce qui résulte des renseignements et ce dont il serait important de s'assurer.

— J'enverrai une personne sûre...

— Permettez-moi de vous faire observer que cette personne ne connaîtra sans doute ni Fernanda, ni son nouvel amant; qu'ensuite, un certain mystère enveloppe ces entrevues nocturnes, et qu'une fausse démarche pourrait tout compromettre en avertissant Fernanda de se tenir sur ses gardes.

— Ne pouvez-vous être assez bon pour vous charger vous-même de cette tâche délicate, et l'amitié dont vous me parlez reculerait-elle devant ce nouveau service?

— Ne le pensez pas! — Je suis prêt à tout risquer pour vous prouver ma tendre et profonde affection; mais admettez que je réussisse et que je vous apporte la conviction morale de la vérité de tout ceci. — Qu'en résultera-t-il?

— Je préviendrai Edgard.

— Et s'il ne croit pas ce qu'un autre vous aura affirmé?

— Je l'enverrai lui-même aux preuves.

— Et si, par un motif inconnu de nous, par la connaissance, je suppose, que Fernanda aurait eue de ma démarche, elle changeait brusquement sa manière d'agir? — Le baron, persuadé de l'innocence de sa maîtresse, serait plus que jamais aveugle à l'endroit de sa fidélité...

— Mais, ne me disiez-vous pas que cette créature est fatiguée de sa liaison et qu'elle a un autre amour dans le cœur?... — Dès lors, elle doit vouloir rompre?...

— Vous ne connaissez pas les femmes de ce monde-là, madame! — sans cela vous comprendriez que M. de Pont-Aven ayant vingt mille livres de rente, et M. de Lycenay en ayant cent mille, on peut tromper M. de Lycenay pour M. de Pont-Aven, mais on ne le laisse pas s'éloigner aisément.

— Alors, je vous le demande encore, que faut-il faire?

— Il faudrait vous assurer par vous-même de la conduite honteuse de la personne dont nous parlons, et, lorsque vous seriez en droit de dire au baron : *j'ai vu!* soyez certaine qu'il ne pourrait douter.

Comme on le voit, le vicomte de Cerny agissait avec une perfide adresse pour obtenir de Berthe un tête-à-tête hors de chez elle, — tête-à-tête vainement ambitionné, vainement sollicité jusqu'alors par le vicomte.

En effet, Berthe, — ne connaissant ni le lieu, ni l'heure des rendez-vous, ignorant les moyens d'en surprendre les mystères, — était nécessairement et forcément contrainte à accepter le concours de Cerny.

Or, les rendez-vous, comme on le sait, avaient lieu fort avant dans la nuit.

Edgard ne rentrant jamais avant trois ou quatre heures du matin, laissait toute liberté à sa femme pour une sortie nocturne, et, en admettant qu'il revînt à l'hôtel plus tôt que de coutume, il n'avait pas l'habitude de s'informer de Berthe à pareille heure, ni de troubler son repos; ce qui fait qu'il ne pourrait, en aucun cas, concevoir le moindre soupçon.

M. de Cerny comptait, lui, sur un tête-à-tête prolongé, sur le mystère de l'excursion, sur la nuit, et peut-être même sur un peu de violence, pour amener à bien ses odieux projets.

Le digne complice de la pécheresse était réellement épris de madame de Lycenay.

La beauté de Berthe avait agi profondément, non sur son cœur, — nous savons qu'il n'en avait pas, — mais bien sur ses sens.

Depuis que l'absence de Maxime lui permettait d'agir en toute sécurité à l'hôtel de la rue de Varennes, il avait prolongé peu à peu la durée de ses visites ordinaires, et il ne voyait d'obstacles à vaincre désormais que dans la vertu de Berthe, et aussi dans la présence de ses nombreux domestiques.

Pour aller surprendre la conduite de la maîtresse de son mari, la baronne de Lycenay ne pouvait prendre une de ses voitures, et Cerny aurait à sa discrétion le cocher qu'il emploierait.

Ce projet hardi et simple en même temps lui avait été suggéré par Fernanda, avec laquelle il avait eu un long entretien le matin même.

La terrible créature, doutant encore du succès des piéges qu'elle tendait en ce moment, — piéges ignorés par Cerny, qui devait, selon toutes les probabilités, en être une des premières victimes, — la pécheresse, disons-nous, avait voulu se mettre en mesure d'opposer à une défaite possible une réussite assurée.

En conséquence, elle avait inventé cette nouvelle combinaison qui mettait l'honneur de Berthe entre ses mains, car une jeune femme, surprise en tête-à-tête, à minuit, dans une voiture, avec un jeune homme, était bien perdue et perdue sans ressources.

L'opinion publique l'eût condamnée sans vouloir entendre sa défense, et sans même admettre de circonstances atténuantes.

Cerny, que ce plan servait à merveille, l'avait adopté avec enthousiasme, et, ainsi que nous venons de le voir, il le mettait à exécution avec une perfide adresse, pulvérisant peu à peu et un à un tous les arguments de Berthe qui pouvaient la mener à une opposition sérieuse.

Cependant la jeune femme, sans se rendre compte du danger qui la menaçait, reculait instinctivement devant une pareille démarche.

— Qu'avez-vous à craindre, madame? — s'écria Cerny avec feu, lorsqu'il eut expliqué nettement la façon dont on devait agir. — Qu'avez-vous à craindre? Partout où vous serez avec moi, ne resterez-vous pas la reine qui commande et moi ne serai-je pas l'esclave qui obéit?

— Non! non! — répondit la jeune femme. — Je ne puis me résoudre à accepter vos propositions!

— Songez que les instants sont précieux. — Dans deux jours, peut-être, il ne serait plus temps d'agir avec une probabilité de réussite! — Pourquoi manquer de confiance en moi! — c'est un ami qui vous parle, madame! — un ami dévoué, fidèle! — Ne le repoussez pas! — C'est pour vous que j'implore; pour rendre Edgard à votre amour, pour rendre un père à votre fille!

— Ma Blanche! — s'écria Berthe, ébranlée dans sa résolution par ces dernières paroles.

— Oui, votre fille, qui vous remerciera un jour de cette démarche si simple en elle-même, et dont vous vous épouvantez sans raison.

— Mon Dieu! que faire? — murmura la jeune femme en s'interrogeant avec anxiété.

— Agir ainsi que je vous propose de le faire! — répondit Cerny avec feu, en voyant qu'il n'avait plus qu'un dernier effort à tenter pour amener la pauvre femme à sa perte. — Ayez foi dans le dévouement le plus respectueux, dans l'attachement le plus pur, dans ce cœur qui vous appartient tout entier. — Votre sort à venir, celui de votre fille dépendent de votre volonté! — Répondez! répondez!

Et le vicomte, saisissant la main que Berthe, absorbée dans ses rêveries douloureuses, ne songeait pas à lui disputer, se laissa glisser presque aux genoux de la baronne.

En ce moment la porte du boudoir s'ouvrit brusquement, et Maxime, le visage pâle, la colère aux lèvres et l'éclair aux yeux, entra tout à coup.

— Je vous répondrai à la place de madame! — dit-il d'une voix sèche et brève.

— Maxime! — s'écria Berthe avec joie. — Oh! c'est Dieu qui l'envoie.

— Oui, pauvre enfant! — répliqua le comte, — c'est Dieu qui m'envoie pour vous empêcher de tomber dans un piége infâme! — Puis, se tournant vers Cerny, il ajouta avec un regard écrasant de mépris : — Sortez, misérable! sortez!

— Monsieur de Santeuil! — s'écria Cerny, furieux de se voir ainsi démasquer.

— Sortez, je vous chasse de cet hôtel!... — continua Maxime en marchant sur lui.

— Que faites-vous? — s'écria Berthe en arrêtant le comte, — vous vous trompez, Maxime! M. de Cerny est un ami fidèle!

— M. de Cerny est un lâche! et, si, au lieu d'être chez vous, Berthe, nous étions dans quelque autre lieu, j'aurais déjà jeté ce drôle par les fenêtres! — Ne savez-vous donc pas ce qu'a fait cet homme? — Il a juré de vous perdre! — C'est le complice de Fernanda, et, pour que vous ne puissiez en douter, tenez, voici la lettre que vous lui avez écrite hier et que cette femme me renvoie aujourd'hui!... Ce matin encore, ces deux êtres abjects et pour lesquels nous ne saurions avoir assez d'écrasant mépris, arrêtaient un plan odieux de l'exécution duquel résulterait votre déshonneur ! — Oserez-vous nier mes paroles, monsieur de Cerny ! — A votre tour, répondez !...

Cerny, atterré par ces révélations successives et par la vue de la lettre qu'il avait remise la veille à Fernanda, ne savait que répondre.

Cependant, il voulut payer d'audace.

— Monsieur ! — dit-il avec une dignité d'emprunt qui n'était aucunement dans son caractère plat et vil, — monsieur ! le ton que vous prenez...

— Est celui qui nous convient à tous deux ! — interrompit Santeuil avec emportement. — Vous êtes un misérable et un lâche ! je le répète, et vous devriez vous souvenir qu'il y a longtemps que j'ai des raisons pour en être certain ! — Encore une fois, sortez ! — Ne me forcez pas à faire un éclat pour vous jeter à la porte de cet hôtel que vous souillez par votre présence, car, je jure Dieu que je vous écraserais sans pitié, sans merci, comme une bête venimeuse que l'on rencontre sur son passage.

— Je sors, — répondit Cerny pâle de rage, — je sors, non par condescendance pour vos insolentes paroles, mais par respect pour madame de Lycenay. — Nous nous reverrons, monsieur de Santeuil !

En disant ces mots, le complice de Fernanda quitta le boudoir, et sortit d'un pas chancelant de l'hôtel de la rue de Varennes.

En tournant l'angle de la rue de Bourgogne, il aperçut le cabriolet d'Edgard qui brûlait le pavé et se dirigeait sur sa demeure.

— Oh ! — pensa-t-il avec un éclair de joie dans les yeux, — en voici un qui va me venger !...

I

Pendant ce temps, Maxime expliquait à Berthe, dans tous ses détails, la conduite du vicomte de Cerny et sa complicité avec la pécheresse.

Berthe, accablée par ses nouvelles douleurs, et se sentant brisée sous ce réseau de tortures et de dangers qui l'environnaient de toutes parts, pleurait dans les bras de son frère d'affection, appuyant sa tête sur la poitrine du comte qui s'efforçait de la calmer en lui prodiguant de douces paroles.

Ce fut à ce moment qu'Edgard, s'élançant hors de sa voiture, traversant avec précipitation les appartements de sa femme, et repoussant Gertrude, qui voulait s'opposer à son passage, parut à son tour sur le seuil du petit salon.

Maxime le vit.

En contemplant les traits bouleversés du baron, la fureur qui brillait dans son regard et le tremblement qui agitait ses mains, Maxime comprit tout à coup que lui-même avait donné dans un piége que sa colère, à la vue de la lettre de sa cousine, ne lui avait pas permis de deviner. — Il comprit que toute cette scène avait été machinée par Fernanda, — il comprit enfin que quelque chose de terrible allait se passer entre lui et le baron.

Aussi, voulant tout d'abord éloigner Berthe, il ouvrit vivement la fenêtre et il fit signe à Ahmed, qui attendait dans la cour, de venir lui parler.

Ce mouvement, en faisant lever la tête à la pauvre Berthe, lui laissa voir son mari.

Elle poussa un cri comme si elle eût été réellement coupable.

Edgard se précipita vers Maxime.

La figure bronzée d'Ahmed s'encadra entre les montants de la porte.

— Monsieur de Santeuil ! — s'écria Edgard en articulant à peine ses paroles, — vous allez m'expliquer votre présence ici, n'est-ce pas ?

Maxime ne répondit point, il s'était rapproché de Berthe.

— Berthe ! — lui dit-il, — vous allez quitter cet hôtel, où vous ne pouvez rester plus longtemps. — Prenez ma voiture et faites-vous conduire avec votre fille chez madame de Nerval. — Berthe ! — reprit-il avec force en voyant l'hésitation de la jeune femme, — au nom de votre père, dont j'étais le fils, au nom de votre fille, que j'aime comme mon enfant, moi, votre frère, je vous ordonne de m'obéir !...

— De quel droit vous permettez-vous de parler ainsi ? — s'écria le baron.

— Du droit qu'il me convient de prendre ! — répondit Santeuil avec calme. — Du droit qu'a tout honnête homme de protéger la vertu partout où il la rencontre, partout où elle est opprimée par le vice ! — Puis, voyant que Berthe, à demi évanouie, était incapable de le comprendre et de lui obéir : — Ahmed, — dit-il en se tournant vers l'Indien, — tu vas conduire madame de Lycenay et sa fille chez madame de Nerval ! — Tu me réponds de toutes deux !...

Ahmed s'approcha, et, prenant respectueusement la jeune femme dans ses bras, il se disposa à l'emporter.

Edgard, dominé un instant par le calme et par la nature puissante de Santeuil, fit un pas pour s'opposer à l'action du fidèle Indien.

Maxime lui saisit le bras et le contraignit à une immobilité complète ; puis, lorsqu'il eut vu Ahmed disparaître en emportant son précieux fardeau, il ouvrit la main qui retenait le baron prisonnier, et, silencieux, immobile, il attendit.

La fureur avait tellement paralysé les facultés d'Edgard, qu'il fut, pendant quelques secondes, incapable de prononcer une parole.

— Monsieur ! — bégaya-t-il enfin lorsqu'il put parler, — vous méritez...

— Des remercîments ! — interrompit froidement Santeuil, — pour vous avoir empêché de commettre une infamie nouvelle en insultant une femme qui a droit à tous vos respects ! — Ah ! monsieur de Lycenay ! assez de ménagements entre nous ! — Parlons comme nous devons le faire ! — Vous sortez de chez votre maîtresse, n'est-ce pas ? et c'est elle qui vous a envoyé ici en vous disant que vous m'y trouveriez !

— Que vous importe de chez qui je sors ?

— Il m'importe beaucoup !... — Vous êtes placé en ce moment entre deux femmes : — l'une, que vous avez trahie, offensée, abandonnée, et qui cependant n'a jamais cessé de vous aimer et d'être digne de tout votre amour ! — l'autre, qui a provoqué votre ruine pour satisfaire ses passions désordonnées, qui se joue de vous, qui vous trompe, qui vous ridiculise, et qui s'occupe de tisser d'infâmes calomnies pour couvrir de honte et de douleurs l'ange dont elle jalouse la vertu ! — Voilà ce qu'il m'importe de vous dire, afin d'éclairer votre conduite !

— Ma conduite ne regarde que moi seul, et je vous défends de la juger ! — répondit Edgard ivre de colère.

— Je me passerai de toute permission à cet égard ! J'ai juré de veiller sur le bonheur de Berthe, et, je vous l'ai dit, je tiendrai mon serment.

— La misérable femme qui a souillé mon nom appartient à moi seul! — comme vous, son complice, appartenez à ma vengeance!

— Malheureux! — En parlant ainsi, vous insultez la femme dont vous vous êtes montré indigne, la mère de votre fille, celle dont vous avez brisé l'avenir et que vous entraîneriez à sa perte si je ne me plaçais sur votre route, entre elle et vous!... — Avez-vous donc le droit de la soupçonner, elle qui vous a apporté en dot sa fortune et sa pureté, et à laquelle vous vous efforcez de rendre en échange la misère et l'infamie!

— Monsieur de Santeuil, je vous tuerai!

— Vous voulez vous battre?

— Je veux vous tuer! — répéta Edgard. — Vous, d'abord! elle, ensuite! — Votre sang à tous deux lavera mon honneur taché par vous!

— En vérité, je m'offenserais de vos injures, si je n'avais pitié de votre folie!

— Vous vous battrez! — vous vous battrez! — ou, sans cela, je vous dirai que vous êtes un...

— Taisez-vous! — s'écria Maxime devenu livide. — Taisez-vous!... — C'est un duel que vous exigez? — reprit-il après un moment de silence. — Soit! — Demain, monsieur, j'attendrai vos témoins!

Et le comte de Santeuil, noble et fier comme tout homme fort de sa conscience et de son droit, salua le baron avec hauteur, et quitta à son tour cette maison que la pauvre Berthe, accompagnée de la fidèle Gertrude et de la petite Blanche, venait, elle aussi, d'abandonner.

Lycenay, demeuré seul, jeta un regard autour de lui, puis, frappant avec force sur une table qu'il brisa :

— Oh! cet homme! — murmura-t-il, — je le tuerai!... oui, je le tuerai!

Fernanda avait raison lorsque, la veille au soir, elle disait que tout lui souriait.

Maxime et Edgard allaient se battre, et, dans ce duel, quel que fût le vainqueur, l'honneur de la pauvre Berthe tombait blessé mortellement.

## XXVII

### Le comte d'Ornay.

En quittant l'hôtel de Lycenay, Santeuil prit à pied le chemin de la place de la Concorde.

Il traversa d'abord les Champs-Elysées, comme s'il eût eu l'intention de rentrer chez lui; puis, faisant brusquement un crochet, par suite sans doute d'une réflexion spontanée, il revint sur ses pas, suivit la rue Royale, longea l'église de la Madeleine et s'arrêta devant une maison de belle apparence, située mi-partie rue de Chauveau-Lagarde, et mi-partie place de la Madeleine.

Au pied du vestibule vitré qui fermait la cage de l'escalier, le comte trouva le concierge de la maison, lequel, sa casquette d'une main et son balai de l'autre, lui demanda respectueusement ce qu'il désirait.

— M. le comte d'Ornay est-il chez lui? — fit Maxime en posant le pied sur la première marche.

— Oui, monsieur! — répondit le concierge. — Si monsieur veut se donner la peine de monter au premier au-dessus de l'entresol, la grande porte en face.

Santeuil gravit jusqu'à l'étage indiqué et sonna.

Un petit groom vint lui ouvrir aussitôt, et, reconnaissant un ami de son maître, il s'empressa de lui livrer passage.

Maxime, en habitué de la maison, traversa successivement une salle à manger resplendissante d'argenterie, un superbe salon de couleur feuille morte et or, et il ouvrit la porte d'une vaste pièce, dont le comte d'Ornay avait fait à la fois un fumoir et une salle de billard.

Lucien, en jaquette de velours violet, les manches retroussées, les doigts pleins de blanc, le cigare aux lèvres et la queue de billard à la main, était penché sur le tapis vert du billard.

Il était tellement absorbé par la réussite d'un carambolage qu'il visait en ce moment, qu'il n'entendit pas la porte s'ouvrir derrière lui.

Après avoir ajusté avec un soin minutieux, il donna un vigoureux coup de queue.

Sa bille alla choquer la rouge, toucha la bande d'en haut et revint passer à quelques lignes de la blanche.

— Trop d'effet! — s'écria-t-il avec impatience. — Quel diable de procédé! Je ne réussirai donc jamais ce coup-là!

— Avec un peu d'étude, cela viendra! — répondit Maxime en souriant et en tendant la main à son ami.

— Eh! Santeuil! Quelle bonne fortune! — Ah çà! mais il faut donc que le hasard s'en mêle pour te voir pénétrer dans mes lares! — Viens un peu au grand jour que je te reconnaisse! — Sais-tu bien qu'il y a quinze jours que je ne t'ai serré la main! — Je te trouve pâle! Serais-tu malade?

— Physiquement, non; — moralement, oui.

— Aurais-tu des chagrins, mon bon Maxime?

— Hélas! oui, mon cher Lucien! et de fort grands, je te l'affirme! — C'est même pour cela que je suis venu te trouver...

— Alors tu as bien fait! — Tu sais qu'il n'y a pas sur la terre un homme qui t'estime et qui t'aime plus et mieux que moi! — Conte-moi vite tes peines, et, si je puis t'en consoler ou t'en distraire, dussé-je les prendre pour mon compte, je suis à ta dévotion.

En disant cela, la joyeuse figure de Lucien était devenue sérieuse. — Il alla déposer sa queue de billard dans un angle de la croisée, et il revint serrer la main de son ami.

— Ecoute! — dit Santeuil en s'asseyant près de lui, — Fernanda triomphe sur toute la ligne!

— Corbleu! c'est un peu fort! — s'écria Lucien.

— C'est comme je te le dis, et, en ce moment, j'ai deux duels sur les bras, — duels suscités par elle!

— Qu'est-ce que tu me racontes là?

— La triste vérité, mon pauvre ami.

Et Maxime se mit à expliquer la situation au comte d'Ornay.

Il lui raconta tout ce qui était arrivé, longuement et minutieusement, n'omettant aucun détail, ni les espionnages payés pour le compte de la pécheresse, ni la conduite d'Ahmed, ni les rendez-vous de la Porte-Jaune, ni la passion d'Olivier.

Il termina naturellement par le récit de la scène qui venait d'avoir lieu chez Lycenay.

A mesure que Maxime parlait, Lucien, prêtant une oreille attentive, ouvrait ses grands yeux noirs et intelligents.

Par moments, il ne pouvait maîtriser complètement

sa colère, et de vigoureuses exclamations interrompaient le narrateur.

Enfin Santeuil eut entièrement terminé.

— Sacrebleu! — s'écria Lucien en se frappant le front. — Et dire que des milliers de crétins ont démoli la Bastille en hurlant des chants de victoire! — Doubles brutes qui ne voulaient pas voir l'avenir! — Au moins, sous ce bon roi martyr, du temps où mon cher oncle commandait le Royal-Auvergne, on aurait verrouillé une pareille drôlesse dans quelque bon cabanon, et elle n'en serait sortie que lorsqu'on lui aurait eu limé les griffes! — Grâce à nos mœurs actuelles, les méchants ont le droit de réaliser tout le mal qu'ils veulent, pourvu qu'ils s'arrêtent dans les limites prévues par le Code! — Et dire que c'est une femme qui fait tout cela! — Une créature à laquelle un homme d'honneur n'a pas le droit de jeter un gant au visage! — Corbleu! je traitais de misérable ce drôle de Pornello, parce qu'il bâtonnait cette malheureuse Ninie, mais du diable si aujourd'hui je ne comprends pas la rencontre d'une cravache et d'une épaule féminine! — Voyons, mon pauvre garçon, que vas-tu faire?

— Eh! que veux-tu que je fasse, si ce n'est me battre? — Tu connais la position telle qu'elle est. — Mets-toi à ma place!

— Quel niais que ce baron!

— Le malheur est que Berthe adore son mari. — Si elle avait pour lui le mépris qu'il mérite, je n'hésiterais pas une minute, et je lui donnerais une leçon de vertu qui l'empêcherait pour trois mois au moins de fréquenter le vice! — Mais, comme je te le disais, l'amour de ma pauvre cousine cause mon embarras! — Si je tue Lycenay, je mets une douleur éternelle dans l'existence que je veux protéger. — Si Lycenay me tue, je laisse Berthe sans défense et sans protecteur, et, dans les deux cas, quelle raison plausible donner à ce monde curieux et bavard qui cherche une infamie avec la patience d'un limier qui fait le bois! Oh! cette misérable Fernanda! elle avait bien dit qu'elle se vengerait de mes dédains!

— Mais corbleu! sacrebleu! morbleu! — hurla d'Ornay avec une colère de boule-dogue attaché à la chaîne qui l'empêche de se précipiter sur son ennemi, — cela ne peut pourtant se passer ainsi! — Comment, une mauvaise drôlesse de la trempe de Fernanda ferait battre l'un contre l'autre trois hommes d'honneur, — ruinerait un imbécile et ternirait la réputation d'une honnête femme sans que nous trouvions moyen de museler sa rage de vipère! — Quand je devrais me battre, moi aussi, contre toute la chrétienté, je ne puis voir arriver une semblable chose. — Je m'en vais aller chez elle et je lui laverai la tête d'importance, malgré ses grands airs de reine!... Morbleu! elle saura la distance qu'il y a de courtisane à gentilhomme!

— Mon cher Lucien, — dit Maxime, qui ne put s'empêcher de sourire malgré la gravité de la situation, — je t'en conjure, ne fais pas d'éclat inutile. — Cette malheureuse affaire n'en aura que trop. — Calme-toi!

— Je suis calme, — répondit le comte d'Ornay en s'asseyant brusquement et en pétrissant de ses mains nerveuses un délicieux porte-allumettes en bronze argenté que, dans sa colère, il déformait comme s'il eût été en feuille de plomb. — Je suis calme, très-calme! — Voyons! parlons sérieusement : tu viens me trouver pour que je sois ton témoin?

— Sans doute. — Tu acceptes?

— Parbleu! — Dis-moi tes intentions.

— Les voici. Je désire que tu insistes autant que possible pour l'épée. Là, au moins, je serai à peu près maître de mes coups et je pourrai essayer de désarmer le baron, ou, s'il le faut absolument, de lui faire une légère blessure.

— Mais c'est que Lycenay tire très-bien! — J'ai fait deux ou trois fois assaut avec lui, et je le tiens pour un tireur de première force! — Demande plutôt à Bazancourt...

— C'est possible; mais il aura contre lui l'aveuglement de la colère et le désir de me tuer, tandis que moi j'aurai l'avantage du sang-froid. — Enfin, comme il se croit insulté, s'il préférait le pistolet, tu l'accepterais. — Cela néanmoins me contrarierait fort. On n'est pas certain de la blessure que l'on peut faire avec ces stupides instruments, et, en visant le bras, on risque quelquefois de trouer la poitrine. — Tu sais bien qu'il tirera le premier!

— Mais, sacrebleu! tu me fais damner avec tes beaux raisonnements, — tu ne penses qu'à ménager ton adversaire! — Et s'il te tue!...

— Bah! je n'ai pas affronté tous les dangers de l'Inde et de la guerre du Caucase pour venir mourir bêtement dans un duel pareil! — Et puis, que veux-tu? — Je crois au jugement de Dieu en pareille occurrence... — J'ai pour moi le bon droit et la bonne cause!...

— Le ciel t'entende! — Voilà l'affaire réglée quant à ce qui concerne ce niais d'Edgard! — Maintenant, passons à Olivier. — Encore un de la même force! — Tiens-tu beaucoup à te mesurer avec lui!

— Aucunement, je t'assure. — Le vicomte de Pont-Aven est un charmant garçon, que j'estime fort. — J'ai fait ce que j'ai pu pour éviter la querelle, et, s'il le fallait encore, je m'efforcerais de l'annuler. — Ce pauvre jeune homme est dupe de Fernanda! — Je le sais brave, généreux, rempli de qualités précieuses. — Il est fatalement égaré. — Son inexpérience lui fait ajouter foi à de ridicules mensonges. — Il est sur le bord d'un abîme! — Je sacrifierais beaucoup pour le voir à l'abri de l'amour de cette odieuse créature!

— Alors, me donnes-tu plein pouvoir pour terminer cette affaire à ma fantaisie?

— Parfaitement. — Je suis l'offensé, eh bien! je ne demande pas même d'excuses. — Qu'Olivier me tende la main, et je la lui serrerai en oubliant tout!

— Brave Maxime! — Tiens! vois-tu, tu n'étais pas né pour vivre dans ce siècle de mesquineries bourgeoises, où les drôlesses comme Fernanda sont des reines, et où le veau d'or est le seul dieu qu'on adore!...

— Oh! ma pauvre Berthe! — murmura Maxime en penchant sa belle tête sur sa poitrine. — Ma pauvre Berthe! elle, si noble, si bonne, la voir ainsi malheureuse! — Mon Dieu! ne pourrais-je pas tenir le serment que j'ai fait à sa mère mourante! — Et deux grosses larmes vinrent obscurcir les yeux limpides du jeune homme.

— Pleure! mon ami! — lui dit Lucien avec une émotion extrême. — Pleure! les larmes soulagent! — Et penser que tu souffres ainsi, toi le meilleur des hommes, par la faute d'une créature éhontée, d'un démon sans cœur et sans âme!... Oh! moi aussi, je pleure en te voyant pleurer, mais c'est d'indignation et de rage!

En disant ces mots, Lucien se leva et fit le tour de la pièce en frappant du pied avec fureur.

— Soyons hommes! — reprit Maxime en se levant à son tour et en rappelant sa fermeté. — N'importe! — continua-t-il avec mélancolie, — j'ai été vingt fois en riant au-devant de la mort; mais, cette fois, je ne me rends sur le terrain qu'avec répugnance! — Oh! c'est qu'en ayant cet homme au bout de mon épée, c'est le bonheur de ma sœur dont je menace l'existence! — En le tuant, je la tuerais!

— Voyons! — répondit Lucien en s'arrêtant en face

de son ami et en lui prenant les mains, — espérons qu'avant demain le baron reconnaîtra ses sottises!

— Hélas! mon bon Lucien, il faudrait un miracle pour cela, et par le temps d'impiété qui court, le ciel ne daigne plus en faire! Donc, envisageons les choses sous leur véritable jour. — Demain, j'attends les témoins de M. de Lycenay; — il faut que tu me rendes le service de ne pas sortir de chez toi, afin que je puisse te les envoyer à toute heure.

— C'est convenu. — Qui désires-tu que je prenne pour second?...

— Qui tu voudras. D'Aubignée ou de Rieux.

— Bien! — Tu pars?

— Oui. Je vais chez madame de Nerval.

— Et moi chez Pont-Aven. — Ah! corbleu! je m'en vais lui dire la vérité, à ce petit imbécile-là!

Les deux amis descendirent ensemble, et, après être de nouveau convenus des faits relatifs au duel du baron avec Maxime, ils se séparèrent, l'un pour se rendre à pied rue d'Astorg, l'autre pour prendre une voiture et se faire conduire chez madame de Nerval.

Laissons Lucien d'Ornay se diriger vers la demeure d'Olivier, où nous irons bientôt le rejoindre, et suivons Maxime chez la jolie veuve.

En arrivant à la demeure de madame de Nerval, le comte de Santeuil trouva Gertrude dans les larmes, et Aurélie empressée au chevet de la pauvre Berthe.

Madame de Lycenay était arrivée chez son amie dans un état alarmant.

Tant de secousses successives avaient abattu la jeune femme, déjà minée par les chagrins.

Ahmed l'avait transportée de la voiture dans un lit préparé en toute hâte.

Berthe, toujours évanouie, n'avait pas repris connaissance pendant le trajet.

Un médecin, accouru promptement, déclara qu'il constatait tous les symptômes d'une fièvre cérébrale des plus violentes.

Ces tristes prédictions n'avaient pas tardé à se réaliser.

A l'évanouissement avait succédé une crise nerveuse épouvantable, — puis une fièvre ardente s'était emparée de la malade, et un violent délire égarait son cerveau.

Des mots sans suite s'échappaient de ses lèvres arides et brûlantes, — elle ne reconnaissait personne, pas même son enfant.

Aurélie, au désespoir, lui prodiguait ses soins.

Maxime resta quelque temps en silence au pied du lit de la jeune femme, puis il prit madame de Nerval à part et lui raconta les événements de la journée.

En apprenant le duel inévitable, la jeune veuve poussa un cri de terreur et saisit les mains de Maxime.

— Mon Dieu! — dit-elle, — qu'allez-vous faire?

— La volonté du ciel me guidera, — répondit-il. — Oh! je vous jure que si je croyais assurer le bonheur de Berthe par ma mort, je ne me défendrais pas!

— Mais je ne veux pas que vous mouriez, moi! — s'écria Aurélie avec emportement.

— Qu'importe mon existence! — dit Maxime avec mélancolie. — Je suis seul au monde! Qui me regrettera?... Personne!

— Ingrat!

— Que dites-vous?

— Je dis que si vous mourez, si vous ne vous défendez pas, eh bien! je quitterai le monde et je finirai mes jours dans un couvent!...

— Mon Dieu! — fit Maxime avec une extrême émotion. — Tant de bonheur me serait-il réservé! et faut-il conclure de vos paroles que...

— Que je vous aime? — Eh bien! oui! — Tenez, monsieur de Santeuil, voici ma main, elle est à vous!

— Oh! madame! madame! — dit Maxime en s'inclinant sur cette main charmante qu'il baisa avec ardeur, — je vous disais bien que vous étiez un ange consolateur. — Vous avez donc deviné ce qui se passait dans mon cœur?

— Non! j'ai suivi les conseils du mien! — Maintenant, vivrez-vous?

— Je ne m'appartiens plus! — répondit Maxime, — je n'ai plus le droit de disposer de ma vie...

— Eh bien! faites donc pour le mieux, monsieur le comte, — reprit Aurélie avec noblesse. — Allez, et que Dieu veille sur vous! — Ma place est désormais au chevet de notre pauvre amie... Avant de nous devoir à nous-mêmes, nous nous devons à son bonheur.

— Je serai digne de vous, madame! — répondit Maxime en baisant de nouveau la main d'Aurélie.

Puis, à partir de ce moment, ces deux nobles cœurs s'oublièrent pour ne songer qu'à l'avenir de Berthe.

Maxime rentra chez lui, la douleur et la joie dans l'âme. — Il lui sembla qu'à dater de cet instant il devait agir ouvertement en s'en reposant sur la justice divine.

Il appela donc Ahmed et lui défendit de retourner chez Fernanda, — puis il fit venir Justin son valet de chambre et Georges son cocher, qui tous deux étaient vendus à la pécheresse.

Lorsque les deux domestiques furent en sa présence, il leur dit :

— Vous avez tous deux abusé de ma confiance! — Pas d'excuses! — Depuis trois semaines, vous m'espionnez pour le compte de mademoiselle Fernanda. Je pourrais vous traiter comme vous le méritez en vous chassant de cet hôtel à coups de canne, mais il me répugne de mettre en contact un jonc innocent avec vos épaules de laquais infidèles!

Les deux valets voulurent protester de leur entière blancheur de conscience, le comte les interrompit brusquement.

— Assez! — dit-il. — Ahmed va vous remettre ce qui vous est dû de vos gages, — vous avez dix minutes pour quitter cette maison.

Les domestiques, tremblants et terrifiés, s'inclinèrent et disparurent.

Alors Santeuil passa dans sa bibliothèque et se mit à écrire longuement sur de grandes feuilles de papier timbré.

Il resta à son bureau jusque fort avant dans la nuit.

Lorsqu'il se leva pour passer dans sa chambre, il trouva Ahmed debout et appuyé contre le chambranle de la porte du salon.

Le pauvre serviteur était là depuis plus de quatre heures, sans avoir donné signe de vie.

Maxime rentra dans sa bibliothèque et lui dit de le suivre.

— Ecoute, mon fidèle serviteur, — fit-il en lui désignant une large enveloppe cachetée à ses armes, — prends ces papiers, je te les confie. Tu sais que je me bats après-demain? — Ne pâlis pas, Ahmed! — Tu m'as vu trop souvent affronter la mort pour ne pas savoir que je ne l'ai jamais crainte. Si j'étais tué, tu ouvrirais cette enveloppe; elle renferme des instructions relatives aux papiers qu'elle contient aussi, et tu exécuterais mes ordres de point en point.

— Oui, maître!

— Si je suis blessé mortellement, tu conserveras de même ces papiers jusqu'après ma mort.

— Oui, maître.

— Ils gardent l'expression de mes dernières volontés. — Tu trouveras un legs suffisant, soit pour continuer à vivre en Europe, soit pour retourner aux Indes.

L'Indien secoua la tête.

— Tu refuses ? — dit Maxime étonné.

— Si vous mourez, maître, le pauvre chien fidèle n'aura plus besoin de rien ! — répondit Ahmed avec une poignante expression de douleur. — Vos ordres exécutés, il viendra se coucher sur la pierre de votre sépulture et il mourra à son tour. — La seule grâce qu'il vous demande, c'est de donner l'ordre qu'il soit enseveli à vos pieds.

— Tu m'aimes donc bien ? — murmura Maxime les larmes aux yeux.

— Si je vous aime, maître ? — s'écria l'Indien en tombant à genoux et en mouillant de ses pleurs les mains du comte qu'il pressait en même temps sur ses lèvres, — je vous aime comme la fleur aime le soleil qui la vivifie, — comme le brahme aime le dieu qu'il sert, — comme la jeunesse aime la vie !...

En parlant ainsi, la noble figure d'Ahmed rayonnait d'amour et de reconnaissance.

Santeuil le releva, l'attira sur sa poitrine et l'embrassa avec émotion.

Puis, sans pouvoir ajouter une parole, il lui fit un signe amical, souleva la portière et disparut.

— Oh ! — dit-il avec un soupir en pénétrant dans sa chambre, — une femme comme Aurélie, un serviteur comme Ahmed ! — C'est trop de bonheur ! — Dieu ne le permettra pas !

Ahmed, resté seul dans la bibliothèque, jeta un regard furtif autour de lui, puis il tira de son sein une petite boîte d'une forme bizarre et faite de bois inconnu en Europe.

Il l'ouvrit, — elle contenait une sorte de pommade blanche et molle.

L'Indien s'accroupit sur le tapis, prit une épingle d'or, la plongea dans la boîte, et, enlevant quelques parcelles de son contenu, il pressa l'extrémité gauche de son pouce pour écarter les chairs de l'ongle, et il introduisit dans l'interstice ces parcelles tremblottant à l'extrémité de l'épingle d'or.

Cela fait avec un soin minutieux, il appuya de nouveau sur son ongle, mais en sens inverse cette fois, et, afin d'assurer et de fixer ce qu'il venait d'y introduire.

Il enleva avec une attention extrême les débris qui dépassaient et il les remit dans la boîte.

Il essuya lentement son épingle sur un linge qu'il jeta au feu.

Alors il se leva d'un bond.

Ses yeux brillaient, et, tournant la tête du côté de la porte par laquelle avait disparu Maxime :

— Maître !... — dit-il, — votre serviteur vous aura désobéi une fois en sa vie, car il retournera chez Fernanda !

## XVIII

*Amour, amour, quand tu nous tiens...*

En quittant Santeuil, le comte d'Ornay s'était dirigé vers la rue d'Astorg. — En d'autres termes, il avait traversé la place de la Madeleine dans toute sa longueur.

Pendant ce court trajet peu de promeneurs se trouvèrent sur son passage, — fait excessivement heureux pour ces derniers ; — car Lucien, d'une humeur massacrante et brandissant à chaque pas la canne qu'il tenait à la main, aurait volontiers passé sa colère sur les passants qui, par mégarde, se seraient heurtés contre sa majestueuse carrure.

Il entra chez Olivier avec la rapidité et la rudesse d'un boulet de douze qui arrive de plein fouet.

Margat, assis dans la salle à manger, fumait sa pipe d'un air soucieux.

— Où est Olivier ? — lui demanda le comte en lui serrant la main.

— Mon lieutenant ? — répondit Margat en se levant. — Parbleu ! il est dans sa chambre, oùs qu'il passe toutes ses journées sans me larguer seulement une parole. — Tonnerre de Brest ! monsieur Lucien ! vous qui êtes un vrai matelot, vous devriez bien m'apprendre de quoi y retourne ? — Je ne sais pas d'où vient la brise, mais quelque chose me dit qu'il se mitonne un grain dans l'air !...

— Olivier est un niais ! — s'écria Lucien avec emportement.

— De quoi, un niais ! — fit vivement le quartier-maître.

— Eh ! oui ! corbleu ! — Je viens ici pour le lui dire. — Et le comte, laissant Margat ébahi d'une telle apostrophe, ouvrit la porte de la pièce voisine, danslaquelle il trouva Olivier.

Le jeune marin était assis devant une table chargée de papiers, et semblait profondément absorbé dans ses réflexions.

Au bruit que fit le comte en entrant il tourna la tête, et reconnaissant son ami il lui serra la main :

— Quel plaisir ; mon cher Lucien ! — dit-il. —

Plaisir d'autant plus grand que je m'y attendais peu. — Ah ! je suis bien heureux de te voir !...

— Reste à savoir si tu vas être longtemps de cet avis !

— Quelle diable de mine as-tu donc ?...

— Parbleu ! J'ai la mine de la circonstance ! — répondit le comte d'Ornay en se jetant dans un fauteuil qui gémit sous le poids. — Si tu crois que je viens ici pour t'adresser des compliments, j'avoue que tu te trompes, et très-fort même !

— Qu'ai-je donc fait pour mériter tes réprimandes ?

— Belle question ! — Tu te laisses mener par le bout du nez par une drôlesse !

— Lucien, je ne comprends pas !

— Vas-tu faire l'innocent ? — Je te répète que tu te laisses mener comme un véritable novice, comme un écolier de troisième par une coquine qui mériterait plus de coups de cravache que ma jument alezane ! Et Dieu sait pourtant que cette enragée *Miss Itobb* est une bête vicieuse et rétive...

— Lucien ! Lucien ! De qui donc prétends-tu parler ?

— Eh bien ! de ta maîtresse ! de la Fernanda, enfin. Comprends-tu, cette fois ?

Olivier pâlit.

En entendant Lucien traiter aussi irrespectueusement une femme, il n'avait pu d'abord supposer que cette femme fût Fernanda, et il avait cru à une méprise.

Mais, lorsque le comte eut prononcé le nom, il ne put retenir un brusque mouvement de colère ; puis, pensant que son ami était comme tant d'autres sous l'influence d'une fausse opinion à l'égard de celle qu'il nommait *un ange calomnié*, le jeune marin se contint, et souriant avec dédain, il répondit d'une voix qu'il s'efforça de rendre calme :

— Mon cher comte, je te serai fort obligé si tu parlais avec moins de rudesse d'une personne que tu n'as pas été à même d'apprécier comme elle le mérite !...

— Qu'est-ce que tu me chantes-là ? — s'écria Lucien avec brutalité. — Je ne l'ai pas appréciée comme elle le mérite ? A d'autres, mon cher ami ! — Fernanda a été ma maîtresse pendant trois mois, et je l'ai si bien estimée à sa juste valeur qu'elle a été enchantée de ses *appointements* pendant ce court *voyage à Cythère*. — Aussi je suis aussi libre vis-à-vis d'elle que vis-à-vis de Claude, le cocher que j'ai chassé il y a quinze jours en lui payant ses gages !

— Mais tu ne sais donc pas que cette femme...

— Est ta maîtresse ? — Parbleu ! la belle affaire ! — Tu as cette bonne fortune en commun avec les trois quarts du Club, et avec une partie de la haute finance ! — Depuis six ans que Fernanda roule dans la sphère de la galanterie par actions, elle a eu pas mal de commanditaires...

— Lucien ! je t'en conjure ! — Je ne puis souffrir que tu traites ainsi une personne que... je respecte !

— Ne te mets pas en colère, tu perdrais ton temps et je ne me fâcherais pas ! — Ecoute, j'ai douze ans plus que toi, puisque tu en as vingt-huit et moi quarante. — J'ai de l'expérience que tu n'as pas, et une grande habitude des roueries des drôlesses. — J'ai consacré une partie de mes revenus à faire mon éducation à cet égard et je n'ai plus rien à apprendre. — Donc, auprès de moi, tu es un simple collégien. — Je suis venu ici pour te dire des vérités et tu les entendras, morbleu ! — Fâche-toi ou ne te fâche pas, cela m'est tout à fait indifférent. — Il est clair que si tu hésitais entre l'amitié d'un homme d'honneur et l'amour d'une gourgandine, tu ne vaudrais pas un regret ! — Donc, encore une fois, tu m'écouteras jusqu'au bout, et, comme je ne m'en irai pas d'ici qu'après t'avoir dit tout ce que j'ai sur le cœur, je te préviens qu'il est inutile de songer à me jeter par la fenêtre, attendu que mon poids et ma rotondité s'y opposent ! — Rassieds-toi et prends ton parti de me subir jusqu'au bout. — Je te répète que tu es un niais, — un Georges Dandin, — un Lycenay, enfin, — un pantin, que cette drôlesse éhontée fait danser à sa guise au bout des fils attachés par son adresse !!!

— D'Ornay ! — s'écria Olivier avec force, — la femme dont tu oses parler ainsi mérite d'être adorée à deux genoux ! — C'est la créature la plus noble et la plus digne de respect !... — Elle a fait de cruelles fautes dans le passé, mais elle s'en repent. — Son amour pour moi la relève, car elle m'aime ! Elle m'aime réellement, sérieusement ! — C'est un ange !

— Avec des ailes de canard qui traînent dans la boue, — c'est possible !

— Lucien !

— Olivier !

— Encore une fois ne parle pas ainsi !

— Corbleu ! Sais-tu bien que tu m'amuserais énormément si tu n'étais pas mon ami ! — Voyons ! dis-moi tout de suite que tu veux épouser Fernanda, et n'en parlons plus !

— Et quand cela serait ?

— Hein ? — s'écria Lucien, qui crut avoir mal entendu.

— Je dis que, moi, j'attache peu d'importance aux idées sociales. — Peu m'importe que le monde blâme ou approuve mes actes ! — Quand ma conscience est pour moi, je ne m'occupe pas de l'opinion des autres !

— Olivier, sais-tu bien que ta place n'est pas ici, dans ce salon, mais à Bicêtre ou à Charenton ?

— Trêve de plaisanteries, Lucien !

— Alors ne commence pas par plaisanter toi-même !

— Je n'en ai point l'intention.

— Comment ? — Quoi ? — Tu épouserais Fernanda ! — Elle te ferait faire une semblable ignominie ? — Tu ne rougis pas ?

— Celle que j'aime a un cœur trop noble pour que j'aie jamais à rougir de cette résolution si je la prenais !

— Tu es enferré jusqu'à la garde, c'est évident ! — Mais, sacrebleu ! tu arracheras le poignard de ta blessure, — dusses-tu mourir après ! — Comment, toi, tu épouserais sérieusement une fille de cette espèce ! — Toi, le fils du plus honnête homme que j'aie connu ! — Car j'ai connu ton père, ce digne marin qui portait si noblement les croix gagnées par son courage ! — Toi, l'enfant d'une sainte femme qui a été dix ans l'amie de ma mère ! — Toi, le vicomte de Pont-Aven, tu songerais à accoler ton nom pur et sans tache à ce nom couvert de fange et de boue ! — Tu souillerais ton vieux blason breton en le jetant sur les portières de la voiture d'une fille perdue ! — Allons donc ! c'est impossible ! — Un homme qui porte à sa boutonnière un ruban comme celui-là, gagné sur le champ de bataille, se doit à sa croix, s'il ne se doit à lui-même, et il ne peut offrir publiquement son bras à une femme qui, publiquement aussi, a appartenu à quiconque a voulu la payer assez cher ! — Plutôt que de voir arriver un tel malheur, je me battrais avec toi et je te tuerais sans miséricorde, car, vois-tu, je suis ainsi ! — J'aime mieux regarder le cadavre d'un ami que la perte de son honneur, et un tel mariage serait le plus immense, le plus irréparable déshonneur qu'un homme pût subir.

Sous le coup de ces rudes et franches paroles de Lucien, Olivier contenait à grand'peine la colère qui l'animait.

Il serrait convulsivement ses mains fermées et prêtes à arrêter les mots terribles qui se pressaient sur les lèvres du comte.

Vingt fois, il fut contenu par la vieille amitié qui l'unissait au loyal gentilhomme.

Mais telle était la passion insensée que Fernanda avait développée dans le cœur du jeune marin, que la colère finit par l'emporter sur la voix de la raison.

Il se leva tremblant de fureur et il s'écria d'un ton menaçant :

— Monsieur d'Ornay, vous n'êtes plus mon ami, et je vous défends de parler ainsi! — Je vous le défends! vous entendez!...

— Je parlerai tant que cela sera nécessaire! — répondit Lucien qui, lui aussi, s'irritait d'autant plus qu'il voyait l'inutilité de ses efforts. — Je parlerai encore, Olivier. Mais cette fois, comme tu es plus fou que jamais, j'appellerai un allié à mon aide.

Ce disant, le comte ouvrit brusquement la porte et, hélant Margat qui s'était retiré discrètement dans le fond de la pièce voisine, il lui cria d'entrer.

Le quartier-maître, assez inquiet des éclats de voix qui étaient parvenus jusqu'à lui, obéit avec empressement.

— Que fais-tu, Lucien? — demanda Olivier, fort contrarié de la présence de son matelot.

— Je fais ce que je dois faire, — répondit Lucien. — Dans l'explication que nous allons avoir ensemble, ce brave marin n'est pas de trop. — Redoutes-tu donc qu'il connaisse la vérité?

— Je ne redoute rien! — fit Olivier avec hauteur.

— Ecoutez, maître Margat, — dit le comte d'Ornay en s'adressant au matelot; — vous me demandiez tout à l'heure *quoi il retournait* ici? — Vous allez le savoir! — Vous voyez bien votre lieutenant! celui sur la jeunesse duquel vous avez veillé; — celui qui porte des épaulettes et la croix d'honneur; — celui auquel son père a laissé un nom honoré de tous; eh bien! cet insensé va jeter ces épaulettes, cette croix, ce nom dans une fange abjecte, pour les mettre à la portée d'une ignoble créature dont il veut faire sa femme! — Moi, son ami, je m'y oppose, et je vous ai appelé, Margat, pour que vous vous joigniez à moi!

— Monsieur d'Ornay! s'écria Olivier en voulant s'élancer sur le comte.

— Minute, — dit Margat en lui saisissant le poignet et en le clouant sur un fauteuil. — Minute! M. Lucien vient de dire qu'il s'agissait de votre honneur, monsieur Olivier. Or donc, il n'y a plus ici ni lieutenant de vaisseau, ni quartier-maître! — Il y a un enfant que j'ai élevé, un enfant que j'ai porté dans mes bras à son père qui ne voulait pas le voir et qui a pleuré sur la main qui vous conduisait à lui. — Ces larmes-là, voyez-vous, c'étaient des perles, et je les ai bues, et c'est pour ça qu'elles sont encore sur mon cœur! — Il y a un jeune homme à qui j'ai appris à tenir la barre d'un gouvernail et à gouverner droit au milieu des écueils, et il y a en face de lui un pauvre homme qui a juré à une mère mourante de veiller sur son fils, un vieux matelot qui a reçu la dernière consigne de son amiral, et qui n'y faillira pas, quand tous les tremblements de l'enfer se déchaîneraient contre lui! — Monsieur Lucien, vous avez dit des mots qui ne peuvent pas passer comme cela! — Il me faut à moi une explication nette et claire. Parlez!

— Margat! — fit Olivier, — je t'expliquerai tout moi-même, retire-toi!

— Avec ou sans votre permission, mon lieutenant, je ne filerai pas d'une encâblure sans savoir la vérité, d'autant, si je ne m'abuse, qu'il s'agit de la péronnelle à laquelle j'ai porté une lettre hier, de la Fernanda, pas vrai?

— Tais-toi! te dis-je. Ne prononce pas ce nom! Laisse-nous!

— Non!

— Tu veux me désobéir?

— Je veux tout savoir! Larguez-moi cela, monsieur Lucien!

— Encore une fois! — s'écria Olivier blanc de colère, — je t'ordonne de sortir!

— Et moi, — répondit le quartier-maître en devenant extrêmement pâle, de cramoisi qu'il était, — et moi, au nom de ces deux cicatrices qui sillonnent ma figure et que j'ai reçues pour m'être jeté entre mon amiral et deux crics malais qui allaient lui fendre le crâne, au nom de votre père dont j'ai sauvé deux fois la vie, je vous ordonne de me laisser écouter en silence ce que va dire ce brave M. Lucien!

En parlant ainsi, Margat semblait avoir dépouillé toute la vulgarité de sa nature.

Ce n'était plus un matelot rude et grossier, c'était un homme sur la physionomie duquel se reflétaient les plus nobles sentiments.

Olivier, dominé malgré lui, recula sous les regards du marin.

— Eh bien! mon cher Margat, — reprit Lucien ému par cette scène et par l'attitude du matelot, — il s'agit d'empêcher ce pauvre fou de faire deux cruelles folies dont l'avenir le ferait repentir amèrement; — il faut le contraindre à fouler aux pieds un amour indigne de lui...

— Pardon! excuse! monsieur Lucien, si je vous interromps; mais quant à ce qui est de cela, je suis déjà fixé. — Faut vous dire, continua le quartier-maître en se tournant vers Olivier qui affectait une profonde indifférence, — faut vous dire que quand je m'ai aperçu que mon lieutenant courait grand largue dans les eaux de l'amour, ça m'a d'abord réjoui le tempérament, par rapport que ça le rendait gai et heureux; mais quand j'ai vu que ça tournait au grave, j'ai voulu m'informer. — V'là justement qu'hier, monsieur Olivier, vous me donnez une lettre pour votre particulière. — Je la vois et mes écubiers se calfeutrent d'étonnement, car c'est une superbe femme, faut le dire; mais en relevant son signalement avec attention, v'là que je la reconnais pour une gaillarde que j'avais entendue tailler une bavette de deux nœuds de longueur avec un olibrius en barbe rouge qui ne me revient pas du tout, et à qui même que... enfin suffit. — Pour lors, je me dis : *Méfie au grain, matelot!* et qu'à ce matin j'ai couru des bordées de droite et de gauche à la seule fin de savoir d'où venait la brise. Pour lors, comme je louvoyais devant son hôtel, je rencontre M. Ferdinand; encore un bon, celui-là! pour lors, je lui dis : « Connaissez-vous la particulière qui demeure dans c'te maison? » — Ah! qu'il me fait, c'est une forte gaillarde! — Et v'là qu'il m'en débite à faire rougir une caronade de huit. — C'est que mon lieutenant est toqué, que je reprends! — Mauvaise affaire! qu'il me répond, c'est une pas grand'chose, une rien du tout! — Là-dessus je le quitte et je continue la manœuvre. Au bout d'un quart de deux heures, c'était toujours la même chanson. —

Il n'y a qu'une voix sur son compte dans le quartier! — Bon, que je me dis, faut veiller, et si je vois mon lieutenant qui s'embarque dans les bêtises, je lui crie: *Gare dessous!* — Ah çà! dites donc, monsieur Lucien, ce n'est pas cette manière de flibustière que M. Olivier veut épouser?

— C'est elle-même, mon pauvre ami!

— Ah! tonnerre de Brest! as pas peur! — Pour celle-là, je suis paré, et je lui torderais le cou plutôt que de voir pareille chose.

Olivier haussa les épaules avec dédain.

— Et la seconde affaire, monsieur Lucien, quoi que c'est encore? — demanda Margat.

— C'est d'empêcher le vicomte de se battre avec M. de Santeuil, qu'il a été provoquer hier.

— Lucien! — fit Olivier en se redressant, — M. le comte de Santeuil est-il assez lâche pour t'avoir prié d'agir ainsi que tu le fais?

— Maxime n'est point un lâche, Olivier, et, je le répète pour la dixième fois, tu n'es qu'un fou d'avoir été chercher querelle au meilleur garçon qui existe!

— A propos de quoi, cette querelle? — demanda Margat.

— Toujours à propos de cette drôlesse!

— Ah! tonnerre de Brest! nous verrons bien!

Et le quartier-maître se frappant le front du plat de la main, sembla se livrer à un violent travail d'esprit.

Olivier fumait un cigare, en continuant à affecter une insouciance qui était bien loin de son âme.

Sans pouvoir douter de l'amitié de Lucien et du dévouement de Margat, il se disait intérieurement que Fernanda était méconnue de tous deux, et qu'il parviendrait peu à peu à la leur présenter sous son véritable jour.

Cependant il souffrait cruellement d'entendre ainsi blasphémer son idole, et il sentait sa colère contre Maxime s'augmenter en le supposant l'instigateur de cette scène pénible.

Le comte d'Ornay, de son côté, comprenait tout ce qui se passait dans l'esprit du jeune homme, et il s'avouait, avec un chagrin réel, que la puissance de Fernanda fermait le cœur d'Olivier à l'expression sincère de la vérité.

Aussi, dégoûté de ce qu'il voyait, il se leva froidement, et, allant à Olivier, il lui dit:

— Donne-moi la main! — J'espère encore te guérir!

— Et moi, j'espère te prouver que j'ai raison de penser ce que je pense! — répondit le vicomte.

— Ce sera difficile!

— Monsieur Olivier! — demanda tout à coup Margat en paraissant avoir pris une résolution subite. — Voyons! dites-moi la vérité dans le grand! — Quand que vous vous battez avec M. Maxime?

— Le 5 mai! répondit le vicomte.

— Bon! nous avons le temps! — murmura Margat, — nous verrons...

§

Lucien venait à peine de quitter le vicomte de Pont-Aven et descendait l'escalier en maugréant à part lui contre les femmes entretenues, lorsqu'il fut rejoint par le digne quartier-maître, lequel l'accompagna jusque dans la rue.

— Merci, monsieur Lucien, — dit-il, — et as pas peur! — ce duel n'aura pas lieu!

— Comment cela? — fit Lucien curieusement.

— Vous verrez! — j'ai tiré mon plan! — Jusque-là, ne vous fâchez pas avec mon lieutenant, ça lui ferait de la peine, car il vous aime bien, et je vous le répète: *As pas peur!* — Soyez calme! — Que tous les mistrals de Marseille me démâtent si je ne réussis pas! — Il est vrai que nous sommes dans la vase jusqu'à la flottaison, mais souquez les avirons! — nage un bon coup! — et ça ira tout seul!

— Allons! que Dieu vous aide! — Sitôt que vous aurez quelque chose à m'apprendre, venez me trouver!

Sur ce, Lucien gagna le boulevard, et Margat, lui tournant le dos, partit à toute vitesse dans la direction de la rue des Ecuries-d'Artois.

Arrivé devant l'hôtel du comte de Santeuil, il entra, et demanda au concierge de lui désigner la chambre de l'Indien dont, comme toujours, il ne put retenir le nom.

— Ahmed-Adjemi? — lui dit le concierge.

— Oui, c'est ça! — répondit le marin; — c'est bien maître *Jérémie* que je demande. — Oùs qu'il perche?

— Dans ce pavillon, mais il n'y est pas pour le moment.

Ceci se passait tandis que Maxime était encore chez madame de Nerval, et au moment où Ahmed l'attendait dans la cour de l'hôtel de la jolie veuve.

— Tonnerre de Brest! c'est ennuyeux tout de même! — fit Margat avec désappointement. — Et à quelle heure que je pourrai l'accoster?

— A quelle heure vous pourrez le trouver, vous voulez dire? — répéta le concierge, peu familier avec les locutions maritimes.

— Oui, l'ancien!

— Eh bien! demain matin sans doute, car quelquefois il ne rentre pas le soir.

— Bon! merci! — répondit le quartier-maître. — Demain je mettrai le cap sur lui au premier quart piqué.

Et, tournant sur ses talons, Margat sortit de la loge.

— Allons! — se dit-il en reprenant sa route vers la demeure du vicomte, — je verrai la peau jaune et il faudra bien qu'il me largue fin le mot de tout cela, car il le sait. — La preuve, c'est qu'il rôdait l'autre jour devant le mur de la porte de Saint-Cloud!

## XXIX

### Le doigt de Dieu.

Le lendemain de ce jour, vers une heure de l'après-midi, et comme le comte de Santeuil écrivait quelques lignes en réponse à un billet qu'il venait de recevoir de madame de Nerval, billet dans lequel celle-ci lui donnait des nouvelles de la santé de Berthe, nouvelles fort peu rassurantes, — Ahmed vint prévenir son maître que le baron de Lycenay demandait à lui parler.

Maxime donna aussitôt l'ordre que l'on introduisît Edgard dans son fumoir, cette pièce donnant d'une part dans la chambre à coucher, et de l'autre dans un petit cabinet de travail dans lequel il se trouvait en ce moment.

Santeuil cacheta sa lettre avec promptitude, et, après l'avoir remise à Ahmed pour la porter immédiatement, il se rendit auprès du baron.

Edgard n'était plus le même homme que la veille.

Il avait senti peu à peu le calme succéder à la violence des passions qui l'agitaient, et, ses instincts d'homme du monde et de véritable gentilhomme reprenant le dessus, il se présenta aux yeux de son adversaire avec une dignité du meilleur goût.

— Monsieur le comte, — lui dit-il en s'inclinant légèrement, — j'ai cru devoir faire auprès de vous une démarche que vous comprendrez... — Je vous crois trop jaloux de l'honneur que nous devons aux vieux noms que nous portons tous deux pour ne pas être certain d'avance que vous accueillerez la demande que je viens vous adresser.

— Parlez, monsieur le baron! — répondit froidement Maxime.

— Je désire, monsieur, que la véritable cause de notre duel demeure cachée aux yeux du monde. — Vous n'ignorez pas le ridicule que ferait rejaillir sur moi la divulgation de ce secret d'intérieur, et j'espère que vous voudrez bien me l'éviter.

— Monsieur de Lycenay, je suis heureux de voir, à la convenance de vos paroles, que vous êtes aujourd'hui dans un état de calme moral complet. Permettez-moi donc, tout en souscrivant avant tout à votre juste demande, de vous adresser quelques observations relatives à notre rencontre...

— C'est précisément afin que nous réglions ensemble les conditions que je suis ici, monsieur!

— Vous ne me comprenez pas, monsieur de Lycenay. Avant de discuter les détails d'un duel, il serait peut-être convenable d'en examiner sérieusement la cause.

— Monsieur de Santeuil! — fit Lycenay en se levant avec une impatience manifeste.

— Oh! pas de fausse interprétation de mes paroles! — continua vivement Maxime. — Je suis à l'abri de toute insinuation fâcheuse à l'endroit de mon courage. — Ecoutez-moi donc! — Si un duel est d'ordinaire, selon moi, un accident futile, il devient une affaire grave lorsqu'il compromet à la fois la réputation d'une femme, l'avenir d'un enfant et l'honneur d'une famille!

— Je sais que vous moralisez à ravir, — dit le baron avec un sourire ironique, — mais faites-moi grâce de vos sentencieuses digressions. — Prenez garde que je ne voie dans toutes ces réticences qu'un moyen de retarder l'heure d'une satisfaction à laquelle j'ai droit, et que vous semblez peu soucieux de m'accorder.

— Lorsque nos ancêtres croisaient l'épée, — répondit Maxime avec hauteur, — ils revêtaient leurs plus riches costumes pour se faire mutuellement honneur. Ne me forcez pas à vous rappeler qu'à défaut de cette noble coutume deux hommes bien élevés se doivent au moins le bon goût et la politesse dans leurs paroles.

— Je suis venu ici pour vous donner une leçon, monsieur, et non pour en recevoir.

— Je suis chez moi, monsieur! Mon premier devoir est donc l'indulgence, et j'en ferai preuve en ne relevant pas vos discours!

— Monsieur de Santeuil!

— Oh! brisons là! — interrompit Maxime avec impatience, car les efforts infructueux qu'il faisait pour ramener la paix, et les insultes qu'il subissait depuis deux jours, finissaient par énerver cette nature si pleine de générosité et de bonté. — Brisons là! monsieur le baron. — Je veux vous faire entendre la voix du bon sens, vous refusez de l'écouter, qu'il en soit ainsi que vous le voulez! — Un duel est convenu entre nous, à ce duel vous désirez donner une cause illusoire, je vous l'accorde. — Faites et dites ce que vous jugerez convenable à cet égard. — M. le comte d'Ornay, mon témoin, attendra les vôtres chez lui pendant toute la journée; il acceptera les conditions que vous lui dicterez, et demain, monsieur, je serai à vos ordres!

— Je n'en attendais pas moins de vous, — répondit Edgard en saluant; — puis, arrivé près de la porte: — A demain! ajouta-t-il. — Au bois de Vincennes!

— A demain! — fit Maxime en s'inclinant à son tour.

Le baron sortait à peine, et Maxime soulevait déjà la portière de son cabinet de travail, lorsqu'un roulement de voiture annonça l'entrée d'un équipage dans la cour de l'hôtel; et Edgard, rentrant vivement et les traits altérés, saisit avec une énergie le bras du comte de Santeuil.

— Monsieur! lui dit-il, — vous allez m'expliquer sans retard ce que signifie ce nouvel incident!

— De quoi voulez-vous parler, monsieur? — demanda Maxime avec un profond étonnement.

— Je veux parler de la présence de Fernanda dans votre hôtel.

— Fernanda! — Que dites-vous donc? — Impossible!

— Je viens de reconnaître son coupé qui s'arrêtait dans la cour au moment où j'allais traverser le vestibule.

— Impossible, monsieur! vous vous trompez, je vous l'affirme!...

En ce moment un domestique frappa légèrement à la porte, et, soulevant la portière, il dit:

— Il y a là une dame qui désire voir monsieur le comte. — Cette dame a refusé de me remettre sa carte, mais elle insiste pour parler immédiatement à monsieur.

— C'est bien! — répondit Maxime. — Puis, se tournant vers Edgard, il ajouta: — Voulez-vous savoir ce que cela signifie?

— Je l'exige!

— Eh bien! entrez dans ce cabinet! — De là vous pourrez tout voir et tout entendre!

Et, faisant signe au valet d'introduire la visiteuse, il souleva la portière de son cabinet de travail pour donner passage au baron.

— Oh! — murmura-t-il en la laissant retomber sur Edgard. — Serait-ce un effet de votre miséricorde, Seigneur mon Dieu, qui amène ici cette femme dans un pareil moment? Je vous le demande à genoux, Seigneur, permettez qu'il en soit ainsi!

Maxime n'avait pas achevé cette courte et ardente invocation, que la porte d'entrée s'ouvrait avec bruit et laissait passer la pécheresse.

Fernanda était habillée avec une étourdissante élégance.

Elle avait mis en usage toutes les savantes ressources de la toilette pour rehausser encore sa merveilleuse beauté.

Elle entra le sourire aux lèvres, le front haut et avec un froufrou de jupons et de volants à désoler madame de B... la noble Hongroise qui passe, à juste titre, pour la femme la plus *crinolinée* de la fashion européenne.

Maxime avait peine à contenir sa stupeur en présence de tant d'audace et de désinvolture.

— Savez-vous, mon cher monsieur de Santeuil, — lui dit Fernanda en riant avec affectation, — savez-vous que votre hôtel est un véritable château-fort! — Vous avez des sentinelles avancées en la personne de vos domestiques! — C'est tout un siége à faire pour entrer ici! — Vous craignez donc bien les surprises?

— J'aime à croire que votre légèreté n'est que de l'affectation, — répondit froidement Maxime.

— Pourquoi donc? — Qu'ai-je à redouter? — Ne suis-je pas ici chez un ancien ami, et n'est-il pas naturel que je laisse éclater quelque joie en le revoyant?

— Taisez-vous! — fit brusquement Santeuil. — Que venez-vous faire chez moi?

— Ainsi que je vous l'ai dit, je viens pour goûter le plaisir de vous revoir! — Cela ne vous suffit-il pas? — Non! En ce cas vous êtes fort difficile! — Ah! mon cher Maxime, je connais de vos amis qui passeraient leur vie à mes pieds pour obtenir semblable faveur!

— Mathilde! — s'écria le comte; puis se reprenant aussitôt, — ou plutôt Fernanda! car cet autre nom qui vient de m'échapper, vous avez tout fait pour me le faire oublier. — Vous venez ici pour contempler avec joie les résultats de votre haine!... — Vous venez, le sourire railleur aux lèvres, insulter à la défaite de mes loyales espérances!... — Comme cela est glorieux d'arracher un homme à sa famille et de l'empêcher de rentrer dans la voie du devoir! N'est-ce pas que l'on est fière d'entendre murmurer autour de soi ces paroles flatteuses: — C'est Fernanda, la belle pécheresse! Fernanda dont les désirs ne connaissent pas de bornes, — Fernanda qui dépense en pantoufles du matin le revenu d'une famille, — Fernanda qui a ruiné autant d'amants qu'il y a de noms inscrits sur le grand livre de ses amours! — Fernanda pour laquelle M. de Lyceray a dévoré la fortune de sa fille, et abandonné sa femme! — Fernanda dont les blanches mains fondent l'or plus vite qu'un creuset rougi au feu! — Les dentelles qu'elle traîne, insouciante, sur les roues de sa victoria, sont payées avec la dot des pauvres jeunes filles ruinées pour lui offrir des parures! — Oh! une pareille réputation est désirable, n'est-ce pas, et vous êtes heureuse de la mériter!

— Eh bien! mon cher Santeuil, — répondit la pécheresse avec un insolent aplomb, — vous venez, sans vous en douter, de tancer vertement vos amis et vos connaissances! — La réputation dont vous me parlez, n'est-ce pas celle qui séduit les hommes! — De deux femmes, l'une simple et douce, l'autre coquette et inconstante, qui fera le plus de conquêtes? — Est-ce ma faute si les hommes courent, non après une jolie femme, mais après une robe de moire antique emportée par une calèche élégante? — Oui, je sais bien que l'on m'a surnommée *Mademoiselle la Ruine!* — Mais, n'est-ce pas à cause de cela que je vois tant d'adorateurs se prosterner à mes pieds?

— Quoi! lorsque vous osez parler ainsi, ne songez-vous pas au monde qui vous juge et flétrit votre nom?

— Le monde! Oh! je lui rends bien mépris pour mépris! — Que voulez-vous donc que je pense de tout ce que je vois autour de moi? — De ces hommes qui me prodiguent leurs richesses sans autre but que de faire parade de mon luxe? — De ceux qui ruinent leurs femmes et leurs enfants, comme vous le dites, pour contenter mes moindres caprices! — De ces vieillards dont la tête blanche devrait inspirer le respect, et qui se teignent les cheveux dans l'espoir de se faire admettre encore au rang de séducteurs? — De ces grandes dames qui envient mes voitures et admirent mes toilettes. — De ces marchands qui se confondent en très-humbles courbettes dès que je pose le pied sur le seuil de leur magasin, parce que je paye en or et sans marchander! — Ah! vous autres moralistes qui nous jetez la pierre, lancez-la donc d'abord, cette pierre, à la tête de ceux qui exploitent nos vices au profit de leurs caisses, qui excitent notre orgueil en prônant notre luxe! de ceux surtout qui nous ont poussées dans la route où nous sommes!

— Mais une fois lancées sur cette route, — s'écria Santeuil, — nierez-vous que vous la parcouriez sans tenter d'en prendre une autre?

— Que voulez-vous! le luxe est tellement séduisant!

— Ainsi, vous n'avez que du mépris pour tous, même pour ceux qui vous aiment!

— Je ne crois pas à l'amour! — Ah! vous allez réclamer pour vous, — continua Fernanda en riant.

— Taisez-vous! ne rappelez jamais cette époque d'un passé funeste...

— Pourquoi donc?

— Pourquoi? Osez-vous bien **me le demander?** Avez-vous si bien effacé de votre mémoire le passé dont je parle, qu'il faille en évoquer le souvenir devant vous...

— Ma foi! il y a si longtemps!

— Dois-je vous rappeler cette jeune fille que mon malheur me fit rencontrer en Touraine, il y a huit ans? — continua Santeuil avec véhémence. — Cette Mathilde, qui habitait modestement le village de Vouvray près d'une vieille et sainte femme qui l'avait recueillie et élevée par charité. Oh! son ingratitude, lorsqu'elle abandonna sans regrets sa bienfaitrice, aurait dû m'éclairer sur l'avenir. Mais non, pauvre fou! je ne vis dans cet odieux abandon qu'un sublime entraînement de l'amour! — Ah! Mathilde promettait bien ce qu'a tenu Fernanda!

— Vous trouvez, cher comte?

— Comme elle était pure et naïve, n'est-ce pas, cette jeune fille qui, toute prête à se faire enlever, exigea qu'on l'endormît d'abord à l'aide d'un narcotique, afin que, si la justice se mêlait de l'affaire, elle eût une excuse pour elle et une accusation prête pour son amant.

— Dame! la précaution est la mère de la sûreté!

— Ne parlez pas ainsi, malheureuse!

— Bah! vous fûtes heureux quelque temps, après tout, car cette jeune fille vous aima!

— Elle! — poursuivit Santeuil avec dédain. — Elle n'aima que le luxe dont je l'entourai et auquel elle s'habitua vite! — Toute son affection se concentra sur ses toilettes, ses parures, ses bijoux, et, dans son ardeur du plaisir, elle étouffa le peu de sentiments tendres qu'il y avait dans son âme? — Pourtant alors, elle avait dix-sept ans à peine! — Dites, vous souvenez-vous et faut-il vous rappeler davantage? Dois-je vous dire qu'à cette époque j'avais deux amis dont l'un méritait toute mon affection, et dont l'autre était un lâche et un misérable! — Faut-il vous dire qu'ils se nommaient le vicomte de Cerny et le marquis de Givors? — Vous pâlissez, n'est-ce pas, en entendant prononcer le nom de celui que vous m'avez fait tuer! Oh! si votre cœur est susceptible de remords, le souvenir de ce duel provoqué par vous doit souvent priver vos nuits de sommeil!

— M'accusez-vous de la mort de votre ami? — demanda Fernanda. — Est-ce donc moi qui vous ai poussé à le provoquer?

— Oui! répondit le comte d'une voix ferme, — oui, c'est vous! — Givors, en voyant la duplicité de votre conduite, crut devoir m'ouvrir les yeux et m'avertir que vous étiez d'accord avec M. de Cerny pour me tromper! — Vous rappelez-vous ce qu'il y avait de douleur, de souffrance, de fureur, dans la jalousie qui éclata en moi? — Je voulais me tuer et vous tuer aussi! — Hélas! pourquoi vous ai-je écoutée! — Le soir même de ce jour fatal, vous me démontriez votre innocence, vous me juriez de m'aimer toujours et vous accusiez d'un mensonge odieux un ami sincère et loyal! — Que vous étiez déjà forte de sang-froid et de ruse! Et ce Cerny, votre complice? — N'est-ce pas lui qui osa me faire comprendre que la conduite de M. de Givors devait être attribuée aux dédains dont vous accabliez ses poursuites? — Givors, insulté publiquement par moi, consentit à se battre. — C'était mon meilleur ami et le plus généreux des hommes. — Lorsque nous fûmes sur le terrain, l'épée nue, il s'approcha de moi, et, me saisissant la main malgré mes efforts et mes refus : *Maxime,* — me dit-il, — *si tu me tues, je te plains, car tu te reprocheras ma mort toute ta vie!* — *Mais, si ce malheur arrive, souviens-toi de mes dernières paroles : — Je te pardonne!...* — Quelques minutes après, mon épée lui avait traversé la poitrine et il expirait en me serrant la main. — Lorsque je revins chez vous, l'appartement était vide! — Vous étiez partie avec le vicomte de Cerny!

— Mais j'étais innocente, et votre colère m'avait tellement effrayée...

— Vous oubliez, — interrompit Maxime, — la lettre de votre amant que, dans la précipitation de votre fuite, vous aviez laissée dans un meuble de votre chambre.

— Après tout, j'étais libre! — dit Fernanda avec effronterie, — votre humeur jalouse et tyrannique me rendait malheureuse, je me suis affranchie!

— En commettant un crime, car vous avez causé la mort d'un honnête homme.

— M. de Givors m'accusa, je me défendis. — Si j'avais avoué la vérité, vous m'eussiez tuée! — Et je trouvais l'existence belle!

— Oh! misérable femme! — s'écria Santeuil en se laissant aller à toute sa colère. — Que vous étiez déjà bien ce que vous êtes aujourd'hui! — Mathilde faisant tuer le marquis de Givors, est la même créature que la Fernanda qui se livre au vicomte de Pont-Aven dans l'espérance qu'il tuera le comte de Santeuil! — Mathilde, la misérable maîtresse du lâche vicomte de Cerny, précède bien la Fernanda qui se prostitue, et qui fait l'usure de son argent comme elle fait celle de son corps.

— Monsieur de Santeuil! — s'écria Fernanda pâle de rage en face de cette insulte si bien méritée, — vous m'humiliez, vous me frappez sans merci. — Eh bien! soit, j'aime mieux cela, et c'est pour répondre à vos injures par ma vengeance satisfaite que je suis venue dans cet hôtel! — A votre tour, écoutez-moi! — Rappelez-vous notre rencontre au Café-Anglais, il y a deux mois; c'était la première fois que je vous voyais alors depuis votre retour, je vous tendis la main, vous la repoussâtes! — Vous avez froissé sans pitié mon orgueil, et moi je jurai de vous rendre douleur pour mépris! Aujourd'hui, je triomphe! aujourd'hui rien ne peut s'opposer à la réussite de mes projets, et je viens à mon tour vous accabler comme vous m'avez accablée! — Je viens vous dire: Maxime, vous n'avez qu'un sentiment au cœur: votre affection pour votre cousine, pour celle que vous aimez comme une sœur, et que je hais, moi, pour sa réputation sans tache! — Eh bien! cette réputation, je l'ai ternie, et cette femme, je la perds, et je la perds, par vous, Maxime, pour vous rendre la douleur plus poignante encore! — C'est moi qui ai su glisser des soupçons dans l'âme de Lycenay, c'est moi qui l'ai envoyé hier pour vous surprendre, car je savais que Cerny serait chassé par vous. — Enfin Edgard, poussé par moi, vous a provoqué. — Maintenant, quoi qu'il arrive, madame de Lycenay est perdue aux yeux du monde, et moi, je suis vengée d'elle et de vous!

— Vous vous trompez, madame! — s'écria le baron de Lycenay en écartant la portière.

Fernanda recula épouvantée.

— Madame de Lycenay dont je vous défends à l'avenir de souiller le nom en le prononçant, — continua Lycenay en s'avançant jusqu'auprès de la pécheresse, — madame de Lycenay aura toujours droit à mes respects, à mon estime, — à mon amour même si son noble cœur daigne me pardonner! — Quant à M. de Santeuil, le meilleur et le plus généreux des hommes, je le supplie devant vous, cause de l'insulte, je le supplie à genoux de recevoir mes excuses. — Je me soumettrai à toutes les réparations qu'il lui plaira d'exiger de moi, pourvu qu'il me permette de lui serrer la main et de lui prouver toute ma gratitude par une amitié sincère et loyale!

— Oh! Dieu ne nous avait pas abandonnés! — répondit Maxime en serrant avec effusion les mains que lui tendait Edgard.

Fernanda s'était promptement remise.

— Mes compliments! — dit-elle en s'adressant à Santeuil avec une railleuse ironie. — C'est bien joué! — Mon cher Edgard, je pourrais vous dire que ceci n'est qu'une comédie destinée à vous tromper et qu'en vous parlant comme je l'ai fait j'étais d'accord avec Maxime...

— Vous oseriez! interrompit Santeuil.

— Laissez, monsieur le comte, dit Lycenay froidement, — je ne croirais pas!

— Rassurez-vous, — continua la pécheresse, — telle n'est pas mon intention! — Vous rêvez maintenant le bonheur conjugal, vous devenez attendrissant et je ne puis y résister, — je me sauve. — Adieu, messieurs, — ou plutôt au revoir! — Ah! ce mot vous étonne? mais, si vous n'accordez plus vos bonnes grâces à Fernanda, peut-être traiterez-vous mieux la vicomtesse de Pont-Aven! — Un conseil, Edgard! empêchez votre femme de continuer ses correspondances avec Cerny, cela pourrait la compromettre.

Et, lançant ce dernier trait comme le Parthe qui blesse encore en fuyant, elle s'inclina avec une humilité insolente et elle sortit.

En posant le pied sur le marchepied de sa voiture, elle s'aperçut que l'heiduque Aly, en grand costume, avait remplacé son valet de pied.

— Que fais-tu ici, Aly? — demanda-t-elle. — Y a-t-il quelque chose de nouveau à la maison?...

— Rien, maîtresse, si ce n'est qu'on vient de recevoir à l'hôtel une caisse de fruits des tropiques, les plus beaux que j'aie jamais vus...

— Et qui me fait cette galanterie?

— Je l'ignore, maîtresse, l'envoi ne portait aucun nom.

— Cela pique ma curiosité... Je vais voir et goûter ces fruits, qui, sans doute, viennent de Pont-Aven.

— A l'hôtel! — cria Aly au cocher en refermant la portière. — Puis il monta lestement derrière la voiture.

— Que veut dire cette misérable créature? avait demandé le baron lorsqu'il fut seul avec Maxime.

— Rien! — Je vous expliquerai cela. — Sachez seulement que le vicomte de Cerny est un lâche, que j'ai souffleté deux fois sans parvenir à l'amener sur le terrain.

— Oh! Maxime! mon ami! reprit Edgard avec émotion, — croyez-vous que Berthe consente jamais à me pardonner?

— Je l'espère! — répondit Maxime.— Venez, votre présence lui rendra peut-être la vie...

Cinq minutes après ce moment, ces deux hommes, tout à l'heure encore ennemis acharnés, partirent ensemble et se dirigèrent vers l'hôtel de madame de Nerval.

Cette fois, Fernanda ne pouvait pas dire que tout lui réussissait.

Il est vrai d'ajouter qu'il lui restait l'amour du vicomte de Pont-Aven, l'espoir d'un brillant mariage et la perspective du duel d'Olivier avec Maxime, perspective qui pouvait encore faire luire une partie de la vengeance à ses yeux!

## XXX

Qui indique un moyen ingénieux à employer pour amener le rapprochement de deux interlocuteurs.

Cette grande artère parisienne qui touche d'un côté au boulevard, c'est-à-dire au centre de la capitale, et de l'autre à la rue Saint-Lazare, et par suite à ce monde nouveau qui, depuis vingt années, entasse moellons sur moellons avec une persistance incroyable, pour peupler les hauteurs, jadis plaines cultivées, au milieu desquelles existait ce fameux jardin de Tivoli, lieu de prédilection

le la plupart des héroïnes des romans de Paul de Kock ; — la rue de la Chaussée-d'Antin, en un mot, est certes l'une de celles où la police a le moins besoin d'exercer sa nocturne surveillance.

Les passants de tous genres — promeneurs attardés, employés du chemin de fer, ouvriers descendant à leurs travaux, etc., etc., — s'y croisent toute la nuit; aussi les patrouilles y sont-elles rares, d'autant que les cochers de fiacre stationnant sans cesse à la porte du café Foy, mettent opposition aux exploits de la gent des crocheteurs de magasins et autres industriels non moins estimables et aussi peu patentés.

Cependant, la nuit même où nous continuons notre récit, vers deux heures et demie du matin, une solitude complète régnait de la rue de Provence à la rue Saint-Lazare.

La lumière vacillante des becs de gaz se reflétait sur les trottoirs déserts.

Aucune voiture ne sillonnait le pavé si fréquenté d'ordinaire.

C'est qu'à l'époque de l'année où nous sommes arrivés, c'est-à-dire à la fin d'avril, les soirées et les bals ont fourni leur carrière, et les nuits ne sont pas encore assez belles et assez tièdes pour autoriser des promenades au clair de lune.

Ainsi que nous le disons, la rue de la Chaussée-d'Antin était donc calme et parfaitement déserte, du moins pour l'œil de l'observateur vulgaire; mais, si un agent de police égaré se fût livré à une exploration minutieuse, il eût sans doute été fort surpris de voir ce qui se passait sous le porche d'une belle maison située à quelques pas de la rue Joubert.

En effet, collée le long de la muraille, dans une immobilité complète, se dressait une forme humaine, longue, mince, et cachée sous les plis raides d'un paletot noir au collet relevé.

En face de ce mystérieux individu, et dans l'angle opposé de la porte cochère, était accroupi un homme, tête nue, couvert d'une blouse de couleur sombre.

Plus d'une demi-heure s'écoula sans qu'aucun de ces deux êtres prononçât une parole ou fît un mouvement.

Tout à coup, et au moment où deux heures trois quarts sonnaient à Saint-Louis-d'Antin, un léger coup de sifflet se fait entendre, et une troisième ombre, glissant devant la porte cochère, laissa échapper ces mots; *le voilà* ! puis disparut à l'angle de la rue Joubert, dans laquelle stationnait un fiacre.

Aussitôt l'homme au paletot retira de la poche de son vêtement, poche dans laquelle plongeait une de ses mains, un paquet de cordes et un mouchoir plié en forme de cravate.

Son acolyte sembla se pelotonner de plus en plus sur lui-même et se préparer à s'élancer.

En ce moment, un jeune homme élégamment vêtu tournait l'angle de la rue de Provence et suivait le trottoir de la rue de la Chaussée-d'Antin, en remontant vers la rue Joubert.

Faisant distraitement tournoyer un petit jonc qu'il balançait dans sa main droite, il chantonnait un air d'opéra.

Cet homme était le vicomte de Cerny.

Il arriva bientôt en face de la maison sous le porche de laquelle stationnaient nos deux inconnus; mais, avant qu'il eût eu le temps de faire un pas en arrière ou d'appeler à l'aide, l'un de ces hommes l'avait terrassé, et l'autre, après l'avoir bâillonné, lui attachait les jambes et les bras avec une corde mince et solide.

— Là! — fit celui qui s'était élancé sur le vicomte — le saucisson est paré et les grelins sont solides, j'en réponds! Maintenant, maître Jérémie, prenez-le par la tête, tandis que je l'enlève par la quille, et hop! en avant la marchandise!

Après ces mots prononcés, les deux hommes s'acheminèrent, portant le vicomte, vers la rue Joubert.

Un troisième individu tenait tout ouverte la portière d'un fiacre dans lequel ils introduisirent leur prisonnier; puis l'un d'eux, montant lestement sur le siége, et les deux autres dans l'intérieur de la voiture, le cheval prit, à grand renfort de coups de fouet, la direction de la rue d'Astorg.

Arrivé devant la maison où demeurait Olivier, le fiacre s'arrêta, et, après avoir fait ouvrir la porte, deux des trois acolytes transportèrent M. de Cerny, toujours ficelé et bâillonné, jusque dans l'appartement du jeune marin.

Alors, celui que mes lecteurs ont sans doute déjà reconnu pour maître Margat, ouvrit la porte de la chambre à coucher du vicomte de Pont-Aven, et trouvant celui-ci encore debout et habillé:

— Tonnerre de Brest! mon lieutenant! — dit-il — je crois que vous avez eu une fière idée de ne pas vous affaler dans votre hamac; — je vous apporte un particulier avec lequel je serai bien aise de vous voir causer un brin. — Et, se tournant vers la salle à manger: — Maître Jérémie — continua-t-il — servez-nous le saucisson en question!

Ahmed entra, traînant le malheureux vicomte tout étourdi de l'aventure et fort inquiet des suites qu'elle pourrait avoir, et qui promettaient de ne pas être des plus gaies, à en juger par le début.

Cependant la vue d'Olivier sembla le rassurer un peu; — aussi, lorsqu'Ahmed lui eut enlevé son bâillon et l'eut débarrassé de ses cordes, il se précipita vers le vicomte stupéfait.

— Monsieur de Pont-Aven! — s'écria-t-il — je suis la victime d'un guet-apens préparé par des misérables! — Je me mets sous votre protection et je vous somme de me faire rendre la liberté.

— Qu'est-ce que tout cela signifie? — demanda Olivier en s'adressant alternativement aux trois personnages qu'il avait devant les yeux.

— Cela signifie, — dit brusquement Margat, — que le particulier ici présent va vous expliquer devant moi certaine conversation qu'il a eue aux courses de La Marche avec madame Fernanda! — Allons! — continua-t-il en secouant le bras du vicomte de Cerny — lâche l'écoute de ta langue, file de l'avant et gouverne droit! — Si tu largues la vérité dans le grand, je te fais grâce de la volée de coups de poing que je te dois pour avoir mécanisé mon lieutenant! — Pour lors, rappelle-toi que j'ai tout entendu, et si tu ouvres la soute aux mensonges, je t'aborde et je te coule!

— Et moi, je vous ordonne, — dit Ahmed en s'avançant, — de répéter mot pour mot tout ce que vous avez dit de Fernanda, ce matin même. — Si vous parlez franchement, je ne vous tuerai pas; mais si vous cherchez à nous tromper, je serai sans miséricorde!

Nos lecteurs devinent sans doute que cette scène était le résultat de l'entrevue de Margat et d'Ahmed.

Ainsi qu'il se l'était promis, le digne quartier-maître réveillait l'Indien à quatre heures du matin et lui donnait l'explication de sa visite, en lui demandant à son tour celle de sa propre conduite, à lui, Ahmed, ou plutôt *maître Jérémie*, comme le disait Margat.

Ces deux natures avaient trop de points de contact pour ne pas se comprendre facilement.

Quelques mots leur apprirent qu'ils poursuivaient tous deux le même but: — la non-réussite du duel arrêté entre Olivier et Maxime, et la manière la plus propice de démasquer Fernanda.

Ahmed en savait, à cet égard, beaucoup plus long que le marin; en outre, son intelligence était infiniment plus développée.

Il pensa judicieusement que le vicomte de Cerny, complice de la courtisane, serait à même, mieux que qui que ce fût, d'éclairer la situation en révélant la vérité, et, comme Margat se proposait d'assommer le vicomte, il lui fit comprendre toute l'utilité de sa conservation momentanée.

Il s'agissait seulement de contraindre Cerny à tout dire au vicomte de Pont-Aven et de forcer surtout celui-ci à entendre la vérité.

Après avoir longuement cherché, ils s'arrêtèrent au moyen que nous venons de leur voir mettre à exécution et pour lequel ils furent aidés par le valet de chambre du vicomte.

M. de Cerny, bien convaincu qu'il avait tout à gagner en parlant loyalement, ne chercha pas à farder sa conduite ni celle de sa complice; il avoua tout, et raconta longuement à Olivier les détails du piége que Fernanda lui avait tendu.

En écoutant ce misérable, le pauvre amoureux souffrit d'abord un cruel supplice, puis sa noble nature prit le dessus, et il rougit d'indignation et de honte en pensant à la manière dont il avait traité Maxime et Lucien, ces amis qu'il avait repoussés et insultés.

Aussi, lorsque Cerny acheva sa narration, au moment où les premiers rayons du soleil pénétraient dans la chambre, Olivier se leva parfaitement calme, et s'adressant au vicomte:

— Monsieur de Cerny, — lui dit-il avec un profond dédain, — vous pouvez vous retirer! — Vous êtes libre; mais faites en sorte que je ne me retrouve jamais face à face avec vous, car je ne saurais vous répondre d'une trop grande longanimité de ma part!

Cerny, plus honteux que le renard de La Fontaine, s'empressa de s'esquiver.

Il avait hâte de se soustraire aux regards acérés d'Ahmed et au poignet formidable de maître Margat.

Après son départ, Olivier serra silencieusement les mains des deux braves serviteurs, puis poussant un soupir, — dernier adieu à son amour envolé, — il murmura:

— Ahmed ! vous allez me conduire auprès de votre maître...

— Et je t'accompagnerai ! — dit la voix sonore de Lucien d'Ornay, qui pénétrait dans l'appartement. — Du moment que la cause n'existe plus, ce duel devenait impossible, je suis heureux que tu l'aies compris.

— Quoi !... — fit Olivier ; — tu savais donc...

— Je viens de rencontrer son médecin qui me l'a appris, et, quoiqu'il fût encore de bon matin, j'ai voulu te communiquer la nouvelle sans perdre un instant...

— Il y a évidemment quiproquo ! dit Olivier en souriant. — De quel médecin parles-tu donc ?

— Du médecin de Fernanda, pardieu !

— Je ne comprends rien à ce que tu me dis...

— Comment ! tu ne sais pas ?

— Quoi donc ?... Parle vite, je t'en supplie...

— Eh bien ! mon cher, Fernanda est morte cette nuit ! La vipère, en voyant l'inutilité de ses blessures, aura tourné son venin contre elle-même, car le docteur la croit empoisonnée !

Olivier, en entendant cette révélation imprévue, tomba foudroyé dans un fauteuil en murmurant :

— Justice du ciel !

Ahmed, lui, regarda l'ongle du pouce de sa main gauche, et son visage s'éclaira d'un reflet farouche et bizarre.

Le suc de mancenillier n'était plus entre l'ongle et la chair !...

FIN DE LA DEUXIÈME PARTIE.

---

## ÉPILOGUE

# TOUT EST BIEN QUI FINIT BIEN

### I

#### La victorieuse.

C'est un jour heureux, je vous l'assure — pour un auteur que celui où il lui est enfin donné d'écrire tout au beau milieu d'une belle page blanche ce mot si gracieux : *Epilogue !...*

L'œuvre conçue avec amour — commencée avec entrain — poursuivie, hélas ! parfois, avec lassitude et découragement, touche donc à sa fin !...

Il ne reste plus qu'à donner, en quelques pages rapides, le mot des dernières énigmes qui n'ont point été suffisamment expliquées jusqu'alors...

Il ne reste plus qu'à paraphraser, à propos d'un plus ou moins grand nombre de personnages plus ou moins importants, la phrase typique et consacrée qui termine si heureusement et si invariablement les contes bleus, — bonheur de notre enfance :

— *Ils furent heureux et ils eurent beaucoup d'enfants !*

Phrase que l'immortel Balzac, avec sa science si profonde des instincts et des joies de notre société contemporaine, modifiait ainsi :

— *Ils furent heureux et ils n'eurent AUCUN enfant !...*

Dans l'épilogue, le romancier dit son dernier mot.

Dans l'épilogue, il récompense les vertus obscures.

Dans l'épilogue, enfin, il adresse à monseigneur le public son plus chatoyant sourire, ses plus délicates flatteries ; il réclame son indulgence pour le présent, — sa bienveillance pour l'avenir ; — il promet des merveilles prochaines, — quitte à ne point tenir sa promesse...

J'ai connu des lecteurs qui, d'un livre, ne lisaient jamais que l'épilogue et s'en trouvaient bien.

Remarquez, d'ailleurs, que quel que soit le mérite d'un roman, — celui qui feuillette ce roman est toujours enchanté d'arriver à l'épilogue.

Si l'ouvrage est bon, l'épilogue le complète, le couronne en quelque sorte, et rend plus claire et plus lumineuse la pensée générale de l'écrivain.

Si, au contraire, l'œuvre est mauvaise, — sans imagination, — sans intérêt, — sans vérité, — sans verve, et sans style, — le lecteur ferme le livre et s'écrie :

— Enfin !... j'ai fini !...

Parmi ces joies sans nombre que l'*épilogue* renferme en son sein, il en est une, plus complète que toutes les autres, et que je ne veux point passer sous silence.

Cette joie, c'est celle de l'auteur inédit ; et qui, comme les jeunes gens de Sparte et d'Athènes, à certaines fêtes étranges de la Vénus antique, va perdre, en face d'un public nombreux (du moins il le croit toujours tel), la virginité du manuscrit.

Tout en traçant d'une main fiévreuse les pages ultimes de l'*épilogue*, il rêve les caresses du succès, — les enivrements de la vogue.

Ce rêve est bien souvent déçu ; mais, jusqu'au moment du réveil, il garde son prestige.

Le jeune auteur frémit d'impatience et d'ardeur, — il aime le chétif nouveau-né, comme la vraie mère du jugement de Salomon aimait son enfant.

Quelles délices pour lui dans cet épilogue, au bas duquel, en moins d'une heure, on pourra tracer le mot : *Fin* (1) !...

Bénies soient-elles donc, ces dernières pages, qui, favorisées entre toutes les autres, donnent du plaisir à tout le monde !...

### II

Cinq mois après les événements que nous venons de raconter dans les précédents volumes, et qui, — du

(1) Que le lecteur me pardonne ce péché de jeunesse. — *Mademoiselle la Ruine* fut mon premier livre. E. C.

moins nous aimons à nous bercer de ce doux espoir, — ont offert quelqu'intérêt à nos lecteurs, — la belle frégate à hélice *la Victorieuse*, — vapeur de la force de cinq cent quarante chevaux et armé en guerre, — était à l'ancre dans la baie de Balaclava, en Crimée.

Le navire venait d'amener au camp français deux bataillons de tirailleurs qu'il avait embarqués à Kamiesch.

Un ciel éclatant, — de cette teinte d'un bleu violacé, assez habituelle sous les latitudes orientales, — étendait son manteau splendide au-dessus de la nouvelle ville.

Des milliers de canots sillonnaient dans tous les sens le port et la rade.

A l'arrière du navire, un homme s'appuyait sur les bastingages.

Cet homme était jeune et portait l'uniforme de lieutenant de vaisseau.

Ses regards s'attachèrent sur la terre avec toute la persistance et la fixité de l'attente.

Sans doute, ce qui paraissait l'occuper si attentivement eut enfin une solution satisfaisante.

Il se retourna avec une expression joyeuse, et il s'écria vivement :

— Maître !

— Notre vieille connaissance Margat qui était assis nonchalamment sur la culasse d'une caronade, et qui fumait, — avec la gravité d'un Musulman et le flegme d'un Hollandais buveur de bière, — une courte pipe *marseillaise* artistement culottée, se leva, tout d'une pièce, comme s'il avait été mû par un ressort, — dessina avec sa main droite le salut militaire, — fit quatre pas en avant, — se plaça à la position du soldat sans armes et répondit :

— Présent, mon lieutenant !...

— Une lunette d'approche, et vite !

Margat tourna sur ses talons et disparut.

Au bout de moins de quatre secondes, il revint, armé d'une longue-vue.

— Voilà l'objet, mon lieutenant ! — dit-il en présentant la lunette à Olivier.

Ce dernier en braqua tout aussitôt les canons dans la direction de l'entrée du port.

— Maître ! — fit-il après avoir regardé.

— Mon lieutenant ? — répliqua Margat.

— Le canot de l'*Euphrate* vient d'accoster.

— Ah ! ah !

— Fais armer le *youyou* et envoie à terre chercher les dépêches.

— Suffit, mon lieutenant.

Margat salua, — pivota de nouveau, — porta son sifflet de maître d'équipage à ses lèvres et répéta l'ordre qui venait de lui être donné par son supérieur.

La légère embarcation fut mise à la mer sur-le-champ, et, sans une minute de retard, le chef de timonnerie et deux rameurs nagèrent vigoureusement vers le port.

L'excellent Margat revint alors auprès d'Olivier.

— Hein, mon lieutenant, — lui dit-il, — comme ça fait plaisir, n'est-ce pas, de voir arriver le courrier de France ?...

— Certes ! répondit Olivier : — les lettres consolent de l'absence, car ce sont en quelque sorte les absents eux-mêmes qui viennent vous retrouver loin de la mère patrie...

— Ah ! vous ne pouvez pas vous plaindre, vous, mon lieutenant !... Vos amis ne vous oublient pas !...

— Et tu sais, Margat, si je leur rends de tout mon cœur cette vive et sincère affection qu'ils me témoignent !...

— Tonnerre de Brest ! je le crois bien, que vous la leur rendez, mon lieutenant ! — s'écria le quartier-maître en donnant sur le bastingage un coup de poing que Milon de Crotone n'aurait pas désavoué, — oui, que vous les aimez, et de tout votre cœur encore !... et quel cœur !... un cœur d'or !... Mille millions de mistrals, celui qui dirait le contraire aurait affaire à moi, foi de Margat, et, quoiqu'un peu raccorni, je suis encore solide au poste !...

— Ne t'anime pas, mon bon matelot, — répondit Olivier en souriant, — ne peux-tu parler avec calme de mes amis et de moi-même ? Sois bien convaincu que personne au monde ne songera jamais à m'accuser de ne point rendre affection pour affection, et dévouement pour dévouement... — et tu en es une preuve vivante, mon vieux Margat, — car, si tu m'aimes bien, je t'aime autant...

Et le jeune homme, en parlant ainsi, tendit sa main au vieux matelot.

— Tonnerre de Brest !... balbutia ce dernier après avoir respectueusement serré la main du lieutenant, et en passant sur ses paupières le parement de sa manche galonnée, — ne me dites pas cela, monsieur Olivier, — ça me chavire le cœur à force de plaisir, et voilà déjà que mes écubiers se mouillent !... je sens que je vas pleurer comme un mousse, et ça n'est pas dans la tenue réglementaire d'un maître d'équipage !...

Et, pour couper court à cette touchante émotion qu'il regardait comme une faiblesse, Margat changea de conversation et demanda :

— Attendez-vous des nouvelles, aujourd'hui, mon lieutenant ?...

— J'en attends à chaque courrier, tu le sais bien...

— Oui, mais êtes-vous sûr d'en recevoir ?...

— Je le crois, du moins...

— Et, de qui, mon lieutenant, sans vous commander ?...

— Mais, d'abord, de Lucien d'Ornay...

— Ah ! tant mieux ! — s'écria Margat, — un brave et un bon, celui-là !... — et ensuite ?...

— Peut-être de Maxime de Santeuil...

— Encore un solide !... Allons, il n'y a pas à dire, tout ça c'est des terriens qui seraient dignes d'être marins, et je prétends que ça aurait fait des officiers assez soignés !... quelque chose dans votre genre, quoi !!...

Au bout d'un quart d'heure à peine, le *youyou*, de retour, accostait la frégate.

Le chef de timonnerie parut sur le pont, portant une grosse sacoche de cuir écru.

Cette sacoche contenait les dépêches de France adressées aux officiers et aux hommes de l'équipage de *la Victorieuse*.

Le chef de timonnerie en opéra la distribution en commençant par Olivier.

Ce dernier reçut, pour sa part, deux lettres,

I

Nouvelles de France.

Le vicomte décacheta la première de ces lettres avec un joyeux empressement.

— Eh bien, mon lieutenant, — demanda Margat avec cette familiarité que tolérait et même qu'encourageait Olivier, — de qui?...

— De Lucien d'Ornay.

— Et, les nouvelles sont bonnes?

— Tu vas en juger ; — écoute...

Dans la joie profonde que lui causa cette preuve de confiance, Margat laissa tomber sa pipe.

La pauvre *marseillaise*, si bien culottée, se brisa en un nombre indéfini de morceaux.

Margat les regarda mélancoliquement pendant une seconde.

Puis il fit un geste d'insouciance et il s'écria :

— Ah ! bah !... après celle-là une autre !... Allez, mon lieutenant, je suis tout *ouïes!*

Olivier commença à haute voix la lecture de la lettre que nous allons reproduire textuellement sous sa dictée :

« Mon cher Olivier,

« D'abord et avant tout, merci de ton bon souvenir. — Merci de ta dernière lettre, — merci de toutes les choses affectueuses qu'elle renferme, — merci, — merci, merci, — et encore cent fois merci !...

« Permets-moi ensuite de te féliciter bien sincèrement de ce que les balles russes, — le choléra, — la fièvre, etc... etc... te laissent dans un état de santé aussi parfaitement florissant que celui que tu me dépeins.

« Tu m'as expédié une véritable *chronique d'Orient;* — c'est à mon tour de t'envoyer, selon tes désirs, ma petite *chronique parisienne.*

« Elle ne vaudra pas, assurément, celles de nos feuilletonistes en réputation ; — mais cependant je ferai de mon mieux, et tu vois que j'ai pris, à ton intention, du papier format Champ-de-Mars !...

« Procédons par ordre.

« J'ai reçu, hier, une lettre fort longue et fort intéressante de notre cher Santeuil.

« Depuis que je lui ai servi de témoin, il y a trois mois, — comme tu le sais, — non pour un duel, mais bien pour un bel et bon mariage qui l'a mis en possession de la charmante madame de Nerval, son bonheur augmente tous les jours.

« Les pessimistes prétendent que le parfait bonheur n'existe pas en ce monde. — Maxime est l'irrécusable preuve du contraire.

« — Décidément, — lui disais-je il y a quelques jours, — je vois qu'il est parfaitement agréable d'épouser une veuve...

« — Surtout, — me répondit-il avec un sourire dont l'expression peut se deviner, mais non se rendre, — surtout quand cette veuve a été *aussi peu mariée* que ma femme...

« Ceci m'a donné à réfléchir.

« Il est positif que feu ce pauvre monsieur de Nerval était bien vieux...

« Tous nos amis sont un peu dispersés par le temps, et surtout par le mois de septembre, qui courent.

« Moi-même, je compte, — la semaine prochaine, — aller ouvrir les chasses dans mes propriétés du Poitou.

« Charleval, d'Aubignée, et *tutti quanti*, ont fait la partie de s'en aller faire sauter la banque dans les tripots de Hombourg et lieux circonvoisins...

« Ces messieurs ont perdu leur argent avec un *ensemble* digne de leur ingénieuse entreprise et tout à fait en dehors des habitudes de messieurs les choristes de l'Académie impériale de musique.

« Ils ont été obligés d'écrire à Paris pour avoir l'argent nécessaire au retour.

« C'est quelque chose comme une soixantaine de mille francs aux griffes de MM. Blanc et consorts.

« Charleval prend assez volontiers son parti d'avoir perdu, — mais il ne se console point de n'avoir pas gardé cent mille francs qu'il a gagnés, à ce qu'il paraît, pendant une veine d'une demi-heure, — et qui se sont évanouis immédiatement après.

« A propos de l'Académie impériale de musique dont je te parlais tout à l'heure, j'ai rencontré deux fois, depuis six semaines, cette folle et jolie fille de Maryland.

« Voici l'historique de ces deux rencontres :

« La première eut lieu entre quatre et cinq heures de l'après-midi, sur le boulevart des Italiens, à l'angle de la rue Taitbout.

« Je me croisai avec la pauvre petite.

« Assez modestement vêtue d'une robe un peu frippée, et coiffée d'un chapeau qui, à coup sûr, n'était point sorti la veille des ateliers de madame de Barenne :

« Elle marchait l'œil morne et la tête baissée,
« Et semblait s'absorber dans sa triste pensée ! !... »

« Elle vint à moi en poussant un petit cri de joie.

« — Tiens! c'est toi, mon gros Lucien !... Je suis joliment contente de te rencontrer, sais-tu !...

« — Et moi donc !... Où vas-tu comme ça ?

« — Je n'en sais rien...

« — Tu n'en sais rien ?...

« — Non, — parole ! — Je promène mes malheurs...

« — Tu as donc eu des malheurs?...

« — De quoi faire le désespoir de trois femmes !...

« — Comment, c'est si sérieux que cela ?

« — Offre-moi à dîner, et je te raconterai mes aventures ou plutôt mes mésaventures...

« Maryland s'interrompit en riant et en s'écriant :

« — Tiens ! ça fait presque un calembour, ça !...

« J'arrêtai au passage un coupé de régie en maraude,

« — Eh bien ! — lui demandai-je quand nous fûmes en route, — ces malheurs ?

« — Voici, mon bon : — j'ai eu des désagréments avec mon tapissier...

« — Pourquoi, aussi, as-tu un tapissier ?...

« — Mais, pour avoir des meubles !...

« — C'est une raison, — et le drôle s'est permis d'exiger des roubles en retour ?...

« — Tu y es, mon bon !...

« — Et il t'a poursuivie ?...

« — Avec acharnement ! — Un être à qui j'ai fait gagner des sommes folles ! — Il m'a déjà meublée cinq fois !... Je l'ai toujours admirablement payé, et pour une misérable note de fin de compte il s'est montré d'une rigueur intolérable !... sais-tu pourquoi ?

« — Non.

« — Parce que le bruit a couru que le directeur de l'Opéra songeait à ne pas renouveler mon engagement...

« — Et, le piédestal démoli, il n'a plus confiance en la statue !...

« — Bref, le mois passé, le drôle m'accablait d'attentions et de prévenances, — de bois de rose et de Boule authentique, — et, il y a quinze jours, le bandit m'a fait saisir !...

« — Cela est allé jusque-là ?...

« — Cela est allé bien plus loin !...

« — Jusqu'où, mon Dieu ?...

« — Jusqu'aux rues Drouot et Rossini, inclusivement !... — Les commissaires ont fonctionné !... — On a vendu mes bibelots !... — ah !... si je le tenais !... malheureusement, je ne le tiens pas !...

« — Bref, ma pauvre fille, te voilà sans mobilier ?...

« — Sans mobilier et sans asile, — oui, mon bon !... — et ne sachant où reposer mon innocente tête...

« Malgré sa grande et légitime tristesse Maryland prononça ces derniers mots en riant.

« Le coupé s'arrêtait en ce moment à la porte du restaurant.

. . . . . . . . . . . . . . .

« Pendant six semaines je ne revis pas Maryland et je n'entendis point parler d'elle.

« Enfin, hier, dans l'après-midi, je montais les Champs-Elysées au grand trot de mon hack, car j'avais donné rendez-vous, à Madrid, à quelques amis.

« A peu près à la hauteur du cirque de l'Impératrice, je croisai une victoria attelée de deux chevaux pur sang, gris de fer, de la plus grande distinction.

« De cette victoria partit un joli cri, et je vis s'agiter à mon intention tout un nuage de fleurs, de soie et de dentelles.

« Je m'approchai et je reconnus... Tata !...

« Tata, qui, enrubanée, — crinolinée, — resplendissante de bracelets et de chaînes d'un or sérieux et parfaitement contrôlé, le tout orné de rubis légitimes et de diamants sincères, — s'épanouissait avec une parfaite désinvolture dans ce splendide équipage.

« — Eh ! mon Dieu, oui ! C'est bien moi ! — répondit-elle en riant, à la question que je ne lui adressais pas.

« — *Cordieu, madame !* — m'écriai-je avec la chanson du trop célèbre sire de Franc-Boisy. — *Cordieu, madame ! que faites-vous ici ?...*

« — Tu le vois bien, je me promène, — mais, cette fois, je sais où je vais... — A propos, mon gros Lucien, comment trouves-tu mes chevaux ?...

« — Fort dignes de toi, ma toute belle !...

« — Ah ! charmant ! — dis donc, ils ont coûté cinq cents louis...

« — C'est pour rien...

« — Crémieux n'en avait pas de plus chers... — Sans cela tu comprends ?...

« — Certes !!!...

« — Et mon petit jockey, que t'en semble ?...

« — Il est extrêmement réussi !

« — N'est-ce pas ? — il est Anglais, — c'est un vrai *tigre !...* — il a quinze ans, mon bon, et il ne pèse que soixante livres !!!...

« — Miraculeux !!!...

« — Et les livrées de mes valets de pied ?...

« — Extrêmement galantes !!!...

« — C'est ton avis ?

« — Pardieu !!!...

« — Eh bien, j'en suis fort aise, car je suis connaisseur, mon gros Lucien !... — les galons sont de l'or le plus fin, — rien n'est assez beau ni assez cher pour moi !...

« — Mes compliments !...

« — Ah ! il n'y a pas de quoi !... Qui sait combien ça durera de temps !...

« — Bah ! de la philosophie aussi !... C'est du luxe, ma chère !!!...

« — Mes moyens me le permettent dans ce moment-ci.

« — Ah çà, mais la Californie est donc morte et t'a donc instituée sa légataire universelle ?...

« — A peu près, — j'ai eu la chance de rencontrer un imbécile, — une espèce de *nabab*, — il arrive des Grandes-Indes, — il a deux ou trois millions de revenu et il ne sait pas un mot de français...

« — Ah ! diable ! mais comment fait-il pour te parler ?...

« — La pantomime, mon cher, supplée à la parole, — il me *mime* ses déclarations...

« — Est-ce amusant ?

« — C'est fatigant...

« — A propos, tu viendras me voir chez moi, — rue Tronchet, mon bon numéro **, au premier, — et je te montrerai mon mobilier !... — tu m'en diras des nouvelles !... — Ai-je eu assez de chance d'être débarrassée de mes vieux meubles !!! — Je suis sûre que c'est ça qui m'a fait rencontrer mon nabab !... — J'ai consulté les cartes à ce sujet et elles m'ont répondu que *oui*.

« — Alors, gardons-nous bien d'en douter !!!...

« — C'est mon avis, — au revoir, mon gros !

« — J'ai reçu la visite, ces jours derniers, de ton ami qui est maintenant le mien, Ferdinand Thévenin, — un bon et spirituel garçon, qui paraît m'aimer beaucoup et à qui je le rends bien, je t'assure.

« Il ne parle de toi qu'avec un réel enthousiasme. — Quand nous sommes sur ton sujet nous ne tarissons pas !...

« Son cœur nage dans un océan de joies et d'espérances.

« Il a une comédie en cinq actes, — et non moins en vers, — reçue au théâtre de l'Odéon !...

« Bref, il rêve des succès à tout illuminer !...

« Je les lui souhaite sincèrement.

« Quand au Cerny — tu sais, le fameux vicomte de Cerny, né *Lenoir* — il est maintenant positif que ses créanciers dupés et exaspérés l'ont bien et dûment coffré.

« Il est à Clichy.

« Ce n'est ni moi, — ni toi, j'espère, — qui l'en feront sortir.

« Le souvenir de cet odieux Cerny me remet en mémoire celui de la Fernanda.

« Sa mort, néanmoins, a fait sensation, — d'autant plus que les journaux ont absolument voulu qu'elle se soit empoisonné par amour!

« Et il y a des gens qui osent dire que la presse est mauvaise langue!...

« Sur ce, mon cher ami, ma chronique étant enfin épuisée, — (ce dont je te fais mon bien sincère compliment), et cinq heures et demie battant dans mon estomac le rappel du dîner, je te demande la permission de te quitter pour quinze jours et de te serrer cordialement les deux mains.

« Adresse-moi ta réponse en Poitou.

« Bonjour à mon ami Margat.

Et de cœur, tout à toi.

« LUCIEN D'ORNAY. »

## III

### Seconde lettre.

— Monsieur Olivier!...— s'écria Margat radieux — c'est-il donc Dieu possible bien vrai que ça y soye tout de même?...

— Quoi donc? — demanda le jeune homme.

— La chose...

— Quelle chose?

— Celle que vous venez de lire, — en dernier, — dans la lettre, — rapport à moi?

— Ceci? demanda Olivier.

Et il relut cette phrase :

« *Bonjour à mon ami Margat.* »

— Juste, mon lieutenant! — Ça y est donc?

— Mais certainement.

— Ah! mille millions de brises carabinées et tonnerre de Brest!... — il a donc pensé à moi, de si loin, ce brave monsieur Lucien!... — et il m'appelle son ami!... moi, Margat!... — Non! pour avoir son pareil sur le plancher des vaches, il ne l'a pas! c'est moi qui le dis!

Et Margat se donna deux ou trois violents coups de poing dans la mâchoire afin de dissimuler son émotion.

Olivier lui laissa le temps de se remettre; — puis, au bout de quelques minutes, il lui demanda :

— Veux-tu entendre la seconde lettre?

— Ah! cré nom de nom d'un nom!... je le crois bien, que je le veux! — surtout si elle est ficelée dans le genre du calibre de la première!

— C'est ce que nous allons voir...

— Allez, mon lieutenant, — fixe et immobile, — je bois vos paroles.

Olivier déchira l'enveloppe et lut tout haut la deuxième lettre, signée de Maxime de Santeuil et conçue en ces termes :

« Cher ami et brave lieutenant,

« Comment vous dire d'une façon assez vive et chaleureuse combien ma femme a été sensible à votre gracieux souvenir et à la manière dont ce souvenir était formulé?...

« Sa coquetterie vous garde une éternelle reconnaissance pour les délicieuses et merveilleuses étoffes de Smyrne que vous lui avez envoyées.

« Il y surtout un châle et une écharpe brodés d'or qui sont étourdissants de richesse et de fantaisie : — c'est toute une révélation de l'Orient!...

« Elle a partagé ces merveilles avec notre belle et bien-aimée Berthe, qui est complètement revenue à la santé, — je vous l'ai déjà dit, — et dont la vie s'écoule heureuse et calme désormais entre sa charmante petite fille, — (blonde et vivante image de son adorable mère), — et son mari repentant et corrigé.

« Car il est positivement vrai que Lycenay, enfin guéri de ses tristes folies, — ne songe qu'à les réparer.

« Aussi faut-il le voir, tendre, attentif, empressé auprès de sa femme, — véritable modèle du mari *plus que parfait*, — et ne désirant qu'une chose au monde : — se faire pardonner ses torts d'autrefois, par des soins de tous les instants.

« Je n'ai pas besoin d'ajouter (pour vous qui connaissez le cœur de notre Berthe) que le pardon souhaité ne s'est pas fait attendre longtemps, — et qu'il a été complet, — absolu, — sans arrière-pensée, — sans restriction.

« Et, de ce pardon, le trop heureux Lycenay va bientôt recevoir un doux gage, car je dois vous dire — tout bas, — à l'oreille, — et sous le sceau de la confidence la plus mystérieuse, — que Berthe, toute souriante et toute rougissante, est venue, avant-hier, prier Aurélie et votre serviteur d'accepter les fonctions de parrain et de marraine qui leur échoiront prochainement.

« Il est bien entendu que nous avons accepté.

« Aurélie vous gardera des bonbons du baptême pour votre retour.

« Ah çà! mais, — je m'en aperçois un peu tard, — je bavarde, je bavarde, et, tout en bavardant, j'ai oublié de vous faire part d'une circonstance fort importante dont la connaissance éclairera pour vous tout ce qui précède.

« Cette circonstance, la voici : — Depuis deux mois, ma femme et moi, nous sommes installés en Touraine, sur les bords de la Loire, dans le délicieux château de Lycenay.

« Edgard et Berthe ont fait tout exprès le voyage de Paris pour nous enlever.

« Comme bien vous pensez, nous n'avons résisté que médiocrement : la violence était trop douce pour ne pas la subir.

« Nous resterons ici aussi longtemps que nos hôtes, — c'est-à-dire, je pense, jusque vers le milieu du mois de novembre.

« Je ne suis nullement pressé de retourner à Paris, et je crois que ma chère Aurélie n'éprouve pas plus que moi l'impérieux désir de faire sa rentrée dans le monde...

« Que vous dirai-je encore? — Que je suis heureux?... parfaitement heureux?

« Ai-je besoin de vous le dire? — Vous le devinez aisément, et vous avez raison, car j'ai à donner toutes les preuves imaginables que le bonheur existe sur la terre, — et je suis prêt à rompre une lance en champclos contre tous les esprits maussades et chagrins qui prétendent nier son existence...

« Nous pensons à vous, cher ami, — à vous et à votre avenir qui, lui aussi, est brillant et vous garde une large part de bonheur.

« Devenez vite capitaine de frégate, — ma femme a des projets sur vous...

« Dans les environs de notre résidence, et presque sous nos yeux, grandit une charmante enfant qui sera bientôt une délicieuse jeune fille, et qui porterait dignement sur son front blanc et pur une couronne de vicomtesse.

« C'est un rêve, — mais rien n'empêche qu'il se réalise un jour, — et, ce jour-là, rien ne manquera plus à mon bonheur, puisque je vous aurai près de moi.

« Je n'oublie pas le brave Margat.

« Lycenay se rappelle à votre souvenir.

« Madame de Santeuil vous tend ses mains pour que vous les baisiez, et moi les miennes, afin que vous les serriez comme je serre les vôtres!

« Votre ami dévoué,

« MAXIME DE SANTEUIL. »

— Allons ! — s'écria Margat, mais sans essayer, cette fois, de dissimuler une grosse larme d'attendrissement qui roulait sur sa joue basanée, — allons ! il a pensé aussi à moi, celui-là !...

— Tout le monde t'estime et t'aime, mon brave ami, — répondit Olivier, — et c'est tout simple, tu le mérites si bien !

— Mon lieutenant ! — répliqua le quartier-maître, — vous me chavirez le cœur de plus en plus... — Parlons d'autre chose ! parlons de vous !

— Et que veux-tu dire de moi, Margat ?

— Tonnerre de Brest ! mon lieutenant, faut faire ce que vous dit M. Maxime, — faut devenir vite capitaine de frégate, — (d'ailleurs, ça vous pend à l'oreille), — et puis, ensuite, vous épouserez cette belle demoiselle qu'on élève à la brochette tout exprès pour vous !...

Après un silence, Margat ajouta :

— Que tous les mistrals de Marseille me démâtent si tout ce monde-là n'est pas digne d'être matelot !...

Puis, regardant le cadran de l'horloge situé au-dessus des roues du gouvernail, Margat porta à ses lèvres son sifflet dont il tira un son aigu et prolongé.

Et, d'une voix accentuée, il cria :

— En haut les tribordais ! — pare-toi à prendre le quart !!...

FIN DE MADEMOISELLE LA RUINE



1993-80. — Saint-Ouen (Seine). — Impr. JULES BOYER (Soc. génér. d'Imp.)

Reliure serrée

www.ingramcontent.com/pod-product-compliance
Ingram Content Group UK Ltd.
Pitfield, Milton Keynes, MK11 3LW, UK
UKHW031909260826
14628UKWH00003B/1078

9 782019 141424